搞什么搞，是喜欢他，想逗他，想宠他。

破晓将至

路嘻法 著

梦想熠熠发光，照亮我们前进的路！

——路嘻法

长江出版社
CHANGJIANGPRESS

图书在版编目（ＣＩＰ）数据

破晓将至 / 路嘻法著 . — 武汉 ： 长江出版社，
2022.9
ISBN 978-7-5492-8429-0

Ⅰ . ①破… Ⅱ . ①路… Ⅲ . ①长篇小说－中国－当代
Ⅳ . ① I247.5

中国版本图书馆 CIP 数据核字（2022）第 137069 号

破晓将至 / 路嘻法　著

出　　版	长江出版社	
	（武汉市解放大道 1863 号　邮政编码：430010）	
选题策划	天河世纪	
市场发行	长江出版社发行部	
网　　址	http://www.cjpress.com.cn	
责任编辑	钟一丹	
印　　刷	三河市元兴印务有限公司	
版　　次	2022 年 9 月第 1 版	
印　　次	2025 年 3 月第 3 次印刷	
开　　本	710 mm×1000mm　1/16	
印　　张	22	
字　　数	347 千字	
书　　号	ISBN 978-7-5492-8429-0	
定　　价	49.80 元	

目 录

全新番外

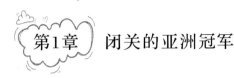

第1章　闭关的亚洲冠军

年轻的男孩成为全场目光的焦点，他紧张地低着头，不过十五岁出头的青葱脸庞憋得通红。最终，他终于鼓起勇气，捏了捏拳头目光如炬道："我想加入 Titans 主力战队！"

《破晓警报》是一款全球著名多人射击竞技游戏，简称《破警》。宋铭喆是职业电竞队伍——Titans 战队的主力队队员之一。他听了男孩的话，赞赏地拍了拍他的肩膀，语重心长道："把今天说的话都记在心里，在青训队好好训练，知道吗？"

男孩深深鞠了一躬："我明白了，谢谢宋哥！"

男孩又转身看向坐在一旁电竞椅上的人，再次鞠了一躬："谢谢队长！"

男孩口中的队长闻言，微眯的眼角扬出一个迷人又带着些许笑意的弧度："不用谢。"

男孩的眼睛直发光，他红着脸激动地吼了一声"是"，然后挺直着胸膛离开了。

送走了非要来一睹队长风采的青训队小孩，爻森伸了个懒腰，转了转椅子面向电脑。他熟练地点开游戏图标，再悠然地登录了自己的小号。

两年多前，爻森刚被 Titans 俱乐部揽入麾下，在青训队待了短短一周便破格进了三队。三队的板凳还没坐热，爻森就在随后的一场队内正式选拔赛上打败了二队队员，成为 Titans 俱乐部成立以来跳级最快的队员。

毕业以后，爻森成为全职职业电竞选手，在 Titans 主力队上一届队长退役之后，便接手了这样一支排名下降，赞助流失，士气萎靡的队伍。

而正是这样一支队伍，去年一举在亚洲区域赛上打出了震惊《破晓警报》电竞圈以少胜多的反击战，获得了冠军。

爻森的个人排名在亚洲冲顶加冕，爻森这两个字仿佛《破警》电竞圈中的一枚平地炸弹一般，让以前排名不上不下的 Titans 成为一夜在亚洲冲顶的神话。

众人口中的"神话"——森神——撕开一袋薯片，准备给小号上上分。

和爻森当了两年队友的王宇锡从一旁的座位上探过头来："今天怎么突然想给小号上分了？"

"小号排名跌了。"爻森含着薯片声音漫不经心，"看看有没有妹子，带一个。"

爻森的小号段位不高不低，轻轻松松就能排上。他选了四排，粗略地扫了一眼队友 ID，目光落在一个名叫"邵萌萌"的玩家上，便火速在心里锁定了目标。

爻森脸皮比较厚，直接就敲消息。

五行缺木："邵萌萌。"

对方回得也挺快："你好？"

五行缺木："我带你。"

邵萌萌："好。"

另外两个队友都在调侃"五行缺木"怎么刚见面就撩妹，爻森也不废话直接开局。这种业余的玩家赛也不是没有难度，难就难在怎么打才能显得自己赢得不是那么轻松。

邵萌萌："你打得挺好的。"

爻森勾了勾嘴角，虽然说和业余打没意思，但撩撩妹子还是挺有意思的。另外两个队友见他们有了势头很快退了，爻森大大方方地邀请邵萌萌和他双排，对方也很快答应。

打了两局下来之后，爻森意外地发现这个邵萌萌操作还不错，甚至隐隐之间还给他一种走专业流的影子，爻森随手便点了好友请求。

五行缺木："你打得不错，练过？"

邵萌萌："练过一阵。"

五行缺木："开麦吗？"

邵萌萌："不用了。"

爻森直接把自己的麦打开了，清了清嗓子说："开吧，方便一点。"

邵萌萌："不用了。"

爻森："真不开吗？我还挺少在随机盘里碰到玩得这么好的女玩家，聊聊怎么样？"

邵萌萌："我是男生，谢谢。"

爻森咬碎嘴里的薯片，面色平静地扫了一眼邵萌萌的回复说："你不想开麦的话也不用找这种理由，直说就行了，没关系的。"

邵萌萌："我真的是男生。"

爻森的视线在对方的 ID 上停留了两秒说："你开个麦证明一下？"

邵萌萌："这是我妹妹的号，我帮她上分。"

隔了一会儿，邵萌萌旁的小喇叭亮了起来，一段微凉清冷的男声从耳机里传了出来。邵萌萌的音色凉凉的，比一般男生要微微高上那么一点，但也不乏迷人磁性，天生带着那么点生人勿近的气息："不好意思。"

……

这阵沉默着实尴尬，爻森打算给自己找回一点面子，大大方方道："兄弟，你打得真不错，声音也蛮好听的，再接再厉。"

没等对方回应，爻森便扔下耳机退出了。他感叹了一声，这网恋还没开始就被扼杀在摇篮里了。

王宇锡见状道："怎么了，不带了？"

"带啊。"爻森回答，"不过是个带把的。"

耳边顿时传来王宇锡趴在桌子上狂笑的声音。

明天 Titans 战队动身去 B 市的职业电竞集训中心，在距今还有一个月的国内赛开始之前，他们打算给俱乐部刚进青训队的这群没见过"世面"的小孩开开眼界，让他们感受一下赛前集训的氛围。

此次国内赛还是一个赞助杯赛的性质，不限制各个俱乐部派出的队伍的最低积分，俱乐部可以派出自己的主力队，也可以派出青训队。

像 Titans 这样拿过亚冠的队伍对国内杯赛的兴趣不大，杯赛冠军的含金量确实远远比不上亚冠，但这的确是训练青训队的好机会。

俱乐部的郭经理提前和 B 市一家长期合作的电竞训练中心联系好了，到时候 Titans 的队员直接入住。

一队二队的队员则趁着这个时间跟着去 B 市放松放松，顺便打打友谊赛，指导青训队的训练。

爻森带领 Titans 拿了亚冠之后，赞助商和直播平台的签约邀请雪花般向俱乐部飞来。

《破晓警报》这个游戏实际上有专业性更强、纯技术流的"专业版"和娱乐性更强、装备流的"竞技版"两个版本，职业比赛采用专业版本。

目前国内直播圈有名的是那几个非职业的竞技版选手，与职业电竞的讲究和纯装备竞技还是有很大的差别，爻森暂时对横插一脚花样更多的直播圈没什么兴趣，直播的签约邀请要么被他拒绝，要么被他推给了队友。

爻森睡前发了个微博说，他的微博 ID 是 Titans_森，"明天开始闭关训练一个月"。自己马上要闭关训练几天，他的粉丝脑回路和常人不同，别家正主一说要训练底下一群可爱的小粉丝会心疼地说注意休息，他一说要训练这群"假粉"比谁都高兴。只见微博下面的评论显示：

森哥终于记得自己是个电竞冠军了，喜大普奔！

森总，你在哪里训练呀，我明天就叫人做一条横幅挂三天三夜庆祝。

森神居然要开始训练了！大家都给我鼓掌！

别听森哥胡扯，最近只有国内杯赛，森哥肯定是借着青训队训练的名义出去玩的
（后面配了一个无辜狗头的表情包）。

......

第二天，Titans 一众队员出发来到 B 市直接去了那家电竞训练中心。到达后青训队的小年青们个个眼睛发着光，恨不得马上冲进去摸一摸自己的新机子。

可就在众人准备进去的时候，郭经理却着急又神情严肃地从里面出来，说训练中心这边的安排出了点问题。

爻森一问，才知道是训练中心这边的租赁档期没有落实。之前郭经理早就和基地负责人预约要租了，对方负责人和他们经理关系好，就直接口头答应了，一忙起来就忘了留下正式的预约手续。

训练中心这几天正好来了个新人负责预约登记，他一板一眼地照着预约记录来，没看到最近一个月有其他队伍预约的记录，就直接把基地转手租给了另一支电竞队伍。

现在那支队伍也都已经在大厅等着了，两队的经理争得脸红脖子粗，负责人也是尴尬地直道歉，劝了半天也不知道究竟该怎么安排。

郭经理还是理亏，一个口头约定又顶不了什么用，对方队伍有正规的预约记录，租金也都付了。可他们来都来了，总不能再打道回府吧。

爻森："哪个队？出名吗？"

郭经理："挪亚方舟，你知道的吧？"

爻森挑了挑眉，"挪亚方舟"，这支队伍也是近年来崛起的一匹黑马，在去年的亚洲赛上也进了五强，的确是一支实力不容小觑的队伍。

看自家青训队的小年轻们个个都紧张不安，生怕这次的集训泡了汤，爻森问："现在有解决办法吗？"

"负责人那边在联系另一家合作俱乐部，问问看有没有空位，如果有的话可以适当地安排一些咱们的队员过去。"郭经理叹了口气，"只是挪亚方舟的人肯定是都得

住这儿的，他们人没有我们多，全部住下也还剩下一些空位，我看能不能和他们再商量商量……哎，这事儿怪我。"

"不怪您，能解决就行。"爻森说，"他们队长来了吗？我去和他谈谈。"

"队长没来，副队长在。"

"都行，无所谓。"

郭经理进去了没两分钟，一个穿着白衬衫的男生便从里面走了出来。男生个子高挑，穿着简约干净又不俗气，黑色裤下的一双腿笔直笔直的，看着就赏心悦目，爻森对他的第一印象就十分不错。

爻森目光上移，视线落在了这位副队长的脸上。

副队长的眉毛细细长长，肤色白皙中带点米色的暖调，有着男生中难得的好皮肤。他的嘴唇挺薄，是柔和的浅粉色，自然的黑色头发蓬松柔软。

说实话，职业电竞队员熬夜是家常便饭，这么好的皮肤真的罕见。

眼前这个男生的长相俊得有些惊艳，但一双黑得像墨汁似的眼睛里的神色却是淡淡的、凉凉的，并不能说冷漠，更多的是面对陌生人时那种拘谨的礼貌。

爻森心里一动，眼前的人，带给他的感觉和其他人很不一样。他遇到过很多人，朋友也好，对手也好，从未有人只一眼就让他产生浓郁的好奇心与探究欲，唯独眼前这个人不一样，他的周身充斥着一种奇妙的磁场，很特别，也很想让人靠近。爻森忍不住盯着他，眼中闪烁着奇异又好奇的光。

挪亚方舟的副队长丝毫不知道，此时的自己已经给 Titans 的队长留下了极其深刻的印象。他走过来礼貌地朝着爻森伸出手，淡淡道："爻森队长你好，我是挪亚方舟的副队长邵涵，队长他有事得晚几天到，我……"

这熟悉的声音一出，爻森就愣了，他盯着副队长的脸问："邵萌萌？"

邵涵显然也愣住了，黑黑的眸子里多了几分愣怔，隔了半天才道："五行缺木？"

两旁站着的人面面相觑，显然是不知道这两人怎么突然跟地下党接头似的，见个面还要对个暗号。

爻森上下打量了他一眼，觉得自己绝对不会认错这个太有特点一听就让人恍惚觉得自己身在火葬场的声音："你是邵萌萌吧，那天和我组队那个。"

邵涵显然也是没想到这世上竟有这么巧的事，微微尴尬地盯了爻森几秒回答道："是我。"

"怪不得我觉得你是走专业流的，原来就是职业的。"爻森压下心里那点莫名蹿出的意外，先把正事摆出来，"看在我们还算认识的分上，你们能不能把多余的那几个位置让给我们？放心，我们绝对不会影响你们训练。"

"没问题。"邵涵回答得倒很快，听上去没什么不满，"但是我有一个请求。"

爻森一挑眉："你说。"

"爻森队长愿不愿意和我们家青训队员打场友谊赛？"邵涵说，"我们家青训队员听说你来了都挺高兴的，想见见你本人。"

爻森若有所思地看着他。

邵涵见爻森没答应，又问："行吗？"

"行啊。"爻森点点头，"只打一场吗？"

"一场就行。"邵涵回答，"谢谢。"

只是和邵涵聊了这么一小会儿，爻森就快被他的好听又冰凉酷爽的声音洗脑了。声音凉是凉了点，但架不住它好听。

邵涵准备离开的时候，爻森又把他叫住了，声音透着公事公办的诚恳："等等，邵副队长，方便加个微信吗？好联系。"

第2章 挪亚方舟

最后这事儿还是定下来了，Titans 的一队和挪亚方舟的队员一起留在这里，而 Titans 剩下的二队三队和青训队则去另一家电竞俱乐部集训。

Titans 一队四人打开为他们安排的宿舍的门，集训中心的宿舍是普通的类似学生宿舍的上下铺，而 Titans 俱乐部一直是二人间。王宇锡立刻飞奔进去抢了一张上铺的床："我好久没睡上铺的床了，谁也别跟我抢。"

白悦是 Titans 主力队的三号，电竞圈里有名的"金牌辅助"，平时的兴趣爱好便是和王宇锡互撑，他闻言道："你一个小矮个睡什么上铺。"

王宇锡："矮才要睡上铺……呸！我不矮！"

爻森随意地把背包往一个下铺上一扔，问："挪亚方舟的队员住哪儿？"

王宇锡："就这两层吧，怎么了？"

"没怎么，随便问问。"

爻森收拾好自己的东西，出来时偶然和挪亚方舟的几名青训队队员打了个照面。几个小男孩都激动地悄悄打量他，爻森朝着他们浅浅微笑了一下，他们的脊背都挺直了。

爻森来到训练室试了一下自己的新机子，手感还不错。他百无聊赖地登着自己的账号，心血来潮地打开网页搜出了 Noah's Ark 的官网。

这两年挪亚方舟的表现可圈可点，他直接找到主力队员介绍，一眼就在里面找到了邵涵那张出众的脸。

清俊迷人的脸上没什么多余的表情，但怎么看怎么舒服。

邵涵的个人排名非常优秀，履历在国内基本算得上顶尖。爻森又在百科上搜了他的名字，更让他觉得有趣的是，邵涵居然还是一个左撇子。

在职业电竞圈中，因为设备等种种问题，左撇子选手十分罕见。而邵涵的 ID（身份信息）也十分贴合他这个特点，名叫 Left。爻森仔细品味了这个名字一阵，最后竟然还品出了那么一丝丝可爱的味道。

爻森觉得自己对他的滤镜[①]有点厚。

他又登上微博，找到邵涵的微博先点了关注，发现邵涵的粉丝都自称"苔粉"。爻森觉得自己不仅滤镜厚还萌点清奇，居然觉得这也挺萌的。

邵涵发的微博不多，大部分都是关于队内或者比赛的消息，基本没有什么日常。爻森一条一条地往下翻，好不容易看见一张邵涵的照片，还是转发其他队员的。

照片照的大概是挪亚方舟队员的某次生日聚餐，主力队队员每个人都有一张单人照。照片上邵涵的鼻尖和头发上被糊上了一点奶油，大概是一瞬间抓拍的，邵涵的神情有些蒙，看向镜头的眼神透着几分茫然和无辜，没了今天白天第一次见面时那种有些矜持礼貌的疏离感。

爻森盯着这张照片看了半天，鬼使神差地保存了下来。

那条微博底下的粉丝们都在吼着邵涵可爱，爻森这才稍微觉得平和了许多，既然不止他一个人觉得可爱，那看来他的滤镜还是有救的。

爻森退出微博又打开微信，邵涵的微信号在他的列表还没有躺热，爻森就忍不住给邵涵发了消息。

爻森："你是左撇子？"

邵涵："嗯。"

---

① 网络用语，指对某人的一些行为和看法并不客观，怀有主观上的好感。

爻森："话说 Left 这个 ID 是你自己取的？"

邵涵："我妹妹帮我取的。"

爻森："邵萌萌是你妹妹？"

邵涵："嗯。"

爻森："亲妹妹？"

邵涵："嗯。"

爻森看着邵涵的回复，在心里偷偷为邵涵设下的记录印象的本子里又写上了"妹控"两个字，除了这个词，本子上还有"声音凉凉的很好听""可爱""好看""矜持"等词汇。

人员都安置好之后，爻森才带着 Titans 一队的队员们和挪亚方舟的队员们正式打了个招呼。

面对去年神话般绝地反击夺得亚冠的爻森，大部分挪亚方舟的队员都对他尊敬又憧憬。不论是从实力上还是资质上，Titans 的确比挪亚方舟要强上许多，能得到亚洲冠军的"友谊指导"那自然是好事。

爻森来到挪亚方舟青训队训练室时，他才看到正在指导青训队训练的邵涵的身影。

爻森正想打个招呼，身后的白悦先他一步上去重重地拍了拍邵涵的肩膀。

白悦大大咧咧地钩着邵涵的脖子，笑道："哎哟，邵小左，快四年没见了吧？真没想到能在这儿碰见你们。"

白悦和邵涵原本是一起在国内知名的帮睿青少年训练基地训练的青训生，各自在比赛中脱颖而出之后分别与 Titans 和挪亚方舟签了约。两人还是青训生的时候就是室友，交情一直非常不错。

因为邵涵是左撇子，在队里又是攻击位的选手，以前在青训队的时候就落了个"左撇子杀手"的外号。队员们背地里都打趣喊他"小左"，邵涵的大部分真爱粉也都知道这个外号，喜欢叫他"邵小左"。

就在白悦打算和邵涵叙叙旧时，自家队长略显微妙的声音从耳边响起："你们认识？"

白悦："认识啊，我们以前当青训生的时候还是室友呢。"

爻森松了一口气："哦，室友啊。"

邵涵看了看爻森，还是打了个招呼："爻森队长。"

"叫我名字就行。"爻森指了指自己身后的队员，"介绍一下，白悦就不说了，王宇锡，宋铭喆。"

邵涵点点头，简短道："你们好。"

爻森问："你们队其他人呢？"

"在准备今天晚上的友谊赛。"

"那方便让我先进去坐坐吗？"爻森笑了笑，"我正好熟悉一下电脑。"

王宇锡奇道："爻森，平时咱们队的内部训练赛都没见你这么积极啊？"

爻森转头微笑道："我什么时候不积极了？"

"……积极，您最积极，您一天训练二十四个小时不带停的。"

国内杯赛还有一个多月的时间就要开始了，最近这几年国内的黑马电竞队伍也越来越多，像 Titans 和 Noah's Ark 这样成立较久的老牌队伍反而压力颇大。

爻森成为 Titans 的队长之后，整个战队的面貌焕然一新，国内赛对得过亚冠的他们来说主要是作为青训队的正式训练机会。

而挪亚方舟则十分重视这次国内赛，据说他们派了主力队参加，估计也是为了下一届的亚洲区域赛乃至明年的世界决赛 World Championship of Alert in Dawn（后简称 WCAD）做准备。

自然，WCAD 也是 Titans 的目标。明年七月份的 WCAD 将是爻森带领 Titans 参加的第一个世界级决赛，爻森从来不否认自己就是奔着冠军去的。

晚饭之后，爻森应邀参加了挪亚方舟的训练赛。他在自己的机位上坐好，戴上耳机，和挪亚方舟的青训队开了一场单排赛。

邵涵主要是指导青训队的队员训练，在训练室四处走动，一边看队员们比赛一边记录他们的失误。

青训队大多都还是十六七岁的孩子，和亚洲冠军的水平有着云泥之别。爻森也不好把他们欺负得太狠免得他们回头找邵涵告状，在比赛里给他们让了不少枪，可架不住水平的巨大差别，比赛局面还是一边倒。

邵涵注意到有个队员操作有些欠妥，走过去想指导他一下，结果刚一过去那孩子就被爻森两发爆了头，弄得他刚刚伸出去的手停在空中有点尴尬。

邵涵刚开始并没有太在意，直到第三个他想要指导的队员被爻森击杀之后，他走到了爻森背后。

邵涵喊了他一声，爻森给自己找了一个掩体，这才摘下耳机问："怎么了？"

"不要下手太狠了。"邵涵看着爻森的眼神有些难以言喻的复杂，"他们不是你的对手。"

爻森无辜道："我已经让了，可你家队员打不中我啊。"

......

邵涵在爻森旁边站了一会儿，发现爻森对敌人的方位识别非常准确，正想问问爻森是怎么练的听声辨位，无意间低头一看，却发现爻森的耳机根本没连着电脑，而是连着手机，耳机里还隐隐地传来音乐的声音。

邵涵："……"

这一次的友谊赛提前让挪亚方舟一众青训队的小年轻体会到了什么叫阶级支配，电竞这个行业就是这样，不玩花样少靠运气，要的就是那压倒性的实力。

成为一个优秀的电竞选手的第一步，就是清楚地明白自己和别人的差距到底有多大。

友谊赛的复盘爻森也一直颇有耐心地适时给出一些意见，等到整个复盘结束已经是夜里十一点多钟了。

邵涵："抱歉，拖到这么晚。"

爻森："没关系，反正我晚上也没其他事。"

邵涵："我请你喝饮料吧。"

邵涵在自动贩卖机里买了一瓶冰雪碧递给爻森，爻森接过的时候碰到了邵涵的手指，他的手指微凉，带着瓶身上轻微的湿意。

爻森拧开瓶盖喝了一口，冰凉酷爽的柠檬味汽水让人倍感舒适，和邵涵的声音带给他的感觉很像。

两人一边聊着一边回宿舍区，最后在宿舍楼道里道了别。邵涵转身离开，爻森又在原地稍微站了站等了一会儿，直到看到邵涵进了宿舍。

秉着日后有空的时候可以来找邵涵单排的打算，爻森给自己找了个正当理由记下了邵涵宿舍的门牌号。

第3章　五行缺木

Titans 剩下的队员被安置在距离爻森他们半个多小时车程的另一家训练中心里，爻森刚在这边安顿下来不到两天，就接到了自家经理打来的求救电话。

郭经理说青训队的小屁孩们看不到他们的偶像队长，茶饭不思，连训练都少了精气神，爻森再不来安抚一下他们给他们加加油，这群小年青都快夜不能寐了。

他痛心疾首地说："他们进战队来除了是为了自己的梦想，还是为了你啊？"

爻森快速地回答："我就是他们的梦想。"

"……"

"行了，我和王宇锡明天过去看看。"

"OK，OK，就等你这句话了。"

第二天一早，爻森便和王宇锡两人去了青训队所在的基地，指导青训队训练。

队长一出现，青训队的小孩儿们便振奋多了，好像光是被他们敬爱的队长看着，操作就可以提升一个档次。爻森离开时青训队员站起来齐刷刷地吼"队长辛苦了"，仿佛爻森是某个下来乡村视察的领导。

爻森和王宇锡两人坐车回俱乐部的路上，王宇锡抱着手臂思索道："爻森，你不觉得咱们队的个人崇拜有点过分吗？要是你以后退役了，那咱队的小孩们怎么办啊？"

爻森："不怎么办。"

王宇锡自信满满："不过我们还年轻呢，在我找到女朋友之前，我是坚决不会退役的。"

爻森点了点头，心里认真思考着王宇锡这句话的可行性。

两人进了俱乐部大门，爻森偶然看见一个穿着淡蓝色队服的男人坐在大厅右侧休息区的沙发上。听到脚步声，对方回过头，和爻森打了一个照面。

爻森觉得这人的样貌有些眼熟，大概是在网上见过，直到王宇锡凑到他耳边低声说："这人是挪亚方舟的队长。"他才想起来是前几天逛挪亚官网时看见了他的照片。

挪亚方舟的队长林岚，亚服单排前八。爻森虽然没有和他在比赛上正面遇到过，但也多少听说过林岚这个名字。

林岚比爻森大上三四岁，神情严肃得有些让人望而生畏。就在爻森想着多少也和对方打个招呼的时候，二楼走下来一个身影。

"队长。"

熟悉的凉薄的声音让爻森忍不住回头，邵涵走了下来，见爻森也在，朝着他点了点头，和林岚一起上了楼。

晚上的时候爻森和一队众人进行常规训练，休息的时候拐去其他训练室附近的自动贩卖机买饮料，偶然听到隔壁训练室里传来一阵严肃的批评。

挪亚方舟的一队似乎也正在做着队内训练，林岚站在邵涵身边，抱着手臂紧皱着眉，显然是对邵涵的表现并不满意。剩下两个队员也都各自坐在一边，紧张得一言不发。

林岚沉声道："你右边反应还是不够快。"

邵涵："抱歉队长，我不太习惯这个鼠标。"

"尽快。"林岚皱着眉回答，又回头看了看另外两人，"休息十分钟，再开两局复盘。"

身旁的玻璃窗忽然被人敲了敲，邵涵回过头，发现爻森不知何时站在了训练室外。邵涵站起身走了出来："有事吗？"

"喝水吗？"爻森把手里的饮料递过去，悄悄地说，"你们队长好严肃。"

邵涵接过饮料说了一声"谢谢"，顿了顿回答："确实是我自己有问题，不能怪队长。"

"他一直都这样吗？"

"队长他对我们一直都挺严格的。"邵涵盯着自己机位上的那台电脑，缓缓地说，"不过我们都能理解，他再玩不了多久就要退役了。现在挪亚方舟还没有拿到特别好的成绩，他肯定希望在他退役之前，挪亚方舟可以有一个好成绩的。"

爻森顿了顿，说："你要是觉得你右边反应不够快的话，可以试试加强手腕训练，我看你好像经常用手臂，二者结合一下也许更好。"

邵涵沉默了一阵，就在爻森觉得他大概没有采纳意见的时候，他说："可以试试。"

爻森盯着他，心里忽然就有股得寸进尺的冲动："要是成功了，记得请我吃饭。"

邵涵大概是没料到爻森还挺不见外的，眼里多了些好笑的意味，一张俊脸上的神色意外地带了几分柔和的笑意，微挑的嘴角颇为迷人："行。"

爻森大方地盯着他看，心想，这人长得真的挺好看。

邵涵："我该回去了，谢谢你的饮料。"

爻森点了点头，从自动贩卖机里替自己重新买了一瓶饮料，悠闲地哼着歌回了自己的训练室。

相比起挪亚方舟，Titans 一队的日常训练可就轻松多了，爻森拉开自己的椅子坐下，说："看看人家挪亚的训练多刻苦，到时候你们可别连挪亚都打不赢了。"

王宇锡一边打一边说："什么叫'连'？你瞧不起人家挪亚吗？"

"挪亚实力确实没我们强。"一旁的白悦说，"这次国内赛不出意外的话，咱们肯定会和挪亚碰上的。"

"老大，"宋铭喆的身材高大魁梧，声音浑厚有力，还习惯管爻森叫"老大"，每次往爻森身边一站，都得让旁人以为爻森是哪家带了贴身保镖的少爷，"这次国内赛咱们一队真的不参加吗？"

"不参加，把名额留给青训预备队。"

王宇锡："要是碰上了挪亚的一队怎么办？那不得被吊着打吗？"

"吊着打就吊着打。"爻森无所谓地说，"本来就不是为了让他们赢的，这个过程应该经历经历。"

王宇锡："那请问你经历过被吊着打这个过程吗？"

爻森毫无愧色地回答："没有。"

"不过你们真别说，"白悦道："挪亚的风格还挺不好应付的，他们队伍整体重防，而且擅长讲策略、打消耗战，他们的对手基本上是被玩死的。"

王宇锡问："你不是和他们一队那个姓邵的左撇子挺熟吗？有什么情报给我们透露一下呗？"

听到邵涵被提起，爻森竖起了耳朵。

"邵涵是真的不好对付。"白悦回答，"别看他看上去凉凉的，那得是妥妥地让对手凉，操作溜，命中率高，算是挪亚的收人头担当。而且他是左撇子，有时候动作猜不到，他左侧的命中率可能不比爻森低。以前我和他一起在青训队的时候，他被叫'左撇子杀手'不是没有理由的，我觉得他去挪亚是屈才了。"

爻森问："那他为什么去挪亚？"

"不知道，我记得我收到 Titans 邀请的时候他也同时收到了眼镜蛇的邀请。眼镜蛇可是去年亚洲赛季军啊，虽然比不上咱们，比挪亚水平还是高一些。可邵涵拒绝了，原因也没听他说过。"

"Titans 怎么没邀请他？"

"我怎么知道，Titans 当年也没现在这种名气啊。"

王宇锡搜了一下邵涵的微博，浏览了一阵之后唏嘘了两声："这小样儿粉丝还挺多，明明单排还没我高呢，这就是帅哥的特权吗？"

白悦："别说了，现在电竞出名也得靠脸了。"

宋铭喆作为一个忠实的爻森粉，他坚定道："他的粉丝肯定没有老大多。"

王宇锡鄙夷地说："行了老宋，你一天不说话也没人觉得你不是爻森的脑残粉……欸，爻森，他的粉丝里居然有你，你什么时候关注的？"

"前几天。"

王宇锡叹了一口气，向后瘫在了椅子上："什么时候我能有爻森一半多的女粉丝就好了。"

白悦残忍地拆穿艰难的王宇锡："那你得有爻森一半颜值才行。"

王宇锡翻了个白眼。

这两天爻森抽空看了邵涵的直播视频，邵涵的直播走的是技术流，话不多，认认真真地讲解科普。

邵涵直播的时间大多在晚上睡觉前，爻森给自己创建了一个新号，边看边随手给他刷礼物，一不小心居然还把自己刷上了金主榜单。

爻森觉得邵涵的声音是真的听得人特别舒服，凉凉的像一杯冰柠檬水，还带着迷人的气泡，邵涵要是以后退役了去当个 ASMR[①] 主播，爻森绝对第一个买账。

爻森一般比其他人都睡得早些，他的睡眠质量其实并不算好，经常会失眠，这天晚上听了邵涵的声音之后，他反而入睡得比平时都快。

国内赛的报名结果出来了，除了一些老牌的队伍，今年还有许多新兴队伍的身影。有了目标之后，青训队队员的训练也加紧了，队员们都绷紧了神经，都希望好好把握这比赛前的一个月时间。

爻森也适当延长了自己的训练时间，虽然说他不参加国内赛，但是训练的强度得一直维持到 WCAD。一个亚冠还只是他的开胃菜，真正的正餐在明年。

爻森个人训练的时候一般都用自己的小号，这天他又登了自己的小号"五行缺木"，搜了邵涵大号的 ID 发去了好友邀请，没过多久邵涵便同意了。

爻森自己开了几次单排，手机突然给他发推送说："你关注的主播开播了。"他关注的主播只有邵涵一个人，他便随手点进了邵涵的直播间。

邵涵说今天打算随便找一个好友开双排，爻森嘴角一勾，二话不说直接用小号给邵涵发去了双排邀请。

系统："玩家五行缺木邀请您进行双人组队游戏。"

邵涵看着角落里弹出来的组队邀请，陷入了一阵沉默。

第4章　大神还是"菜鸡"

邵涵心知肚明五行缺木是爻森的小号，一时有些为难。他觉得自己可能是碰巧遇到了爻森的邀请，殊不知某人这么做是大写的"故意"两个字。

---

① 即自发性知觉经络反应，意思是指人体通过视、听、触、嗅等感知上的刺激，在颅内、头皮、背部或身体其他部位产生的令人愉悦的独特刺激感，又名耳音、颅内高潮等。

面对百万人气直播间的镜头，爻森也不好说什么，只能说："刚好有人邀请，那我就接受了。"

这一局只排了十支队伍进来，爻森和业余的玩家玩双排，一般不讲什么策略，基本就是靠拿枪直接上去干。更何况邵涵还在自己旁边，这么多粉丝看着，爻森觉得自己最好表现得菜鸡一点才能体现出邵涵的能力，不然他一个人抢了所有人头的话让邵涵多没面子。

如此思考下来，爻森决定这一局装傻。

爻森端着枪跟在邵涵的身后亦步亦趋，把一个需要大神带着上分的菜鸡出演得活灵活现。邵涵还时不时地回过头看他，镜头里的他满脸都写着："你在干吗？"

两人进了一栋二层的楼房等着一波空投，顺便找找有没有东西可以捡。这附近是玩家基本都会来的地方，邵涵捡了消音器给自己的98k装上，问爻森："那个……你盯右边？"

爻森自觉地走到了右边窗口，低头就看见几个戴着头和甲的敌人在建筑物周围的草丛里鬼鬼祟祟地靠近，他举起枪朝那群人放了两次，又非常有诚意地故意没打中他们。

邵涵听到枪声，问他："打中了？"

爻森发送快捷人物语音说："没有。"

邵涵神色古怪地顿了顿，又说："好吧……没事。"

队友君有点菜啊……刚才已经挺近了。

"辣鸡①"。

不行就别拖我邵哥后腿行不行……

今天杠精特别多。

邵哥都没说啥呢，轮得到你们说？

邵哥削他们！

这就是传说中的双人单排？

……

业余玩家自然是和职业的比不了，邵涵几个点杀就把人头收得干干净净。爻森玩得不亦乐乎，以前都是他带别人，没想到装菜鸡被人带的感觉竟然如此之爽。

---

① "垃圾"的谐音。

两人舔了包之后便朝着营地跑，空投的时候还幸运地捡了一把不错的狙击枪。爻森把托腮板和扩容弹夹都一股脑儿给了邵涵，自己轻轻松松只拿了一把手枪，其他什么也不带，仿佛自觉地给邵涵当了个四级人肉包。

邵涵面前的地板上被爻森丢了一堆东西，都是爻森留给他捡的，还有几把不错的枪。邵涵有些狐疑，觉得自己有点跟不上亚洲冠军的游戏思路。

大部分的玩家都已经开始聚集在了营地，邵涵和爻森两人躲在一辆翻倒的车辆背后，听着营地上一片混乱的枪声。

邵涵时不时地从侧面探出枪口，收一两个人头，目前他的人头数已经是八个了，而爻森还是两个。

邵涵看了一眼实时的排名，起身跳上车顶，直接和敌人对枪。邵涵赢就赢在他的准头好、手稳，很快又轻松收了几个人头。

有人趁乱从侧面掩体中跑出来和邵涵对枪，打掉了邵涵的二级头。邵涵从车顶跳下，就地一滚，子弹给对方修了修脚，对方摔倒之后又两枪被爆了头。

很快邵涵和爻森两人的队伍就占领营地胜利了，邵涵还剩下大概六分之一的血，爻森则满血"躺赢"。

"666666"我邵哥太"6"了！

邵哥最后那一波滚地操作超帅！

不是，邵哥队友真的也太 low① 了吧！

感觉队友君完全没动，纯粹就是小左在拿人头啊……

队友其实就是想让我小左带吧，有大神带难道你不想"躺赢"吗？

呃，但是还是觉得意难平。

……

感觉弹幕渐渐地开始针对五行缺木了，邵涵心里无奈万分，只好道："五行缺木是我的朋友，他平时打得很好的，今天只是……"

爻森看戏不嫌事大，噼里啪啦就打上一串字。

在直播间众目睽睽之下，邵涵看见五行缺木发了一条消息上来："邵哥，我和

---

① 网络用语，"很差"的意思。

Titans 的队长谁玩得更好？"

邵涵使劲控制住自己在镜头面前翻白眼的冲动："……"

森神把我炸出来了。

我森怎么突然被 cue①？有毒②吧？

这人是不是有病？

这位大兄弟你知道自己在说啥吗？

挪亚唯粉③看到其他队伍并不舒服，麻烦这位五行菊苣④自重。

嗯？有些人很奇怪欸，别人想说啥就说啥还在乎你是不是唯粉了？

弹幕戾气怎么这么重，邵哥都说了五行缺木是他朋友，朋友之间开个玩笑又怎么了？难道你从来没拿大佬开过玩笑？

……

邵涵尴尬地咳了两声，看爻森一副自己不回答不会罢休的模样，只好勉强答道："论技术的话当然是爻森队长，但是你也……不错。"

五行缺木："真的啊？"

五行缺木："哈哈，谢谢你啊！"

小左真的很给人面子了！

这人是不是森神的高级黑⑤啊！

在邵哥的直播间里总提 YS⑥干吗？我看这人一开始就是有病，知道邵哥今天直播故意的吧！

森神招你惹你了全名都不写？

———————

① 网络用语，"提到"的意思。

② 网络用语，形容某人、某事很搞笑、无厘头或者极其令人无语。

③ 是指在某一真人偶像团体中只喜欢某一个成员，对其他成员则仅是路人，甚至是黑的的粉丝。

④ 网络用语，夸奖"大神"的赞美之词。

⑤ 网络用语，指灵活运用高深的汉语语言文学技巧，以深入浅出，却一针见血的方式进行精准的抹黑、抨击。

⑥ "YS"是"爻森"的缩写，这里表示对粉丝在邵涵直播间提起爻森的不满。

感觉队友君回答的语气怪怪的……

……

五行缺木："我先下了，改天再玩。"

邵涵："嗯。"

爻森退出了自己的小号，等到邵涵下播之后，他发了一条微博："听说挪亚副队长在直播里夸了我。"很快便收到评论：

森神你竟然偷看邵哥直播！

ID"Titans_森"："我大大方方地看。"

………………祝99①？

这得意的语气是怎么回事，森神你今天吃药了吗？

邵哥快来看看这就是你夸的森神，同时发了一个无辜狗头的表情包 @ID"NA_Left"。

我刚才居然和森神看同一个直播！四舍五入我和森神是不是可以结婚了？！

醒醒，老妹儿，搬砖了！

话说森神你海皇直播的ID是啥？让我去金主榜上找找你（后面配了一个无辜狗头的表情包）。

……

第二天吃早饭时，王宇锡坐在爻森的对面喝玉米粥，突然刷到爻森昨晚发的这条微博，抬起头奇道："爻森，你昨晚发那条微博什么意思啊？谁夸你？"

"字面意思。"爻森回答，"挪亚我认识的副队长能有几个？"

"一队那个左撇子？他夸你什么？"

"夸我玩得好。"

王宇锡一脸不信："人家无缘无故干吗夸你玩得好？你别自恋了。"

爻森点点头："你说对了，他夸我长得帅。"

"……OK，我信他夸你玩得好。"王宇锡啧了两声，"你那条微博都被转发了快一千了，怎么说句这么没营养的话都有这么多人要转，你的粉丝都瞎了？"

---

① 祝森左天长地久的意思，cp粉用语。

爻森心想，要是王宇锡知道了事情的来龙去脉绝对要说他戏精，于是随口道："怎么没营养了？我这是在和挪亚搞好外交关系。"

王宇锡一边翻着那条微博的评论一边吐槽："你俩的 CP 都组上了，不就是你看了他的直播吗？这还没同框没对视呢，这不符合同人界的基本定理。"

就在这时，说曹操曹操到，邵涵从二楼走了下来。他买了早饭之后四处看了看，见没别的座位便坐在了爻森他们隔壁桌。

邵涵拿起筷子，忍不住扭头看了爻森一眼："你昨晚怎么突然邀请我？"

"我那个时候正好在看你直播啊，就想入个镜。"

"……你为什么不用大号呢？"

"就想玩小号。"

王宇锡插嘴道："爻森你不是从来都不看直播的吗？"

爻森："我现在看，不行吗？"

"你以前明明说直播都是业余才……"

爻森在王宇锡把话说完之前把一根油条塞进了他叽里呱啦的嘴里，同时把王宇锡餐盘里一块还没动过的葱油饼放进了邵涵盘子里："算我谢谢你昨晚带我'躺赢'。"

王宇锡："你拿我的干吗？自己买去！"

爻森："进了一个队大家就是一家人了，一家人还分什么你我。"

"那我上次借你的剃须刀，你还不肯借我。"

"共用剃须刀多恶心啊，你讲不讲卫生？"

邵涵看着自己盘子里的葱油饼："……谢谢，不用了吧，我吃不了这么多。"

爻森回头和王宇锡拌了两句嘴，又对邵涵道："你饭量这么小吗？"

"今天没什么胃口。"

"没事，吃不完留给王宇锡。"

王宇锡："什么？"

邵涵还是把那块饼还给王宇锡了，并且非常细心地连带着放饼的盘子都给了他，免得食物被自己吃过的筷子碰到。吃完后，他便和爻森几人道别，自己去训练室了。

最近训练的时间都延长了，爻森是比较习惯早点回宿舍的人，这几天晚上十一点多路过挪亚方舟的训练室，基本都能看见他们的队员还在夜训。

今天的训练结束之后邵涵的确是有些疲惫了，之前听从爻森的建议要训练手腕的灵活度，一整天下来整个手腕都是酸的。

他揉着自己的手腕走出训练室，却发现爻森正从楼梯走上来，头上还戴着耳机。

邵涵微微讶异地看着他："你还没休息？"

"我刚跑步回来，你刚训练完？"

爻森身上穿着运动服，额头上还挂着几滴汗珠。

邵涵点点头："你喜欢夜跑？"

"也不是喜欢。"爻森摘下耳机，无奈地笑了笑，"就想睡前慢跑一下可能会比较容易睡着，我一直都有点失眠。"

"失眠？"

"我就是比较容易失眠，没其他原因。"爻森说，"反正我已经习惯了。"

有些职业电竞选手确实会失眠，睡眠质量不好又会影响第二天的注意力，邵涵倒是从爻森身上看不出来这点，他问："一直都这样吗？"

"隔三岔五就会吧。"爻森顿了顿，"之前看了你直播之后，反而睡得挺快的。"

邵涵微微苦闷道："……因为我直播很催眠？"

爻森轻挑嘴角："那倒不是，是因为你的声音很好听，听着容易入睡。"

邵涵愣了愣。

"所以我猜我今晚会睡得不错。"爻森轻笑道，"毕竟睡前和你聊了天。"

第5章　邵萌萌

邵涵望着爻森，随后垂下眼睫，半天都没说话。

也许是因为爻森的外表和举止都富有人格魅力，第一眼看到他时，邵涵就觉得爻森周身环绕着一种气场——俗称"社交牛逼症"的气场。

就在邵涵内心里进行着复杂的思考的时候，爻森没再继续这个话题，说了晚安便回了自己的宿舍。

见爻森回来了，坐在床上吃零食的王宇锡说："爻森，勾教练让你明天去青训队那边一趟。"

爻森："怎么又是我？换老宋和白悦去啊。"

"不是你自己说的你是他们的梦想吗？你不去他们就成失去梦想的咸鱼了。"王宇锡说，"而且这可是老勾的原话，你敢不去？"

勾教练是 Titans 俱乐部的王牌教练，当了六年，说话做事说一不二。既然连勾教练都开了口，那爻森知道自己是肯定得跑这一趟了。

第二天一早，爻森就坐车去了青训队所在的俱乐部。最近 Titans 的青训队状态不错，就连万年顶着一副别人欠他八百万模样的勾教练都少见地夸了两句。

训练赛结束之后，勾教练把爻森单独叫了出来，打算和他说说这次国内赛的事。

勾教练递给爻森一份名单，说："国内赛分组名单已经出来了，你看一下吧。"

爻森接过仔细浏览了一番，国内赛一直采取半排名半抽签的方式分组，分组的情况总体上和他预想的出入不大。

除此之外，挪亚方舟的一队和眼镜蛇的一队不出意外的话会正面撞上，挪亚方舟最近几年的排名一直没有超过眼镜蛇，邵涵他们要赢恐怕并不容易。

"这次比赛你注意下一个人，好好观察观察。"勾教练说，"眼镜蛇一队的三号沈佑，能力综合辅助强，命中率也不错。这个人不好对付，以后碰上了要小心。"

"行，没问题。"

爻森对这个名字隐约有点记忆，大概也是在以往的比赛里看到过。他用手机搜了一下沈佑这个人，沈佑是眼镜蛇主力队的副队长，亚服单人排名前十。

爻森接着翻到分组名单表格的附录，上面写明了各个队伍的参赛选手的名字和组内编号。爻森下意识地去找挪亚方舟，找到之后却微微惊讶地顿住了。

这次国内赛挪亚方舟的参赛人员名单里竟然没有邵涵。

当天晚上，心里十分意难平的爻森回了俱乐部之后便和邵涵发了个消息。

爻森："我看到国内赛的分组名单了，你不参加吗？"

邵涵："我们队替补还没有正式上场过，怕参加 WCAD 的时候正式队员出什么问题而替补还不成熟，所以替了我。"

邵涵不去参加比赛这事儿爻森确实没预料到，不能看他现场打一场比赛，想想便觉得十分可惜。

现在已经是国内赛前最后一星期了，Titans 的一队队员轮流往青训队那边跑，给那群小孩加油打气。

自从看了邵涵的直播之后，爻森也对业余玩家的直播产生了一点兴趣，最近也抽空看了一些。虽然说大部分业余直播都是竞技版的比赛，但现在某些业余选手的技术还真的不像他想得那么花里胡哨，里面还真有不少技术不错的人。

爻森思索着等这一届青训队队员出山之后，Titans下次说不定可以试着从这些主播里找找人才。

这天中午爻森训练完来到餐厅打算吃午饭，刚打好饭和自己的队友坐下，就看见邵涵也坐在不远处，面前还坐着一个陌生的小姑娘。

女孩儿正好背对着他们，正和邵涵兴奋地聊着天。邵涵的神色竟前所未有的温和，时不时眼里就会带点笑意，偶尔还会把自己碗里的菜夹给对方。

爻森忍不住问："那是谁？"

"不知道，人家女朋友吧。"王宇锡随口说，"人家都有可爱的女朋友来慰问，我却只能成天面对你们这群糙老爷们儿。"

爻森盯着那两人看，那小姑娘穿着一身甜美修身的连衣裙，个子小巧，微卷的头发看上去蓬松可爱。

爻森盯着女孩儿的背影，低头喝了口汤。

王宇锡皱眉："嗯？怎么这么大股醋味儿？"

爻森呛了一口，咳了两声。

白悦："哦，我往我牛肉面里加了醋。"

"你怎么加那么多？不嫌酸吗？"

"不酸啊，挺开胃的。"

这边的喧闹声引起了那边那两人的注意，女孩儿回头望向这边，目光落在爻森身上，眼睛猛地一亮。

女孩儿立马站起跑了过来，趴到爻森面前的桌子上，双颊兴奋得红扑扑的："森神！是你吗森神！天哪！真的是你！你比电视上还帅！"

爻森一桌都被吓了一跳，爻森这才定睛看了看这女孩，长相清秀可爱，皮肤又细又白，眉毛也是细细的长长的——仔细一看竟然和邵涵长得还挺像。

爻森一下就反应过来了，这活蹦乱跳的女孩儿应该是邵涵的妹妹。想到这儿，他身体不知不觉就放松下来，心里的疑惑一扫而空。

爻森抬头望着跟过来的邵涵："你妹妹？"

邵涵点点头，把大大咧咧的妹妹拎过来，无奈地看了她一眼："她是你的粉丝。"

"森神你好，我叫邵萌！"邵萌挣脱开她哥的手臂，激动地握住爻森的手上下摇，"我今天是来看我哥的，他居然都不主动告诉我他和森神你一个俱乐部，简直不是亲哥！"

爻森笑道："不怪你哥，你哥平时训练可辛苦了。"

邵萌从包里翻着纸笔，说："森神帮我签个名拍张照吧，我真的……超级……超级……喜欢你的！你不知道去年你夺得亚冠的视频我看了多少遍吧？解说员的解说词我都快背下来了！"

王宇锡和白悦又羡慕又嫉妒地看着爻森喜获可爱的迷妹粉丝一位，心里对上天不公的控诉陡然强烈。宋铭喆心里则没有任何意难平，越发笃定了自家老大的魅力。

签了名拍了照之后，看小萌还拉着爻森不肯走，邵涵忍不住有些头疼，劝道："你差不多行了，一会儿爻森他们还要训练，你别打扰人家训练了。"

邵萌依依不舍地看了爻森一眼，对邵涵说："好吧，哥，那我就先回去了。妈让我和你说一定要记得好好吃饭，下次回家要是再瘦了她要把外婆接过来管你。"

邵涵面上有些尴尬，嘴唇也微微撇了撇。

邵涵领着妹妹出去："知道了，路上注意安全，坐出租车的话把车牌号告诉我，到家给我发个消息。"

"嗯，哥拜拜，森神拜拜，训练加油！"

送走妹妹之后，邵涵还有些不好意思，微微窘迫道："小萌她挺自来熟的，崇拜你很久了，看见你比较激动，你别介意。"

爻森笑着说："没事，挺可爱的。"

和她哥一样可爱。

邵涵说他今天得早点去指导青训队员训练，便和众人说了再见。

距离国内赛开赛还有两天的那个下午，挪亚方舟已经准备动身去位于 A 市的职业电竞赛场的主办方酒店，青训队员得提前去赛场熟悉环境。

Titans 俱乐部则打算开赛前一天晚上再去，他和邵涵道了别，把对方送上大巴车。

这次国内赛的参赛人数创历史新高，爻森他们抵达 A 市的时候，街边的广告牌和 LED 大屏上都在循环播放着这次赛事的简介。

赛场周围有不少贩卖比赛官方纪念品和各个电竞队伍周边的商店，爻森在酒店收拾好东西之后便出来闲逛。

比赛明天就要正式开始了，来看比赛的电竞爱好者们基本都到了，现在也是电竞相关产业一年难有的旺季，电竞周边店里挤满了人。

Titans 是热门队伍，周边虽然不便宜，但也卖得火爆，爻森甚至还在店里找到了印有自己签名和队伍 Logo 的马克杯。

其实杯子也就是非常普通的变色马克杯，但看周围买的人不少，搞得爻森自己也很蠢蠢欲动，最后干脆掏钱买了一个。

他回到酒店后，给杯子拍了一张照片，随手发了条微博。"今天去逛周边店了，随手买了一个，我觉得 Titans 的周边卖得真的有点贵，你们觉得呢？"很快收到评论：

森神你是有多自恋竟然买自己签名的周边！

那是因为大家爱你啊，不然谁会买这么丑的杯子。

哈哈哈哈哈哈！说什么实话呢！

第一次看见有人吐槽自家东西贵（后面配了一个无辜狗头的表情包）。

周边商：我求求你闭嘴打游戏去吧！

森哥小心手机被没收（后面配了一个无辜狗头的表情包）。

……

爻森想了想，打开微信找到邵涵，给他发消息道："送你个杯子要吗？我们队的周边，有我的签名。"

邵涵："谢谢，小萌应该很喜欢，我可以送给她吗？"

爻森："可以啊，我看你们队好像也住主办方酒店，你住哪儿我给你送去。"

邵涵："你什么时候方便我去拿就好。"

爻森："我刚好半小时后要和队友出去吃夜宵，我在大厅等你。"

半小时后，爻森带着那个马克杯来到酒店大厅，邵涵已经在大厅等着了。

两人刚刚碰面，几个穿着银白色队服的人从酒店大门有说有笑地走了进来。爻森顺着声音扭头一看，一眼便看见他们的队服上印着一个颇具个性的图案——眼镜蛇。

第6章 眼镜蛇

爻森的目光似乎多少引起了他们的注意，Titans 的队长几乎没有人不知道，有人轻轻撞了撞队友，低声耳语了几句，几位眼镜蛇的队员也都看了过来。

邵涵却在看到他们的一刻怔了怔，很快又移开了视线，神色莫名有些躲闪。爻森没错过邵涵这些反常的小动作，扭头就见一名眼镜蛇的队员竟朝着他俩走了过来。

爻森第一眼便觉得那人十分眼熟，至少是在其他队伍的介绍里看见过。勾教练不久前的话浮现在脑海中，爻森顿时回想起来，这个人是眼镜蛇的三号沈佑。

沈佑停在他们面前，目光扫过爻森，最后停在邵涵身上："邵涵，这次比赛你会参加吗？"

邵涵沉默着，嘴唇抿得紧紧的，眼睛里少见地堆积着些许迟疑。半晌他才抬起眼眸，正视着沈佑，回答："不参加。"

"那真是太可惜了。"沈佑颇为遗憾地回答，"那就 WCAD 赛场上再见面吧。"

沈佑说完，看了爻森一眼，礼貌地和他微微点头，转身离开了。

爻森沉默地看着他们离开，回头看见邵涵也望着沈佑离开的方向，问道："你们认识？"

"嗯。"

"怎么了？"爻森敏锐地问。

"没什么。"邵涵眼里那股异样的情绪不见了，抬眼望着爻森，"谢谢你的杯子，明天还有开幕式要参加，今天早点休息吧。"

"嗯，你也是。"

爻森若有所思地看着邵涵离开，不管是出于客观原因还是主观动机，他都觉得自己的确很有必要关注一下那位眼镜蛇三号。

Titans 一行人吃了夜宵回来，在爻森和王宇锡两人的房间里串门聊天。爻森在一旁的单人沙发上坐下，脚往腿凳上一搭："我问你们个事儿。"

"啥事儿？"

"人在什么情况下看见另一个人会露出尴尬和躲闪的表情？"

王宇锡奇道："请问你是准备退役后转行研究心理学吗？不是我打击你，这个行业跨度有点太大了。"

白悦："爻森你问这个干吗？"

"随便问问。"爻森说，"你们想象一下，代入一下自己？"

王宇锡："一不小心在人多的地方放了个响屁？"

爻森："王宇锡禁言。"

"开玩笑，我王宇锡是要成为电竞冠军的男人，让我来给你分析分析。"王宇锡放下手机盘腿坐在了床上，"说真的，我觉得一个人会露出这种表情极有可能是因为他遇到了自己不想遇到的人。"

"比如说谁？"

"看不惯的人？仇人？"

"你别瞎分析，仇人是不会尴尬的。"白悦插话道，"过来人告诉你，法治社会最有可能露出这种表情的时候是遇到自己的前任。"

"你怎么成过来人了？"

"我不像你是母胎solo①，好吗？"

爻森若有所思地沉默了一阵，就在众人以为他还有什么话想说的时候，他却以第二天还有开幕式要参加必须早起为由，把白悦和宋铭喆都赶回房间睡觉了。

爻森的睡眠质量一向不好，每次换床睡觉的时候失眠会更严重，再加上这天晚上他颇有点心事，第二天他不得不顶着黑眼圈起床，郭经理嫌他黑眼圈影响上镜还硬是让助理给他补了点妆。

爻森换上 Titans 的队服，乘车去赛场的途中沿路都有记者和粉丝跟拍，他甚至还看到不少粉丝拉着为 Titans 加油的 banner（横幅广告）喊着队伍宣言。

到了赛场，爻森下车之后，几个摄像机凑过来跟着他一路拍。爻森不太喜欢被镜头掉着的感觉，只能对着镜头露出不失礼貌的迷人微笑。

没想到这微笑让一旁的记者们更兴奋了，赛场周围的 Titans 粉丝尤其是女粉丝都激动地尖叫起来，记者们都推着话筒想采访采访这位亚洲冠军露出微笑究竟是什么心情。

好不容易打发掉记者，爻森和一干队友进了选手休息室，他有些莫名其妙地说："摄像机都快掉我脸上了，我又不是用脸打游戏。"

王宇锡拍了拍爻森肩膀："你清醒一点，你要是长得丑是不会有今天这么多粉丝的。"

队伍入场是按照积分顺序的，Titans 和挪亚方舟两个队伍挨得挺近。爻森站在队伍最前面，他回头扫了一眼，挪亚方舟就排在距离他们两个队伍之后。

爻森在队伍中看见了邵涵，他整整齐齐地穿着淡蓝色的队服，正和队友们聊着天。赛场里很暖和，邵涵将外套袖子卷到手肘，露出一截修长又白皙的小臂。

今年的国内赛赛制和以往有一些差别，第一轮的比赛是四晋一淘汰赛，每一局都

---

① 网络用语，指从出生开始一直单身的人。

有四组队伍同时开赛，第一轮结束之后将只剩下十六支队伍晋级第二轮。

这次比赛，大部分参赛的队伍都是青训队或者非主力队，爻森这些老将看起来并没有什么意思。爻森一会儿盯着大屏幕上的赛情直播，一会儿又眼神飘着去左下方的挪亚队员观战区找邵涵。

一旁的勾教练提醒他看大屏幕，导播有时候会随机把镜头切到观战区，要是正好拍到爻森走神不看比赛的样子那就太毁形象了。

爻森只好去看大屏幕，偏偏摄像机还经常凑过来拍他，爻森装作看得认真，时不时还点点头。

第一轮全四局的比赛在开赛第二天结束，结果中规中矩，并没有爆出冷门与黑马，大致都在预料之中。

第二轮八分之一决赛的时候 Titans、挪亚方舟和眼镜蛇正好被分开在三个不同的小组，最后势必会碰到一起，给今年国内赛留足了噱头。

而这次 Titans 和其他几个亚洲排名靠前队伍的国内赛目标并不是赢，毕竟他们都只派了青训预备队参加，真正的看点是挪亚方舟和眼镜蛇一队的较量。

八分之一决赛和之后的四分之一决赛采用了三局两胜制，而最终的半决赛和决赛则是五局积分制。

轮到眼镜蛇的比赛时，爻森认真地看完了比赛全程。

在一个四人队伍中，约定俗成队长为一号，而除队长外命中率最高的输出型选手则为二号，次命中率的选手或者首位辅助选手为三号，副位辅助或综合型的选手为四号。

而爻森却意外地发现，沈佑身为三号队员，百分之七十的整体指挥都是由他完成的而并不是身为队长的一号。

至此眼镜蛇一队的队伍定位已经非常明确了，这是一个与大多数包括 Titans 在内的"队长核心"模式不同，采用非传统的"辅助核心"模式的队伍。

眼镜蛇的比赛结束之后，按理说他们的队员们应该找选手观战席坐下，沈佑却先暂时下了场，独自去了选手休息室。

休息室里的壁挂电视屏幕上正播放着目前的队伍战绩排名，沈佑接了一杯水在沙发上坐下，抬头看着屏幕，放下杯子的时候却一个不留神将杯底碰在了桌面上垒着的杂志上，杯子里的水洒出来一片。

沈佑正想起身找找周围有没有纸巾，一只拿着纸巾盒的手却忽然递到了他面前。沈佑道了声谢，抬头一看，正对上手臂主人微弯的笑眼。

沈佑一怔："……爻森队长？"

爻森："刚才指挥得不错。"

沈佑微微狐疑地皱起了眉，眼里多了几分困惑的微妙表情，毕竟刚才和他们对战的只是一支青训队而已，似乎用不着特意用"不错"来形容。

沈佑回答："谢谢。"

爻森在他对面坐下，问："你从来没接触过竞技版打法吧？"

沈佑这下是真的感到讶异了，他抬头盯着爻森，一时半刻不知该说什么。能从一场比赛里就看出来他从没有打过业余比赛，爻森还真是他遇到的第一个人。

爻森："方便问问你以前在哪儿训练的吗？"

沈佑简短地回答："帮睿。"

爻森诧异道："那你认识白悦吗？"

"认识啊，我们以前是一个训练队的，算是老朋友了。"沈佑淡淡笑道，"不过我也好久没和他联系了，他最近怎么样？"

"挺好的。"爻森回答，"吃得饱睡得香。"

白悦、邵涵和沈佑居然都是帮睿出来的，既然沈佑和白悦很熟，那基本可以确认他和邵涵也很熟……至少曾经是。

想到这里，爻森站了起来："我得回观战席了，改天赛场上见。"

沈佑点点头："请多指教。"

那天晚上，爻森在酒店的自助餐厅吃晚饭时，碰巧看见邵涵端着盘子在一个靠窗的位置上坐下。爻森正准备上去打个招呼，一个熟悉的人影却先他一步从取餐过道里拐了出来。

爻森定住脚步，见沈佑同样端着餐盘走到邵涵身边："介意我坐这儿吗？"

邵涵抬头讶异地看着他，眉头不自觉地微微蹙起："……你的队友呢？"

"他们出去吃了，我一个人。"

沈佑坐了下来，声音里竟带着几分若有若无的内疚与恳切："一起吃个饭吧，邵涵。"

第7章　亦敌亦友

邵涵一愣，手里的叉子在盘子边上轻轻一磕，脸上浮现出些许难堪，这些情绪又很快被他垂下的眼睫掩盖了。

沈佑见他没有反对，淡淡地撇开了这个话题："你为什么不参加比赛？"

邵涵："是因为我们队的替补队员还没有比赛经验，想让他上场积累一下经验而已。"

"那也没必要换你下场吧？"沈佑说，"你下场了，你们队的胜算降低很多。"

"我也没有什么特别的。"

两人有一搭没一搭地说了一会儿话，话题都不痛不痒。餐桌上气氛有些凝滞，偶尔响起的声音却凸显了本来就应该存在的沉默。

邵涵率先吃完端着餐盘站了起来："沈佑，我晚上还要回去看青训队复盘，得先走了，你慢慢吃。"

沈佑点点头，和邵涵说了再见，最后也收了餐具离开了。爻森撑着脑袋坐在与他们隔了一桌的位置上，回头看着沈佑的背影，眉头轻轻皱着。

晚上爻森回到自己的房间，果不其然白悦和宋铭喆两个人又来串门了。白悦躺在爻森的床上，正在抱怨老宋晚上打呼噜。

爻森："白悦你洗澡了吗就躺我床上？"

白悦撇撇嘴坐起来："事儿真多。"

"等等，我问你个事儿。"爻森拉住即将起身的白悦，"沈佑以前和你还有邵涵在青训队的时候一起训练过？"

白悦讶异地顿了顿："是啊，你怎么知道？"

爻森却没有回答这个问题，转而问道："你觉得沈佑那人怎么样？"

"挺好相处的，也没什么特别的。"白悦狐疑道，"他怎么了？"

"那他和邵涵之间呢？是不是发生过什么事儿？"

"这……"白悦回忆了一阵说，"也没有吧，我觉得他们关系还不错啊，反正那时候我们三个人也经常在一块儿的，就是后来快分俱乐部的时候他俩好像没以前那么亲密了。但是那时候大家都在忙签俱乐部的事，以后也都要分开了，难免吧。"

爻森盯着白悦看了一阵，觉得白悦确实是什么也不知道，毕竟白悦是个全粉丝认证的一根筋。

一旁的王宇锡说："爻森，你怎么老对挪亚副队长这么感兴趣？"

"好不容易遇到一个颜值可以和我比的，"爻森从容不迫地回答，"我为什么不能感兴趣？"

白悦打断了二人的对话："明天八分之一决赛咱们和蓝色幻想的青训队分到一起了，你们觉得最后比分是多少？"

王宇锡："我猜是三比零。"

"不至于。"爻森说，"蓝色幻想青训队招了几个还可以的新人，我觉得是二比一。"

白悦："那老宋你呢？"

"老大说是二比一那肯定是二比一。"宋铭喆坚定不移地继续高举他的爻森脑残粉大旗，"你们和老大猜比分从来没赢过。"

王宇锡："你这就叫立 flag^① 了，是要被打脸的。"

事实证明爻森的 flag 从未倒过，第二天的八分之一决赛，Titans 的确以二比一的比分淘汰了蓝色幻想这只国内新兴队伍。八分之一比赛结束之后，剩下八支队伍继续分组晋级，Titans 青训队很不幸地和挪亚的一队分在了一起，估计这次国内赛就只能止步于八强了。

不过，Titans 青训队的队员们倒是个个斗志昂扬摩拳擦掌，都想体会一下和其他队伍的一队同台竞技的滋味。

那场比赛爻森也全程认真地看了，挪亚的替补队员代替了邵涵上场，综合能力非常不错，但在得分技巧上的确比不上邵涵。挪亚的队长林岚的指挥也很得力，就算对手只是一支青训队，他也一样一丝不苟。

林岚是老牌的电竞选手，老牌选手与新晋选手的区别就在于赛场经验。爻森去年刚刚带领 Titans 夺得亚冠，他可以很明显地感受到林岚的指挥比自己要老练。

Titans 的青训队毫不意外地以零比三的比分输给了挪亚，一群十七八岁的小年青也不觉得懊恼，打从心底里感激挪亚不轻敌，和对手握手时都纷纷深深鞠躬向前辈表示感谢。

---

① 网络用语，意为下一个要实现的目标。

四分之一决赛全部结束之后，挪亚方舟、眼镜蛇和另外两支队伍的青训队还留在赛场上，半决赛上挪亚和眼镜蛇分别和另外两支青训队分在一起，最后的决赛必定是这两支队伍一队的较量。

爻森和队友们一路讨论着今天的赛事走回酒店，刚进酒店大堂爻森就在不远处的自动贩卖机旁看见了邵涵，他朝着剩下三人丢下一句"我去买瓶水"便走了过去。

邵涵弯腰从出货口拿出一瓶冰红茶，抬头便对上了爻森的眼睛。

爻森："嘿。"

邵涵："晚上好。"

"你们今天的比赛打得挺棒的。"爻森说，"你们队长真的很厉害，他的指挥比我老练多了。"

"谢谢。"

爻森忽然看见邵涵的手腕上戴了一个淡蓝色的护腕，上面还有挪亚的队徽，多半是他们队伍的周边。

"你的护腕挺好看的。"爻森说，"周边店能买到吗？"

"应该能吧。"邵涵没多想就把护腕摘下来递给爻森，"你喜欢的话我送给你吧，反正经理那里有很多。"

邵涵顿了顿，忽然想到了什么，手又放了下去，似乎觉得自己的行为有些不太礼貌："抱歉，我回去拿一个新的给你吧。"

"没关系，就这个吧，谢谢了。"爻森接下那条护腕，"新的太紧了会勒手。"

"……好吧。"邵涵看了看爻森，"那我先回去了。"

"嗯，拜拜。"

看着邵涵离开，爻森也心情颇好地进了电梯。他回到自己的房间，白悦和宋铭喆那两个家伙总算是没有来串门了，他往床上一躺，端详了那条护腕一阵，将它戴在了自己手腕上。

王宇锡从洗手间出来，看见爻森回来了，说："你不是去买水了吗？水呢？"

"喝完了。"

"哟，你手上那是啥啊？护腕？"王宇锡定睛一看，"挪亚的周边？"

"嗯。"

"你怎么买他们的周边？多少钱啊？"

"邵涵送的。"

"邵涵送的？"王宇锡忍不住赞叹道，"你这是成功打入敌方内部了啊。"

爻森没说话，而是打开微博，点进邵涵的主页，发现他十分钟之前发了一条今晚要直播的消息。

爻森转头去看邵涵直播，邵涵的声音果然很有帮助他睡眠的效果，又凉又淡，像耳朵里放的一曲低音管弦，听着就让人觉得精神放松。

爻森那天晚上睡了个好觉，第二天清早还去酒店的健身房跑了几公里。今天下午的半决赛看头不大，挪亚方舟和眼镜蛇两队都是求稳的风格，五局积分制的比赛形式他们都有优势，和青训队的比赛轻轻松松就取得了胜利。

最后的决赛是今年国内赛的焦点，眼镜蛇在亚洲的总体排名高过挪亚，队员个人单排平均排名却比挪亚要低，这两个队伍算得上势均力敌。

不过这一次比赛由于挪亚副队长邵涵的缺席，大部分猜测都认为眼镜蛇会赢，毕竟邵涵是挪亚一队中得分率最高的队员，没有邵涵的挪亚想要打赢眼镜蛇，难度一下就更大了。

前两局比赛挪亚和眼镜蛇双方队伍互相死死追咬，比分始终差距不大。第三局比赛眼镜蛇开始拉开了比分，挪亚队长林岚的指挥开始偏向主动出击拿分，在第四局比赛稍微追上了一些，但差距依然存在。

第五局比赛眼镜蛇采取了相对保守的策略，挪亚在进攻配合上略逊一筹，最终还是以十分以内的差距输给了眼镜蛇。

爻森特意关注了沈佑，他的操作有着许多资深职业选手都难以达到的流畅度，到处都透着纯粹的专业技巧，一点花边和侥幸都没有，一看就是一开始接触电竞这行就被朝着职业方向培养的人，一点没有那些非职业和竞技版游戏的陋习。

沈佑实打实地走团队路线，这样的角色虽然不是得分一把手，但恰恰是一个团队中非常重要的核心人物，在以辅助为核心的队伍中，任何时候都要创造契机帮助队友得分，是一个把团队不同角色联系起来的枢纽。

沈佑的确很强，虽然这样的角色在目前以得分类选手为主要焦点的职业电竞圈中，并不算太起眼——但是他就是默默地强。

爻森算是把这一点看得清清楚楚，要是忽视这类选手的话，以后在赛场上遇到了得吃大亏。

本次国内赛伴随着冠亚军的诞生宣告结束，各个队伍在颁完奖后也开展了和粉丝的小型见面会。爻森和粉丝见面的时候，因为尖叫声太大他说了什么自己都听不清，最后在其他队友的掩护之下才勉强走出了会场。

王宇锡坐上车之后骂了一声："每次见面会我都觉得像在玩真人《破警》，还得掩护你。"

"我也不想的好吗？" 爻森说，"以后见面会我装病好了。"

"那俱乐部可能会被你的太太团[①] 寄来的慰问品挤爆。"

"那也总比我被挤爆好吧。"

一行人回酒店收拾行李，明天一早他们就得回到位于 S 市的 Titans 电竞俱乐部。这边的爻森刚刚把自己的东西整理完，就接到了郭经理的电话。

"爻森，今天见面会的时候你是不是戴了挪亚方舟的周边护腕？" 郭经理说，"被粉丝看见了，有些人有点意见，虽然也不是什么大事，但你还是赶快发微博解释解释吧。"

第8章 森神出面平唯粉

爻森打开微博后看到如下评论内容：

你森神有没有一点当队长的自觉？ Titans 养着他不是让他去戴别家队伍的东西的好吗……

都 9102 年[②] 了有谁规定一个队伍的人不能买另一个队伍的周边了？

但是人家是队长，这意义可不一样。

谁说是 Titans 养我森了，是我森养 Titans 望周知。

我 Titans 全员粉第一个站出来扇你耳光。

又炸出来那么几个森唯，没有 Titans 哪来的你森？

说句大实话不怕被喷[③]，森唯粉简直是亚洲电竞圈的毒瘤。

不知道这有什么好撕的，森哥虽然是队长难道他就没有自己欣赏的电竞队伍吗？买个别的队伍的周边又怎么了？而且森哥见面会穿的是长袖，又没有专门露出来给谁

---

① 网络用语，明星级别电竞选手女粉丝的统称。

② 网络用语，用来夸张时间的久远。

③ 网络用语，"喷"主要指骂人、说脏话、无理指责等行为。

看，也不知道是谁这么无聊，这都要拿出来引战。

赞同，森哥买什么周边喜欢什么队伍是他的自由，而且说实话有别家队伍买 Titans 和森哥个人周边，说这是森哥魅力，森哥买其他队伍周边就说不尊重 Titans 队长身份，求求你们别这样绑架森哥好吗？

一个电竞圈而已，为什么要撕得像娱乐圈一样？

……

爻森发了这样一条微博，"这个护腕是 @ID'NA_Left'送给我的，因为下午一直戴着所以没有取，另外是 Titans 养我，我永远是 Titans 的一员。希望大家别为这种小事伤感情，不然我又要失眠了。"很快又收到评论：

森哥威武！

哈哈哈！我就知道森哥一说话那些人就尿了。

啊啊啊！我的森宝贝你怎么又失眠了，妈妈心疼死了，早点睡啊，妈妈给你唱《摇篮曲》。

森哥好帅啊，正面狙我！

居然是小左送的！

原来森神和邵哥私底下认识吗？

双担粉① 突然被临幸？

我嗅到了新 CP 的味道（后面配了一个无辜狗头的表情包）。

啊啊啊啊啊，是森神和我邵！我的两个担居然有朝一日同框了！

只是微博名同框居然就能高兴成这样，这种程度的糖在隔壁森锡超话中提都不屑于提。

当我们"森悦"没人了吗？

有吃"森喆"的吗？

没有，下一个。

"森 all"了解一下。

……

———————

① 网络用语，意为同时喜欢两位明星的意思。

不久邵涵也发了条微博，"爻森队长的护腕是我送的，集训的时候爻森队长给挪亚提供了不少帮助，而且他也给我送过 Titans 的周边马克杯，所以这算是回礼，请大家不要误会爻森队长。"不久，收到网友的评论：

我邵真的是天使啊呜呜呜呜呜呜呜呜呜！

没事的邵邵这和你一点关系都没有。

哇互送礼物。

我邵送礼物给谁是他的自由，但是在见面会上戴就是爻森的不对了。

邵哥才说了不要攻击 Titans 队长，有些人会不会认字？

小左好暖！

这么暖的男人不娶回家还等什么（后面配了一个无辜狗头的表情包）。

······

爻森看见邵涵发了微博替他解释，忍不住把这条微博截屏收藏了。他放下手机再也没管这事儿，人红是非多是万古不变的真理。

国内杯赛一结束，参加比赛的队伍陆续都要回自己的俱乐部了。挪亚方舟的俱乐部在 D 市，除了比赛的时候，爻森和邵涵平时大概也很难再见面。

爻森本想第二天和邵涵当面告个别，没想到邵涵一整天都和队友们出去玩了，爻森只好给他发了个信息，顺便谢谢他昨天那条微博。

Titans 主力队乘坐当天下午的飞机抵达 S 市，下了飞机之后还有不少的粉丝来接机。王宇锡在听到人群中有人喊自己的名字时都快感动得热泪盈眶了："我的粉丝的嗓门居然可以在爻森的太太团里脱颖而出，我真是太感动了。"

Titans 俱乐部位于 S 市全国知名的职业电竞训练中心亿游大厦，这座电竞训练大厦在电竞行业屹立快十年，由 A、B 两座二十层高的大楼组成，是电竞行业发达的 S 市的地标建筑之一。

包括 Titans 在内，亿游大厦总共进驻了九家职业电竞俱乐部，其中有一半都是国内排名前十的知名队伍。

Titans 俱乐部位于大厦 A 座十层至十六层，电梯门一打开，众队员在看见门外那巨大的 Titans 的 Logo 时都觉得倍感亲切。

主力队队员是两人一间宿舍，并配备有专业的电竞设备。时隔一个月，爻森推开宿舍的门，迎接他的不是窗明几净的房间，而是一股食物腐烂的味道。

他定睛一看，一个月前王宇锡居然在茶几上遗留了一根香蕉，此时已经完全发黑还沾着嗡嗡飞的果蝇。

爻森有些庆幸自己今天早上没吃早饭，有轻微洁癖的他用一种"不是这根香蕉死就是你死"的冷淡眼神盯着王宇锡，王宇锡为了赔罪，不得不把整个寝室大扫除了一遍。

王宇锡扫除的空当爻森也没事干，就准备从公用层到 B 座去找另一家队伍的朋友串串门。B 座五层到十层是一家在亿游入驻了三年的队伍宙斯盾，赛事上战绩平平，最近几年的表现也只能算是差强人意。

爻森过去的时候正好看见他们的队员在收拾东西，对方的经理也在忙着和亿游大厦的工作人员讨论着一些事。

看见爻森来了，爻森的朋友同时也是队伍副队长的钱浩，迎上来和他打了个招呼，爻森问："你们要出去集训吗？"

钱浩苦笑着摇了摇头："不是集训，是我们俱乐部和亿游的合约已经到期了。这两年比赛打得不好，赞助商不多了，俱乐部方面也不想和亿游再续约了，就重新找了一个便宜一点的地方。"

稍小的俱乐部和亿游大厦续约的确是一个难题，亿游大厦的进驻门槛高，签约租金也很贵。爻森感到有些遗憾，但这是摆在很多人气走低的俱乐部面前的现实问题，他确实也没办法。

钱浩忙着收拾东西，爻森也不好打扰太久，随便聊了两句便说了再见。

国内电竞行业刚刚崭露头角的时候，电竞赞助商还谈情怀，行业越来越成熟火爆之后基本也就靠战绩说话，没有战绩就没有赞助和签约，很多东西也不能光靠一个简简单单的情怀就能解决。

Titans 前两年还没有现在这样名气的时候，也基本只能靠撇下身段拉赞助，以及门面队员接网络平台签约的收入抽成来维持续约金。

那时爻森还没有和 Titans 签约，俱乐部的日子着实不好过，总是在一个不上不下的位置吊着，当时一队的老队员还只有宋铭喆一个人。

爻森成为队长之后，除了宋铭喆之外，其他三人都隐隐地有想转会的意思。主力队队长不仅是战队代言人，也是全队的核心，这样一个重要的角色，却要由爻森这样一个跳过二队直接升上一队的年轻队员肩负，除了真心实意崇拜并且相信爻森有这个能力的宋铭喆，其他人都并不看好他。

爻森对老队员转会也没有太多意见，他也没权力去左右别人的去留。在那三个一队队员前后离开或者退役之后，爻森和勾教练把当时在二队的白悦提拔了上来，并且从另一个比起 Titans 更不出名的俱乐部那里挖来了王宇锡。

最初四个人的磨合并不算特别好，宋铭喆先不谈，白悦的能力有所欠缺，许多东西都是进入一队之后现学的，王宇锡当时又是个不听人话、喜欢走个人路线的人。

事情的转机出现在爻森和王宇锡打的一个赌，赌注内容是十局单排内如果王宇锡哪怕能赢一场，爻森这个队长就拱手让给他当。

王宇锡昂着头进训练室，垂头丧气地走出来，在输得一塌糊涂之后终于听了话，慢慢地和队友磨合好了，并且和爻森发展成了雷打不动的铁损友。

就是这样一个全新的队伍，在爻森的带领下横扫了亚洲电竞圈，成为冠军王座上最始料未及的年轻黑马，开创了一个全新的森式巨人时代。

爻森回到 A 座 Titans 俱乐部，看见自家经理正在打电话。郭经理表情严肃，估计是在和哪个直播平台或者赞助商讨论合作事项。

不一会儿，郭经理挂了电话，叹了口气，抱怨道："现在一个人气稍微高点的直播平台就会甩脸色了，给的签约费这么低，当咱 Titans 的选手是什么呢？就算是二队也不能委屈。"

郭经理抬眼看见爻森，又说："要是换成你，这些网站得哭着跪着求签约。"

爻森："经理，别和他们一般见识。"

"你真的不考虑签个直播吗？"郭经理问，"虽然咱队现在也不缺资金，但是你赚点零花钱也行啊？俱乐部提成又不高。"

"没空，没兴趣。"爻森回答，"我看看别人就行。"

"白鲨直播的负责人找我谈了好几次了，给的条件真的蛮不错的，你要是哪天回心转意了记得告诉我。"

爻森随便点了点头，说："宙斯盾他们不和亿游续约了？"

"是啊，他们经理前阵子还问我有没有实惠的电竞基地可以推荐，还管我要了意向赞助商名单，估计是赞助资金有些跟不上了。"

"那 B 座五到十层空下来了？"

"哪能啊？亿游的地儿多抢手，有俱乐部搬出去肯定就有俱乐部入驻，下个月挪亚方舟就要搬进来。"

爻森一愣："你说哪个队？"

"挪亚方舟。"

郭经理回答完，看见自家俱乐部捧在手心的大宝贝突然就莫名其妙地笑了起来，笑得他差点以为爻森是不是因为失眠以至于精神出了什么问题。

郭经理愣愣道："你笑什么？"

爻森按捺住自己忍不住就扬起的嘴角，矜持地点点头："挪亚方舟好啊，挺好的，我喜欢。"

郭经理："不是，人家要你喜欢干吗？"

第9章 从此两家是邻居

邵涵被告知自家的俱乐部要搬到亿游去时非常惊讶，亿游虽然是电竞圈的黄金训练基地，但是合约金真的很高。

但相对地，进驻亿游大厦的俱乐部在赞助和签约方面的资源都会好上许多，训练环境也是国内数一数二的。

据经理说，今年的赞助相比于往年要多一些，正好原来的训练基地合约也快到了，S市的电竞资源也比他们原来所在的D市好上许多，所以俱乐部就干脆咬咬牙花大价钱和亿游签了合同。

亿游里进驻的都是实力强大的电竞队伍，不说在国内乃至亚洲都排名首位的Titans，光是前十的俱乐部就有四家。虽然这样一来训练压力估计会增大不少，但能接触到新的环境新的对手，邵涵心里还是期待无比。

当上个月接到爻森发来的消息询问他们是不是要入驻亿游的时候，邵涵还颇为惊讶，爻森是怎么这么快就知道的？

入驻那天，邵涵和队友们从大巴车上下来，众人都被亿游大厦气派的大门给惊艳了，虽然在不少图片上也见过，但真正站在面前的感觉还是不一样，纷纷唏嘘着果然全国知名的职业训练基地就是不一样。

邵涵正打量着大门，突然看见一个熟悉的人影远远地朝着他们走了过来。

爻森穿着自己的休闲服，简单的外套长裤穿在他身上就是与一般人不一样，嘴角噙着的那抹笑迷人得晃眼。

爻森走过来，笑道："想不到这么快就又见面了，还以为要等到明年 WCAD 了呢。"

邵涵讶异道："你怎么下来了？"

"刚从外面回来，看见你们的大巴车，就想干脆等一下你。"

邵涵点了点头，说："那……我现在先回去收拾行李，晚点再和你聊？"

"我等你吧，反正我现在没事。"爻森回答，"这里你不熟，正好我带你上去，顺便给你介绍介绍。"

爻森见邵涵行李不少，便主动帮他提上背包，没给邵涵留下拒绝的机会，转身便朝着大门走去。邵涵愣愣地在原地站了一会儿，回头看了看自己的队友，有人笑着调侃道："全亚洲电竞圈最值钱的手帮你拿行李呢，邵哥面子真大。"

邵涵被说得有些窘迫，他迅速地带好自己的东西，跟上了爻森的脚步。

两人走进大厦大厅，邵涵首先看到了大厅里那块巨大的 LED 大屏，屏幕上正滚动播放着入驻亿游的所有队伍信息和大厦内部的电竞训练设施展示。

亿游大厦周末是对游客开放的，游客可以参观大厦内部的公用层和训练层，幸运的话还可以和内部的队员拍照留念。

爻森先帮邵涵在大厦管理人员那里取了宿舍的门卡，轻车熟路地走进 B 座电梯，问："你住哪里？"

"943。"

爻森带着邵涵去了 943 号宿舍，这里宙斯盾的队员刚搬走不久，还没有积灰。亿游的住宿条件非常不错，双人间，有独立的阳台和浴室。邵涵在浴室和阳台四处看了看，对室内布置还挺满意。

爻森放下邵涵的行李，问："你和谁一起住？"

"队长。"

爻森点点头，说："我住 A 座 1522，欢迎串门。"

邵涵答应一声，看了看爻森，又看了看宿舍门上那个电竞训练中心的 Logo 问："我之后能看看你们青训队训练吗？如果不方便的话也没关系。"

"可以啊，你想来的时候告诉我就行。"

"谢谢。"邵涵突然想起几个星期之前还没兑现的那顿饭，"今晚我请你吃饭吧。"

爻森嘴角一扬："好啊。"

那天傍晚，邵涵便来到了 Titans 俱乐部的青训队训练室，站在训练室外透过玻璃认真地观看着。爻森陪着他在训练室外站了半个小时，弄得里面的青训队员们连回头都不敢了，队长站在外面简直比勾教练站在外面还可怕。

爻森兜里的手机忽然振了一下，有人在他们一队队群里说话了。

王宇锡："@爻森，听说你把邵哥带来了？"

爻森："是啊，怎么了？"

王宇锡："这不太好吧。"

爻森："集训的时候他不也邀请我去他们青训队了吗？只是看看没关系。"

王宇锡："要是让老勾知道了他得说你。"

爻森："说就说，他一个月没说过我，当我皮痒了。"

白悦："你什么时候和邵涵这么熟的？"

爻森："一个多月前。"

白悦："你们认识不就才一个多月吗？"

差不多等到了晚饭时间，邵涵问爻森想吃什么，爻森也没什么想法，最后两人决定就近去亿游大厦附近的夜市小吃街吃香辣小龙虾。

准备离开的时候，邵涵问："叫上白悦他们一起吗？"

爻森只想和邵涵单独出去，毫不愧疚地回答："用不着，他们不爱吃小龙虾。"

邵涵也没多问，和爻森一起去了小吃街，两人点了两盘小龙虾边吃边聊。聊着聊着，邵涵突然想起了上次爻森护腕那件事："护腕那个事对你没什么影响吧？"

"没事，吵一吵就过去了。"

邵涵点点头："对了，那个杯子我给小萌了，她挺喜欢的。"

说起妹妹来，邵涵的声音难得多了几分暖意。看着邵涵眼睛和嘴角不自觉透露出的笑意，爻森心里也一暖。

"喜欢就好，小萌想要的话，我可以把今年 Titans 的全套周边都寄给她一份。"爻森说，"或者你直接让小萌把她想签的东西寄过来我一个一个给她签，包邮。"

邵涵盯了爻森一阵，突然坐直身体，微微眯着眼睛，眉间多了几分担忧的狐疑："你怎么对小萌这么好？你不会是……小萌高中还没毕业，我不支持她早恋。"

爻森被这话呛了一下，他盯着邵涵的眼睛，无辜地回答："不是，真不是。"

换成别人这么说邵涵可能不信，但爻森说这话却意外地让人信服，邵涵暂时放下了心头的那点疑虑："……是吗？那就好。"

他说："放心吧，我把小萌也当妹妹。"

邵涵微微笑道："小萌听到你这话不知道该多高兴呢。"

爻森也笑了，心想优秀的哥哥有个优秀的妹妹，理所当然。

那天晚上爻森刚回寝室，王宇锡就敏锐地闻出他身上有香辣小龙虾的味道，立刻逮着爻森逼问他刚才是不是去吃小龙虾了。

爻森对搜刮市内各种小吃街、各家夜宵店、各处网红奶茶都很有心得的王宇锡的狗鼻子一点也不意外，大方地承认了。王宇锡立刻就抓起手机，噼里啪啦地在群里把爻森挂出来一阵批斗。

王宇锡："刚才爻森居然背着我们去吃香辣小龙虾了！"

白悦："爻森你太过分了！"

王宇锡："他一个人去吃就算了居然还不给我们打包！"

王宇锡："你们说这种人不挂出来还有天理吗！"

王宇锡："老宋也出来评理，这就是你男神的真实嘴脸 @ 宋铭喆。"

白悦："他单排呢。"

白悦："而且他只会帮着爻森批我们。"

白悦："爻森你一个人去吃的？"

爻森："邵涵请我吃的。"

白悦："邵涵请你吃怎么会不请我吃？他才不是这种人。"

王宇锡："邵哥是个颜狗实锤^①了。"

爻森："我看你们两个都挺忙的，就没叫你们。"

王宇锡："一个白眼的表情包。"

王宇锡："我都闲得抠脚了。"

白悦："这事儿不能就这么算了，你下次一定得请我们吃一次。"

爻森："好说。"

熟悉了一整天的新环境，邵涵也觉得有些疲惫了。和爻森吃完晚饭回来之后，他便迅速地洗漱完，打算早点休息。

邵涵从自己的行李箱里拿出充电器，四处看了看打算放进床头柜里。他拉开床头柜的抽屉，发现里面居然放了一本亿游大厦的介绍杂志。

---

① 网络用语，意思是指有图有真相的确凿证据，图片、录像、录音资料等，不凭空捏造，不空穴来风。

他躺上床，打开杂志。除了亿游大厦的介绍，杂志里还有目前入驻亿游大厦的所有电竞队伍的专栏。

过不了多久，这里面也会有挪亚方舟。

Titans 是在四年前入驻的，邵涵随意地翻看着，目光却定格在其中一张照片上。那是去年爻森带领 Titans 主力队获得亚洲冠军的照片，在那场名震电竞界的决赛反击战结束之后，爻森站在领奖台上，低头亲吻着自己的队服。

他的目光很纯粹，每一个人都能看出来他在领奖台上的自信，和他对电竞赛场的热爱。

爻森身上的光芒实在是太强烈了，很难有人不被那道光芒吸引，不去崇拜他。真正认识爻森之前，邵涵总觉得像他这样站在赛场顶峰的人，大概都是难以接触又骄傲的。

真正熟悉之后才发现，爻森的确是个很骄傲的人，但他的骄傲并不让人觉得难以接近。相反，他的一举一动都带着奇妙的感染力，让周遭的人好像也莫名其妙地自信了起来。

邵涵盯着杂志上爻森的照片看了一阵，直到心里某处涌出些许莫名的情绪，他才匆匆合上杂志把它放了回去。

第10章 劲敌环绕

刚刚入驻亿游大厦，挪亚方舟的队员们还处在熟悉新环境和状态调整的阶段。亿游大厦的环境确实要比他们以前的俱乐部好上太多，而且非常让邵涵感动的是，亿游大厦负责他们入驻的负责人居然还专门为他准备了左侧便利的游戏设备。

这天下午邵涵打开游戏准备训练的时候，却发现自己的耳机有一边不响了。他只好先暂停，拿了训练室的备用耳机，备用耳机的款式他不太习惯，用着怎么都不舒服，也很影响他发挥。

好的耳机的确不便宜，邵涵一副耳机一般都是能用多久用多久。他问了一圈队友也没人有多的耳机，明天是可以去电竞城买，可今天晚上的训练安排就得耽误了。

邵涵不知怎么的就想到了爻森。

最后，邵涵还是给爻森发了条消息，问他有没有多余的耳机。后者很快就回复他说有，现在就可以去拿。

邵涵过去的时候 Titans 一队四个人正在爻森寝室里一起看一场电竞比赛的转播，

邵涵第一次来爻森的宿舍，有些忍不住好奇地四处打量了一圈。

寝室里有两张床，蓝灰色床单那张床的物品架上放着爻森自己的一些个人周边和书籍，收拾得井井有条，连床上的被单都没什么皱褶。相比起来王宇锡的床有些惨不忍睹，各种各样的充电线和零食堆满了物品架。

邵涵忍不住对爻森道："你的床好整齐。"

王宇锡："乱着呢，听说你要来才……"

爻森咳了一声，王宇锡马上改了口，凑过来钩住爻森的肩膀，脸上洋溢着专业坑队长二十年的微笑："不是，我是说咱老大生活精致极了，每天都要边用冰岛的矿泉水泡澡，边喝82年的拉菲。唉，当男神的滋味真是该死的甜美啊。"

爻森："老王，想被我狙直说，不用拐弯抹角。"

邵涵没忍住抬了抬嘴角，整个人少见地带着些柔软，他笑起来，眼睛里好像有光。

看在邵涵笑了的分上，爻森不再和王宇锡计较，而是直接挥开他的猪蹄，站起来去给邵涵拿耳机。

爻森拉开了储物柜的一格抽屉："你随便挑。"

柜子里放了六七副不同的耳机，邵涵讶异道："你怎么有这么多？"

"有的是我买的，有的是赞助商送的，有的是品牌寄来公关的，我基本都没用过。"

邵涵随便挑了一副，说："谢谢，我明天去电竞城买了新的之后还给你。"

"行，你们这么晚还在训练吗？"

"嗯，最近状态还没调整过来，得多训练一会儿。"

邵涵走后没多久，爻森就收到了勾教练的消息，说是明天下午两点训练之前要给他们四个开个短会，是关于 WCAD 的事情。

爻森："明天两点老勾开会。"

王宇锡："啊？我还打算明天中午和白悦去周围浪一浪，吃顿好的呢。"

"你什么时候不浪了？"

第二天下午两点，勾教练把 Titans 主力队四位队员带到了会议室，一人给了一份文件，文件封面印着《破晓警报》世界总决赛的标志。

爻森："这是什么？"

"WCAD 新的赛制更改结果。"勾教练回答道，"你们好好看看，有的赛制是明年第一次用，我们都还没有训练过，必须好好记住。"

爻森诧异道："这次这么早就出了？往年不都得等到年初才有吗？"

"这次赛制改得多，提前几个月告诉我们有理。"勾教练神情严肃，"而且由以往的两轮赛制改成了三轮赛制，说实话这对我们不利，明年的名次不好拿。"

往年的 WCAD 一直是预选赛和决赛两轮赛制，而伴随着报名队伍越来越多，早在半年以前主办方就透露过想要更改赛制的意思，现在总算是落实了。

爻森打开文件仔细地浏览了一遍，往年的预选赛和决赛改成了预选赛之后还有小组赛，小组赛胜利队伍才能成功出线晋级决赛。

三轮比赛也分别采用了不同的赛制，预选赛和决赛同往常一样为积分制和双败赛制，而非常关键的小组赛则首次采用了瑞士轮赛制。

Titans 走的是一次性实力压制的风格，并不适合持久消耗。瑞士轮赛制的出现增加了比赛时间，并且将以往的三十二支队伍出线压缩到十六支队伍出线，这无疑大大提高了出线难度。

Titans 在 WCAD 赛事上取得的最佳成绩是爻森还未成为队长之前的第七名，而那已经是好几年前的比赛了。WCAD 赛事两年一届，这之后 Titans 便都没有再进过前十。

Titans 前一届的亚洲冠军队伍在 WCAD 拿到了第五名，而在去年爻森成为Titans 队长之后，那个队伍在亚洲四分之一决赛上被 Titans 打败了。

勾教练："这次 WCAD 你们的最低目标就是第五名，要是前五都没进，我要把你们四个从亿游顶楼一脚踢下去，摔死了算我的。"

"别呀，勾哥。"王宇锡说，"这还有大半年呢就说这种话威胁我们，我们的目标怎么说也得是冠亚季军啊，对吧森总？"

爻森："只要你不浪我们就稳。"

"你们有信心当然好。"勾教练说，"但也别掉以轻心，当年的亚冠能拿到第五是因为那年瑞士强队 OD 原队员受伤没参加爆冷，不然前五哪有他们的份。"

"国内队伍在 WCAD 上拿到的最好的名次是眼镜蛇的亚军，那都还是亚洲电竞圈最强的陆凯之还没退役的时候。"白悦叹了口气，"说句实话，咱们要拿名次真的不容易。"

陆凯之，五年前退役的前眼镜蛇队长，游戏 ID 恺撒。他成为队长的那几年，眼镜蛇一直蝉联亚洲冠军，而他也曾经带领眼镜蛇打败北美区域赛常年冠军获得 WCAD亚军，也是当年唯一一支进入前三的中国队伍。

勾教练哼道："就是要白悦这种明白人给你们多泼些冷水。"

王宇锡："怕什么，爻森以前不还被人叫过'小恺撒'吗？"

一直坐在一边认真阅读比赛规则的宋铭喆听到这话，忍不住说："咱队长可比恺撒强。"

宋铭喆十句爻森九句吹，还有一句特别吹。

"恺撒和我打过，他很强。"勾教练盯着爻森，缓缓道，"但是，爻森肯定会比他强，我敢肯定。"

四个人都愣了一愣，勾教练平时没少损他们，有时候把他们骂到不得不怀疑自己到底会不会打游戏的地步，少有这么直白地夸他们的时候。

爻森刚刚在电竞圈出名的时候因为打法和陆凯之有一些类似，的确曾被人叫过"小恺撒"。说实话，爻森和陆凯之不是同一个电竞时代的人，没有人喜欢自身的努力被冠以他名，爻森虽然没有面上明说过，但他心里多少是有些抵触的。他也很遗憾自己没能和恺撒活跃在同一个时期，不然他或许还有机会光明正大地和他一决高下。

王宇锡："勾教练，你觉得现在爻森和鼎盛时期的恺撒打一场，谁能赢？"

"五局的比分大概会是三比二。"

"爻森三？"

"爻森二。"

训练室的气氛一时有些凝重。

"但别忘了，我刚才说的不是爻森一定比他强，是爻森一定会比他强。等到明年，爻森和恺撒对战，五局的比分我认为会是四比一，爻森四。"勾教练严肃地说，"我说这些就是让你们记住，你们四个现在还不是最厉害的时候，还有很多人能把你们打败。但是这大半年很关键，到时候就是你们把别人打得哭爹喊娘的时候了。"

电竞只有输赢一个准则，这又是一个年轻血液不断更替的行业，没人知道现在的神话还有多久就会被后起之秀超越——但只要有一天他们的名字能够被人记得，那他们就会倾注自己最后一份热情。

那天爻森夜跑回来的路上脑子里就一直在想这些事情，当年鼎盛时期的恺撒带领的眼镜蛇和 Titans 现在一样，取得了亚洲冠军，将目标放在了更加长远的 WCAD 的冠军上。

而那一年的眼镜蛇还是非常遗憾地与冠军失之交臂，之后没过多久恺撒便宣布退役。在那届 WCAD 双败赛制的决赛上，眼镜蛇一直保持着胜绩，最后却被败组的胜者给打败了，也算是国内电竞史上一大遗憾。

当时打败眼镜蛇的是获得了好几届冠军的瑞士强队奥丁（Odin），业界都说眼镜蛇输给奥丁也是意料之中的事情，因为在双败赛开始的那一轮奥丁出现了严重失误才会掉到败组，真要对抗起来眼镜蛇确实不是奥丁的对手。

而奥丁队与美国的林肯队这两个队伍总是会出现在最终的决赛场上，这一届是奥丁得冠军，下一届就是林肯得冠军，两支队伍也从来没掉出过前三。

下一届比赛，奥丁队和林肯队也必然会是 Titans 最大的挑战。

爻森走进电梯，电梯在九楼停了一下，门打开之后，站在门外的人竟然是邵涵。

邵涵怔了怔："我来还你耳机。"

"谢谢。"爻森接过邵涵手里的耳机，"买的哪一款？"

"SteelSeries（赛睿）的新款。"邵涵回答，"那你回去吧，我不打扰你了。"

爻森想了想，突然扒住即将合拢的电梯门走了出来："想和你聊聊，有空吗？"

邵涵心里莫名一紧："什么事？"

两人来到大厦公共层的休息室，爻森往沙发上一坐，头靠在沙发背上长出了一口气。邵涵在他身旁坐下，和爻森隔了十几厘米的距离。

爻森突然问："你知道陆凯之吗？"

"知道啊，五年前眼镜蛇一队的队长，WCAD 的亚军，游戏 ID 恺撒。"邵涵顿了顿，"怎么了？"

"你觉得我和他很像吗？"

看邵涵神色有些微微的讶异，爻森又笑了："觉得像也没关系，反正我确实被不少人这么觉得过。"

邵涵摇了摇头："你们不像。"

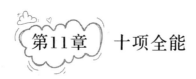

第11章 十项全能

爻森挑了挑眉："哪里不像？"

"我也不了解恺撒，只是看过他的比赛而已。"邵涵说，"光从比赛来看的话，他比你更走个人路线吧。"

"但经常有人说我和他的打法很像。"

"同一个游戏不管是谁打法都多少会有些相似吧，毕竟有的技巧是通用的。"邵涵

回答，淡淡的声音带着一些莫名让人信服的说服力，"你也不用在意其他人说了什么，大部分人会这么认为是因为他们嫉妒一个这么年轻的强者，自然而然地会认为他在模仿谁。"

爻森定定地看着邵涵，突然就没头没脑地问了一个题外话："你交过女朋友吗？"

邵涵一愣，确认自己没听错："……没有。"

"那你安慰人的技巧是怎么练出来的？"爻森似笑非笑地说，"真的太强了，我好像被你说动了。"

邵涵心里郁闷，就爻森这样还需要人安慰吗？

爻森释怀地笑了笑："不管是安慰还是商业吹捧，我都很感谢。"

邵涵无奈道："不是安慰也不是商业吹捧，是实话。"

爻森也不逗他了，轻轻笑了两声，说："谢谢。"

"不用谢。"

"你居然没交过女朋友？不可思议。"

"没有啊。"

这天晚上，爻森在宿舍门口换好运动鞋准备出门的时候，王宇锡穿着睡衣从浴室走出来，嘴里还叼着牙刷："你又去跑步吗？"

"嗯。"

"夜跑真的对失眠有用吗？"

"还行吧。"爻森说，"至少练练肌肉吧，我不像你只有一块腹肌，还是圆的。"

"老子明天就去报健身班！而且我腹肌哪里圆了，不信你摸摸！"

在王宇锡的强烈要求下，郭经理居然还真的信了他口中"身体是电竞的本钱"那一套天花乱坠的说辞，为 Titans 的队员们团购了亿游大厦高级健身室的年卡。

王宇锡第一次来健身房就信誓旦旦地说引体向上他可以做二十个以上，结果做了十个就已经气喘吁吁趴在地上手臂直发抖。

爻森一脸鄙夷："你个打电竞的臂力这么差丢不丢人。"

"打电竞不是掷铁饼好吗！我是靠手腕不是靠手臂！你厉害你来！"

就在 Titans 的队员笑闹地起哄让爻森队长来做的时候，健身房的门被人推开，几个穿着运动服的挪亚方舟的队员走了进来。

看到邵涵的时候，爻森眼睛亮亮的。

王宇锡盯着对面，狐疑道："挪亚方舟现在也这么有钱了吗？"

邵涵走了过来，四处望了望，见周围全是 Titans 的队员，Titans 俱乐部这两年"壕"

气冲天他也是知道的，迟疑道："你们……包场了？"

爻森正准备说话，王宇锡迅速地把话头抢了过去，脸上挂着的那抹笑意让爻森一看就有种自己要被坑的感觉："没有没有，你们随便用，我们正在讨论咱大队长的腹肌呢。"

王宇锡二话不说直接把爻森的 T 恤衫掀了起来，手在爻森的腹部上大大方方地揩着油，一边摸还一边浮夸地用翻译腔感叹着："哦！我的老天！是真正的腹肌！都来看看这漂亮的肌肉！简直和隔壁汤姆家养的那条公狗一样漂亮！"

爻森块垒分明又匀称不夸张的肌肉的确让周围的人大饱眼福，队员们都纷纷调侃着伸手去摸，让爻森觉得自己活像一只任人宰割的无辜小灰狼。

邵涵站在一边，不知道自己是不是不应该打扰 Titans 的队员们欣赏他们队长的身材。

王宇锡看热闹不嫌事大，一把抓住邵涵的手将他拉过来："来，邵哥别客气，也来感受一下。"

温热的手心贴上那一片柔韧又饱含力量的肌肉，手感确实绝佳。邵涵回过味来，顿时赧然，白皙的脸颊控制不住冒出一点微红。他迅速地收回自己的手和视线，没有去看爻森，而是转身快步离开："我没拿护腕。"

邵涵的队友在一边嘀咕着："护腕不是在他袋子里吗？"

爻森看着邵涵的背影，制止没个正经的众人，和王宇锡说一会儿回来和他比引体向上，外套一穿就跟着出去了。

邵涵回到自己宿舍层的楼道里，站在寝室门口又不想进去，靠在门边叹了口气，觉得自己活像个神经病。

他确实也不想这样，可是他的性格比较内敛，如果不是自己熟悉的人，在人多热闹的地方会有些不自在，他根本没法在那样的情况下多待。

这时，放在兜里的手机突然响了，邵涵心不在焉地拿出来一看，却被来电人的姓名给刺了一下神经。

邵涵捏着手机，手机不断振着他的手心。他迟疑了一阵，最后还是接起："……喂，沈佑？"

"是我，最近忙吗？"

邵涵微微蹙起了眉头："你找我有事吗？"

"是这样，我有个朋友他下周二想去亿游大厦参观，但工作日不是不对游客开放吗？我就想问问能不能麻烦你帮忙把他带进去，他就进去看一看不干其他事儿，大概一个小时就出来。"沈佑微微愧疚地笑了笑，"进驻亿游大厦的队伍里我认识的人不多，

我只能想到你了。"

邵涵犹豫了一阵,声音透着些勉强:"可以吧。"

"那谢谢你了,我一会儿把你的微信给他,他来之前会联系你的。"

"嗯。"

沈佑顿了顿,道:"邵涵,我和你还有白悦好久没聚了,你们有没有空?要不要改天一起聚聚?"

"……不好意思,我训练真的挺忙的,你可以问问白悦。"邵涵的声音微微沉了下去,"对不起,沈佑。"

沈佑沉默了半晌,轻轻叹了口气:"我真没别的意思。"

"我知道,但是……"邵涵迟疑道,"我们还是不要……私底下见面吧。"

邵涵放下手机,一时没有了再回去锻炼的兴致。他直接回了宿舍,却没注意到走廊拐角被灯光拉长变淡的一道人影。

爻森靠着墙站了一会儿,他听见邵涵关上宿舍门的声音,转身离开了。

下午是 Titans 的常规训练,勾教练最近都常去二队指导,隐隐地有提前预热队内选拔赛的意思。

一队四人对替补没有什么意见,毕竟距离 WCAD 也只有大半年了,不怕一万就怕万一,他们四人中要是有谁不小心出了什么问题还不至于大乱阵脚。

勾教练不在四个人就自行开着四排的训练赛,大家却意外地发现爻森今天格外沉默,剩下三人几乎没干什么,爻森就一路杀了个干净,拿下了全局最高的人头数。

他们的对手水平的确不如他们,爻森一个人杀杀就算了。但是在职业比赛中这种单打独斗的方式是大忌,更不要说爻森这个当队长的了。

王宇锡摘下耳机,拍了拍爻森的肩膀:"你怎么了?你这打法要是老勾在,他得骂死你。"

"没什么,爽爽。"爻森平静地说,"再开吧。"

"那你爽够了吗?"

"没爽够。"

"你吃错药了?上午不还好好的吗?"王宇锡瞪着眼睛,伸腿踢了爻森的电竞椅一脚,"你难道气我皮那一下聚众摸你腹肌?你没有这么小气吧?"

"你想多了。"爻森脚尖点着地面把被王宇锡踢开的椅子拖回来,"那开双排吧,我和老宋打你和老白。"

事实证明爻森心情不好的时候与他交流游戏是个错误的选择，王宇锡和白悦几乎被爻森按在地上打，打得他们差点就想暴起去二队那边找找优越感。

王宇锡："这不公平！老宋是综合型！"

宋铭喆："老白不也是金牌辅助吗？"

王宇锡："爻森你到底怎么了？有什么事儿和我们说啊，难道我们兄弟几个还不能帮你解决？"

爻森："一点小事而已，我自己能解决。"

王宇锡撇撇嘴，突然大手一挥，笑道："那今晚哥几个好好放松放松！锡爷我把我多年珍藏的恐怖片拿出来给大家分享！老白老宋，今晚来 1522 看电影！平淡的生活需要一点刺激！"

爻森挑着眉看着王宇锡："老勾之前不是让我们睡前看奥丁比赛，几十个 G 的视频你都看完了？"

"老看比赛有什么意思！"王宇锡辩解道，"要劳逸结合嘛！"

白悦虽然胆子挺大，但上一回和王宇锡在宿舍里看恐怖片的经历成了他的心理阴影，他没被伽椰子吓到，倒是被王宇锡杀猪般一惊一乍的尖叫吓得心脏病快犯了，从此他再也不想和王宇锡一起看任何电影。偏偏王宇锡这人却人菜瘾大①，自己胆子小，还非要拉着别人和他一起看。

白悦嫌弃地说："你忘了你上回被吓成啥样了吗？"

"上回是我没做好心理准备。"王宇锡斩钉截铁地说，"这回我一定可以！"

那天晚上，王宇锡白悦宋铭喆三人挤在电脑桌前看电影，声音开得老大。爻森则躺在床上戴着耳机看邵涵的直播，直播里沉默的间隙还能听见电脑桌边传来的王宇锡的叫声，以及白悦因为被王宇锡掐着手臂而吃痛的骂声。

白悦实在受不了，站了起来："老子耳朵快被你喊聋了，我出去清静清静。"

"是你怕了吧！"

"我怕了你了，你比这鬼还恐怖！"

爻森："你们能不能小点声儿？"

王宇锡调低了一点音量："你真的不和我们一起看吗？"

"不看。"

---

① 网络用语，指技术不好、能力不强但兴趣很大的人。

直到电影看完了，白悦和宋铭喆回了自己的寝室，爻森才躺在床上对王宇锡懒懒地说："老王，和你聊聊。"

第12章 森神CP半边天

"老王，和你聊聊。"

准备上床的王宇锡一听，顿时来了精神。他火速跑过来拱到爻森旁边，兴致勃勃地问："啥事儿啊？这么认真。"

"我如何从一个人与另一个人的谈话的字里行间辨别两个人的关系？"

"……不是，我上哪儿知道别人究竟聊了啥？"

"语气勉强，神色不情愿，不希望单独见面。"爻森摸了摸下巴，"你觉得呢？"

"爻森，听我一句劝，我们这行儿退役去学心理学是不可能的。"王宇锡顿了顿，"不过听你这么描述，如果是异性的话是前任的可能性蛮大的。"

爻森盯着床板发了一会儿呆，挥了挥手把王宇锡赶走："行了，没其他事儿，睡觉去吧。"

"等等，你话还没说清楚呢，你听见谁和谁说话了？"

"梦里听见你和老白说话。"

王宇锡脸一黑："我可去你的吧，你这臭不要脸的欺骗老子感情。"

"别嫌弃白悦啊，你们俩的CP粉不少呢。"

"滚！"

认真训练的时间溜得特别快，很快手机屏幕上的月份又往后加了一位数。Titans主力队的训练强度又加大了一些，爻森四人也被教练要求必须做保护手腕的措施和增强手腕韧性的运动。

爻森也养成了睡前看邵涵直播的习惯，如果哪天邵涵没直播，那他就随便找个其他《破警》主播看看，他还因此发现了不少出乎他意料的业余强手。

今天的常规训练休息间隙，郭经理来训练室把爻森叫了出去。

"两件事儿。"郭经理说，"第一是白鲨直播又来找我了，希望签你和王宇锡。我和王宇锡聊过他同意了，你考虑得怎么样了？"

这个月下来，爻森对直播游戏的偏见少了挺多，回答："要是他们能接受我半个月直播一次的话我可以考虑。"

"这……白鲨会觉得我们霸王条款吧。"

"我平时真的没空，经理你知道我这情况是必须得早睡早休息的，他们同意的话那我就无所谓，签约费拉低点也可以。"爻森说，"第二件事儿呢？"

"第二件事儿是下周周末有个电竞杂志想要给你做个独家专访，拍照加访谈大概两三个小时，你腾点时间出来。"

爻森闻言眉头一皱："什么杂志？"

"《电竞星》，不知道你听说过没有。"

"没听说过，我能拒绝吗？"

郭经理叹了口气："不能，这个杂志要给俱乐部和一些赞助商做宣传，收了提成费的，赞助商那边让你必须接。"

"……好吧。"

郭经理点了点头，刚想走又突然想起了什么折了回来："对了爻森，你接代言吗？"

"啊？"

"我先问问。"

爻森神色古怪："我就是个打游戏的，他们要代言就去找正正经经的明星别来找我。"

爻森从来没想过要走广告曝光这种线路，毕竟说白了他就是个电竞玩家。虽然他最近几年的名气的确远远超过一个职业电竞玩家的范畴，但这仅仅是因为他长得帅，颜粉和 CP 粉也多，他倒只想因为比赛胜利而被大家熟知，而不是因为其他什么。

等他以后哪天退役了，他的森式神话被其他人取代了，要是有哪个娱乐公司看得上他，弄个小模特什么的让他当当，那爻森也高兴。

"行吧，我知道你会这么说，早就已经拒绝了。"郭经理无所谓地笑笑，拍了拍爻森的肩膀，"好好训练。"

晚上，爻森习惯性地打开邵涵的直播，邵涵今天也准时上了播。爻森看了一阵子，总觉得今天耳机里邵涵的声音有些怪怪的，微凉的声音里带着些喑哑，还伴随着时不时地远离话筒的咳嗽声。

爻森闭上眼睛戴着耳机想，那股喑哑听上去很性感……不是，很像感冒。

弹幕慢慢有些人在问邵涵是不是感冒了，邵涵也说是不小心着凉了，但不碍事。

画面里的邵涵不停地在喝水，因为咳嗽打歪了几枪，弹幕里还有人酸邵涵今天准

头差，看得爻森是心里一阵恼火。

直播结束之后邵涵也很快发了条微博，"不好意思，今天感冒了状态有些差，打得不太好。作为补偿周六的直播时间会延长，谢谢大家关心。"很快又收到评论：

呜呜呜呜呜呜呜小左你千万不要太累了。

要注意身体啊！

感冒了就不用上播啦小左，挪亚平时训练已经很累了，真不知道刚才弹幕里有些人在酸啥！

邵邵你快去吃药啊！嗓子都哑成什么样了！

虽然很俗但是我想说多喝热水。

ID "Titans_森"："早点休息，明天上午去找你。"@ID "NA_Left"

ID "NA_Left"："有事？"@ID "Titans_森"

我的天哪我是不是眼睛花了？森总？

我的天居然不是高仿！

我居然在邵哥的微博底下看到了森哥？

森哥你怎么这么温柔，你是真的森哥吗？

我站三秒"森左"。

我站三十秒。

……

第二天一大早，爻森便提着一个塑料袋站在B座943门口敲门了。开门的是林岚，他似乎也知道爻森是来找邵涵的，回头喊了邵涵一声，邵涵从浴室里走了出来。

邵涵穿着一件短袖T恤衫，胳膊白晃晃地露在外面，晃得爻森眉头一皱。现在天气已经有些转凉了，邵涵还不穿外套。

邵涵的声音还是有些哑："昨晚说的是什么事？"

"你感冒吃药了吗？"

邵涵的眼睛闪了闪，声音低下去："还没……"

爻森把手里的塑料袋放在进门的柜子上："帮你买了点药，咳嗽不严重的话喝这个糖浆就可以，严重的话吃这个。还有一些感冒药，都是非处方的，平时可以准备点。"

邵涵怔了怔，看见那一大袋子的常备药，也不知道是不是因为感冒，鼻子不太通连着心脏也不对劲了，竟被爻森这么一席话说得心跳加了速。

邵涵低头拿出手机："买药多少钱，我转给你吧。"

"不用麻烦了，改天请我吃饭吧。"爻森摆了摆手，"我回去了，别光着胳膊到处晃了，难怪你会着凉，着凉了……你的粉丝多心疼啊。"

爻森说完便转身要走，邵涵就叫住了他："爻森，谢谢你。"

爻森忍不住抬了抬嘴角，转身又遇见几个挪亚的队员。他们惊异地看着本不该出现在B座的那位传说中的神级Titans队长，走过之后还忍不住回头去看。

爻森回了Titans的训练室，王宇锡正坐在电竞椅上盯着手机笑得一脸荡漾，爻森进来了也没发现。爻森一巴掌拍在他后脑勺上："傻笑什么呢？训练了。"

"我在逛你的CP超话呢。"王宇锡说，"你别说还真的挺有趣，括弧不包括'森锡'。"

"我的CP？"爻森觉得看自己兄弟的同人这种事可能也只有王宇锡干得出来，顿了顿，问，"都有哪些啊？"

"你想听男男的还是男女的？"

爻森非常有自知之明地知道自己大部分CP都是男生："还有男女？"

"就是去年亚冠八分之一决赛上黑钻的那个女队员。"

"她？我都不认识她。"

"这叫拉郎配①。"王宇锡非常资深地回答，"不过还是男生比较多。"

白悦插话道："对，而且很多人喜欢'森锡'。"

王宇锡："不好意思喜欢'森锡'的都被我拉黑了，需要我提醒你喜欢'森悦'和'锡悦'的也大有人在吗？"

"凭什么我在右边？我不就打了个辅助吗？你们输出了不起啊？"

王宇锡痛心道："我宁愿像老宋那样粉丝都是正经人，为什么要这样对我们直男？"

白悦第一百零八次问王宇锡这个问题："你真的是直男吗？"

"我怎么就不是直男了！非要有直男癌才是直男吗！"王宇锡回答，不忘记提一下爻森，"咱包揽电竞圈CP百分之八十的森哥都还没说啥呢。"

爻森："别说废话了赶紧训练，一会儿老勾来了不把你头拧下来你试试看。"

周日一大早，爻森就被郭经理叫起来去准备采访。他被杂志社的人东拉西扯地化了点镜头妆、弄了弄头发，头发上的发胶味闻得他有点想吐。

---

① 网络用语，粉丝把两个原本没有关系的人拉在一起组成CP。

爻森被要求在训练室的电竞椅上摆拍了两张，之后的采访过程十分冗长，问题也有些无聊。爻森强撑睡意配合着，直到被问到了感情问题，他才稍微精神了一些。

"现在有谈恋爱吗？"

"没有。"

"那以后找对象的话，有没有会想找同样是职业电竞行业的人呢？"

爻森想了想："会吧，这样大概会比较有共同语言，平时在一起还可以一起交流游戏，不是吗？"

杂志在一个星期之后发布，先送了厚厚的一叠来 Titans 俱乐部。王宇锡首先就去拿了一本过来，指着杂志里爻森的摆拍照片，笑了他足足半个小时。

"咱的大明星森总，"王宇锡调侃道，"以后真的要找玩电竞的？要不干脆你和那个黑钻的妹子凑凑得了。"

"别贫。"

"你微博底下的太太团都在秀杂志了。"王宇锡赞叹了两声，"这种不出名的小杂志可能只有你的真粉丝会买了。"

"买这玩意儿就是浪费。"

"爻森，我说真的，你以后退役了可以考虑进娱乐圈啊。"

"等我退役了都快奔三了，现在娱乐圈兴小鲜肉。"

"谁说的，男人三十一枝花……"

"说什么闲话呢！"勾教练突然走了进来，拍了拍训练室的门，把说闲话的两人给轰开，"回椅子上训练去，开个双排我看。"

王宇锡撇了撇嘴，小声说："算了，老勾真的花不起来。"

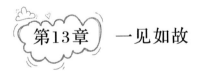

第13章　一见如故

这天晚上爻森和王宇锡他们一起出去吃晚饭，回来的路上爻森便无聊地翻着这两天自己微博的评论。微博评论内容显示：

啊啊啊啊啊啊，森哥我现在学电竞还来得及吗！

森哥居然想找会电竞的女票①，"15551②"，晕3D的人哭死了。

别成天想那些有的没的了，不如好好地把杂志上我森的照片舔一百遍来得实在。

我这三四线城市都买不到，高价收，有人出吗？

……

翻着翻着，偶然抬头一看，一个熟悉的身影距离他十几米开外，正往亿游大厦的方向走着。

爻森快步地走上前："邵涵！"

邵涵回头，手里提了一个超市的塑料袋。

"去买东西了吗？"

"嗯，你呢？"

"刚吃完晚饭回来。"

两人一路闲聊着走到亿游大厦A座门口，爻森不经意间低头朝着邵涵手里的塑料袋一瞥，一本熟悉的杂志一角从一些生活用品和零食中间露了出来，隐隐地还能看见一个"星"字。

邵涵转头对爻森道别，说了再见爻森却盯着他没反应，邵涵在他眼前挥了挥，狐疑道："怎么了？"

"……啊？你说什么？"

"我说我先回去了。"

"哦，行，拜拜。"

爻森目送着邵涵离开，直到王宇锡等人走了上来，问他刚才干吗走那么快。爻森没说话，一脸若有所思地往前慢慢走着，最后又回头问了王宇锡一个没头没脑的问题："你上次是不是说只有我的真粉丝会买那本杂志？"

"是啊，我就想问除了你上镜能带一波销量，这么名不见经传的小杂志谁知道啊？"王宇锡认真地回答着，"业内有名的杂志像《电竞族》和 *E - Sports* 那才是人手一本，这玩意儿是哪个犄角旮旯里出来的。"

爻森拍了拍王宇锡的肩膀，表情像一位欣慰的老父亲，他转身就进了A座大厦。

---

① 女朋友的意思。

② 谐音"噫呜呜呜噫"，用来形容哭泣的声音。

回了寝室之后爻森便躺在床上盯着天花板沉思，王宇锡洗澡之前看到爻森枕着手臂躺着，洗完澡出来之后爻森还保持着原来的姿势一动不动。

王宇锡："你打坐呢？"

"别吵，我在想一件事。"

王宇锡懒得管他，自己打开寝室里的电脑和别人单排《破警》游戏，没打几局就听见爻森在背后喊他，他微微从屏幕前偏过头："干啥？有屁快放。"

"你有没有过那种……"爻森沉默了一阵，似乎在寻找着适合的措辞，继续道，"一见如故的感觉？"

"啥？"王宇锡诧异道，"一见如故？你啊？"

王宇锡面露好奇之色，滑着椅子挪到爻森床边，调侃道："哎哟，你森神能感觉一见如故的人可不多啊，是咱电竞圈的人吗？"

"是。"

"职业的？"

"嗯。"

"谁啊？"

爻森笃定地说出那个名字："邵涵。"

王宇锡一听，恍然大悟地一拍大腿："是邵哥啊！我就说呢，你俩怎么从青训基地那个时候开始就总是凑在一块儿，你还抢我的葱油饼给邵哥吃。爻森，不是我说你啊，你就算对邵哥一见如故，你也不能见色忘友……不是，我是说，有了新人就忘了旧人啊！"

"不会用成语就别乱用。"爻森满脸无语，"什么见色忘友喜新厌旧的，一个葱油饼而已，至于记那么久的仇吗？"

王宇锡翻了个白眼，道："行啦，开个玩笑。你和邵哥一见如故，理解理解，你俩都在全球单人战力榜单上榜上有名，强者间的惺惺相惜嘛。森总，您身为亚洲电竞圈一哥，放歌唱界就是周杰伦，放盗墓界就是张起灵，我愿称你为电竞圈的独孤求败，强者之间才会有共鸣，电影里面经常这么演，我懂我懂。"

爻森挑了挑眉："你说的有道理。"

王宇锡拍了拍他的肩膀："对吧？所以我说啊……"

"个屁。"爻森说，"那我怎么没对你和老白老宋惺惺相惜？"

王宇锡一时语塞，又问："那难道是因为你们俩CP粉多？我知道，你们的CP名叫'森左'，超话里的糖可多呢，要不是我认识你，我都快信了。"

爻森给了他一个白眼，开始在心里觉得，找王宇锡聊这些就是一个错误。

王宇锡："那你倒是具体说说，怎么个一见如故法儿啊？"

爻森认真沉思了一阵，回答："反正一开始第一次看见他的时候吧，就觉得他这个人挺特别的。"

王宇锡插话道："你就是看人家长得好看吧？颜狗！"

"别打岔，人家长得帅怎么了，这是优点。"爻森道，"虽然和他刚认识不久，但觉得他性格挺好的，很内敛很温和，在咱们这个圈子里还挺少见的，和他待在一块儿很舒服。而且我后来也去看了他的很多比赛视频，他真的很优秀，而且还是个左撇子。电竞圈里左撇子少，其他人提起邵涵，可能第一印象就是他是个左撇子，相对就不那么关注他的真实实力。我感觉不少对他的战力分析都低估他了，他要是早两年进挪亚方舟的话，挪亚肯定不只现在这个成绩，看到这样的选手，还是觉得挺可惜的。我确实对他蛮有兴趣的，各种方面吧，要是能和他关系再好点，就更好了。"

"虽然我知道你的意思，但你怎么说得像是一见钟情一样啊？"王宇锡吐槽道，"行啊，反正你之前一直说搞外交、外交的，你既然对邵哥一见如故，那你就好好和他搞好关系呗，我们Titans能不能和挪亚成为兄弟战队就靠你了，你们俩的CP红遍半边天指日可待。"

爻森抬手就朝着王宇锡扔了个枕头过去："就知道搞CP，你到底看了多少同人文？"

"没看多少，真的，也就看看你的。"王宇锡嘿嘿一笑，接住爻森扔来的枕头，"邵哥威武啊，能让你这亚洲冠军这么真诚地开金口称赞他，连伊森、凯文、恺撒那些人都没有的待遇吧？我也觉得邵哥的人挺好，祝你和他天长地久吧，不是，我是说朋友一生一起走。"

"你说得倒容易。"爻森道，"你看不出来吗？邵涵就是那种和谁都可以成为普通朋友，但要真的成为无话不谈的特别亲密的关系，那就难了。他啊，性格矜持稳重，大部分时候都会先考虑别人的感受，自己的事很少开口，要真的和他交心，估计还早着呢。算了，慢慢来吧，我对自己的魅力还是很有自信的。"

王宇锡："放心，不管怎样，哥们儿支持你。"

邵涵回了宿舍之后，把手里的塑料袋放在了床头柜上。他看着露出袋子一角的《电竞星》杂志，沉默了好一会儿，心里有些微微窘迫羞恼起来。

他刚才也就是路过了一处报刊亭，偶然看见上面摆的《电竞星》，发现有爻森的独家采访。

邵涵也不知道当时自己是怎么想的，居然就脑子一热买了一本。

第二天早晨训练之前，勾教练先把 Titans 一队四人齐齐叫了过来。

"队内选拔下周六开始，会从青训队选一个去预备队，预备队选一个去三队，三队选一个去二队，二队选一个替补上来。"勾教练开门见山，"我给你们这周安排了一个下午的时间去二队那边带着训练一下。"

四人点了点头。

"替补的事情你们也别多心，不是专门替你们当中一个谁，是替你们所有人，万一你们哪天谁突然手抽筋了或者吐血了上不了场呢？"

四人沉默地看着他，没人敢提醒去年勾教练训他们意志力不够强大的时候，说的那句"你们遇到困难要学会克服！手抽筋了也给我上！吐血了也给我接着打"至今还如雷贯耳。

勾教练走了之后，四人在训练室坐下，王宇锡忍不住感叹了一下自己当年的时光："想当初我在二队的时候，为了争一队的替补名额是废寝忘食地训练。现在的小年轻有过之而无不及啊，对吧爻森？"

"不好意思，没在替补位待过。"

"……当我没说。"

毕竟像爻森这样直跃主力队的人，这么多年来还真的是头一遭。

一旁的白悦问："你们觉得现在二队谁最有可能啊？"

"江阳和周子寓吧。"王宇锡说，"这两人一个攻击强，一个辅助稳，我都挺看好的。"

一般的电竞队伍都有两个偏攻击的主位队员和两个偏辅助的副位队员，外加观察控制、点狙和整体指挥。爻森指挥加攻击，白悦辅助加控制，宋铭喆辅助加点狙，而王宇锡的任务就是拿人头和用他那骚走位吸引火力。

王宇锡摸着下巴思索了一阵："不过江阳这人就是爱出风头，技术是真的有，但就是有点太急太飘了。"

白悦："飘得过你吗？"

"我现在哪里飘了？"王宇锡拍拍爻森的肩膀，"当年不是被爻大队长给在小黑屋教育了吗？"

白悦："但说实话，周子寓这小孩儿有些畏畏缩缩的，太警惕了，怕失误放不开手脚。"

"没事儿，这两人到时候都让爻森调教调教就行。"

爻森瞥了王宇锡一眼，让他们赶紧开始训练："今天双排吧，我和王宇锡一组。"

白悦第一个抗议："你让我和老宋两个辅助怎么玩啊？"

宋铭喆却目光坚定："好的老大。"

"是老勾说的你俩战术训练得更加紧。"爻森戴上耳机，轻描淡写地说，"杀不过就靠战术，有本事弄死我俩。"

《破警》这个游戏的战术自由度非常高，为玩家提供了一切可能的道具与机会，战力不高但靠战术取胜的队伍不在少数。

就在爻森打算开局的时候，一旁的手机跳出来了一条微博推送消息。爻森扫了一眼，是他的特别关注邵涵的微博："祝挪亚六岁生日快乐，期待今后挪亚更好的成绩。"

爻森顺手给微博点个赞："今天是挪亚成立六周年？"

"好像是，我看到朋友圈有人在说。"白悦接话道，"怎么了？"

"没事。"爻森想了想，"等会儿再开局，我先发个消息。"

一旁的王宇锡似乎明白了什么，朝着爻森挤眉弄眼。

爻森："今天挪亚成立六周年有什么打算？"

邵涵："今天休息，晚上和队友们出去吃饭。"

爻森："去哪儿吃？"

邵涵："南锣湾那边的东来火锅。"

放下手机，爻森说："今晚去南锣湾吃火锅。"

白悦："可以啊，你怎么突然想吃火锅了？"

"开局，输的人请客。"

"……我这个月没钱了！"

"那就别输。"

第14章 故友决裂

那几场双排爻森和王宇锡还是赢了白悦和宋铭喆，南锣湾的餐馆价格都不算便宜，爻森倒也还算有良心，没真让他俩请客，只是让他们负责来去的打车钱。

四人进了火锅店之后非常顺利地"偶遇"了挪亚方舟一行出来庆祝俱乐部成立六周年的队员，邵涵还一脸惊讶爻森怎么会突然出现在这里。

爻森十分自然地回答："哦，是训练完想出来吃饭，一时不知道该去哪儿，想起你说吃火锅，觉得不错就过来了。"

一旁的王宇锡盯着爻森，意味深长地用胳膊肘撞了撞他，刚想插科打诨两句，爻森回头瞪了他一眼，示意他赶紧去点菜别瞎说话。

四人挑了一张距离挪亚一队不远的桌子坐下，白悦和宋铭喆去调调料的时候，王宇锡撞了撞爻森，说："行啊你，连人家在哪里吃饭都能问出来。"

"这有什么问不出来的。"

挪亚的队员们气氛热烈，时不时地就传出几声大笑。没过多久，每个桌都上了一件啤酒，沾点儿酒气的庆祝才算是尽兴。

慢慢地，有人觉得喝啤酒不够，直接手一挥让服务员上了几瓶白酒。一年也就这么一次纪念日，队员们放开了玩，挪亚的教练和经理都没说什么。

邵涵也被队友带着喝了不少，他的酒量并不好，很快夹菜就有些飘了，脸颊上也飞了几处微红。邵涵本来就长得好看，现在神情里带着些微恍惚的醉意。

爻森隔着几桌火锅缥缈的烟气盯着邵涵看，觉得自己嘴里吃的麻辣红汤好像辣到他心坎儿里去了。

十几分钟后，邵涵彻底喝醉了，趴在桌子上起不来。周围的其他挪亚队员们还热闹着，打算一会儿吃完饭还去唱个歌。

队长林岚看邵涵有些撑不住了，正打算先把邵涵送回去，一双手却率先按在了邵涵肩膀上。

爻森笑道："我送邵涵回去吧，你们继续玩。"

见 Titans 的队长来了，挪亚的队员们都面面相觑。倒是林岚知道爻森和邵涵关系不错，没什么意见，直接道了个谢。

邵涵迷迷糊糊地还没反应过来怎么回事，就被爻森搂起来架走了。爻森回来和王宇锡他们打了个招呼，带着邵涵离开了。

白悦有些莫名其妙："爻森他干吗呢？"

王宇锡说："人家纯洁的兄弟情怎么了？继续吃我们的，多吃点，把爻森那份吃了。"

爻森扶着邵涵走到路边叫车，邵涵的脚步有些虚浮，三步两踉跄地跟着爻森走。爻森在路边站定的时候，邵涵就迷迷糊糊地靠在他身上。

爻森表面气定神闲，招来出租车，将邵涵小心地放了进去。

回忆游大厦的路上邵涵一直没说话，有的人喝醉了就爱说胡话，显然邵涵截然相反。

到了亿游，爻森把邵涵带回他的寝室。爻森低头问他寝室门卡在哪，邵涵哼了半天也没听明白，爻森只好默默说了句抱歉，从邵涵的口袋里翻出了他的门卡。

爻森把邵涵放在床上，邵涵眉头皱了皱，又舒展开来。醉后的邵涵双颊有些微红。爻森四处看了看，想找找看邵涵寝室里有没有水，给邵涵倒杯水喝。

身后的邵涵突然动了动，爻森回头，邵涵睁开眼看他，呆滞了半天，才前言不搭后语地说："这……是队长的床……"

"你安心躺着吧，你队长不会介意的。"爻森理了理邵涵额前凌乱的头发，"有哪儿不舒服吗？"

邵涵没说话，而是微微在枕头上偏了偏头，似乎是在找一个更舒服的姿势。

爻森守了他一阵，看邵涵大概没有其他地方难受，便想着自己也早点回去不打扰他睡觉了。爻森刚起身，邵涵兜里的手机就响了起来。

爻森替邵涵把手机拿了出来，本以为是他的队友打来问问情况，却因为来电人的名字而微微皱了皱眉。

爻森猜邵涵不会想接沈佑的电话。

说实话，爻森不用细想都能知道邵涵和沈佑以前大概是个什么关系，而他也记得邵涵明里暗里地表示不想再和他有太多联系，这个人的电话却还是打来了，而且正好被爻森给碰上。

爻森放任手机响了半分多钟，既不接也不挂，振动总算是停止了。可没过几秒，沈佑的电话又打了过来。

爻森沉住气，觉得自己也不该这么不厚道，接不接这个电话应该让邵涵做主。

爻森轻轻碰了碰邵涵的肩膀："邵涵，邵涵。"

邵涵睁开眼睛，茫然地看着他，神色困意十足，似乎一眨眼的时间就能睡着，但他还是坚持着撑住了沉重的眼皮，惺忪地看着他："……嗯？"

邵涵神色很柔软，声音也轻飘飘的。

"沈佑的电话，你要接吗？"

邵涵呆愣地看着他，爻森以为他一时还听不懂自己的话。但很快邵涵就皱了皱眉，醉意似乎让他没了那么多的顾虑，他翻身就把自己缩进了被子里，声音听上去有些沉闷："不接……我跟他没关系……"

爻森一愣，沈佑的电话还没有挂，也许是真的有急事。

爻森微微吐出一口气，把电话接了起来，"喂？"

"……哪位？"沈佑显然很快就辨认出这并不是邵涵的声音，但一时没辨认出爻森的声音来，语气透出狐疑，"邵涵在吗？"

"我是爻森。"爻森简单地回答，"邵涵他喝醉了在休息，不方便接电话，你有急事的话我可以叫醒他。"

"爻森队长？"对方讶异了半晌，末了又问，"你在照顾邵涵吗？"

"在。"

"哦，麻烦你了。其实也没什么要紧事，今天挪亚六周年，我就想亲自祝贺他一下，顺便问问他去不去以前的青训队员聚餐。他喝醉了就算了吧，我发个消息给他就行。"

"嗯。"

"那爻森队长你也早点休息吧，谢谢你照顾他，再见。"

挂了电话之后，爻森心想这也不是什么要紧事，干吗非要打电话。

爻森给邵涵压了压被角，起身轻轻合上门离开了。

第二天早晨九点多钟，邵涵才睁眼。他揉着胀痛的头闷哼了一声，翻身发了会儿呆，不同于自己的床的被单颜色映入眼帘，他才猛地从床上坐起。

邵涵盯着坐在书桌边打游戏的林岚："……队长？我怎么在你床上？"

"你昨天晚上喝多了，爻森送你回来的。"

邵涵抓起手机一看，发现都已经九点多钟了，好在今天上午不用训练，不然他太过意不去。

他立马从床上翻身下来，帮林岚把床铺收拾好，又发现被单上沾着些酒气，道："队长，我帮你把被单换了吧。"

"嗯。"

邵涵的脑子还有些晕晕乎乎的，他低头拆着被单，忽然想起队长刚才的话，抬起了头："你说是爻森送我回来的？"

"是啊。"

邵涵缓缓地想起些昨晚的记忆，也不知道是因为喝了酒还是昨晚上没洗脸，他的脸颊紧绷得发热。他虽然知道自己喝醉了还算安静，但也从没有这么希望过自己没在他面前说些乱七八糟的胡话。

"队长，昨天那么多队员在为什么是爻森送我回来啊？"

林岚回答："他主动的。"

邵涵低头换着被单，忽然发现自己有个未接电话，还有几条消息。他打开手机一看，看到沈佑两个字时，心里一沉。

沈佑打电话来干什么他不知道，奇怪的是他打来了两次，第一次没有接听，第二次却接通了，而且还有通话时间。

邵涵怎么也没有自己接他电话的记忆，那就只能是爻森替他接了一次。

沈佑的消息大概就是他打来的目的，先是祝贺了他们俱乐部成立六周年，然后问他和白悦去不去参加下个月举行的老青训队员的聚会。

沈佑：“这是老队长组织的，你不想来也没关系。”

进入挪亚之前和沈佑还有白悦一起在青训队训练，成天盼着大的电竞俱乐部抛橄榄枝的日子，邵涵还历历在目。

沈佑是他们当中一个很特别的人，绝大部分的训练生在进行职业训练之前都接触过竞技版游戏或者是业余比赛，而沈佑不同，他是从第一天进入训练基地起才真正开始接触这个游戏。

邵涵和沈佑走得近，两人时常同进同出，亲密无间。

沈佑为人儒雅温和，将和队友的感情看得很重。他是一个有很高职业天赋的人，在青训队时成绩便十分突出，没有大部分选手业余时期的陋习的他，比大部分人更早收到其他俱乐部正式队员的邀请，未来可期。

青训队时的邵涵还未完全稳定下专属于自己左撇子的打法，他也一直在认真摸索着适合自己的方式和队伍风格，他和沈佑两人互相鼓励，感情深厚。

只是某一天，沈佑和邵涵同时收到了来自眼镜蛇俱乐部的正式队员邀请。

沈佑一直很想在成为正式队员之后继续和邵涵当队友，他询问过邵涵以后还想不想和他一起打游戏，邵涵的回答也是肯定的。因此，在得知这件事后，沈佑喜出望外。眼镜蛇是他一直以来心仪的战队，邵涵也和他一样收到了眼镜蛇的邀请，他们梦想成真，今后还可以一起在赛场上并肩。

可是，当他拿着自己已经填好的意向申请表激动地去找邵涵时，邵涵却告诉他，自己要拒绝眼镜蛇的邀请。

这个消息对沈佑来说，无异于晴天霹雳。

沈佑十分不解，心里被失望和愤怒填满，他质问邵涵为什么要拒绝眼镜蛇战队。眼镜蛇战队出过恺撒这样一个世界顶尖的选手，是国内的超一流战队，能给他们目前为止其他俱乐部给不了的平台和资源，邵涵有什么理由放弃呢？

邵涵也理解沈佑的感受，真诚而抱歉地回答，眼镜蛇战队的风格真的不适合他，虽然眼镜蛇战队的确很强，但是一个不适合自己的战队，是没法让他真正发挥出自己想要的实力的。

听了邵涵的话，沈佑沉默了许久，目光带着失落和期许，他最后问："你真的不想再和我当队友了吗？"

邵涵揪心道："沈佑，不是我不想，只是……"

沈佑却微微苦笑，打断了邵涵，说他明白了。他渐渐放下笑容，神色渐渐变回初见时那股冷峻的模样，他说："既然这样，那就让时间证明一下，你的选择是不是对的吧。"

那之后，沈佑成功申请进入了眼镜蛇俱乐部，成了一名正式队员。没过多久，邵涵也从一众邀请中，最终选择了挪亚方舟。两人在青训基地分别的那一天，最后和朋友们一起吃了顿饭，邵涵打心底里祝福他，希望他以后在赛场上可以取得好成绩，沈佑却什么也没说，只是在参会结束时，留给了邵涵一个背影。

从那以后，邵涵就和沈佑疏远了。

换好被单之后邵涵去洗手间洗了把脸，缓解了一下一晚上有些疲惫的神色，觉得自己怎么着都应该当面和爻森道个谢。

邵涵来的时候，爻森正在训练室和队友们在休息空当聊天，爻森忽然看到王宇锡眼神有些不对，后者撞了撞他的肩膀，朝他努了努下巴，示意他看看身后。

爻森回头，看到邵涵站在训练室门口。

爻森一巴掌把笑得猥琐的王宇锡的脑袋拍开，站起来走了过去："怎么样？头还晕吗？"

"好多了，昨天晚上麻烦你了。"

"没事儿。"

"感觉最近我总是麻烦你……"邵涵的声音有些微微的懊恼，"要不我还是请你吃饭吧？你最近有想吃的东西吗？"

"吃饭就免了吧。"爻森嘴角抬起，"改天我们单排比一场吧。"

邵涵愣了愣，尔后又忍不住轻轻笑了笑："好，一定。"

邵涵看到坐在训练室里的白悦，又喊了他一声，说有点事想跟他说。他俩聊天爻森也不好站在旁边听着，只好进了屋。

王宇锡笑道："邵哥和你说了啥？"

"说谢谢我，改天我们单排。"

"单排？可以啊，手下留情啊。"

白悦和邵涵没聊多久就回来了，王宇锡比爻森还积极地问他俩聊了什么。白悦无所谓地回答："就说下个月有个以前老队员的聚会，问我去不去。"

爻森："那你去不去？"

"我随便啊，但我看邵涵好像不太想去的样子。"

爻森看着邵涵离开的背影，心里一时难掩开心。

第15章　大神单排不留情

这天晚上邵涵如期开了直播，面对逐渐高涨的人气和观众数量，他一想到接下来要说的事，就莫名觉得有些说不出口。

邵涵："大家晚上好，今天的直播我会邀请爻森队长来单排。"

果不其然，邵涵的这句话让弹幕铺天盖地地炸开了。

我的妈？

你说啥？！

小左你刚说啥？

啊啊啊啊啊啊啊我居然可以在邵哥的直播里看见森神，啊啊啊啊啊啊我不是在做梦吧。

森哥不是从来不直播吗？

邵哥面子好大。

我的担同框了，我要爆炸啊啊啊啊啊！

我站一秒"森左"。

我站爆"森左"！

天哪有生之年居然可以在直播里看见森神！

……

虽然说粉丝们的反应都在预料之中，但邵涵还是有些无所适从。他本来以为爻森会在一个私下的时间约他单排的，可没想到他一开口就是今晚直播的时候。

邵涵强迫自己忽略某些弹幕，这个时候爻森应该已经等着他上线了。他便进入了自己的游戏界面，果不其然看见爻森挂着大号。

天哪"Titans_森"这几个字是真实的吗？

我喜极而泣了。

太不可思议了，我到现在都不敢相信！

森神，我爱你啊啊啊啊啊！

呜呜呜呜呜呜，森哥你怎么不自己开直播啊。

这是我小左的直播间，森粉还是克制点。

前面说得对，森粉都冷静……冷静不下来。

爻森的会话消息跳了出来，邵涵立刻点开。

ID "Titans_森"："你开了吗？"

ID "NA_Left"："开着。"

ID "Titans_森"："那我打个招呼。"

ID "Titans_森"："大家晚上好，感谢你们的小左让我出镜。"

ID "NA_Left"："你现在方便开局吗？"

ID "Titans_森"："随时，等你呢。"

我真的不想ky[1]，但是森神真的好苏[2]，"15551"。

哈哈哈森哥你小左咋叫得这么顺溜。

森神别欺负我们家小左。

邵哥打爆他，我是森粉。

加油邵哥！我是森粉。

邵哥你是最棒的，你一定可以打败老森，我是森粉。

哈哈哈哈哈哈哈哈哈哈，森粉都有毒吧。

……

---

① 网络用语，指一个人不会看脸色行事，破坏气氛。

② 用来形容某人的举止或外貌非常完美，极有魅力，像玛丽苏小说中的男主一样，让人少女心爆棚，心脏怦怦直跳。

进入游戏之后，邵涵也沉下心，开始紧张了起来。邵涵对于爻森所有操作的了解都来自正式的比赛转播，而他从来没有在游戏里真实地和爻森对战过。

邵涵很崇拜爻森，崇拜这个一手在亚洲赛场上缔造了神话的人，他的实力、反应与睿智足以让任何一个玩家倾倒与热血沸腾。挪亚的教练也很多次分析过爻森的操作习惯和指挥模式，可再多分析也比不上一次真正的对战能教会他更多。

实力的差距摆在那里，邵涵很清楚自己会输，但是他丝毫不畏惧也不退缩，他只想趁着这次机会把爻森在赛场上的一切印在自己脑海里。

游戏开局，他们二人都默认选择了先清理掉其他玩家。

清理掉业余玩家对于职业选手来说非常轻松，很快一局比赛里就只剩下了爻森和邵涵两个人。看直播的众人都只能看见邵涵的位置而不知道爻森现在身在哪里，弹幕个个在为邵涵提心吊胆。

要知道明枪易躲暗箭难防，爻森虽然是负责指挥的队长，但是真正闻名电竞圈的是他高命中率的移动狙击。当年亚洲区域赛的决赛场上，要不是靠着最后关头爻森两次准确无误的移动甩狙，Titans 恐怕会与冠军失之交臂。

邵涵为自己找了一个掩体，特意避开了容易被狙击的区域。这一轮邵涵捡到的枪大部分都是适合近战或者冲锋的枪支，如果爻森手里有了狙击枪，就算邵涵戴了护甲，那对他也十分不利。

邵涵距离营地不远，周围静悄悄地没有一点动静，但他也不会傻到直接冲上去抢旗子。对于其他玩家来说，也许靠着流畅的操作可以赌一把，但是爻森不同，再灵活的移动目标在爻森眼里也和静止不动的靶子没什么两样，他跑得再快也比不上爻森一个甩狙。

邵涵知道爻森肯定就在附近，只是不知道他心里打了什么算盘。

邵涵躲在掩体背后，仔细地观察着周围的动静。爻森可能采取的战术是伺机狙击或者突袭，这是爻森最有可能获胜的方式。

邵涵在脑子里冷静地分析着，为了避免被爻森钻空子，他只能寻找不易被狙击的方位，时时注意周身的风吹草动。

因为游戏视角有盲区，对于单人玩家最不利的地方便是难以察觉敌人靠近，所以一个队伍里才需要一个人充当整场的观察鹰眼。

邵涵用医药箱补满了自己的血条，丢掉了多余的装备来保持运动灵活。他心里正疑惑爻森究竟在哪里的时候，视角一转，爻森却赫然出现在了他的面前！

要知道邵涵为了防止爻森偷袭，全程都在尽量变换视角观察周围，刚才全直播间的观众都和他一样清清楚楚地看见他的背后没人，来回不到一秒钟，爻森居然就出现了。

整个直播间的人都被吓了一跳，刹那间邵涵便已经中了两枪。那两枪打掉了他的头盔和甲，再来一枪邵涵就会毙命。但邵涵的反应速度也不是盖的，而他常年偏左边的操作也让他比普通玩家更容易闪避。

他立刻翻身躲到掩体背后，并且朝着爻森也开了两枪，其中一枪明显是打中了，只是还没到足以杀死爻森的地步。

爻森的第三颗子弹跟着邵涵打在他的掩体上，就刚才那么短短一瞬间的交锋，邵涵便确认他的手里只有一把后坐力很强的突击步枪 AKM。

爻森到底是怎么做到的？

邵涵警惕地暂时躲藏在了掩体背后，呼吸因为面对强敌的紧张和兴奋变得有些急促。爻森和所有人的初始面板都是一样的，而没有人可以做到瞬移——

那只能说明爻森始终就在他附近，并且利用了邵涵的视觉盲区卡住了视角。

在行进中准确卡视角是每个玩家都拼了命想练成但也难度极大的能力，这不仅仅需要对敌人动作的精准预判，还要有高度灵活的运动能力和协调性，甚至很大程度上还需要一些运气。

视角卡得准，对敌人来说无异于悄无声息地夺命。

即使是放眼职业玩家圈，能做到的人也屈指可数。

邵涵以前不是没听说过有些玩家卡视角卡得很准，但是真正在游戏里遇到这种玩家还是第一次。

这些事在邵涵脑子里飞快掠过，他定了定神，现在爻森距离他很近，而他的命中率不比爻森低，他不如就大胆赌一把。

邵涵将枪口伸出掩体直接和爻森对枪，两人几乎是在各有伤害的情况下同时用完了一个弹匣。

快速更换弹匣并且迅速射击也是一个职业玩家应该具备的能力，听上去容易实际上也不简单。更换弹匣之后视角难免会有所偏移，这个时候若是比对手早上那么半秒钟稳定住目标，甚至预判目标开枪，这短短的一瞬说不定也是胜负的关键。

邵涵迅速地更换弹匣，稳定目标，在开枪前的一瞬间，他的眼前便血光一闪，自己已经被击毙了。

邵涵看着屏幕上的失败出局字样和最终排名，神情愣了半天，最后长出了一口气，露出了一个心服口服的笑。

直到现在，邵涵才真真实实地感受到了爻森究竟是为什么可以打出那次漂亮的反击战了。

如果说卡准视角只是侥幸，那么换弹后射击便的的确确是经验水平的差距了。而且爻森手里的 AKM 比他手里枪的后坐力大多了，能稳住视角那是真的需要经验和实力的。

邵涵的手臂到现在都还有些轻微地僵硬，刚才那短短一分钟的角逐让他的手心都冒汗了。

邵涵笑起来自己不知道，看见的人都颤了心肝。

弹幕炸得几近沸腾，看得邵涵一阵眼花。直播间人气因为两人这针锋相对的一局比赛而一升再升，又是百万人气涌了进来。

"6666666666666666"。

啊啊啊啊啊啊啊啊啊啊啊啊，小左笑了！

邵小左笑起来好好看啊，啊啊呜呜呜呜呜呜！

森神太厉害了居然把邵哥逗笑了。

我的天，啊啊啊啊啊啊啊啊，森神真的太"6"了！

看得我都快紧张死了……

森神出现的时候我都叫出声了，被我爸敲了一拳，现在头还疼呢。

刚刚他是怎么过去的？

是卡视角，森神其实一直在邵哥附近呢。

小左也真的很棒了啊！反应超快的！我先吹为敬！

不过既然森哥一直在附近的话怎么不远距离把邵哥打了呢？ AKM 射程也不短了。

邵涵偶然看到这条弹幕，顿时觉得说得有道理，爻森视角卡得那么准，的确有很多机会可以远距离攻击他。

他打开和爻森的私聊面板，深吸一口气，压下心里那阵紧张的后劲，问他："刚才怎么没有远距离打我？"

ID "Titans_森"："那样打你太容易了，想和你多玩会儿。"

ID "NA_Left"："……"

ID "Titans_森"："而且你反应那么快，有头盔和甲，一枪解决不了你反而暴露位置，后面不好接近了，直接和你对枪我不一定能打得过你。"

哈哈哈哈哈哈哈哈哈哈哈哈。

森哥：赶紧解释。

森神，说出去的话泼出去的水，解释没用的。

道理我都懂，可想和你多玩会儿这句话从森哥嘴里说出来怎么就这么显摆（后面配了一个大笑的表情包）。

再开一局！邵哥别手软！上去打他！

邵涵有些忍俊不禁，在键盘上敲着回复。

ID "NA_Left"："他们让我打你。"

ID "Titans_森"："OK 啊。"

ID "Titans_森"："你直接走十分钟来我寝室打吧，我保证不还手。"

我看到了什么？

森哥怎么这么宠溺！

邵哥是不是脸红了。

"森左"稳了。

我宣布我爬墙"森左"了。

森哥你这么撩我们纯洁的小左真的好吗！

……

ID "Titans_森"："来吗？"

ID "NA_Left"："他们开玩笑的，我们再来两局吧。"

ID "Titans_森"："行。"

邵涵才长出了一口气，重新进入游戏。他偶然看到镜头里自己有些泛红的脸，有些后悔今晚直播开了摄像头。

第16章 替补队员

周六一大早起来，王宇锡就逮着爻森想聊些八卦。爻森那天晚上和邵涵单排的直播在网上火了好几天，看视频的粉丝中真正的电竞粉占一半，CP粉占了另一半。

"你什么时候卡视角卡得这么好了？"王宇锡惊奇地看着爻森，"说，你是不是背着我们偷偷训练了！"

卡视角和预瞄的训练 Titans 主力队一直有，只是这两项训练对职业选手来说一直是个大难题，尤其是前者。

爻森随口说："那天晚上运气好。"

"要是你运气一直这么好，老勾可得喜极而泣了。"

"行了，赶紧收拾走了，今天队内选拔赛别迟到。"

Titans 的队内选拔赛今天正式开始，爻森四人一走进训练室，顿时感觉屋子里的氛围都和平时大不相同。

勾教练站在前面和众队员严肃地说着话，并宣布今天的选拔赛考核方式。

除了二队队员，其他队员都需要分别完成三局的单排和四排。而二队队员则需要完成三局四排和五局轮流交替的双排，并且将由一队的四人来当他们的队友或者敌手。

让爻森四人参赛实际上也是为了最后在选拔替补的时候听取他们的意见，毕竟他们才真真正正地明白，全是高手的赛场上要注意些什么。

说是敌手，实际上爻森他们也不会拼命打，不然到最后得演变成一队内部的较量。

听说要和主力队的队员组合对战，二队的队员们各个都激动不已摩拳擦掌，恨不得立马就脱颖而出跻身一队。

上午首先进行青训队和三队的比赛，二队的比赛从下午开始。二队的四个人在训练室里做最后的准备，周子寓正襟危坐地坐在电脑前，手心紧张地冒了汗。

江阳看上去自在如常，他的平均考核成绩是二队最高的，个人的亚洲排名也不错。负责指导的爻森走到他身后的时候，他还特意甩了两个不错的狙给队长看了看。

爻森什么话也没说，看到周子寓在自己的训练中因为紧张犯了些小错，走上前拍了拍他的肩膀："别紧张。"

周子寓吓了一跳，一枪又打偏了，抬头一看是队长，立马羞愧地连连道歉。

周子寓是二队年纪最小的队员，平时看到爻森都是恭恭敬敬地喊队长，又礼貌又尊敬，就差没有给爻森鞠躬了。

四排结束之后，第一局双排爻森和江阳对战王宇锡和周子寓，周子寓和王宇锡的组合按理说应该发挥不错，毕竟一个是辅助型一个是攻击型。

但是，事实上结果和众人预期的有些差距。周子寓在第一局比赛中失误了三次，而江阳在攻击上的确更胜一筹，直接导致在爻森和王宇锡都佛系玩的情况下周子寓输了第一局。

第一局下来周子寓整个人泄气了不少，坐在椅子上看着惜败的屏幕垂头丧气。

第二局开始之前还有一些调整的时间，爻森这次换到了和周子寓一组，对战白悦和江阳的组合。

爻森也没多说什么别紧张的话，这些话从他嘴里说出来不如让周子寓自己好好调整来得好。他只是很明确地指出了上一局周子寓失误的地方，一句毫无夸张的"发挥平时水平就行"，反而让周子寓慢慢地振作了起来。

第二局开始之后周子寓的发挥明显比第一局好上许多，江阳的进攻却更加急躁了起来，似乎就想依赖着高命中率和漂亮的操作早早地把周子寓淘汰。

周子寓虽然还是有些紧张，但他明智地选择了以退为进。他的命中率比不上江阳，便不和对方在自己的弱项上较量。他对全局的观察把控给他加了不少分，最后辅助爻森拿下了这局的胜利。

整整五局比赛结束后，江阳胜了三场，周子寓胜了两场。

周子寓失落地抓了抓头发，将位置让给了其他队员，和一队的四人还有教练都道了谢，坐在一边认真地观看队友的比赛。

等到整个选拔赛结束，已经将近晚饭时间了。勾教练让众队员都好好总结今天的比赛结果，早点去吃饭休息，只留下了一队的四人。

队内选拔的结果会在下周公布，关于青训队和三队的比赛，勾教练心里早就有数，他便开门见山，让一队四人说说自己对主力队替补的想法。

王宇锡："我投江阳一票。"

勾教练抬了抬下巴："理由。"

"他虽然偶尔急躁了点，但是命中率和操作是真的有水平的。如果正式比赛的时候我和爻森其中一个掉了链子，队伍整体得分率不会下降太多。"

王宇锡早几年也是个恨不得鼻孔看人的人，看着江阳还很有几分熟悉感："急躁的缺点丢给爻森调教两天就行了，当年我不也是这么过来的吗？"

爻森："你当我谁都有兴趣调教吗？"

勾教练点了点头，也没说话，而是转头看向了宋铭喆："铭喆，你说。"

宋铭喆："我支持周子寓，他要是能改掉过于警惕和紧张的毛病，操作实际上很稳。而且这小孩儿心思挺缜密的，观察能力强，是个不错的辅助。"

白悦顿了顿，道："我的想法和王宇锡一样，投江阳。"

勾教练始终没有说话，他最后看向爻森，神情严肃："爻森，你觉得呢？"

"要我说，这两人我都不太满意。"爻森回答，"除开他们性格上的问题不谈，江阳这人的操作带着些竞技版的花边小动作，一时半会儿可能改不过来。周子寓协调性稍差，左右手功能切换的间隔有点长，对他行进的流畅性有些影响。"

爻森的确可以看到一些常人难以察觉的问题，勾教练点了点头，示意他继续说。

"但如果真让我选一个，我还是会选周子寓。"爻森说，"也没什么特别的原因，周子寓对整场的把控能力的确不错，也挺聪明的，状态调整得挺快。"

他看了王宇锡一眼，道："而且咱队有王宇锡一个人飘就够了，两个人飘起来我可管不了，还是要个稳重点的。"

王宇锡拍桌："明明你飘起来十个我都拉不住！"

勾教练只是点了点头，没发表什么意见，让他们几个先回去休息了。

爻森最近几天都没找上什么机会和邵涵说话，只能晚上抽空看看他的直播。王宇锡抓着这点不放整天调侃爻森，左一个"邵哥"、右一个"邵哥"听得爻森心痒痒，恨不得上去抽死王宇锡。

周二那天上午，勾教练给队里开了个短会，直接宣布了这次队内选拔赛的结果。

勾教练最终还是选择了周子寓进一队成为替补，说实话这个结果不出爻森的预料。他坐在一边的沙发上看着那两人的神色，周子寓听到自己名字时整个人都震了一下，差点从沙发上直接蹦起来，眼眶一下就全红了。

江阳脸色就不那么好看了，当即神情就阴沉得难看，会开完后，直接二话不说起身就离开了，丢给众人一个愤怒的背影。

勾教练也没管他，估计是当教练这么多年，什么使性子耍脾气的队员都见过，继续把会开完了，打算过后再收拾他。

而周子寓在开完会后则直接被勾教练单独叫走了，临走之前还一副仿佛置身梦里，不敢相信的傻乎乎的模样。

那天的训练照常进行，下午训练结束之后，爻森四人打算出去下顿馆子，路上王宇锡忍不住说起了这次队内选拔赛。

王宇锡："虽然我觉得老勾说得也很有道理，但是为啥不再选一个攻击型的替补上来啊？要是赛前我和爻森其中一个人掉链子怎么办？"

"老王，说句实话，"白悦道，"要是爻森崩了剩下我们基本也只能靠苟了，换上辅助还是输出差异都不大。要是你崩了，换个辅助上来，三个辅助托一个爻森，我觉得还有胜算。而且咱们不还有老宋在吗？人家输出辅助可以无缝衔接。"

王宇锡："……"

王宇锡："好吧好吧。"

四人刚出走廊拐角，江阳突然从一旁走了出来，直直地停在了爻森面前，显然是有些话想说。

江阳估计是不久前刚被教练骂了，脸上还带着些不满和愤懑。

爻森不急不慢地说："怎么了？"

"队长，第二局如果不是你插手我是可以赢的。"江阳竭力压抑了一阵，最后还是忍不住说了出来，"勾教练就是不满意我第二局的表现，队内选拔赛是我们二队四个人的较量，队长你这么偏袒周子寓，这结果我真的不能服气！"

爻森背后的三人面面相觑，倒是爻森面色并没有太大变化。

王宇锡忍不住皱着眉说："江阳，你……"

白悦轻轻地拽了王宇锡一下，他才没说下去。

"你觉得你和周子寓的第二局是因为我才输的？"爻森看着他说，"那你就想错了，当时周子寓的辅助很到位，就算不是我，换成另外一个业余的玩家也能赢，你信不信？"

江阳瞪大眼睛，眉间还有怒意，却一句话也说不出来。

"而且我有什么理由偏袒周子寓？他又不是我亲戚。你应该好好想想怎么改掉那些业余的习惯，勾教练不满意你第二局的表现也是应该的。"爻森顿了顿，"这周末抽两个小时和我排吧，我教教你。"

不等江阳回答，爻森便拍了拍他的肩膀，和其余三人离开了。

四人走出了亿游大门，王宇锡终于是忍不住了，对爻森道："你该不会是想用当年对付我那招对付他吧？你也忒抬举他了。"

爻森："你不挺看好他的吗？"

"我怎么知道他这么冲，跟个爆竹似的，我当年再翘也没他这样。"

白悦笑了出来："他不会转头就跟老勾告状说队长欺负他吧？"

"嘴长在他脸上，他爱去和谁告状就和谁告状。"爻森无所谓道，"而且我觉得他也不是这么不讲道理的人。"

宋铭喆也有些许不满："老大这算是给江阳开小灶了，他要怎样不识抬举才会觉得老大在欺负他？"

白悦："小孩儿的心思怎么能随便揣摩呢？老宋，凭你的年纪你和他的代沟已经够深了。"

比一队平均年龄大了四岁，比青训队平均年龄大了九岁的宋铭喆："……"

第17章 森式调教大法

四人吃完晚饭回来，郭经理正好找爻森有事，两人直接去了休息室。

郭经理问："你前几天在挪亚的副队长的直播里露面了？"

"和他单排了几局，怎么了？"

"你一直不和白鲨签，转头又在另一个平台露了面。那次直播在榜首挂了好久，白鲨直播的负责人整天吵我，说你什么时候和他们签。"郭经理说，"合同按照你说的条件改了改，一个月最少直播六次，一次最少九十分钟，就是平台分成费稍微调高了一点点。合同都给我拿过来了，我仔细看过了，你肯定不吃亏，你签不签给我个准信吧。"

"行，我签。"爻森把合同拿过来翻了翻，留意了几个关于分成和违约的条款，最后签了字，"什么时候开始？"

"下周吧，虽然他们恨不得今晚就开始。"郭经理收好合同，又想起来一件事，"还有件事，下周三不是你生日吗？官网会加个滚动幅，明天网站那块儿的人来拍照片，你去签个名写句话，鼓舞下士气的那种。"

要爻森签名可以，但写句话就有些难了，一是爻森一时半会儿想不出什么除了"Titans 最强"之外的其他口号，而他也不想强行灌鸡汤；二是爻森除了签名还算好看，其他的字却非常惨不忍睹。

郭经理估计也是看出了他这个难处，让他去问问白悦愿不愿意代笔。白悦的字写得非常好看，而且和爻森签名的字体很像，完全可以如假包换。

　　于是在外包的人来了之后，爻森轻轻松松签个名就走了，把想口号的任务也直接给了白悦。

　　白悦回来之后直接在微信群里控诉他。

　　白悦："@爻森 你人长得这么帅，字怎么就这么丑！"

　　爻森："字越丑人越帅。"

　　白悦："……我不承认我字写得好看。"

　　王宇锡："发生了啥？"

　　白悦："我被迫当了枪手。"

　　王宇锡："枪手？你不是辅助吗？"

　　白悦："枪手是指代笔好吗？你是不是傻？"

　　王宇锡："那你直接说代笔不就行了吗！我今天被老勾按着甩了两个小时的枪，我手都要甩抽了！"

　　爻森："我昨天和白鲨签了。"

　　王宇锡："你也签了白鲨？"

　　白悦："你不是不直播吗？"

　　爻森："一个月就六次，不碍事。"

　　王宇锡："为啥我一个月要十二次？"

　　白悦："因为你只有游戏粉，爻森不仅有游戏粉还有颜粉，他一次顶你两次。"

　　王宇锡："（一个'等老娘补个妆就来撕你'的表情包）。"

　　王宇锡："对了，下周三不是爻森生日吗，有啥打算？"

　　爻森："能有什么打算，喝啤酒吃小龙虾。"

　　王宇锡："你说你会不会有土豪粉丝给你包个广告牌什么的？"

　　爻森："醒醒，我是打电竞的不是拍电影的。"

　　爻森："不然你们集资给我包一个？"

　　王宇锡："广告牌不可能，搞个灯牌可以。"

　　爻森："搞个灯牌挂哪儿？挂在我床头五颜六色的好关了灯让我蹦迪吗？"

　　在微信群里聊着聊着爻森便发现到邵涵直播的时间了，于是干脆地把群屏蔽了直接进了直播间，留白悦和王宇锡两个人在群里叽里呱啦。

最开始群里还有勾教练在，虽然勾教练一般不说话，但存在感实在太强，ID 摆在那儿就让人心慌，好像随时会冒出来艾特一个人让他滚下去训练。

于是爻森重新拉了一个只有他们四个人的水群，群里就王宇锡和白悦两人最活跃，老宋基本潜水，偶尔碰到正正经经的电竞话题或者是关于爻森的话题才会冒个泡发挥一下爻森死忠粉的精神。

没过多久，这个群便多了一个新的成员，周子寓。

周六那天，周子寓的定做队服已经送过来了，当天下午勾教练正式给他们五个人开了会，布置了今后的训练安排，希望周子寓能尽快适应一队的训练节奏。

教练走后，周子寓看着自己的新座位和新机子，一时还有些不敢相信这是真的。他回头看着一队的四个人，鼻子猛地一酸，深深地朝着四个人弯腰鞠躬，声音带着哽咽和激动："谢谢大家能给我机会！"

"行了，机会都是你自己争取来的，以后大家就是一个队的人了，不用这么拘谨。"王宇锡拍了拍周子寓的肩膀，后者抬起头吸了吸鼻子，用力地点了点头。

爻森说："子寓，你先坐老白和老宋中间，看看他们怎么辅助，有什么不懂的地方直接问就行。"

"好的。"周子寓看着爻森，犹豫了一会儿，有些腼腆地问道，"队长……我能在上机之前和您握个手吗？"

"握手？"

"大家都说摸鼠标和键盘之前和您握手的话，您的命中率就会传递过来。"周子寓不好意思地摸了摸头，"就是给鼠标和键盘开开光。"

"……"

一旁的王宇锡早就笑得在椅子上打滚，白悦和宋铭喆也双双把喝进嘴里的饮料喷了出来，差点毁了键盘。

爻森伸出手："行，来吧。"

周子寓连忙郑重地伸出双手握住爻森的手摇了摇，眼里充满了憧憬和感激。

爻森拍了拍他的肩膀："去吧，下次和你的伙伴们说，要开光带着鼠标和键盘去庙里开，保证比我有用。"

王宇锡："哈哈哈哈哪里有你有用！观音菩萨又不打电竞！"

那天晚上五人开了几次五排，先由白悦带着周子寓熟悉一下队里两个输出的攻击习惯。周子寓听得非常认真，还用笔记本记下了不少东西。

差不多熟悉了队里的攻击节奏之后，爻森让周子寓今天先回去好好休息，睡前回忆一下今天的练习过程。

周子寓离开之后没多久，江阳就按照之前说的，如约来和爻森单排了。

剩下三个人各玩各的，爻森拉开自己身边的电竞椅，对站在门口的江阳说："过来，上机。"

江阳沉住气坐了下来，深吸了一口气。

爻森："准备好了吗？"

江阳："好了。"

"开。"

两个多小时后，十局单排全部结束了。

江阳安静了下来，坐在椅子上皱着眉沉思。

爻森坐在一旁看着他，淡淡地问："什么感觉？"

江阳狐疑地盯着屏幕，似乎有些迟疑。

"是不是感觉我的命中率实际上并不像你们平时在比赛转播上看到的那样高？"

江阳迟疑着点了点头："队长，你是不是让了我？"

"我绝对没有让你任何一枪。"爻森笃定地回答，"你知道为什么比赛里我的命中率高吗？因为我有辅助。"

江阳怔怔地看着他。

"不要以为命中率高在游戏里就可以肆无忌惮了，没有一个好的辅助有再高的命中率也没用。"爻森摘下耳机，"不要小看辅助选手的作用，也不要太高估攻击选手的地位。你的攻击很不错，但是要学会配合。周子寓没有哪里比你更强，除了团队合作。"

说这些话的时候，王宇锡等三人都没有说话。

江阳努力消化着爻森的话，最后站了起来，一咬牙回答："队长，说实话，我对替补的事情直到现在也并不完全服气。但是既然你这么告诉我，那我就会试着去做，下一次不会再给队长你机会否认我了！"

"那就好。"

江阳和主力队其余三人点了点头，迈着大步离开了。

江阳离开之后，爻森悠闲地喝了一口饮料。训练室的气氛一直沉默着，似乎都因为刚才爻森的那番话而有了些新的思索。

"爻森，"白悦终于忍不住说话了，"说吧，你到底让了他几枪？"

爻森平静道："不多，也就十几枪。"

"你是如何能面不改色地把黑的给说成白的？"王宇锡不禁对自家队长忽悠人的能力佩服得五体投地，"没有命中率再强的辅助都不顶用，难道辅助还能强到让对手不动让你对着他脸打吗？江阳居然真的信了……你那厚脸皮真该被拿去用擀面杖擀一擀。"

王宇锡说得的确没错，爻森自然也清楚。一个队伍四个人，输出被称为主位，辅助被称为副位不是没有道理的。

爻森："有让他正视团队作用的效果不就行了？"

白悦："你这口才进了传销都可以直升老总级别了。"

王宇锡："传销都不敢要他，直接得让爻森说得洗心革面了。"

宋铭喆："老大可以去当脱口秀主持人什么的，现在那种网络直播的脱口秀不也挺火的吗？"

白悦："我觉得王宇锡更适合脱口秀。"

王宇锡："我不够帅啊。"

白悦："……硬伤。"

王宇锡："爻森，你这忽悠教育手段可以啊，等我以后有娃了让他认你做干爹，不听话的时候也帮我教育教育。"

爻森拍了拍王宇锡的肩膀："干吗？整个中间商赚差价啊？你直接认我做干爹不就行了？"

王宇锡："……滚！"

第18章　生日

邵涵是偶然看到 Titans 官网的滚动专题才知道周三是爻森的生日，而今天已经是周一了。

自从挪亚方舟入驻了亿游，爻森前前后后也帮了他不少忙。这是自己和爻森成为朋友之后爻森的第一个生日，邵涵觉得自己不该敷衍。

爻森失眠的话……送他助眠香水？可是这东西真的有用吗？万一有副作用怎么办？

送他耳机鼠标或者键盘之类的东西？但这些东西爻森自己也有不少。

爻森平时总对着电脑会不会颈椎不太好？送几副……膏药？

邵涵觉得自己可能脑子抽了。

他窝在自己的椅子上轻轻地转了转，又看着网站首页的爻森的照片发呆。邵涵确实没什么送人礼物的经验，以前遇上这种事，他一般都会去拜托小萌给他出出主意。可现在碰上爻森，邵涵又下意识地觉得自己挑比较有诚意。

邵涵突然想起，爻森有夜跑的习惯，送他一双运动鞋当礼物也还蛮合适。更何况男生大多都喜欢新鞋，邵涵对自己的眼光也比较有自信。

亿游附近有好几处大的购物中心，知名的运动品牌都有，邵涵明天就可以去买。

打定主意之后，邵涵思索着要怎么才能知道爻森的鞋码和喜欢的颜色款式，肯定不能直接问本人。

邵涵在自己好友列表里找到了还是在 B 市集训中心时加了好友的和爻森同队的王宇锡，他记得好像听爻森说起过王宇锡是他的室友。

打定主意之后，邵涵给王宇锡发去了消息。

邵涵发来消息的时候王宇锡正巧在训练休息间歇，爻森就坐在一旁开着单排。王宇锡打着哈欠拿起手机一看，霎时就坐直身体来了精神。

邵涵："锡哥你好，现在方便吗？我想问点事。"

"哎哟，爻森。"王宇锡咧嘴一笑，拿着手机凑过去，"邵……"

邵涵："麻烦请你先不要告诉爻森。"

王宇锡："邵……壮不努力，老大徒伤悲。"

爻森面无表情地看着他，眼神就像在看一个傻子："干吗？"

"我的意思是劝你好好训练，免得日后伤悲。"王宇锡迅速地坐了回去，朝爻森竖了一个大拇指。

爻森："……你是不是甩狙把脑子一起甩出去了？"

见爻森没有起疑，王宇锡立刻侧着身子给邵涵回消息。

王宇锡："方便方便，放心，邵哥你想问什么尽管问，知无不言言无不尽。"

邵涵："谢谢，爻森生日我想送他一双运动鞋，想问问他的鞋码和他喜欢的品牌款式颜色之类的。"

王宇锡："OK，OK，我回寝室帮你看一下。"

邵涵："嗯，谢谢。"

王宇锡："没事……。"

王宇锡输完那个骚气的波浪号，放下手机，对爻森说："爻森，我回去上个厕所。"

"这里不也有厕所吗？你回去干吗？"

"我比较喜欢寝室厕所的氛围。"

"……随便你吧。"爻森盯着他，"你上厕所就上厕所，眼神怎么这么猥琐？"

"谁猥琐了？"王宇锡立马收回自己一不小心就飘了的眼神，站起来一溜烟就走了。

王宇锡回到寝室，直接拉开门口的鞋柜。鞋柜有五层，三层爻森的两层王宇锡的。王宇锡随便拿了一双爻森的鞋出来翻尺码看，看完又不放心再找了一双出来确认。

为了确认爻森的买鞋品味，王宇锡最后把爻森所有的鞋全都倒腾了出来在地上摆了一排，从款式到花色全都仔仔细细地观察了一番，看到最后他都觉得自己像个变态。

观察完之后，王宇锡把爻森的鞋按照原样摆了回去，坐下来给邵涵回消息。

王宇锡："43.5 和 44 码的都有。"

王宇锡："大部分都是黑白色的或者红色的，有两双深蓝色的，低帮的比较多。"

王宇锡："花纹一般不多，材质透气有弹性的那种。品牌的话耐克比较多，还有布鲁克斯和 NB 的。"

邵涵："好的，谢谢。"

王宇锡："不用谢，应该的。"

王宇锡心想以后这笔人情就记在爻森身上了，到时候得好好讹他一笔。想到这里，他欣然地回了训练室。

四个人训练到晚饭时间，爻森摘下耳机伸了个懒腰，对三人说："我们出去吃吧。"

王宇锡："你最近怎么老出去吃？"

"吃完饭顺便去万达逛一逛。"爻森说，"我最近想买双新鞋。"

王宇锡立马拍桌："不行！"

爻森："为什么不行？"

王宇锡心说你现在买了可不得后悔吗！为了邵哥能送个完美的礼物，王宇锡算是操碎了心，铁了心不让爻森买："买那么多鞋干吗？成天就知道败家，鞋柜都塞满了，不如去吃顿好吃的。"

"放得下的鞋柜叫鞋柜吗？你不去算了。老白，老宋，一会儿一起买鞋去。"

"等等！"王宇锡苦口婆心地劝着，"……现在买不划算，对，还有一个多星期就是双十一了，那时候买多划算。而且这半个月你可以把一双你不喜欢的鞋逮着穿，

使劲穿，穿到脏为止，不就正好可以直接把它扔了腾出地方来吗？"

爻森盯了王宇锡一阵，如果忽略王宇锡脸上那股鬼鬼祟祟的神情，他说的也确实有道理："那好吧。"

这边的邵涵尚且还对王宇锡为他两肋插刀的情况一无所知，记下王宇锡说的信息之后，他先在各个品牌的官网上逛了逛，特意看了一些实体店里直接就可以买到的。

正挑着，妹妹的消息突然发了过来。

邵萌："哥！"

邵萌："哥！"

邵涵："怎么了？"

邵萌："后天是森神的生日啊啊啊啊！"

邵涵："我知道啊。"

邵萌："我可不可以去亿游给森神庆生。"

邵涵："不可以，好好上课。"

邵萌："（一个'哭唧唧'的表情包）。"

邵萌："（一个'我再也不是你最疼爱的猪猪了吗'的表情包）。"

邵涵："不可以。"

邵涵："……"

邵萌："那哥你帮我送个礼物给森神行不行？"

邵涵："可以，你想送什么？"

邵萌："我要送他热情似火的玫瑰花！"

邵涵："……"

邵涵想象了一下自己后天拿着一束玫瑰花找爻森的场面，怎么看都觉得不对劲。

邵涵光是想想就觉得脊背发麻，直接就否决了妹妹的提议。

邵涵："不行。"

邵萌："为什么！"

邵涵："花两天就枯了，没什么实际用处。"

邵萌："好吧……"

邵萌："那哥你不如帮我买个围巾送给森神吧。"

邵涵："这个可以。"

邵萌："我一会儿挑好颜色款式给你发过去！哥你一定要说是我送的！不能私

吞！"

邵涵："知道了。"

邵萌："（一个'么么哒'的表情包）。"

邵萌："哥最好了！"

邵萌："欸对了，哥你准备送点啥？"

邵涵："运动鞋。"

邵萌："……哥你怎么送礼送得和直男一样。"

邵涵："鞋有什么不好？"

邵涵："你快看书去吧，别玩手机了。"

邵萌："嘻嘻，好啊。"

第二天下午的训练结束之后，邵涵便和自己一位队友去了周边的购物广场。邵涵先去服装区挑邵萌嘱咐他买的围巾，对比着邵萌发的图片挑了半天，最后才得到妹妹一个满意的点头。

买好围巾之后邵涵便直接去了耐克的专卖店，幸亏昨天提前做好了功课，很快就选好了几双。邵涵怕鞋子不舒服想亲自试试，但他的脚比爻森小了半码，便问自己的队友穿几码鞋。

队友的码数和爻森正好一样，试了几双之后，邵涵最后决定了一双黑红色的，和Titans 的队服颜色倒是挺搭。

那天晚上刚过十二点，邵涵的手机就收到了微博特关的推送消息："今天是我的生日，11 月 3 日，给我送上生日祝福吧。"

虽然是微博自动发送的庆生博，但邵涵还是在下面留言了生日快乐。他刚发完消息退出来一刷新，爻森微博底下的互动数一下就变多了。

邵涵忍不住在心里感叹了一下爻森的粉丝热情度，想了想，又给爻森发了一条祝福生日的微信。

今天毕竟还要早起训练，邵涵估计爻森可能已经休息了，他便没有继续等消息，洗漱完便睡了。

关了灯之后没过两分钟，邵涵放在床头的手机便悄然亮了起来。

爻森："谢谢。"

爻森："晚上请你吃饭。"

这边的爻森躺在床上盯着手机屏幕等了一会儿，没等到邵涵的消息，估计他是发

完就睡觉了。

一旁的王宇锡问："邵哥回你了吗？"

"没，估计睡了。"

"看来他是特意踩点来和你说生日快乐啊。"王宇锡调侃道，"不错啊，邵哥对你还挺上心的。哎，我跟你说啊，兄弟感情就是这么一点一点培养出来的，他送你礼物，你再请他吃个饭，来来回回几次，把子都拜上了。"

"你这两天怎么了？"爻森斜睨着他，"一会儿让我好好训练，一会儿劝我省钱，一会儿又在这儿当友情导师。"

"我这不是关心你吗？"王宇锡心虚地反驳，转移了话题，"你不发个微博说两句？"

"早上起来再说吧，微博不是也会自动发嘛。"爻森放下手机，惬意地翻身躺下了，"老王，我礼物呢？"

"急啥？明天……呸，今天吃完晚饭给你。"

"什么东西？"

"各个版本的奥特曼高清全集，你信吗？"

"你的话，我信。"

"……"

第19章　送礼是门艺术

ID "Titans_森"："今天是我的生日，11月3日，给我送上生日祝福吧。"微博下粉丝的评论显示：

ID "NA_Left"："生日快乐。"

啊啊啊啊啊啊啊啊啊捕捉我的邵小左！

邵哥住在微博里？

邵哥手速？

森神是邵哥特关实锤了。

森粉自愧不如。

都说电竞俱乐部的网速快，我现在信了。

各位吃不吃"森左"？

……

爻森早上起床打开微博一看，意外地发现邵涵居然在零点时就给自己评论祝福了，而且还被一干粉丝给顶到了最上面。

爻森嘴角怎么也藏不住笑，顺手就给邵涵的评论点了个赞。王宇锡看他大清早就露出这种笑容，顿时感觉有些牙酸。

邵涵今早七点多的时候也回了爻森的微信，答应了他晚饭的邀请。

上午的训练众人都明显地感觉自家队长特别有干劲，表现在爻森一开心就让枪，弄得王宇锡最开始还一头雾水地想，今天自己的胜率怎么好像大幅提高？

中午午饭后有两个半小时的休息时间，爻森回了寝室躺在床上玩手机，收了一堆七大姑八大姨的红包。

爻森家亲戚多，当初他毕业之后打算进职业电竞圈的时候，那些亲戚日日夜夜地都在他爸妈耳边苦口婆心地劝他们别让孩子去走邪门歪道。

爻森完全可以理解，别说老一辈的人，就是当下更年轻一辈的父母对这个行业的第一反应，也都是不解和鄙夷居多。

但非常幸运的是，爻森的父母非常开明。父母两人也是那众多亲戚辈中经济条件最优渥的，有心也有钱让爻森在自己喜欢的事情上搏一搏。

爻森最初进职业队训练的时候，家里亲戚听说后，居然还时不时有人让他帮忙修电脑。他就不懂了，会打电竞和会修电脑有什么关系？难道学会开车之前还要先学会修车？

后来爻森得了亚冠上了电视，把令人眼红的冠军奖金收入囊中之后，听妈妈说他二姨都开始撺掇他成绩不好又爱打游戏的表弟去了解一下这方面的门路了。

爻森想了想自己的表弟，以前带着他打《森林冰火人》都打不利索，和自家妈妈提议还是趁早让二姨断了这个念头。

爻森正收钱收得不亦乐乎，寝室的门被敲了敲。爻森喊了一声请进，回头一看来人，立刻就从床上坐了起来。

邵涵站在门口，手里提着一个四四方方的纸袋。

爻森眨了眨眼看着他，努力压下声音里的惊喜："你来找我的吗？"

"生日快乐。"邵涵轻轻点头，微凉的声音里含着些暖意，"给你的。"

爻森一愣，本来邵涵能踩点和他说生日快乐他就已经很高兴了，着实没想到邵涵还会有心送他礼物。

爻森发亮而惊喜的眼睛让邵涵晃了晃神，末了又微微移开视线将袋子递了出去："里面还有个小一点的袋子，那个是小萌送的。"

爻森捏住袋子的绳索，却顺势把邵涵拉了过来，给了他一个拥抱。爻森的手臂虚虚地在邵涵腰上一环，保持了亲近礼貌又不会过于亲昵而让人反感的细微距离。

爻森低笑道："谢谢，谢谢你和小萌。"

爻森适时放开了他，接过袋子把里面的东西拿了出来。他看着鞋盒上熟悉的品牌标志一怔，打开一看，盯着里面那双黑红色的跑鞋看了几秒。

邵涵微微紧张地观察着爻森的反应，就怕他露出一丁点儿不满意的神情。

"你怎么知道我最近想买鞋啊？"爻森看了看码数，嘴角又一抬，"还是我喜欢的品牌，喜欢的颜色，喜欢的款式。"

邵涵倒是真的不知道爻森最近正想买鞋，顿了顿，对上爻森的眼睛又不着痕迹地移开："你喜欢就好。"

"你是怎么知道我的码数的？"

爻森一边问一边看向始终背对着他们一言不发地坐在电脑桌前的王宇锡，后者戴着耳机，对现在房间里发生的一切充耳不闻，面上云淡风轻，心里实际上有些心虚。

要换作从前，王宇锡早就开始侃了。爻森眯了眯眼睛，结合这几天王宇锡鬼鬼祟祟的表现，他猜出了个大概。

爻森："老王告诉你的？"

邵涵点了点头。

爻森拿出新鞋直接换上了，站起来走了几步，满意地在地上点了点，笑道："这双鞋我在官网看到了，还挺贵的，不好意思让你破费了。"

邵涵："还好，我这两个月直播收入还挺多的。"

爻森把长腿往地上一横："那今晚吃饭我可就穿出去了。"

邵涵顿了顿，末了又说："你看看小萌的礼物吧，她让我拍照发过去。"

爻森从袋子里取出一条围巾，爽快地围上之后让邵涵拍了一张照片，笑道："帮我谢谢小萌，这个冬天就靠这条围巾了。"

邵涵替爻森拍了照，又忍不住多看了一会儿。

邵涵：“我下午还有训练……那我就先走了？”

爻森看着邵涵，深吸了一口气，回答：“好，晚上见。”

邵涵离开之后，爻森一巴掌拍向王宇锡的后脑勺：“别装聋了。”

王宇锡把其实没有任何声音的耳机拽下来，冲爻森眨了眨眼睛，得意道：“怎么样？兄弟我这事儿办得可以吧？”

“可以。”爻森大方地说。

王宇锡朝着他挤眉弄眼：“收到礼物什么心情啊？和我描述描述呗。”

爻森将鞋盒整齐地放回袋子里，没脱鞋就躺倒在了床上，心情愉悦道：“当然开心了，我真没想到他会亲自给我挑礼物，还挑得这么上心。”

王宇锡推着椅子滑过来，道：“看吧，人家邵哥可能没你想的那么难亲近。”

“顺其自然吧，我觉得现在这个气氛就挺好的，交朋友也要慢慢交嘛，不能急。”

王宇锡咂了咂嘴：“行啊你，还挺细腻。”

当天下午的训练结束之后，一队的五人便齐齐地从亿游大厦走了出来。周子寓难掩兴奋，毕竟他是第一次和一队的四位前辈一起出来吃饭，更何况还是队长请客。

周子寓本以为出来之后便直接可以去美食街了，想不到队长在门口停了下来，似乎还在等待着谁。

周子寓问王宇锡道：“锡哥，森哥在等谁呀？”

“挪亚方舟的副队长邵涵，他和爻森……关系特别好。”

周子寓眼睛一亮：“我知道挪亚的邵副队长，他的左侧命中率特别高！我有个朋友是挪亚二队的，他说邵副队长人虽然看上去有些冷漠，但其实特别好，很有耐心，也很照顾队员。总之就是……特别好。”

话音刚落，邵涵便从大厦 B 座出口走了出来。爻森迎上去，两人边说着话边走了过来。

爻森：“走吧。”

王宇锡：“走！吃小龙虾！”

“你别靠我这么近。”

“干吗？”

“我怕你踩到我的鞋。”

“……”王宇锡狠狠瞪了爻森一眼，干脆绕到了邵涵那侧，伸手搭住了邵涵的肩膀，“邵哥，你一会儿千万别和爻森客气，最好把他花呗额度都吃光。”

邵涵："……"

爻森暗地里拍掉王宇锡的手。

六人到了餐厅，围着一张圆桌坐下。王宇锡他们三个跟爻森混了这么久自然是放开了吃，周子寓因为年纪比他们稍小一点，倒茶拿纸的活儿他都主动包揽了。邵涵就更不用说了，本来他就算是仗着和爻森关系不错来蹭饭的，也有些拘谨。

不过慢慢地气氛就热烈开了，毕竟有王宇锡这样的相声演员和八卦热爱者在。邵涵也偶尔能主动说上一两句，虽然独特的声音混在一群热热闹闹的人中间有些突兀，但大家也都习惯了。

爻森吃着小龙虾，小龙虾好吃是好吃，只是吃着吃着就感觉到有一道莫名炽热的眼神落在自己身上，他回头看见周子寓一动不动地盯着自己，被自己发现了都没反应。

爻森举手在那小孩儿眼前晃了晃，又打了两个响指，喊道："子寓，虾在盘里不在我脸上。"

白悦打趣道："爻森长得帅也不用这么盯着吧。"

周子寓一愣，连忙回神，羞愧道："不好意思，走神了。"

爻森半开玩笑道："比赛的时候可不能光盯着我看啊。"

周子寓尴尬地摸了摸头，抬起头发现队长正给邵副队长碗里夹了菜，以他对队长的认识，从来只有别人给队长夹菜的份，队长那双价值千万的手怎么能给别人夹菜呢？要是队长给自己夹菜，他哪舍得吃啊，他得供起来啊！他再看了看邵副队长，忍不住在心里感慨，果然不愧是同样身价不菲的邵副队长，真厉害啊。

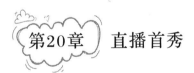

第20章 直播首秀

生日那天爻森收到了不少礼物，包括白悦和宋铭喆一起送给他的一部任天堂最新的游戏机；王宇锡送给他的一个新的直播专用的麦克风和声卡；周子寓最实诚地送给他了一件羽绒服——当然还有现在爻森每天恨不得穿十万遍的跑鞋。

而进入十一月中旬之后，也意味着他们的个人训练进入了第二阶段。

十月份中，勾教练主要为五人安排了针对个人操作短板的集中技术性训练。而十一月份的训练安排中则加入了分别为主位和副位量身定做的战术性训练。

周子寓的训练已经颇有成效，听他的室友说，刚进一队的那两个星期里，周子寓每天都是凌晨才睡觉。他翻来覆去地在被窝里看主力队队员的训练视频，总结攻击模式和辅助经验。现在的他辅助表现已经趋于稳定，很快就可以成为一位独当一面的队员了。

开始第二阶段之前，勾教练调出了最近六年根据个人比赛积分和队伍比赛积分最后所列出的全球战力得分排名前二十的选手，排名依据是 WCAD 官方默认的方式，输出主要以命中率计算，辅助则综合考察了每场比赛中的所有辅助表现。

这些数值虽然算不上绝对准确，但至少比起各种人为的分析还是要公正客观很多。但这些数据用的都还是今年各大区域赛截止时的成绩。到明年 WCAD 时，每个选手的进步或许都不可估量。

这也是爻森五人第一次这么系统地接触这些直白的数据，是他们第一次这么直观地感受到自己的全球排名与其他顶尖高手的差距。

爻森综合战力为 90.5，排在全球第四；位于第三名的是他们都很熟悉的一度引领国内神话的恺撒——陆凯之，综合战力为 91.8；第二名是来自美国强队林肯 LC 的副队长，93.2；第一名则是瑞士首屈一指的强队奥丁的队长，战力高达 95.1。

而排在爻森之后的几位选手也和爻森差距不大，全球第五的一位北美选手，其战力只和爻森差了 0.2 分。

王宇锡综合战力为 87.4，排在全球第九，而排在第八的则是眼镜蛇的现任队长，邵涵综合战力 85.9，和挪亚队长林岚并列全球第十一。

反观辅助型选手那边，排名第一的是一名德国选手的 95.2，第二是美国林肯队的队员，另一位北美种子选手位居第三，而瑞士奥丁队的副队长和白悦则紧随其后排在第四第五。

宋铭喆排在第九，除此之外前二十名里也都出现了眼镜蛇和挪亚方舟的队员。

勾教练把他们每个人都拉出来凌迟了一遍，毫不留情地指出他们和别人究竟差在哪儿。不过分析之余勾教练也不忘提醒他们，这只是今年全球五大区域赛全部结束时的战力分析，爻森他们的数据还止步于去年亚洲区域赛结束的时候，现在若是把名单打乱重排一遍，结果未必是这样。

这场会开完之后，勾教练把资料留给了众人，让他们自己再好好看看。

王宇锡捏着那张名单，看了半天才愤懑地说：“道理我都懂……可是为什么这张名单要把每个选手的身高都列出来啊！打游戏又不靠身高，谁往那椅子上一坐不都一

般高吗！"

王宇锡身高没到180一直是他心中挥之不去的痛，他虽然也不算矮，但现在这血淋淋的事实摆在眼前，还有其他选手的身高做对比，他就咽不下这口气了。

186的爻森接话道："没事，你在我们眼里是巨人。"

181的白悦拍了拍王宇锡的肩膀："别担心，你也不矮了，不怕找不到女朋友。"

身材最为魁梧的190的宋铭喆认真地安慰着："177真的不矮，我表弟也才177。"

王宇锡："你表弟多少岁啊？"

"17岁。"

"……"

王宇锡的身高在青训队的时候都还算是非常拿得出手的，进了一队就蒙逼了。不知道是不是因为游戏打得好的人普遍长得高，还是说Titans这个俱乐部为了呼应队名所以为一队设置了身高门槛，反正王宇锡输了。

王宇锡觉得自己资料框里的177三个数字特别刺眼，全球单人排名靠前的选手还是欧美选手居多，欧美人身高就更不用说了。他想翻到后面找找信心，却发现连邵涵都有180！

全一队最矮的周子寓默默地说："锡哥，你别伤心……我觉得我要是能长到你这么高，我就满足了。"

一旁的白悦听了大笑，劝周子寓别把目标定得这么低。四人七嘴八舌地吵闹着，只有爻森没说话。

爻森安静地坐在椅子上，视线始终盯着陆凯之的战力分数。90.5和91.8看上去差得并不远，然而爻森清楚，战力每上升一个个位数都非常困难。而更让他不能懈怠的是，排在他之后的那几位选手的战力又咬得非常紧。

不论是输出还是辅助，95分都是一个巨大的瓶颈，这么多年综合战力达到95分以上的选手屈指可数。

下午的单排训练，被身高刺激到的王宇锡尤为亢奋，队里凡是比他高的人都被他杀了……除了爻森。

王宇锡不是不想杀，是他真的打不过。

这天晚上是爻森第一次直播，他也提前两天在微博上发布了自己的直播预告。森粉们高兴得和过了年似的，纷纷在微博底下喜极而泣地宣泄，说终于不用再靠着以前的比赛视频看森神了。

白鲨直播平台的官微连续发了两条关于爻森正式签约白鲨平台的微博，足以见得平台方为了揽住爻森这颗电竞圈流量之星下了多大的力气。

白鲨直播的效率也非常高，爻森刚刚注册完一个新号没多久，便通过了 Titans 队长的身份认证，粉丝很快就涨了起来。

他为自己建了一个新的直播间，刚上播没多久，人气就几十万几十万地往上涨，直播间的热度也很快挂在了游戏区的人气榜第一，直接打破了游戏区直播间人气冲顶的最短时间纪录。

爻森先安装好上次王宇锡送给自己的声卡设备，戴上耳麦，试着说了几句话。爻森说话之后，直播间的弹幕便开始暴涨，要不是爻森的电脑配置好，这么高频率的弹幕非得把他直接卡死。

在粉丝一刻不停地开摄像头的呼吁中，爻森打开了摄像头，接连又是三百万人气涌了进来，收礼物的提示音就跟电脑死机时的错误音效一样密集得爻森耳朵疼。

"大家别刷这么多弹幕。"爻森说，"太快了我啥也看不清。"

森神，我爱你，啊啊啊啊啊啊啊啊啊啊啊啊啊啊啊啊啊啊！

森神你好帅，啊啊啊啊啊啊啊啊，呜呜呜呜呜呜呜呜呜！

有生之年森哥终于直播了。

疯狂录屏截屏中。

火箭筒刷起来！换森神不下播！

……

"今天是我和白鲨签约之后第一次直播，希望大家多多支持白鲨，也多多支持我。"爻森按照事先约定的为白鲨拉点人气，接着又说，"我也没什么新花样，直播内容就是玩玩游戏，时间充裕的话也可以和大家聊聊游戏技巧……或者大家还有什么别的想知道的问题，也可以问我。"

就在这时，王宇锡回来了，他一推开门便看见爻森戴着耳麦坐在电脑前，笑道："哟，直播呢？"

爻森回头看了看他："闪开，别入镜影响我粉丝观感。"

"我呸，我入镜是给你长脸。"

Titans 的粉丝都知道爻森和王宇锡关系好，顿时就开始激动地在弹幕里刷了起来。爻森看见有些森锡的粉丝的弹幕，立马就咳了一声进入正题。

"我先开个单排吧。"

爻森的单排自然是没有什么悬念，和业余玩家玩不需要什么技术，大家也都只是看个乐，大部分粉丝都在抓紧时间截屏录屏。

爻森第一次直播还没习惯，一玩起来就忘了自己在直播还要和观众互动这回事，只是盯着游戏界面不说话。弹幕都在让他开口说说话，爻森扫了一眼，问："说什么？职业的我还可以解说解说，这么简单的局……没啥好说的。"

秀。

和我们聊天呀森神！

森哥，你平时会看自己的同人文吗？

爻森："这种事只有王宇锡干得出来。"

身后的王宇锡闻言抬起头："我干得出来啥？"

"看自己的同人文。"

"谁看自己的同人文了？有病吧？"王宇锡大言不惭地说，"我都是看你和其他人的。个人比较喜欢'森悦'，最近偶尔开始看'森左'。"

锡哥是真的硬核。

锡言锡语。

锡哥居然是"森 all"党！

锡哥把文包交出来！

锡哥一天不骚心里不舒服。

锡哥别怕呀，我们推荐森锡文给你，哈哈哈。

你们谁还记得森神在单排呢？

森哥森哥，你有欣赏的其他队伍的选手吗？不限国别。

"其他队伍的选手？有啊。"爻森爽快地回答，"挪亚的邵涵，OD 的伊森，LC 的凯文，还有已经退役的眼镜蛇的陆凯之前辈。"

呜呜呜呜呜呜森神还记得恺撒！

森神居然把邵小左放在第一个说！

人家纯洁的兄弟情激动什么，手动狗头 。

邵哥在看直播吗哈哈哈哈。

手动 @ 邵哥。

邵哥：听说 Titans 队长在直播里夸了我。

哈哈哈哈哈哈哈哈这个梗能不能过去。

……

而此时爻森不知道的是，邵涵的的确确正在看他的直播。邵涵靠在床头拿着平板，听到爻森念出自己名字时愣了愣，又被接下来的一众弹幕弄得好气又好笑。

邵涵默默告诉自己别被粉丝影响了，随手又给爻森点亮了一颗红心。

 **第21章 大神也会失眠**

面对训练强度的加大，众人也丝毫不能怠慢，长时间枯燥的训练安排咬咬牙也都坚持住了。不过，在紧张的训练之余能够让他们放松放松的，莫过于十二月初就要开始的欧洲《破晓警报》职业和业余公开赛。

和各大洲区域赛不同，欧洲作为老牌的强队云集的地区，早在十多年前就已经有了独立的电竞公开赛。因为是职业和业余选手都能参加的比赛，不光有职业队伍的竞技，还有业余新人的较量，历来都备受各界关注。

当瑞士的奥丁队宣布参加之后，这次比赛的关注度又被大大拔高了一筹。

正式比赛开始之后，勾教练特意腾出了一天的训练时间来专门看这次比赛的转播。比赛持续了一个星期，最后冠亚军的争夺落在了两支瑞士队伍的身上，其他参赛者郁闷不已，瑞士的电竞粉丝们乐得开心。

冠军最终还是毫无悬念地花落奥丁，奥丁的队长伊森也代表全队接受了冠军奖杯。领奖的伊森大大咧咧地笑着，高高地挥舞着奖杯，向观众抛着热情的飞吻。

勾教练仔仔细细地把奥丁的每场比赛都分析了一遍，尤其是奥丁的队长。伊森拿过无数的个人单项奖，欧服单人排名第一，是整个奥丁队的重心，最近几年唯一一个全球综合战力超过95的职业选手。

说句实在的，勾教练是真的希望明年七月份的WCAD决赛上，Titans能运气好一点别那么早和奥丁分在一组。毕竟除了奥丁还有林肯，德国和韩国也有不少的强队，再加上国内还有诸如眼镜蛇和挪亚方舟这样的队伍虎视眈眈，和奥丁一场比赛要是把精力耗光了，后面的比赛恐怕不容乐观。

勾教练也发现了，看比赛时爻森的神情一直很严肃认真，毕竟他是全亚洲目前仍活跃的选手中唯一一个全球前五，奥丁的队长能带给他的压力非比寻常。

公开赛结束的那天晚上爻森还在床上看着转播，该分析的战术都分析过了，爻森倒也没想非要看出点什么不一样的，他就是单纯地想多看几遍，找找感觉。

看到后来爻森越看越兴奋，他干脆把以前陆凯之和林肯副队长凯文的比赛视频也找出来看，一看就是两三个小时。

这么看的后果就是，爻森失眠了。

第二天早晨，四人都齐齐地坐在了训练室，勾教练走进来却发现爻森不在。

勾教练皱了皱眉："爻森呢？"

四人面面相觑，都不知道。

"睡过头了？"勾教练瞪了王宇锡一眼，"你怎么也不叫叫他？你这室友怎么当的！"

"我起床之后看他还在睡，以为他想多睡会儿就没叫他……"王宇锡直喊冤，"爻森不是经常踩点到吗！我怎么知道他会睡过头！"

"给他打个电话！"

王宇锡打过去，顿了顿又说："关机了……"

"到寝室叫他去！"

王宇锡只好站起来乖乖溜了。

王宇锡回到寝室，打开房门，赫然看见爻森还躺在床上睡得香。王宇锡上去重重拍了爻森一把，喊道："森总！勾教练叫你起床签两个亿的合同啦！"

爻森迷迷糊糊地动了动，没醒。

"再不起床邵哥就跟别人跑啦！"

爻森转过头茫然地看着他："……和谁跑了？"

"你怎么睡得这么死？你不看看都几点了？"

爻森抓起手机想看时间，却发现手机昨晚被他看视频看得没电了又忘了充，早就关机了。

爻森坐起来，揉了揉乱糟糟的头发，皱着眉问："几点了？"

"八点二十了，哥。"

爻森愣了愣，顿时清醒了不少，拿过床尾的衣服就往身上套："我四五点才睡，哪能起来，老勾来了吗？"

"你是准备猝死吗？"王宇锡诧异地看着他，"来了啊，一会儿屁股捂严实点，免得被老勾打开花。"

爻森匆匆洗漱完下了楼来到训练室，勾教练黑着脸站在门口等着他，看见爻森来了，冷冷一笑："怎么着？想造反？"

"我昨晚失眠了，真的。"爻森自认理亏，"中午我自觉加训半小时。"

勾教练看着爻森的黑眼圈，也没多说，摆摆手让训练赶紧开始。

上午的训练结束之后，爻森留下来单人训练了半个小时。大概是昨晚睡眠不足的影响，再加上今天又没吃早饭，爻森难受得不行，命中率下滑了一点。

勾教练对他招了招手，示意爻森过来，一副要促膝长谈的模样。

勾教练："怎么又失眠了？"

"我昨晚看比赛不小心看得太久了。"

虽然说教练一般负责队员的技巧和战术训练，但队员的心理问题也是赛场上一个非常关键的因素，身为教练也必须时时注意。

勾教练有些担心自己平时给爻森的压力是不是太大了，再加上昨天又看了奥丁比赛的转播，爻森自己本来就有失眠的毛病，勾教练觉得自己有必要好好地疏导疏导。

"你看比赛可以，但别给自己太多压力了。"勾教练难得语重心长地说，"我知道奥丁和林肯都很强，但我上次也说了，这些都是区域赛结束时的结果，这之后几个月你们五人能进步到什么地步，谁也不知道。"

爻森安静地听完，最后才道："是，谢谢教练。但你说的我都知道，我失眠单纯是因为看比赛太兴奋了而已，不是因为跟我自己过不去。"

勾教练狐疑地盯着他："你心里真没想其他事儿？"

"……"

"有什么就大方地说，我是你的教练，什么事我还不能给你解决吗？"

爻森看勾教练似乎非要从他这里得到一个答案，眼睛一转，故意露出诚恳的眼神，煞有介事道："教练，其实是这样的，我最近真的特别想谈恋爱。"

"……"勾教练强忍住翻白眼的冲动，恼火道："你这事儿我真解决不了！你们年轻人情情爱爱的自己解决去！想谈恋爱就谈！不影响训练就行！在这磨磨叽叽的像什么样子！"

爻森："教练，请问您当初是怎么追嫂子的？"

勾教练心里觉得现在的年轻人怎么都这样，他三十多岁的人了为什么非要经历这些，敷衍着回答："花，烛光晚餐，戒指。"

"这……俗了吧？"

"那你想怎么着？"

"一起看电竞比赛？送电脑配件？"

勾教练瞪大眼睛："你这么大一个帅小伙儿怎么脑子不好使？哪有姑娘会喜欢这些东西！"

爻森回答："我要是谈恋爱，肯定要找兴趣爱好相同的啊。"

"……行，我不懂现在的年轻人了。"勾教练说，"浪费我的时间来和你扯这些！快去吃饭！"

"嗯，好。"

当天晚上爻森早早地就躺上了床，酝酿了一会儿睡意，非但没有酝酿出来反而觉得非常精神。爻森叹了口气，自认今晚安睡之路漫漫。

爻森盯着天花板发了一会儿呆，心里忽然一动，看了看床头摆着的手机，抓过来，给邵涵发去了一条消息。

爻森："睡了吗？"

邵涵三分钟之后回复了："还没有，怎么了？"

爻森："我最近失眠有点严重。"

邵涵："没事吧？是不是训练太累了？"

爻森："应该不是。"

邵涵："我之前问了问小萌，她说她有个同学也会失眠，试过助眠的香水和枕头喷雾，效果好像不错，我问清楚了帮你买？"

爻森心里滑过一阵暖流，道："不用麻烦了，以前王宇锡还给我搞过那种安眠夜灯，唯一的作用就是让我觉得辣眼睛。"

爻森："方便语音吗？"

邵涵这次隔了半天才回复："嗯。"

爻森给邵涵发送了语音通话邀请，后者也很快接了。爻森偏偏不先说话，半晌邵涵才微微狐疑地问："爻森？"

大概也因为时间也不早了，邵涵的声音听上去又细又低，带着他独特的清凉感，扫过爻森的耳畔，温和得令人舒畅。爻森微微抬了抬嘴角，戴上耳机侧身躺在了床上，低声笑道："在呢。"

那头的邵涵顿了顿，问："怎么想语音？"

"没事，就是觉得你的声音挺助眠的。"

"……那我要说什么？"

"随便，就这样聊聊就行。"

两人有一搭没一搭地聊着这次的欧洲公开赛，说到比赛时邵涵的声音自然了不少，显然也是对比赛的精彩回味无穷。

邵涵的声音像细小又冰凉的绒毛在爻森的心尖上滑过，领着他的身心放松下来，不多时，爻森便觉得自己有了困意。

爻森："我有点困了……"

"嗯，睡吧。"邵涵尽量放轻了声音，不想影响爻森来之不易的睡意，"晚安。"

结束通话之后，爻森安然入睡了，可另一头的邵涵却不知怎的，感觉自己有些睡不着了。说实话，能和爻森这样坦率大方又极富魅力的人成为朋友，邵涵已经觉得非常幸运了。因为以前和沈佑的事，一段珍贵的友情在邵涵看来尤为重要。和沈佑的友情，虽说最后也是无奈，但到底是没能抓住。性格原因，邵涵很难和一个人交心，他可以对每一个人笑，但是，却很少有人能真正触动他的心底，让他想要努力去把握对方，去和对方成为亲密的挚友。

爻森却是这样一个人。

邵涵裹着被子蜷在床上，握着还发光的手机，刚才爻森愿意因为失眠来找他，他真的打从心底里开心。爻森身边实在是聚集了太多太多被他的性格、能力和天赋所吸引的人，大部分人是崇拜他的，也想要和他达成亲密无间的关系。邵涵心底里，大概仍然有那么几分胆怯的自卑在，觉得自己似乎没什么特别之处去值得爻森另眼相看。

所以，被爻森这样的人认真需要的感觉，真的很好。

邵涵轻轻呼出一口气，闭上眼不再去想。

第22章 友谊赛

今天上午的训练结束之后，爻森看见勾教练和郭经理站在训练室外谈着什么事，隔着一道玻璃门，爻森隐约听到了勾教练说"眼镜蛇"三个字。

在电竞基地里谈眼镜蛇总不可能是在说动物世界，并且由于某些私人原因，爻森心里顿时警铃大作。

等到勾教练和郭经理谈完了，爻森才慢悠悠地晃出来，问："教练，您刚才和经理聊啥呢？"

勾教练："眼镜蛇下周要来横石那边的训练基地集训，邀请我们打一场友谊赛，赞助商赞助了横石的赛场。"

S市的确有不少正规的电竞赛场，横石赛场是其中一个比较大型的。一个小小的友谊赛竟然都专门租用了横石赛场，还有赞助商掏腰包，爻森觉得眼镜蛇出手未免也太大方了。

勾教练将这件事告诉了一队剩下的人之后，大家的反应也都无比讶异。

Titans 以前也不是没有打过友谊赛，只是友谊赛毕竟前面还有"友谊"两个字，不比正式比赛，大部分时候随便找个训练室都能打。不像眼镜蛇专门给他们发了横石赛场的邀请函，据说还请了专业的解说，而且售卖了内部票。

"这是友谊赛还是俱乐部广告啊？"王宇锡神色有些微微的不满。

眼镜蛇的确是一个运作非常商业化的俱乐部，自从陆凯之成为他们的队员让俱乐部尝到甜头之后，赞助络绎不绝。虽然说陆凯之退役之后，眼镜蛇实力大不如从前，但该有的底子都还在。

勾教练摆了摆手，说："不管这些，你们好好打就行。这周六上午你们五个和老郭去，一个友谊赛而已，我就不去掺和了。"

白悦："他们这个时候找我们打友谊赛？是想摸摸我们的实力吧？"

勾教练："摸实力就让他们摸。"

眼镜蛇是国内电竞圈话题度数一数二的队伍，Titans 则更是可以在世界范围内排得上号的强队。友谊赛的消息一出，横石电竞赛场票价顿时被炒了上去。

官方消息放出来那天晚上，爻森就收到了邵涵的消息。

邵涵："你们要和眼镜蛇打友谊赛？"

爻森："是啊，周六上午十点，你要不要来看？经理给了我几张票。"

邵涵："嗯。"

看见邵涵干脆地答应，爻森开心之余又转念一想，想到了沈佑，顿时就有些希望邵涵还是别来了。他就是宁愿少见邵涵那么几个小时，也不想制造机会让他和沈佑见面。

不过说出去的话泼出去的水，亚洲冠军怎么能不讲信用，爻森觉得自己不如多和邵涵待在一起。

爻森："你那天干脆和我们坐一辆车吧，我八点半在楼下等你。"

邵涵："好。"

周六上午，俱乐部给爻森几人安排了一辆商务车送他们去横石赛场。周子寓是第一次穿着队服跟着队里去参加比赛，虽然不是正式比赛，也或许根本没有他上场的份，但也足以让他兴高采烈好几天了。

众人对同路的邵涵已经见怪不怪了，平时队里一起出远门时一上车就听歌睡觉的爻森这一次话格外多。

周子寓坐在聊天的二人身后，自从上次爻森生日之后，周子寓就对挪亚这位副队长抱有一种莫名的敬畏之心，让他有种恨不得立正鞠躬再大喊一声"邵大哥"的冲动。

一行人到了横石赛场，远远地就看见赛场门口排着等候检票的长队，赛场周围贴着队伍海报，LED 大屏上也是这次友谊赛的详情。

能拿到友谊赛票的多半都是这两队的铁粉，为了避免引起骚动，他们直接从赛场侧门进去了。邵涵本来想去乖乖地排队检票，被爻森直接算作队伍人员拉走。

距离比赛开始还有半个多小时，几人先在选手休息室坐着等候。休息室开着暖气，邵涵没一会儿就觉得有些热了，扭头正好看见爻森卷起了自己的队服袖子，露出的手腕和手臂线条修长，显现着淡淡的青色血管。

爻森的手也很好看，骨节分明，覆在鼠标上时显得尤为修长迷人。

盯着电竞圈里最值钱的"手"之一，邵涵心里开始天马行空，他听说全球排名前几的电竞选手都给自己的手上了数额不小的保险……他真的有点好奇 Titans 俱乐部为爻森的手买了多少数额的保险。

邵涵因为自己的想法感到有些莫名的窘迫，抬头看了看时间，起身打算去趟洗手间。

上完洗手间之后，邵涵朝着 Titans 休息室的方向走，刚刚拐过走廊拐角，迎面却差点撞进一个穿着银白色队服的男生怀里。

邵涵退后一步，抬起头道歉："不好意思……沈佑？"

沈佑显然是没想到能在这里遇见邵涵，诧异地盯了他几秒，随后又微微露出了一点笑意："邵涵，你是来看比赛的？"

看见沈佑，邵涵心里微微打鼓，他迟疑着回答："嗯。"

"你要来看比赛早说啊，我那儿那么多票都不知道给谁。"

如果说不想和沈佑见面只是一点小心思，那么邵涵是真的笃定自己不想在他面前提到爻森，含糊着回答："没事。"

"不过观众票的话应该进不来选手休息室吧？"沈佑问，"你是和……"

一双手臂忽然从身后搭上沈佑的肩膀，手臂的主人大方地笑道："你好啊，好久不见。"

邵涵抬头看向沈佑的背后，神色顿时一僵。

爻森微笑着看着沈佑，颇为哥俩好地拍了拍他的肩膀。沈佑一愣，神色染上几分微妙的古怪："……爻森队长。"

"叫我名字就行，我们也见过这么多次了。"爻森放下手臂，"国内赛没和你们打一场挺可惜的，谢谢你们邀请我们打友谊赛。"

虽然招呼打得非常热情，但这后面接的寒暄听上去又像是队伍之间无心的感谢，弄得沈佑都一时不知道该拿什么态度来应对 Titans 这位队长了。

沈佑："不用谢，是我们的荣幸。"

"客气了，那二十分钟之后再见吧。"爻森浅浅笑了笑，抬头望向邵涵，"我和邵涵先走了。"

听见爻森叫自己，邵涵不知怎的下意识地就朝着他走了过去。邵涵回头和沈佑轻声说了句再见，跟着爻森离开了。

这么几年过去了，以前那件事说放不下也早就放下了。

沈佑心里明白，虽然说看见邵涵他还是觉得怅然若失，但他也不会觉得自己和邵涵的关系还有修复的可能。

沈佑回头看了看二人离去的方向，沉默地转身离开了。

从洗手间回来后，两人径直去了选手休息室，邵涵对爻森道："比赛要开始了，你们应该要入场了吧？那我先去观众席了。"

"嗯。"

离开时邵涵心里还有些纳闷，爻森什么时候和沈佑已经是可以随意勾肩搭背的关系了？

邵涵的位置在视野最好的观众席第三排，身边都没有人。他刚坐下不到三分钟，选手就入场了。

身后爆发出的欢呼声把邵涵吓了一跳，他仔细听了听，不少人吼着爻森的名字。邵涵抬头望去，看见爻森站在队伍前方第一个上台，黑色的队服在微微有些刺眼的赛场的彩色灯光中把他衬得自信沉稳。

爻森和眼镜蛇的队长握了手之后，抬眸看了看站在三号位的沈佑，收回视线，走回了赛场左侧自己的机位上。

四人落座之后，王宇锡问爻森道："爻森，有战术吗？"

爻森戴上耳机，回答："先清理三号。"

"没问题。"

这次友谊赛采用简单的三轮决胜制，第一轮 Titans 获胜，而沈佑也明显地感觉到了对方队伍对自己火力的集中程度。

不管是因为爻森看出了他在整个队伍中的枢纽地位，还是不可言说的私仇，这锅沈佑都背定了。

并且，在看不到敌方 ID 的情况下，Titans 队员能这么快通过操作和行进站位辨认出自己，沈佑觉得自己恐怕是他们的主要关注目标之一。

一时之间，沈佑心里五味杂陈。

一般输出和辅助位比较容易区分，但是两个输出和两个辅助之间便很难辨认了。绝大多数比赛为了公平起见会用随机号码遮掩选手 ID，只会在击杀之后才会显现原始 ID，这无疑大大增加了比赛难度。

第二轮 Titans 和眼镜蛇比分拉近了一些，但依旧是 Titans 获胜。按理说比赛到这里就已经可以结束了，但毕竟友谊第一，第三轮照样打。

第三轮开始之前有个中场休息，众人回了选手休息室，郭经理忽然走了进来，说："眼镜蛇换替补了。"

爻森微微讶异地抬头："把谁换下来了？"

"三号。"

"三号？"王宇锡诧异地说，"三号不是他们的核心队员吗？这是破罐子破摔了？"

"一个友谊赛而已，没必要那么较真。"白悦若有所思地说，"而且我总觉得我们赢得太容易了，以眼镜蛇的作风，他们多半是隐藏了实力的。"

爻森沉下心一想，最后无所谓道："他们都换替补了那我们也换吧，正好让我们家替补上场遛一遛，子寓，来。"

一旁的周子寓浑身一震，立马站了起来，激动得双颊微微发红。

爻森："准备一下，下轮你上。"

周子寓眼睛发亮，声音洪亮地回答："好！"

白悦："行，换我吧，子寓我跟你说一下……"

爻森打断道："白悦你留着吧，换我。"

第23章　冤家路窄

"换你？"白悦一愣，"你确定？"

"友谊赛就随便陪他们玩玩儿呗。"爻森无所谓道，转头看向有些紧张的周子寓："子寓你也别有心理压力，输多半是会输的，和其他队伍对战和平时训练感受很不一样，你的任务就是熟悉真正比赛的节奏。"

听爻森这么一说，周子寓心里放松了不少，他深吸一口气，坚定地点了点头。

爻森："我不在队长就是老宋，老王你自己看着办就行。"

宋铭喆是 Titans 老牌队员，是一个半输出半辅助的综合战力，一直挂名副队长。只是不像眼镜蛇的"辅助核心"，Titans 一队主要还是一个以队长为核心的战队，在爻森缺席时他便是第二核心。

身为现在整个队伍唯一的纯输出，王宇锡产生了一种坐拥三千后宫的错觉，当即就爽快道："没问题，锡爷我就喜欢这种左拥右抱背后靠的感觉！寓妃悦妃喆妃护驾！"

三位辅助神色复杂地沉默着，周子寓很给面子地露出了尴尬又不失礼貌的微笑，只吹爻森的宋铭喆当没听见，白悦眼里的嫌弃都快实质化了。

爻森把白日梦的时间留给王宇锡不打扰他，自己离开了休息室去观众席。其实换下自己还有一个原因他没说出来——

爻森担心沈佑一下场就去观众席找邵涵，想过去看看。

他来到观众席第三排，看到邵涵身边没人才松了一口气，走过去直接在邵涵身旁坐下了。

邵涵："爻森？"

"我们队换替补了。"

邵涵神色古怪："把你换下来了？你们队有这么厉害的输出替补？"

听着邵涵这侧面夸奖自己厉害的话，爻森心里微微飘起些愉悦，他面上神色分毫不改，说："是个辅助。"

"那你们队不就只剩一个输出了吗？"

"没关系啊，友谊赛嘛，而且眼镜蛇也把沈佑换下来了。"

邵涵眼睛闪了闪，点了点头没说话。

第三局比赛开始之后，拥有两个强命中率输出的眼镜蛇的确占据了上风。等到比赛后半程，周子寓的辅助稳了，以宋铭喆为核心的模式逐渐形成，攻势追紧了一些，但最终还是眼镜蛇获胜。

最后，整场友谊赛以二比一的比分结束了。

爻森重新回到赛场上和眼镜蛇队员握了手，重新上场的沈佑看着他微笑了一下，一同下场的时候轻声道："打得很好。"

爻森脚步一顿，抬头看着他，片刻后才道："过奖。"

"不过你要是一直这么针对我，那我可就麻烦了。"沈佑意味深长道，"你担心的事情完全可以放心。"

"我有针对你吗？"爻森笑了笑，笑容让人看不出一丝一毫的破绽，"是你的错觉吧。"

"……"

爻森挥了挥手："WCAD 上再见。"

接着 Titans 便按照流程开了一个小的粉丝见面会，邵涵在爻森和粉丝见面的时候提前去车上等他们，毕竟 Titans 粉丝的见面会他也没什么理由出现。

没过多久爻森便过来了，敲了敲车窗问："邵涵，那边有个周边店，去逛逛吗？"

虽然邵涵自己对周边没什么执念，但他家妹妹倒是一直都有收藏周边的兴趣，他便跟着爻森一起去了。

周边店里顾客不多，爻森和邵涵走进去的时候也没太引起别人的注意。爻森找到了挪亚方舟的周边，里面甚至还有官方授权的 Q 版队员画像。

爻森看到邵涵的小人像的背后还有一对白色的小翅膀，顿时就忍不住笑了出来。邵涵凑过来一看，兴许也知道这角色设定和自己本人的反差太大，胡乱按下爻森手里的卡片，解释道："我的图是小萌画的。"

"小萌还会画画？"爻森忍俊不禁，"这个真的蛮可爱的，我买一个吧。"

一想到爻森要拿着这些个小卡片去结账邵涵就觉得无地自容，他一把拉住爻森的手臂："我们经理那儿都有，你想要的话我回去给你。"

爻森发誓自己是个善良人，但看见邵涵那好看的眉毛都微微蹙起了，窘迫又带着小情绪的样子，便想逗逗他，只是这想法还没付诸实践，爻森余光偶然瞥见一个穿着简单休闲装的男人从不远处的赛场大门走了出来，似乎是参加见面会的粉丝。

爻森看见那人的长相，心里一愣，二话不说拉着邵涵就走出了周边店，朝着那个男人的方向走了过去。

邵涵一头雾水地被爻森拉了出来："怎么了？"

爻森的手温温热热的，不轻不重地握着他的手指。邵涵一头雾水，不知道爻森突然拉着他想去哪里。很快，他便看见一人远远地走在赛场外的林荫道上，而爻森也加快了脚步，追上那个男人，一把拍在对方肩膀上，等到对方诧异地回头，这才确定自己真的没有看错。

爻森："陆凯之前辈？"

邵涵一震，也忘了爻森还拉着自己的手，抬头看向面前的男人。

男人看上去三十出头，头发和着装都干干净净，身材偏瘦，也并不太高，倒显得非常年轻。男人面露诧异之色，上下打量爻森一眼，声音带上了几分不可思议："你是 Titans 的队长爻森？"

"是我。"爻森礼貌地伸出手，"陆先生，幸会。"

陆凯之，退役五年依旧是国内全球排名最强的电竞选手，恺撒这个名号在电竞圈依旧响亮，响亮到至今也没人能在国际电竞圈内取代他成为亚洲代表选手。

邵涵也想握手，却赫然发现自己的手还被爻森抓着，窘迫地动了动手指。

爻森自然地放开了他，邵涵这才伸出手道："陆前辈您好，我是挪亚方舟的邵涵。"

"……挪亚方舟？"陆凯之顿了顿才开口，笑着握上邵涵的手，"你是那位左撇子选手吧？"

邵涵着实没想到陆凯之居然会知道自己是左撇子这件事，微微讶异地点点头。

陆凯之笑道："今天的友谊赛挺不错的。"

爻森："您也是来看友谊赛的吗？"

"是啊，顺便和后辈们见见面。"陆凯之无奈地苦笑了笑，"退役了之后工作也忙了，难得有这些机会，这行业还是吃青春饭啊。"

陆凯之说得的确没错，大部分电竞选手都会在三十岁之前退役。

"你们还年轻着呢。"见面前两位年轻小老弟似乎被说得有些惆怅，陆凯之一扫无奈，笑道，"进步空间还很大。"

爻森心里一直很遗憾自己没能和恺撒在同一个时期活跃，如今见到陆凯之本人，虽然对方已经退役五年，但爻森心里依旧难掩那股面对强者的澎湃。

陆凯之："你俩忙吗？正好我接下来也没事了，不忙的话要不要找个地方坐下聊聊？"

爻森毫不犹豫地答应，见邵涵也想留下和恺撒交流，他便干脆打个电话给王宇锡让他们先走。

王宇锡纳闷道："你和邵哥干吗去了？"

"我们遇见陆凯之了，准备聊聊。"

"陆凯之？！"王宇锡的声音一下拔高，"确定是他本人？"

"是本人。"

"他怎么在这儿？"

"来看友谊赛的，估计是被眼镜蛇邀请了吧，毕竟老队员。"

"行吧，那你们好好聊，取取大神的经回来。你家伙什么运气，真什么人都能给你碰上……"

三人去了附近的一家咖啡厅，陆凯之本着老前辈的心理大方地请他们吃了一顿甜点，喝了几杯咖啡，问："你们平时训练累吗？"

爻森觉得陆凯之的问题让他回到了以前高中时被班主任叫去办公室谈话的时光，他摒弃掉这些念头，回答："还行，不累。"

陆凯之看向邵涵，邵涵也说不累。

陆凯之微笑道："那说明训练还不够努力嘛。"

爻森和邵涵皆是话语一塞，觉得自己好像莫名掉坑里了。爻森看着面带温和微笑的陆凯之，心里一动，忽然觉得对方能成为国内顶尖不是没道理的。

爻森："陆哥，我能问问你当时为什么要退役吗？其实年龄也不是大问题。"

陆凯之喝了一口咖啡，慢条斯理地回答："因为我女儿出生了。"

"……"

"现在的兴趣是宠老婆养女儿。"陆凯之说，"所以你们要是想找我取比赛上的经，我估计是已经给不了你们什么了。这个东西不练就是退步的，虽然我当时玩得还不错，现在恐怕只有二队三队的水平了。"

一个区区"还不错"就获得了 WCAD 的亚军，让当时的眼镜蛇成为唯一一支战胜美国林肯队的亚洲队伍。

爻森很难形容和陆凯之谈话的感受是什么，眼前这个人明明神情话语都是亲切热情的，但爻森还是能感觉到一股奇妙又紧绷的压力，就仿佛陆凯之一眼就能把自己想要说的话看穿。

"虽然不玩了，但比赛我还是会关注的，毕竟是老本行。"陆凯之看着爻森笑了笑，"去年亚洲赛我看了，最后的反击战非常精彩，就算是当时的我也很难打出来。"

"谢谢。"爻森盯着陆凯之的眼睛，半开玩笑半认真地说，"那场比赛之后不少人都觉得我的打法和陆哥你很像。"

陆凯之思索了一阵，眼睛转了转，咧嘴一笑："这么抬举我啊？"

爻森："说真的，陆哥，我真挺想和你打一场。"

陆凯之摆摆手："别了，我现在肯定打不过你，给哥哥留点面子。"

第24章　陆凯之

爻森笑道："我现在的目标还是陆哥当年的战力呢。"

"那你的目标定得太低了，你恐怕早就超过我了。"陆凯之毫不犹豫地说，"我和凯文还有伊森交手几次了，我觉得你有他们那种强得让人无法直视的气质。"

爻森一时不知道自己该摆出什么表情，陆凯之这应该是在夸他吧？

爻森紧接着问："那您觉得他们俩强在哪？"

"哪里都强。不过非要说我的话，基本功是每个选手都有的，但一个顶尖电竞选手最出彩的是观察能力和比赛直觉。"陆凯之回答，"观察能力是用来创造机会的，直觉是用来抓住机会的。"

陆凯之又顿了顿："不过运气也很重要，比赛之前去庙里求个签吧。"

爻森和邵涵："……"

聊完了比赛的话题之后，陆凯之开始兴致勃勃地和两人聊起他还没退役之前电竞圈里的八卦，聊完八卦又聊自己的老婆和女儿。本来想来取取经的爻森和邵涵两人不知怎么的就吃了一顿瓜，还被迫塞了口狗粮。

陆凯之感叹道："我老婆当时是我粉丝，我去哪儿比赛她就去哪儿看我比赛。当时获得 WCAD 军之后下场我第一个拥抱的人就是她，她哭得比我还厉害。"

三人一直聊到下午两点还意犹未尽，邵涵接到了林岚打来的电话，起身出去接了。

陆凯之问："你还要不要吃点什么？"

"不用了。"

"那你朋友呢？"

"他应该也不用了吧。"

陆凯之点点头，端起咖啡杯喝了一口，道："你们不是一个队的，能一起来看比赛，应该关系很好吧？"

爻森摸了摸头发，回答："还可以吧。"

"挺好的，以后电竞圈的成绩都要看你们年轻人了。"陆凯之道，"那就祝你们早日拿奖，早日脱单吧。"

爻森诧异地抬头，好奇地问："陆哥……你是怎么看出来我俩都是单身狗的？？"

陆凯之："刚才说什么来着？观察。"

"……"

邵涵这会儿走了回来，对爻森和陆凯之说："陆哥，爻森，经理那边有事我得回俱乐部了，今天谢谢你们。"

爻森："那我和你一块儿回去吧，陆哥，谢谢了，改天再聊。"

陆凯之笑了笑，意味深长地说："好，有空再一块儿聊聊感情。"

爻森回头无奈地看了陆凯之一眼，跟着邵涵离开了咖啡厅。

两人叫了辆出租车回亿游大厦，爻森忽然问："邵涵，你也有陆哥那种感觉吗？"

邵涵："什么感觉？"

"就是他说我强得让人无法直视。"

"……很强是真的。"邵涵说，"陆哥说你能打赢他，我觉得也不是随口说说的。"

爻森嘴角抬了抬，没有再说话了。

两人在亿游大厦门口准备分别的时候，爻森想起过不了多久就是元旦节了，便开

口喊住了邵涵。

邵涵回头："嗯？"

"你元旦回家吗？"

"回啊。"

爻森笑了："托我向小萌问声好吧。"

和邵涵分别之后，爻森直接回了寝室，刚一推开门，坐在床上玩手机的王宇锡就顿时抬头向他投来一阵热切的目光。

王宇锡两步跨过来坐在了爻森床上，问道："恺撒大神都说了什么？"

"叫我们学会观察再培养直觉。"爻森想了想，补充道，"比赛前记得去求签。"

王宇锡满脸期待地点了点头，似乎已经在心里的小本本上记下了爻森的话，兴致勃勃地等着爻森来给他长篇大论地转述一遍恺撒的成长史。结果王宇锡等待半天，下文没等来，爻森唯一的反应就是沉默地坐着开始脱鞋。

王宇锡脸上的笑容缓缓放下，渐渐地充斥起了生动的"你逗我"三个字。

爻森："说完了，你可以离开我的床了。"

王宇锡瞪大眼睛："你们聊了两三个小时就说了这一句话？"

"哦，还有陆哥和他老婆的爱情故事，以及养女心得。"爻森看着他，"你想听听看吗？"

在王宇锡不依不饶的追问下，爻森还是告诉了他整个谈话的大致内容。听完之后，王宇锡发现，爻森刚才那两句话概括得还真没错。

王宇锡："是不是大神都这么不同寻常？"

"我觉得陆哥说得也没错，比赛也不是复制别的选手的胜利，他其实也只能说到这个份上了。"爻森说，"我觉得我挺受启发的。"

"你高考语文阅读是不是满分？"王宇锡觉得大神的脑回路他可能悟不透，"这都能领悟出这么多？"

爻森："所以这就是我可以当亚洲冠军的原因。"

"……得得得，你有理。"

"你元旦回去吗？"

元旦俱乐部给他们放了个五天的假期，算是给队员们一个好好整理并且过渡的时间。等元旦一过，再除去年假，距离 WCAD 满打满算就只剩下不到半年的时间了。

"不回去，我爸妈他们出国玩去了。"

"那你怎么不去？"

"我爸妈两个人腻腻歪歪我去凑什么热闹？"王宇锡的爸妈是青梅竹马，感情特别好，年过半百的人了还整天情话满天飞，听得儿子牙酸。王宇锡深刻觉得自己的骚话基因是遗传的，"我这辈子吃过最多的狗粮就是他们的。"

爻森："那我努力尽量让你以后也吃上我的。"

"……"

王宇锡觉得爻森表情温和得就像是一个正在对贫困户说"我会努力带领大家以后吃上肉"的扶贫领导。

王宇锡："那你呢？你回去吗？"

"回去待个两三天吧。"

"老宋和子寓也都要回去。"王宇锡叹了口气，"那就只剩我和老白相依为命了。"

假期刚开始那天大厦里便少了不少人，爻森是早上八点的飞机，起床之后懒得吃早饭，走的时候顺手就拿走了几包王宇锡放在柜子里的牛肉干。

爻森家养了一只名叫淼淼的小博美，爻森到家的时候，好几个月不见主人的淼淼激动成了一团白色小旋风，开心地围着爻森的腿打转。

爻森撕了一包牛肉干给它吃，摸了摸淼淼圆圆的头。

爻妈妈正在做饭，听见儿子回来了，悠然地放下手里的菜刀走出来，拍了拍爻森的肩膀和腰，上下看了看，点评道："没瘦。"

爻森："妈，我帮你切菜吧？"

爻妈妈捏了捏爻森的手，又笑着捏了捏儿子的脸颊："你这金贵的手还是别干活儿了，乖，上楼玩游戏去，让你爸下来切。"

爻森："……行。"

爻妈妈："哦，对了，今天阿姨请假了，你房间还没扫呢，自己找块抹布擦一擦。外面院子里的草也该剪了，你一会儿去剪一下吧。"

说好的金贵的手不干活儿呢？

爻森听话地把爻爸爸叫下去切菜，自己进了房间。他首先把自己的电脑桌和有些积灰的电脑屏幕擦了擦，这台三联屏游戏专用电脑是今年爸妈刚给他买的，玩起游戏来特别舒爽。

吃完晚饭后，爻森打开他的三联屏电脑登录进游戏，果不其然有几人在线上。

ID "Titans_锡"："爻森你终于来《破警》了。"

ID "Titans_悦"："你们玩吧，我休息会儿。"

ID "Titans_锡"："悦哥哥不要嘛，嘤嘤嘤，再陪锡锡玩几局嘛！"

ID "Titans_悦"："……"

ID "Titans_锡"："森哥哥你快劝劝悦哥哥嘤嘤嘤！"

ID "Titans_悦"："王宇锡你别发骚行不行？"

ID "Titans_锡"："悦哥哥聊骚吗？"

ID "Titans_悦"："……爻森你这个队长还管不管了？"

ID "Titans_森"："我管不了。"

ID "Titans_锡"："对了爻森，我的牛肉干怎么又少了，是不是你偷偷吃的？？"

ID "Titans_悦"："没吃早饭就随手拿了几包。"

ID "Titans_锡"："森哥哥大坏蛋！"

ID "Titans_悦"："好好说话就再陪你玩几局，不然我敲门去打你了。"

ID "Titans_森"："老宋呢？他怎么没在？"

ID "Titans_悦"："他说他被他爸妈拉出去散步了。"

ID "Titans_森"："那子寓呢？"

ID "Titans_锡"："刚才私戳了他，他暂时没空。"

ID "Titans_悦"："那四排还少一个人啊。"

ID "Titans_锡"："爻森把邵哥拉来，我们双排吧。"

ID "Titans_森"："行吧，我问问他。"

爻森手机上戳了戳邵涵："玩《破警》吗？和白悦王宇锡他们，双排。"

邵涵："可以。"

邵涵："但一会儿打算开直播，可以吗？"

爻森："没问题。"

ID "Titans_森"："邵涵说他来，他那边开直播。"

没过多久邵涵便上线了，四人直接开了好友语音。爻森直接道："我和邵涵一组，你们两一组吧。"

白悦："行，老王别死得太难看了。"

王宇锡："放心，保证拿下他们俩其中一个人头。"

爻森："那只能让你死得难看点了。"

邵涵："爻森，怎么打？"

爻森："要不你辅助我？"

邵涵觉得也就爻森面子这么大，让他全球攻击力排行第十一的人去辅助了："……行。"

王宇锡："辅助爻森让我死得难看？邵哥，不带这样的啊。"

爻森勾了勾嘴角："闭嘴，开局吧。"

第25章 跨队双排

邵涵："……行。"

这话一出，邵涵直播间的弹幕唰的一下扫过去一大片。

邵哥辅助？

Titans 队长这是什么面子居然能让邵哥玩辅助。

亚洲冠军再加全球单人战力排名第四的面子够不够。

现在怎么总能在邵哥直播里看到森神（一个捶地大笑的表情包）。

森粉现在已经开始粉小左了，哈哈哈在小左直播里蹲森神。

还有我锡哥和悦哥，预感这次直播又要挂榜单了。

森神声音好好听，啊啊啊啊啊啊耳朵怀孕①了。

……

王宇锡的声音传了出来："辅助爻森让我死得难看？邵哥，不带这样的啊。"

爻森："闭嘴，开局吧。"

哈哈哈哈哈哈哈哈哈哈哈哈哈哈哈哈哈哈。

为什么锡哥一开麦我就想笑。

你不是一个人。

---

① 网络用语，指听到的声音太好听，因而心跳超速的状态。

锡哥今晚死得难看我先下注了。

森哥答应得太利索了哈哈哈！

感觉森神早有预谋和我邵一组？

……

爻森自然是不知道这边的邵涵已经被弹幕公开处刑了，直接就发话说可以开局了。

上一次和邵涵双排还是用的五行缺木的小号，尝试了一把菜鸟"躺赢"的感觉，还莫名地被苔粉们喷了一通。这一次爻森大大方方地耍操作和技术，和邵涵的配合竟意外地还算默契。

这一局排进来三十支队伍，爻森没多久就远远地在塔楼上看见一个走位极其风骚的玩家，血条还很足，十有八九就是王宇锡。要不是爻森现在手里还没有射程够远的狙，不然直接一枪就把他爆了。

一个队伍尤其是四人以上队伍中，辅助大部分时候要跑枪引开火力，或是观察全场为输出队员提供敌人方位，再加上掩护输出队员，比输出队员受的伤害更大。

邵涵虽然是队伍里的攻击型队员，但当起辅助来也丝毫不含糊。唯一一点让爻森不太习惯的是，邵涵因为用手习惯一般把他往左边掩护，而爻森总想往右跑。

十几分钟之后，玩家已经被清理得差不多了，只剩下了三四支队伍。

两人跑到一处草丛边时，邵涵肩膀突然中了一枪，血条一下下降了三分之一。邵涵迅速滚到树干背后掩起身体，给自己喝了瓶能量饮料回血，回身和对方对了两回枪，却很遗憾没有打中。

爻森："谁打了你？"

"不知道。"

前不久Titans主力队五人才训练了灌木丛偷袭技巧，再加上王宇锡躲枪技术一流，爻森觉得邵涵多半就是被王宇锡打了。

爻森："等会儿。"

爻森突然关了自己的麦克风，给王宇锡打了个微信语音过去，王宇锡倒是也很快就接了："干啥？"

"刚才是你打的邵涵？"

"是啊。"

"打辅助算什么本事？"

"那天是谁让我们盯着沈佑打的？"

"不是我，我没有。"爻森睁眼说瞎话，"别打他，直接打我。"

"老哥，我打不着你啊，要不然你站那儿让我打？"

"不。"

"嘿我这暴脾气，我今天就要拿邵哥人头了。"

爻森挂了语音，重新打开麦克风："久等了。"

看见爻森突然关了麦克风，人也没动，邵涵心里还有些纳闷，一直在原地好好地观察着周围保护他，见爻森回来了才道："怎么了？"

爻森："没事，刚才和老王语音了一下，让他别打你。"

森哥你？

这个森神肯定是假的！

打我别打他这是什么戏码。

啊啊啊好苏啊！

啊啊啊啊啊啊啊啊，有这种男人就嫁了吧。

"森左"股涨停了。

……

邵涵下意识觉得爻森可能只是开了个玩笑，但还是忍不住悄悄红了耳畔。他抬头盯着电脑上方的摄像头，在心里思索着自己是不是应该找个机会把摄像头关了。

几分钟后，整局游戏里只剩下了两支队伍，且两支队伍都还没有人死亡。爻森和邵涵来到一处谷仓内部，屏息等待着，将身形隐藏了起来，不一会儿，两道人影便慢慢地朝着这边靠近了。

其中一个人影移到窗口的时候，枪口朝着里面扫了扫，爻森猛地翻身从窗边跳了出来，把那人压在地上，一把手枪直接抵着他的头开了三枪。前两枪打碎了对方的头盔，第三枪彻底把他结果了。

动作一气呵成，毫不拖泥带水，整个击杀过程只有半秒。邵涵只看见爻森的影子一闪，游戏界面上方便出现了击毙提示。

邵涵心里凛然惊讶，这个伏击速度和流畅度，反应再迅猛的人恐怕都得至少吃两颗子弹。

ID "Titans_森"成功击毙 ID "Titans_悦"，剩余玩家数：3 人

爻森："哦，是白悦啊，不好意思啊，我还以为是老王呢。"

等等刚才发生了什么？

求回放？

我就眨了个眼睛森神就不见了悦哥就死了。

悦哥冤死，但是我……哈哈哈哈哈哈哈哈哈哈哈哈哈哈哈哈。

悦哥：发生了什么？？

……

爻森四处看了看，按理说白悦作为王宇锡的辅助，应该时时刻刻保护在王宇锡的周围，但现在白悦却落了单。

爻森抬头看向走到窗边的邵涵，立马喊道："邵涵！远离窗户！"

爻森话音刚落，一颗狙击子弹就从远处陡然飞来打中了邵涵的胸膛。邵涵听见爻森的声音躲得及时，子弹险险地避开了要害，但即使如此，邵涵的血条还是一下就下降了百分之 80。

王宇锡这么擅长近战的人竟然耍了个计谋放白悦来探风，自己从远处狙击他们。王宇锡平时骚跳久了爻森都差点忘了他还会狙击，当即就换了把狙击枪跳出了窗户。

邵涵的急救物品不多，只能用绷带慢慢回血，他现在的血量只要再被打中一枪就必然出局，但他还是选择跟着爻森出去，一个辅助在必要的时候替主力队员挡枪都是在所不惜的。

爻森从队内语音切换到了全体语音："老王，出来吧。"

我正在思考森神要怎么找到锡哥的时候，森神就开喊了……

哈哈哈哈哈哈哈哈哈哈哈哈哈哈哈哈哈。

感觉森哥像在找狗。

要是锡哥出来了，那就真神了。

……

不一会儿，王宇锡的语音也响了起来："你以为我是声控的呢？"

爻森举起枪，盯着瞄准镜，慢慢地踏入刚才子弹射出方向的树林里："出来吧，给你个痛快。"

"有本事你来找！"

"我已经看见你了。"

"不可能，别想骗我。"

"我看见你的二级头了。"

爻森放了一枪，戴了二级头的王宇锡赫然从原来站的位置滚着地面跳了出来。王宇锡自认为自己狙击的位置选得非常隐蔽，按理说敌人只要不进入他周围就看不见他，爻森是怎么看见的？！

等等！王宇锡倒吸了一口凉气，刹那间就明白自己中计了。

爻森刚才故意放了一次空枪来让王宇锡误以为自己暴露了，后者这一动才彻底暴露了自己的位置。爻森毫不犹豫地甩了一狙，威力巨大的子弹直接无视了头盔防御，当场把王宇锡给击毙了。

整局游戏到这里结束，爻森和邵涵小队获得了胜利。

几个人随即又切换成了好友语音，王宇锡一开麦就稀里哗啦地骂着爻森阴险，又不解道："你既然没看见我，那你怎么知道我戴的是二级头？"

爻森："猜的。"

"……猜错了怎么办？"

"猜错了也只会推迟我击毙你的时间而已。"

腹黑的森神怎么也这么帅，啊啊啊啊啊啊！
好喜欢听森锡两个人讲相声哈哈哈哈哈哈哈哈。
下注锡哥惨死的过来领钱了。
再开几局吧根本不够看啊啊啊啊啊啊！
……

王宇锡像是和弹幕有心灵感应似的说道："再来！这次换人！"

爻森："换什么人？我觉得这样挺好的。"

"我和你一组！"

"谁要和你一组。"

116

"你不和我一组那我就和邵哥一组！"王宇锡一语直接戳中爻森软肋，"邵哥！你不会嫌弃我的吧！"

邵涵："……我都可以。"

这么多观众看着，爻森要是老和邵涵组队，恐怕粉丝有的调侃了，他虽然脸皮厚，但是邵涵脸皮薄。

爻森担心王宇锡把邵涵给坑了，思来想去还是白悦稳重点，回答："老王回来，我和你一组。"

四人又轮换着搭档开了几局双排，爻森战绩全胜，其他三人每人都至少输了一局。最后是爻森被妈妈喊下去吃饭，才不得不结束了战局。

吃饭间，爻森听妈妈说明天他几个舅舅舅妈和姨夫姨母要带着他的一群弟弟妹妹过来，一大家子统共得有十多二十个人。

一想到自己要面对一堆小孩，爻森就觉得一阵头疼。如果这一次他的表弟非要在他家住两天的话，他一定会记得把自己的游戏设备收好。

每当这个时候，爻森都非常遗憾，为什么自己没有像邵涵那样有一个那么可爱乖巧的妹妹。

不过，他要是真和邵涵成了亲密无间的好朋友，那小萌应该也要喊他哥？

第26章　年轻人不要太气盛

元旦假期在偶尔上上线玩玩游戏的悠闲日子里很快度过了，众人回到俱乐部之后，等待他们的便是团队合作和指定地图的训练。

专业版的《破警》总共分设了ABCD四个地图板块，地图具体构造都是随机生成，从D到A地图内部场景和道具更加复杂多变，一局游戏里可能产生的变化也越来越丰富，适用于战术更加丰富的队伍。

对于Titans这样以实力压倒对手的队伍来说，反而是相对规矩严整的D图和C图对他们更为有利，而亚洲冠军决赛他们所抽签抽到的图也是C图。

和亚洲区域赛一样，WCAD的三轮赛制同样采用抽签制。对于参赛选手们来说，自然是每个地图的特性都必须好好熟悉不能懈怠。

爻森回到亿游那天晚上回忆起来自己好像有一个星期没有直播了，在家的那几天都陪邵涵他们玩去了。他于是收拾好东西之后便在电脑桌前一坐，在微博上说了一声便直接上播了。

刚上播没多久，爻森还正在游戏登入界面准备登录，寝室房门被人敲了敲。

爻森第一反应是白悦过来找王宇锡要零食，可又转念一想白悦哪会敲门，扭头回答："请进。"

房门推开，站在门外的人竟然是邵涵。

邵涵手里拿着一个小食盒，刚想进来，抬头一看爻森面前的电脑屏幕，迈开的腿一顿，又收了回来："你在直播？"

"没关系，我还没开始。"爻森取下头上的耳机，"怎么了？"

邵涵尽量避开摄像头的拍摄范围，在房间里绕了个圈走到爻森身边，把那个食盒放在了桌上。爻森低头一看，食盒里满满地装着车厘子。

邵涵："我妈让我带来的，挺好吃的，你……吃吗？"

收拾行李的时候邵涵把水果拿了出来，看着一颗颗红润饱满的车厘子，邵涵心里想，不知道爻森爱不爱吃，干脆给他拿一点去好了。

于是，邵涵把车厘子洗了，装进食盒里，去了 A 座爻森的寝室。

爻森抬头看着他，片刻后嘴角微微抬了抬，站起来道："好啊，我去洗洗。"

"不用了，洗过了。"邵涵看了看屏幕，摄像头只能拍到他半个身子和手臂，"你直播吧，盒子我明天过来拿。这个是小萌给你的。"

邵涵递来一张淡蓝色的明信片，空白的地方画着一个爻森的 Q 版小人。二头身的可爱小人穿着黑色的队服，手里拿着奖杯，旁边写着一排整齐隽秀的蓝色字迹："森神元旦快乐！小萌永远支持你！"

爻森看着那张明信片，看着 Q 版小人手中的奖杯，心里暖意十足，嘴角不自觉就旋开了："谢谢，我很喜欢。"

爻森微微笑起来的样子很明朗，魅力盎然。邵涵似乎也被这抹笑容感染了，心里止不住地暖起来。

"你喜欢就好。"邵涵轻声道，"那我不打扰你了。"

邵涵离开之后，爻森拿起一颗车厘子放进嘴里，嘴角尚且还没有放下来，回头就见自己的直播间已经快被弹幕淹死了。

发生了什么？

不是，森神，你一星期没上播了就给我们看这个？是人吗？

森神旁边是谁？

这凉凉的声音绝对是邵哥啊啊啊！

画重点，邵哥亲自给森神送来洗好的车厘子。

"森左"真的好甜啊……甜到我倒地不起了……

后面的别进来了，大型屠狗现场，惨绝人寰。

森神刚才小左给的那张小卡片上写了什么！

"我才不给你们看。"爻森随意扫了一眼弹幕，心里虽然暗爽但他也适时地制止了粉丝们无限侃CP的行为，毕竟他还有一半粉丝是正正经经的游戏粉，"行了，干正事了。"

心情颇好的爻森这次直播直接延长了半个小时，还边打边把一整盒车厘子吃完了。

王宇锡回来之后就只看见电脑桌上摆了一个洗完的空食盒，随口问道："吃啥了？"

"车厘子。"

"居然不给我留几个？"

"邵涵给的。"

王宇锡顿时翻了一个白眼："美得你。"

第二天上午，邵涵来找爻森拿食盒，他昨天晚上给爻森送了水果和明信片之后便回去打开了爻森的直播，结果被弹幕里众粉丝的调侃给弄得直播也看不下去。

他本来已经忘了这件事，结果今天一站在爻森面前，就又想起来了。邵涵接过食盒，神色微微有些不自在。

爻森："邵涵，今天晚上……"

爻森刚刚开口，一阵匆忙的脚步声由远及近，来人见他们寝室门没关，直接就扒着门框进来了。

来的人是Titans二队的一位队员，他看到邵涵时愣了一愣，又急忙探头看向坐在屋子里的爻森，慌张道："队长！江阳和先驱者青训队的两个人打起来了！"

爻森一愣，也立刻站了起来，皱眉道："江阳跟人打架？"

江阳那小子平时是冲了一点，可爻森真没想到他能冲到这个地步，居然还敢和人撸袖子动手，当即脸色就沉了下来。

二队队员也着急："现在勉强劝住了，但还在吵着呢，我怕他们又打起来。勾教练又不在，队长你快来劝劝吧！江阳也就听你的了！"

邵涵虽然不知道江阳是谁，听着这话也觉得有些讶异。先驱者是另一个入驻亿游大厦的俱乐部，这几年不温不火，怎么突然和 Titans 的队员起了冲突呢？

邵涵觉得 Titans 队内的事他这个外人也不好问太多，便让爻森先去那边看看。爻森看了看邵涵，道："你等等，我……"

爻森想了想，干脆一把抓住邵涵的手腕："你干脆和我一块儿去吧。"

邵涵还没反应过来，就抱着个食盒被爻森拉走了。

爻森来到公用的健身房，一眼就看见江阳站在里面，脸色阴沉得难看，盯着对面那两人的眼神里带着鄙夷和愤怒。他的头发和领口还有些凌乱，一看就是刚才和人动过手。

江阳身边站着二队剩下的两位队员，一左一右拉着他的手臂。先驱者两个青训队员立在一边，还微微地喘着气，神色也怒意十足，口中似乎还不停地骂着什么。

爻森先扫了一眼，确认他们打架的情况还不是太严重，至少还没明显挂彩，心里稍稍松口气。

爻森对邵涵道："等我一下。"

他抬手拍了拍玻璃门，手掌下明显不悦的闷响让健身房里的人面色都是一凛。爻森不急不慢地走了过来，面上没太多表情，声音也沉得可怕："江阳，你发脾气给谁看呢？"

Titans 二队其余两人见爻森来了，面上都有些羞愧。江阳坦坦荡荡地看着爻森，语气里有憋不住的怒气："就给他们看的！"

先驱者的两人毕竟只是青训队队员，也不太敢在爻森面前造次，只是怒意未消地盯着江阳，说出来的话也颇为刺耳："爻森队长，Titans 俱乐部的人就这素质吗？"

江阳眼里怒火一烧，当即就往前迈了一步，爻森抬手就把他拦下了，反推了他一把，沉声道："我在这儿你还动手？我不是你队长了是不是？"

江阳张了张嘴，却又没有说话，捏着拳头扭过头。

爻森心里清楚，江阳虽然脾气冲但也不是不讲道理的人，相反，上一次单独和他聊过之后，爻森觉得他其实就是一个性子直率单纯的人，想说什么做什么直来直去，为人没这么多弯弯绕绕。

爻森面色和缓了一些，带上了几分礼貌的微笑，声音颇为诚恳地对先驱者的青训

队员道："我代替我们家队员向你俩道歉，希望你们原谅，如果你们还是觉得不满意请直接联系我们家经理，请杜绝私下找我们队员。"

其中一人皱着眉："明明是他……"

爻森："有什么话请和我们经理说。"

两人在爻森这不冷不热的态度面前碰了壁，偏偏还挑不出这不偏不倚的态度什么错处，只得悻悻地闭了嘴，转身走了。两人出门时还碰到了闻讯赶来的王宇锡，王宇锡身后还跟着慌里慌张担心江阳的周子寓，两人看 Titans 这下人更多了，顿时脚步迈得更快了。

看见周子寓来了，心里一直有些小芥蒂的江阳的脸色更臭了。

见把两人打发走了，关上门来就不用害怕在外人面前丢面子了，爻森转身看着江阳，不愉的神色连王宇锡看了都差点被唤起当年被爻森血虐的心理阴影。

爻森淡淡地说："说吧，到底怎么回事。"

江阳冷哼一声："他们嘴巴不干不净的，我就想教训教训他们。"

"什么叫不干不净？"

江阳怒道："他们在那儿嘀嘀咕咕说去年的亚冠我们是走了狗屎运，说 WCAD 我们不可能打得过林肯和奥丁！他们还说你就只会模仿恺撒，根本就没有自己的打法！"

江阳顿了顿，沉声道："我就穿着 Titans 的队服站在一边，他们能看不见吗？他们不就是想让我听见吗？我不仅听见了，我还要让他们好看！"

爻森沉默地看着他，王宇锡和周子寓也没说话。

站在门口的邵涵听了，心中却是一紧。

爻森缓缓叹了一口气："所以呢？就这样？"

"你是队长，他们说你就等于说 Titans 整个俱乐部。"江阳甩开队友抓着他的胳膊，队友们还想劝他，被他一眼瞪了回去，又扭头对着爻森一字一句道，"反正我忍不了。"

"照你这么说，那我得分分钟被人气死。"爻森说，"就是因为我是队长，我才不应该去在意这些。我带队伍是为了打败那些没有我带的队伍，不是让你们成天去在意别人怎么说。不管我有没有模仿恺撒，别人爱怎么说就怎么说，知道吗？"

第27章　追星的最高境界

江阳心里不舒服，他就不明白了，为什么爻森一点都不在意这些。

虽然他偶尔也不太能认同爻森的想法，但是他是打心底里尊敬爻森的。自家队里的事自己可以说，外人说不得。

爻森说："这些话关上门来说，我理解你的感受。但是打开门你就不只代表你一个人了，你代表的是 Titans 整个队，一言一行都有整个队伍为你负责，所以我必须批评你。"

江阳沉默着不说话，但眼里的怒意慢慢放下了，只噙着些不甘心。

爻森拍了拍江阳的肩膀，知道他心里明理，这些话也不用多说："行了啊，这事儿翻篇了，不然我就真的要给先驱者青训队写道歉信了。就我那字，写出来他们恐怕还当是挑衅呢。"

江阳皱着眉动了动嘴唇："……知道了。"

"而且说实话，先驱者算什么，你打他们一队队员，保证赢。"爻森深谙抽一鞭子给颗糖的道理，"下次这种事脾气收敛点，大不了比赛上让他们闭嘴。也就是你运气好，今天老勾不在，是我下来的，换成老勾，结果你可能不想知道。"

江阳想象了一下勾教练的脸色，觉得队长并不是在吓唬他。

爻森："找个女朋友吧，听说有了对象的人脾气都会变好。"

江阳眼神复杂地看着爻森："队长……你不也没女朋友吗？"

爻森笑了笑没说话，直接说了再见转身走了。王宇锡看了看江阳，似乎觉得自己也没什么要说的了，瞪了江阳一眼以示惩戒。

江阳见周子寓还站在原地，一副欲言又止的模样，没好气道："你来凑什么热闹？看我笑话吗？"

周子寓连忙摆手说"不是"，犹豫着回答："我怕你受伤了，给你拿了创可贴。"

江阳本来对周子寓没太大好感，被他这么一说像是一拳打在棉花上似的，心里有点憋屈，但那点火气也随之消散了。

周子寓和江阳当队友也当了一两年，知道江阳脾气不好，但他为人并不是真的不

讲道理，就是性子太直率罢了。

江阳抬头看向爻森，爻森站在门边和挪亚方舟的副队长说着什么，两人一道出去了。江阳有些纳闷挪亚方舟的人来这里干什么，难道这事儿就有那么大热闹可看？

江阳："队长和挪亚的副队长很熟吗？我经常看见他们一起直播。"

周子寓："啊？他们……关系好啊……"

周子寓给自己的嘴巴拉上拉链，心想在背后谈论队长的好朋友不礼貌。

爻森和邵涵走出了健身房的门，后者才抬头看了看他，问："怎么了？之前说的是什么事？"

"哦，也没什么，就是想问问你今天晚上要不要一起吃个饭？"

邵涵："……你其实下来之前就可以和我说的。"

爻森忽略了邵涵的疑问，他其实也就是想多和邵涵待一会儿："一起吗？"

邵涵点头答应。

两人去了附近的一家烧烤店，去的时间正好是人多的时候，还稍微排队等了十几分钟。两人进去之后坐了个靠窗的位置，头顶的灯光黄澄澄的，照得菜单上的食物让人颇有食欲。

爻森翻着菜单问："有什么爱吃的？"

邵涵："你点吧，我都可以。"

爻森抬眼看了看他，嘴角抬起："跟我不用客气。"

邵涵低下头盯着菜单，盯了半天一个字也没看进去，随口道："那我就吃烤茄子和牛肉吧，烤面包也可以。"

爻森每个点了几串，又自己加了一些，把菜单交给服务员之后，拿起桌上装着柠檬汁的水壶倒水，首先帮邵涵倒了一杯。

菜陆陆续续地上了，爻森抬眼盯着邵涵，盘子里的热气腾上来，把对面坐着的人的轮廓罩得朦胧，看上去比平日里柔和许多。

邵涵的头发松松软软的，爻森有种揉搓一顿的冲动，他伸出手，最终把一串牛肉串放在了邵涵盘子里。

这家店的烧烤做得挺辣，爻森还有些担心邵涵吃不了太辣想给他涮涮，没想到邵涵吃辣还挺厉害，一口接一口，嘴唇虽然被辣椒辣得有些泛红，但水都不带喝一口。

看邵涵吃东西时微微起伏的脸颊，爻森心里不禁产生了一种投喂的愉悦，又从木签上取下一整块烤面包递给邵涵，邵涵见状说："你吃吧，我已经吃了两块了。"

话音刚落，邵涵放在兜里的手机响了起来。邵涵擦擦嘴拿出来一看，来电人居然是小萌。

小萌的电话邵涵一点没必要回避爻森，直接接了起来："喂，小萌。"

小萌似乎也只是打电话过来寒暄寒暄："哥，吃晚饭没？"

"正在吃呢。"

"吃的什么好吃的呀？"

"烧烤。"

"你一个人去吃烧烤？"

邵涵偷偷抬头看了爻森一眼，下意识地压低了声音："没有，和爻森一起。"

"啊！"一听见偶像的名字，邵萌的声音明显拔高了几度，"哥你又背着我偷偷和森神见面！"

本来不是这么回事儿的事被小萌一说，邵涵倒真的莫名觉得有些心虚，转移话题道："最近学习怎么样？"

邵萌扫兴道："哥，能别问三姑六姨问的事儿吗？"

"你还有几个月就高考了。"

"每天都倒计时着呢，我知道……"邵萌顿了顿，突然兴奋地提议道，"哥，下个周末学校放月假，我来找你们玩好不好！"

"我不是元旦刚回去了吗？"

"谁看你呀，我是看森神，我要给森神烤小饼干！"邵萌当即就自然地使出了惯用的法子，"哥你让我去嘛，哥，哥我求你了，哥……"

就这么被磨了半晌，邵涵心也软了。虽然知道小萌就爱用撒娇这招对付自己，可谁叫这法子百试不爽。他一想到妹妹过几个月就要高考了，还是决定最后坚持一下："好吧，那你把作业带过来做，不要整天玩。"

也不知道小萌究竟有没有听见邵涵后来这话，激动道："耶！我去订票啦！哥拜拜！"

邵涵无奈地挂了电话，就听爻森问："小萌吗？"

邵涵："嗯，她说她下周要过来玩。"

爻森笑了："你不元旦刚回去过吗？小萌这么黏你？"

邵涵默默心想她才不是黏我呢。

邵涵吃着吃着，突然想起了今天下午健身房那一段不太愉快的小插曲。那两名先驱者青训队队员的话蹿进他的脑海，让他心里一下变得有些沉闷起来。

　　犹豫了一会儿，邵涵不甚确定地开口："夋森，今天下午那两个青训队员说的话，你不会放在心上吧？"

　　夋森心里清楚邵涵在担心自己，毕竟他的确曾经因为"小恺撒"的事和邵涵谈过。夋森看着邵涵的眼睛，心里暖意十足，就是再让人倒胃口的话也会因为邵涵而显得微不足道了。

　　夋森："不会。"

　　邵涵："你不像任何人，你就是 Titans 最棒的队长。"

　　这句话烙在夋森心头，让他微微怔了怔。夋森听到过的劝慰很多，来自队友的，来自教练的，来自亲人朋友的。可是邵涵和其他人都不一样，最简单的音节，最平淡的声音，分量却最大，最让他信服。

　　夋森有时候也很诧异自己为什么会在见到邵涵第一面时就对他产生了强烈的好奇心，可现在这个答案他都不需要再去思考了，因为邵涵的优点太多了，根本说不完。

　　夋森缓缓地笑了，头顶的灯光让他的眼睛看上去深邃有光，直接让邵涵屏住了呼吸："放心吧，我知道的。"

　　训练的时间一眨眼就过去了，很快到了第二周的周末。邵萌是坐高铁来的，邵涵去高铁站接她。让小萌住太远邵涵不太放心，就在亿游附近找了一家酒店。

　　夋森本来是想和邵涵一起去接她的，邵涵没答应，说要是夋森去了那小萌一路就安静不下来了。

　　在酒店把东西放下之后，邵萌就迫不及待地带着自己烤的饼干跟着邵涵去了亿游大厦，看到夋森的那一刻，邵涵觉得自己的妹妹有点像扑食的饿狼。

　　王宇锡等人也借着夋森的光分了不少手工饼干，第无数次羡慕为什么夋森会有这么可爱的铁粉。

　　邵萌充满希冀地望着夋森："森神，下午和我还有哥一起出去逛街吧？"

　　看着邵萌雀跃的神情，邵涵心里有些担心。

　　小萌崇拜夋森邵涵知道，可他心里还是多少有些担心小萌对夋森产生超越偶像崇拜的感情，于是，邵涵凉凉地说："别麻烦夋森了，我陪你去就行。"

　　邵萌嫌弃又委屈地看了哥哥一眼。

　　夋森笑道："没关系，一起吧，反正我下午没事。"

　　邵萌晃了晃邵涵的手臂："哥，一起嘛，我保证晚上好好复习。"

爻森也看过来。

邵涵实在没办法，只得回答："……好吧。"

第28章　柠檬树下你和我

午饭之后，三人一起去了周围的商业圈打发下午时间，先是看了一部电影，再去购物中心逛街。

邵萌带着两个出众显眼的人四处逛，时不时就有人回头去看。因为自家哥哥长得帅，邵萌一直都喜欢和邵涵一起逛街，现在再加上一个爻森，她觉得自己的面子有点大。

逛街逛累了之后，邵萌左臂挽一个右手牵一个地将两人拉进了一家奶茶甜品店。店里人多，顾客们排着长队，三人点了餐之后便坐下来聊天。

邵涵之前逛街的时候吃了小吃，现在又喝了杯冷饮，和中午没消化完的热食混在一起让他肚子有点不舒服。他便让爻森留下，自己去了洗手间。

邵萌和爻森这两人一个虽然表面上不显出来实际上是兄控，一个对邵涵一见如故，凑在一起还颇有话题。邵萌大大方方地和自己的偶像说着小时候哥哥的糗事，听得爻森满脑子都是年纪还小，声音也软的小邵涵。

两人聊着聊着，一个戴着帽子的中年男人从邵萌的座椅与其他座椅之间的空隙硬要挤过，把邵萌的椅子挤得在地板上尖锐地划了一下。

男人手里端着杯没盖盖子的冰饮料，手一滑，杯子直接翻倒砸在了邵萌肩上，里面的饮料顿时洒了她一身。

邵萌惊呼一声一下站了起来，被冰水冻了个哆嗦。店里的暖气足，邵萌脱了外套只穿了一件薄薄的浅色长袖单衣，上衣被水一浸湿，顿时变得有些发透。

邵萌还浑然不觉，直到发现面前那中年男人不停地盯着她的胸口位置看。

男人操着一口奇怪的乡音，当下就道了歉，从口袋里拿出纸巾想替邵萌擦擦身上的水渍，手已经拽住了她的手腕，眼睛像在邵萌胸口隐隐透出的内衣颜色上生了根，闪烁着不怀好意的下流。

邵萌明白过来这人是想骚扰她，心里一慌，奋力地甩着手。男人抓得紧，手已经朝着她伸了过来。

爻森察觉到不对劲，立刻站起把小萌拉到身后，在小萌肩上搭了一件外套，沉沉地盯着那个陌生男人，喝道："滚开，别动手动脚的。"

店里的顾客们纷纷看过来，低声窃窃私语。

中年男人见爻森来了，看他年轻心里也不害怕，梗着脖子狡辩："我这不是想给姑娘道个歉吗？你推我干什么？到底是谁先动的手？我可没对这姑娘干什么，你别睁眼说瞎话！"

邵萌怒道："你明明是故意往我身上倒水！"

周围看热闹的人多了，不少人拿出手机来拍。看周围人多起来了，骚扰人的男人心里也有些慌张了，嘀嘀咕咕地骂了爻森几句，骂得难听。

爻森皱着眉，声音阴沉冷淡："既然你这么说，那我今天不动手是不是不给你面子？"

男人被结结实实地吓了一跳，讷讷地张着嘴不敢接话。邵萌看周围那么多人在拍照，又想起网上认识爻森的人不少，大家又没拍到前因后果。爻森要真的动了手，传到网上去了，几句话说不清，怎么样都会对爻森有负面影响。

邵萌立刻拽住了爻森的手臂，狠狠瞪了那个男人一眼，低声对爻森道："森哥，我没事，你别动手，有那么多人在拍呢。"

说完，邵萌走到了那男人面前，扬起手狠狠地打了对方一耳光，把那男的都打了个趔趄，"啪"的一声声音响亮。

周围渐渐有人起哄说打得好，男人憋在嗓子里的脏话骂不出口，半边脸都红肿起来，只能悻悻地快步跑出了店门。

邵涵从洗手间里回来就发现店里气氛不对，爻森坐在小萌身边，低声安慰着她，小萌身上穿着外套，里面衣服的领口却湿了一片。

看见哥哥来了，邵萌心里憋着的那些气直接化成了委屈。

邵涵一听来龙去脉，心里又心疼又愤怒。三人直接出了店门去附近的商场给邵萌买换的衣服，邵涵牵着邵萌的手一路不说话，周身冷冷的怒意让爻森觉得如果当时邵涵在场，恐怕那个男的得被人抬着出去的。

晚上两人送邵萌回了酒店，直接步行回亿游。一路上邵涵还是有些闷闷不乐，爻森知道他心里有些自责，看着那双好看的眉毛皱起，嘴唇抿得紧紧的，心里也跟着揪心。

爻森："别气了。"

邵涵点了点头，声音里带上了几分热意："爻森，今天谢谢你帮了小萌。"

不知不觉两人已经走到了亿游大厦门口，大厦上的 LED 大屏照着邵涵的脸颊，照得他的眼睛亮亮的。

"不用谢。"

爻森在大厦门口停住脚步，回头望向邵涵。邵涵抬头对上他的目光。

爻森的视线很专注，笑道："毕竟小萌是你的妹妹，做什么都是应该的。"

邵涵动了动嘴唇却没说话，心里却和打翻了调味瓶似的，爻森为什么要对他的妹妹这么好？仅仅是因为小萌是女孩子？还是因为小萌是他的粉丝？

邵涵心里某处开始软化了，他并不是一个迟钝的人，他能看出来爻森很珍惜他这个朋友。

爻森和他说了再见，邵涵心不在焉地回了寝室，躺在床上发呆。想着想着，他就蒙过被子将身体埋了进去，眼睛却依旧闪烁着。

他也很珍惜爻森，珍惜爻森这样独一无二又不可多得的朋友。

邵萌没有猜错，那天下午那件事果然被人传到了网上。这种事情一向容易引人注目，再加上很快就有人认出了那是爻森，几个营销号一起凑凑热闹，这件事居然还上了回热搜。

王宇锡一边刷着微博一边义愤填膺："这人简直太恶心了！真该把他揍到叫爸爸！爻森你咋就不动手呢！"

白悦说："老王，别激动，再怎么样公众场合揍人都不太好。"

王宇锡一想也觉得有道理，爻森有知名度，动手揍人这种事理由再怎么正当也会有负面影响。而且国际电竞界对电竞队伍的这些负面新闻非常在乎，爻森身为队长，不得不为队伍着想。

虽然如此，王宇锡心里还是难出这口气，恨不得钻进屏幕里替爻森打人。

那条被转发无数的微博底下已经聚集了不少爻森的粉丝了，大家纷纷喊爽。微博下面的评论显示：

给大家介绍一下这位大帅哥是《破晓警报》职业战队 Titans 的队长爻森！我家森神！

这颜值粉了。

现在玩电竞的都这么帅？

换成是我，我真的会打人……但森哥不动手是对的！

喷森哥为什么不动手的人消停点，森哥背后还有一个队伍一个俱乐部，森哥作为队长要为队伍形象负责。而且那是在店里，森哥真动了手那得给店员添多大麻烦啊？

其实视频很明显能看到森哥当时已经准备动手了，妹子拦了一下的，然后自己动了手，妹子太威武了，我粉了。

这照片把森哥照得好帅啊，是不是混迹在店里的森粉拍的。

这个小姐姐是森神女朋友吗？

有森哥这样的男朋友也太幸福了吧啊啊啊啊啊啊！

祝这位小姐姐和森神99，但是我还是不会放弃森哥的同人文（后面配了一个捶地大笑的表情包）。

我觉得不是女朋友……直觉……

……

只是，众粉丝还在纷纷感叹爻森女票特别威武的时候，一组新的照片又被转了起来。照片拍的还是那家奶茶店，说的还是这件事。不同的是，照片里又多了后来回来的邵涵。微博下的评论显示：

天哪？这个帅哥又是谁？

轮到茗粉答题了！这个凉凉的帅哥名叫邵涵！是《破警》职业战队挪亚方舟的副队长！左撇子！外号是小左！粉丝叫茗粉！我家小左世界第一美貌！

这情况我看不懂了？

到底谁才是这个妹子的男朋友？

为什么我不是那个妹子？

我羡慕到吐血。

感觉邵哥对小姐姐更照顾一点，小姐姐也更靠近邵哥一点……刚才祝小姐姐和森哥99的人脸疼吗？

森哥和邵哥是好朋友啊，谁带着女朋友一起出来玩也很正常吧。

哪里正常了，谁和女朋友约会还会叫上兄弟一起？

别说，我男朋友就这样（后面配了一个微笑的表情包）。

还可能都不是啊，有个女性朋友也很正常，或者还可能是姐姐妹妹什么的。

这位同学答对了，森哥发博了大家快去看。

……

第29章 遗憾与无奈

只见爻森的微博发布着这样一条内容："这是你们邵哥的亲妹妹，大家住脑。你们邵哥可妹控了，隔着屏幕他打不到你们但是可以打我。"很快便收到评论：

还在猜三角关系的各位脸疼吗（后面配了一个无辜狗头的表情包）？

看到森哥这句话的第一反应居然是松了一口气。

我也是。

我继而拿起了我的"森左"同人文继续看。

我看照片和视频就觉得那个妹子和邵哥长得很像……

小左居然是妹控！

放心吧森神邵哥舍不得打你。

……

爻森抽空看了一眼评论，心里对这些粉丝皮的程度的认识又上升了一个新的台阶。

爻森放下手机，老老实实地上线玩《破警》去了。

邵萌来的第二天被邵涵看着去复习，但又不想成天都待在酒店里，下午软磨硬泡了一阵还是和邵涵一起去了亿游。

邵涵是不太放心让小萌单独和爻森待在一起的，他每次一看到自家妹妹那看见爻森就心花怒放的样子就觉得紧张。虽然他知道爻森对小萌没有这个意思，谁知道小萌会不会崇拜着崇拜着就喜欢上了。

于是，那天下午邵萌就总感觉有一道凉意十足又颇有威严的目光落在自己身上，一回头又总能对上哥哥冷淡的目光。

邵萌感觉非常的透心凉。

这种凉意一直持续到邵涵送邵萌到高铁站，邵萌才觉得自己哥哥的目光温和了许多。

邵涵："回去好好学习。"

邵萌："哥，你老实说你是不是对我有什么意见？"

邵涵："什么意见？"

邵萌神情复杂地盯着他："哥，我知道，你和森神现在成为特别好的朋友了，占有欲其实在朋友之间也会有的，你现在典型的就是有了森神，都不想其他人来打扰。"

邵涵无奈地看着她："别瞎说。"他沉默了一阵，最终还是决定把心里的担忧和妹妹坦白，他抿了抿嘴唇道，"我其实是怕你喜欢上爻森，你现在学习要紧。"

邵萌不可置信地瞪大了眼睛，道："你说什么呀哥，我是喜欢森神啊，但我和森神那就是纯洁的偶像和迷妹的关系，才不是你说的那样呢，你妹妹我也还是很有自知之明的好吧。"

邵涵大概也知道自己想得有点多，不太自在地道："我看爻森对你也挺好的。"

"森神对我好，那是因为他和你关系好啊。"邵萌伸出一根手指摇了摇，"所以我也可以把森神叫哥了，对吗？"

邵涵把喋喋不休的妹妹推进高铁站："好了，你快回去吧。"

送走了跳脱的妹妹，邵涵也没什么其他事要操心，周一便回到了正常的训练安排中。爻森照样偶尔和他发个消息问候，或者和白悦他们一起约个饭。

年前，Titans 和挪亚方舟举行了一次小型的友谊赛，打完比赛之后两队主力队员便一起出去吃香喝辣。

八个正式队员再加上两个替补队员坐成一桌，挪亚的队员们大多都矜持内敛，安安静静的，话很少。

反观 Titans 这边，有个自来熟的话痨王宇锡，还有习惯性和他互捧的白悦。爻森虽然话没他们那么多，但坐下来就自带气场，带得腼腆的周子寓和身为爻森头号粉丝的宋铭喆话也多起来，一通热火朝天下来，看得挪亚的队员目瞪口呆。

不过，因为 Titans 众人都不矜持，渐渐地大家也都聊开了。爻森磁铁似的性格让大家都乐于和他说话，爻森也都大大方方地聊着天，没有什么拘束。

邵涵见爻森不出这么一会儿就能和他的队员们聊得这么开心，明明平时只要和爻森一起出来，他多半会和自己说话。邵涵觉得自己的脑子里的每一个细胞都充斥着"矫情"和"神经病"，但他心里就是有些说不出的郁闷。

一顿饭邵涵吃得也没什么胃口，餐桌上没说太多话，一行人打道回府的时候，也是和关系近的队员远远地走在后面。

爻森走在最前，忽然被王宇锡拍了肩膀，后者凑上来低声说："邵哥好像不太开心。"

爻森回头望了望邵涵，说："是。"

"怎么了这是？"

"我怎么知道。"

"你不哄哄？"

"哄，回去就哄。"

"现在怎么不去？"

"他不跟他队友说着话呢吗？"爻森说完突然顿了顿，福至心灵，"难道是因为我刚才在桌上和他的队员说话太多？"

王宇锡满脸都写着难以置信："你不是吧这么自恋？你也忒往自己脸上贴金了。"

爻森沉默了一阵，说："是有点。"

话音刚落，爻森的手机响了。看见来电人的姓名，爻森心里颇为诧异，他实在是想不出对方有什么事能急到要给他打电话的地步。

打电话来的人是基本和爻森同期进了宙斯盾的钱浩，两人以前也曾经是初中同学。

爻森接起："喂，钱浩？"

"是我。"钱浩的声音听上去和平日没什么区别，反倒带着点寒暄的笑意，"好久没和你联系了，最近训练怎么样？"

"还能怎么样，就那样呗。"爻森随口回答，"怎么了？有事？"

钱浩却忽然轻轻地叹了口气，再开口时，声音有些怅然："你现在有空吗？我就在亿游楼下呢。"

爻森脚步一顿，他们一行人离亿游大厦已经不远了。爻森讶异钱浩为什么会这个时间出现在S市，毕竟宙斯盾俱乐部和亿游解约之后便不在S市租场地了。

再加上钱浩的语气忽然变得低落，爻森感到有些奇怪和隐隐的担忧，当下便答应道："行，你等会儿，我正从外面回来，马上就到。"

挂了电话之后，爻森对王宇锡道："钱浩来了，有点事找我，你们先回去。"

王宇锡也知道爻森有个宙斯盾的朋友叫钱浩，诧异地说："现在来找你？都快九点了，是有什么急事儿吗？"

"我先去看看。"

爻森加快脚步走到了亿游门口，果然在大门口台阶上的花坛边看到了站在那儿发呆的钱浩，便径直走了过去，叫了他一声。

钱浩抬起头，微微露出一个笑容，笑容里却带着几分苦涩和酸意。

爻森："进大厦去吧？外面冷。"

钱浩点点头，跟着爻森走进大厦。大厦设有入驻俱乐部的队员和工作人员才有的身份门禁，钱浩在这里住了也有几年了，平时回来都直接从门禁过去。

这一次他却只能站在门口等着爻森在前台给他填临时的参观申请，钱浩看着爻森的背影，心里涌起一阵酸涩。

办完手续之后，两人去了公用层的会客室。

爻森给钱浩倒了一杯柠檬茶，坐在了他的对面，问："怎么突然过来？"

"就想来这边走走。"说完，钱浩沉默了一阵。他的嘴唇动了动，最终沙哑地说："爻森，我打算退役了。"

爻森一怔，几乎在一瞬间就明白了为什么钱浩会出现在这里。他微微蹙起了眉，问："为什么？"

"你也知道，宙斯盾拿不出什么成绩了，可能连今年的 WCAD 预选赛都很难出线，队员们……都很丧气，最近的训练也有一搭没一搭的。"钱浩顿了顿，佝偻着身子，脸色有些灰白，"赞助商基本都撤走了，有些个人成绩好的队员都准备跳去别的俱乐部了。我本来也想跳的，可我的成绩还没好到让别的俱乐部主动找我。"

钱浩闭了闭眼睛，再睁开时，眼底泛起了强烈的不甘与无可奈何的伤感，他终于还是忍不住哽咽了声音："爻森，这个行业三年就已经是一个平庸选手的极限了，我真的已经没有时间了。我告诉过自己无数次我还可以打出好成绩，我还有机会，可是我真的坚持不下去了。"

他看着会客室墙面上挂着的各队电竞明星与恢宏耀眼的亿游大厦的大门合影，神情一瞬间有些木然恍惚，随后他又深深地低下了头："我和我的教练队友们都商量过，我家里人也不同意我再这么耗下去了……爻森，我不适合这个行业。"

钱浩停顿了片刻，长长地呼出一口气，仿佛放下了这些天所有的迟疑与执念："我决定退役了。"

爻森静静地等待着他说完，放在膝盖上交握的手紧了紧。钱浩说得一点没错，电竞行业的优胜劣汰注定了能够站到最后的只是少部分人。而不比其他多数可以靠时间来沉淀积累经验的行业，电竞行业需要的是短时间内朝着高处拥挤争抢，并没有太多人愿意等待一个平庸的选手成熟。

爻森作为那挤过独木桥的少数人，自然明白这个道理。

爻森望着钱浩，缓缓道："只要这是你深思熟虑之后做的决定，我不会劝你留下。"

"我有时候也一直在问自己，为什么不能做到像你这样。"钱浩怅然地苦笑着，"只是不适合自己的东西就是不适合，我再找什么理由都没有用了。"

他的眼圈微微地红了："以前大家一起说好在这个行业做出成绩的……但我还是没有理由再留下去了。"

钱浩抬起头，笃定地看着自己熟悉多年的好友："爻森，你不一样，你必须去争取赢得一切……算上我的份。"

爻森抬了抬嘴角："我会的。"

爻森是个说到做到的人。

两人在会客室待了一个多小时，钱浩的临时参观时间差不多要到了，他便打算离开了。爻森将他送到楼下，今天和爻森谈过之后，钱浩心里放松了不少，脸上也没了先前那些悲伤，只是还有些许怅然。

他回头看了一眼亿游大厦大厅的 LED 屏幕，苦笑着说："我还在亿游训练的时候就总觉得自己时间还够，今后还有机会。后来才发现，有些事真的等不了。"

将钱浩送上出租车之后，爻森朝他挥了挥手，但钱浩最后说的那句话不知怎的却让他记忆深刻。

爻森发觉有些事的确是等不了。

他想到了自己这几年的成绩，自己的战队，自己的队友，还想到了邵涵。

他没有直接回寝室，而是去了训练室，打算休息之前发泄一下心里这口闷气。

现在已经十点了，虽然说训练室两点才会锁门，但这个点应该是不会有人在了。爻森来到 Titans 一队训练室外的走廊上，透过玻璃墙壁却隐隐地听见里面传来说话的声音。

爻森脚步顿了顿，辨认出这是白悦的声音，他站在门外朝里看了一眼，看见白悦站在阳台上，侧着身子似乎正和谁说着话。

这时，另一个声音传来，平静又带着令人惬意的温凉。

第30章　坦诚

邵涵怎么会在这里？

"……之后没怎么常联系了。"邵涵说，"生疏了……也没办法。"

白悦遗憾道："是挺可惜的，我现在和他也不像以前那样有那么多话可以说了。

这也难免，老队员都聚不到一块儿去，现在也都不在同一个队了。"

爻森没听到前面的话，不知道他们口中的"他"是指的谁。不过既然是邵涵和白悦都认识的人，又听他们两个这个描述，爻森觉得那个"他"十有八九是——

"欸，对了，你以前是不是和沈佑吵过一次架？"白悦笑道，"有这回事儿吗？"

邵涵顿了顿，声音并未有太大变化："……算是吧。"

爻森有些不悦，难道邵涵大晚上地来 A 座找白悦就是为了和他回忆往昔再回忆回忆沈佑吗？

两人又聊了几句，大多都是关于以前的事。爻森觉得既然他们只是来叙旧的，那自己在这儿听着也不像话，正准备迈步离开，又听见邵涵问道："今天晚上回来的时候……爻森后来怎么不见了？"

听到自己的名字时，爻森的脚步停住了。

白悦："哦，王宇锡说是爻森有个朋友来了，好像是以前入驻这里的宙斯盾的队员。"

邵涵这次沉默得久了一点，声音里忽地藏了几分隐秘的好奇："爻森以前是个什么样的人？"

"以前？"白悦道，"从我认识他起他就像现在这样，没变过。"

白悦顿了顿，笑着说："你和爻森也挺熟的了，你应该也了解他。他这人就是这样，有原则有义气，性格可靠，我就没见过有谁觉得他不好。"

"……他确实挺可靠的。"邵涵说，声音里有几分几不可闻的落寞，"但和他待在一起我有时候不知道自己该干什么，可能因为我这人就这样，学不来你们和他相处的方式。"

白悦笑道："你就是习惯性矜持稳重，和爻森待一块儿不需要想太多。而且我觉得爻森对你可好了，放心，他绝对是把你当真朋友的。"

邵涵："嗯。"

爻森在外面听着，最后觉得，还是自己当面和邵涵聊聊的好。

玻璃门忽然被人敲了敲，邵涵和白悦都吓了一跳。两人回头一看，就见爻森站在外面，面色从容无波，就仿佛只是偶然看见友人便过来打招呼。

爻森："这么晚你们聊什么？"

白悦倒没觉得有什么，一脸坦坦荡荡，他是在夸爻森又没背地里说他坏话。

邵涵则下意识地扭开了头，眸中划过一丝慌乱。

白悦大方道："和邵涵叙旧呢，你和你朋友聊完了？"

"聊完了。"

"你来这儿干吗？"

"想睡前打游戏放松一下。"爻森望向邵涵，后者靠着栏杆，神色有些窘迫，一副十分想离场的样子。

平时好人做多了，今天被钱浩的事情一刺激，爻森想做个坏人。他直接断了邵涵的后路："邵涵，我有点事想和你说。"

白悦没有要走的意思，一个是他多年的情谊深厚的朋友，一个是他同队的穿一条裤衩的兄弟，他觉得没什么需要回避的。

邵涵心里一惊，抬头看了爻森一眼，被他专注的眼神逼得下意识地点了点头。

爻森回头看了白悦一眼，沉默了片刻，道："老白，老王喊你回去，说有事儿。"

"啊？"白悦诧异极了，似乎觉得王宇锡有事找他不可思议，"行，那我先上去了，你们聊吧。"

等到白悦走后，邵涵才缓缓道："……什么事？"

爻森看着邵涵的眼睛，平日里他的眼睛也总是淡淡的，清凉的，沉稳无波，虽然让人一时觉得难以靠近，但又并不让人觉得冷淡。

而此时此刻邵涵的眼睛里却闪烁着不确定的惊慌和紧张，这让爻森觉得，有些事确实等不下去了，他也不需要再等了。

爻森："你还记得那天凯哥跟我们说的话吗？"

邵涵一怔，眼里出现了几分困惑："记得，怎么了？"

"他说一个选手最重要的品质是学会观察。"爻森嘴角带着些许的弧度，并不逼人，但却让人无端紧张，"邵涵，你的观察能力怎么样？"

邵涵越发觉得一头雾水，但他还是顺着爻森回答了下去："……大概还行吧。"

"那你应该看出来，其实我从见到你的第一面起，就被你吸引了啊。"爻森认真地凝视着邵涵的双眼，"我本来还以为，你已经默认我们是朋友了呢，没想到听你和白悦的话，居然感觉你还挺不自信的。"

邵涵愣了半天，显然是没想到爻森会对他说出这些话。他眼中的吃惊慢慢变为跃动的惊喜，声音也不自觉带上了喜悦："第一面？"

"是啊，第一面。"爻森笃定道，"你很特别，和我以前遇到的所有人都不一样，不知道有没有人对你说过，你的性格真的很吸引人。"

邵涵抬眸看着他，眼中闪着光："谢谢你。"

爻森笑了，笑容一如既往地爽朗："所以就别说什么在我面前不知道该怎么办啦，朋友之间，不就应该是最舒服的状态吗？"

刚才和白悦的对话被爻森听了去，邵涵也略显窘迫，但他的心头依然被喜悦和感激填满，除此之外，也许还有一点说不清道不明的遗憾。他知道，爻森为他已经做得够多了，能和他成为普通朋友，已经很幸运了。爻森的性格在某些方面与自己截然相反，既洒脱，又大方，大概谁都可以当爻森的朋友，但是要真的当那个知己知彼对彼此来说都唯一的好朋友，那就太难了，他或许也做不到。

然而，令邵涵没想到的是，爻森又道："邵涵，那个……虽然说男生之间吧，打一场就可以当朋友了，不需要说那么多，但是我还是有话想说，我是真的真的想成为你的朋友……唯一的那种，以后我们无话不谈，可以吗？"

邵涵心头巨震，神色一下动容，爻森像是洞察了他的全部心思一样，直接把他埋在心底的愿望说了出来。

爻森也莫名感觉有些不好意思起来，他也确实是头一回和别人说这些，摸了摸头发，继续道："一开始觉得你很特别，想认识一下你，后来去看了些你以前的比赛，团体赛和个人赛都看了，又觉得你真的很厉害，在游戏上很有自己的想法，很有天赋和潜力。你应该对自己的训练方式做了很多改良吧？我真的很佩服，普通选手做不到的。我那时觉得，要是能和你这样的人成为最最亲密的朋友，那简直是赚翻了啊。"

今天和钱浩的见面，让爻森忽地意识到，想要维持一段长久的情谊实在是太难了，他过去也和钱浩的关系是那么近，可是无奈和遗憾太多，即使他们都在电竞圈里努力，却没法再长久地联系下去。所以，爻森才尽可能想去握住自己想要握住的一切，奖杯也好、欢呼也好、朋友也好，都是不能再等下去了。

爻森说的每一句话，邵涵都没有想到，他没想到爻森从那个时候就开始关注他，更没想到，爻森他已经登顶亚洲电竞圈了，居然还会主动去看他的比赛，会发现那些他几乎从没有对任何人说过的细微之处，还会告诉他，自己很佩服他。

从来没有人对他说过这些，一时之间，邵涵的眼眶有些酸涩。本以为能和爻森成为朋友已经难能可贵了，没想到，爻森心里竟然和他抱有一样的想法，他们不可思议地有着相同的心思。

"爻森，谢谢你……"邵涵沙哑道，"真的很谢谢，你说的这些话，对我很重要。"

爻森道："不过先说好，我这个人吧，对普通朋友还好，对交心的朋友的占有欲可是很强的，你可别觉得我烦。"

邵涵一下破涕为笑，他想起小萌说的那些话，竟然还真没说错，他道："其实我也是。"

"是吗？"爻森笑道，"那就太好了。"

爻森走上前，给了邵涵一个笃定的拥抱，邵涵心里的一切遗憾，在这一刻全都烟消云散。

拥抱之后，爻森乘胜追击地微微笑道："那你告诉我，今晚吃饭你为什么不开心？"

邵涵微微一怔，没想到爻森看出了这件事，更没想到他会问这件事。但这原因他却是怎么都说不出口，自己都觉得自己矫情万分。

邵涵含糊道："没什么……胃口不太好而已。"

爻森盯着邵涵的反应，觉得自己当时往自己脸上贴金的想法说不定是对的，邵涵其实也像他一样，对特别的人的占有欲很强。爻森心里觉得自己和邵涵才彼此坦诚不到五分钟，别让他觉得自己太坏，于是便摸了摸鼻子没说话，顺便遮一遮忍不住扬起的嘴角。

爻森咳了一声，恢复神情："那今晚就早点回去休息吧，现在挺晚了。"

邵涵有些心虚地点了点头，被爻森牵着走出了训练室。他看着爻森的背影，心里有些想问爻森之前和朋友聊了什么。邵涵抿了抿嘴，还是没有问出口。

白悦被爻森赶上来之后便直接去了他的寝室，他推开门，看见王宇锡坐在电脑桌前玩《破警》，拍了拍门问道："老王，你找我干吗？"

王宇锡摘下耳机，回头看着他："我找你干吗？我没找你啊。"

白悦："不是你让爻森来喊我说找我有事吗？"

"谁让爻森喊你了？"王宇锡古怪地瞪着他，"我有什么事不会自己和你说吗？"

白悦心里一阵郁闷，想不通爻森在玩什么花样，也没法只得离开，走之前还要走了一包王宇锡的薯片。

王宇锡玩《破警》到十一点，才伸了个懒腰准备下线。他正纳闷爻森怎么聊了这么久还不回来，大厦的参观时间开放到晚上十点半，按理说钱浩也待不了这么久。

王宇锡正想给爻森发个消息问问，爻森却推门回来了。

王宇锡："你怎么才回来？"

爻森："陪邵涵去了。"

第31章 天使运

王宇锡诧异道："邵哥？你们聊啥了？"

爻森脱下外套，面上一如往常游刃有余，但声音却几乎掩盖不住那份几乎满溢而出的愉悦，尾音都止不住上扬："我现在已经是邵涵最好的哥们儿了。"

王宇锡："哟，你们拜把子了？"

爻森回答："什么拜把子，我和邵涵的友情哪是这么俗气的词可以概括的。"

"那你倒是说说，什么词才不俗气？"

"我们可是志同道合、心心相印、推心置腹、亲密无间、莫逆之交……"

"好，行了行了。"王宇锡赶紧挥手打断他，"知道你们感情深厚，也知道你语文很好了。"

爻森毫不犹豫地接受了王宇锡的崇拜。

王宇锡又好奇道："不过你怎么和他坦诚的？快，把来龙去脉和我说说，不要放过任何细节。"

爻森瞟了他一眼："我为什么要告诉你？"

"哎，你这可就不够意思了啊！"王宇锡道，"我好歹也是你的兄弟之一，你不能有了邵哥就忘了我啊！"

爻森上下打量他一眼："你能和邵涵比吗？不说别的，就说颜值吧。"

王宇锡一挥手："得，我比不上邵哥，邵哥才是你心里那个 only one，满意了吧？"

那天晚上爻森十分兴奋，注定要失眠，但他头一次觉得失眠这么开心。

爻森看了看时间，已经凌晨两点了，而他却半点睡意也无。他想了想，拿过床头柜上的手机，点开和邵涵的聊天，想着第二天早晨邵涵醒来看到的第一条消息就是自己的也不错。

爻森："睡不着。"

爻森："一直在想今晚发生的事。"

意外的是，顶部很快就出现了"对方正在输入"的字样。爻森心里一暖，嘴角不自觉地扬起，发现邵涵的回复输输停停，半天都没有发过来。

爻森也不着急，耐心地等着他回复。

半晌，邵涵才回复道："我也是。"

爻森心里觉得好笑，回复道："那看来我们同病相怜啊。"

爻森的确说得没错，邵涵自从回来后也一直在思考着先前和爻森说的那些话。躺上床之后，邵涵脑子里还是涨涨的，翻来覆去睡不着。他正想拿起手机听听歌或者干点别的事，就看见爻森的消息发来了。

邵涵告诉自己必须得习惯，爻森也许比他想象的要厚脸皮。

邵涵："嗯。"

为了避免爻森抓着这个不放，邵涵想说点别的什么转移话题。他迟疑了一阵，还是问出了自己之前在训练室就想问的事。

邵涵："对了，我听白悦说今晚你的朋友来了，你之前一直在和他聊吗？"

邵涵尽力让自己的遣词造句看上去稀松平常，可一发过去，还是觉得吃醋意味浓厚。

爻森深谙交友中任何隐瞒都有可能造成不必要的误会，朋友之间偶尔吃点小醋也很正常，尤其是最好的朋友之间，看见他人和对方走得亲密，会不自觉感觉自己的位置好像被顶替了。虽然他也很享受邵涵这样的情绪，但他还是选择以大局为重，一五一十地解释清楚。

爻森："嗯，钱浩，我以前初中同学，和我同期进了宙斯盾，今天来找我聊聊是因为他要退役了。"

邵涵："这么早就退役？"

爻森："宙斯盾成绩不佳，他也待得挺艰难的，就打算退役了。"

邵涵："嗯，能理解。"

爻森："邵涵，这周末出去玩吧，有个新上映的电影我一直挺想看的，顺便可以去试试西环路那边新开的一家川菜。"

邵涵："嗯，好。"

两人一聊就聊到快三点，爻森心情还非常亢奋，但他见时间这么晚了，也催促着邵涵去睡觉了。

两人互道晚安，各自放下手机，再各自躺在床上睁眼数羊。

第二天早晨爻森顶着浓郁的黑眼圈踩着点下楼来到训练室，黑眼圈浓郁到王宇锡抬头一看还以为他画了烟熏妆。

王宇锡："……嘿？朋友，你还活着吗？"

"活着呢。"

"你昨晚几点睡的？"

"没睡。"

"……"王宇锡半天都没说出话来，"不睡，你准备上天啊？"

除了黑眼圈有些重之外，爻森没觉得自己有哪里不对，他从容地拉开椅子坐了下来，打开电脑，摆正键盘："没事，我精神很好。"

勾教练走进来的时候也被爻森吓了一大跳，他当即就把爻森给拽了出去，并把郭经理一起叫了过来。两个人呈包围态势双双紧盯着爻森，充满着质问的眼神又紧张又担忧。

爻森："……你们这是干什么？"

"你看看这个黑眼圈，戴了个墨镜似的！"勾教练埋怨道，"跟你说了要早点睡你怎么又不听！晚上睡不好早上精神差怎么集中精力！"

光从俱乐部运营角度出发，整个俱乐部百分之六十的广告和赞助都是挂在爻森身上的，郭经理生怕爻森有什么闪失，担忧道："你干脆去做个体检吧，万一有什么事儿呢？"

爻森："别担心，我昨天晚上只是有点兴奋。"

"你兴奋什么！今天早上你也别练了，看你这样子我焦心，回去给我睡觉吧，下午再来。"勾教练摆了摆手，又眯起眼睛狐疑道："你最近压力真的不大？"

爻森："还行。"

郭经理提议过年放假前给队员们全体体检一次，勾教练也觉得这个提议挺好，毕竟最近训练紧迫，队员们忽略了自己的身体健康也是难免的。

爻森被赶回去睡午觉了，也许是昨晚兴奋过度烧了太多的脑细胞，现在被勾教练和郭经理堵着劝说了一番，爻森沾枕头之后倒也真的很快就睡着了。

爻森一觉睡到了下午三点，他起床下楼，推开训练室的门，勾教练和坐在电脑前的四人齐刷刷地回过头看他。勾教练阴沉地盯着他，上上下下打量他一眼，似乎觉得他的模样终于看得过去了，才努了努嘴："坐下吧。"

爻森拉开椅子坐下，一旁的王宇锡说："怎么，你提前五个月就开始倒时差了？"

爻森："不行吗？"

王宇锡知道现在爻森刚睡醒精神还不太好，便兴致勃勃地提议开一个单排训练，爻森欣然同意。结果几局游戏下来王宇锡是彻底服气了，爻森的命中率相比平常居然还有增无减。

勾教练也发现了补觉之后的爻森状态不错，破天荒地夸了两句。

141

王宇锡在第一千零一次被爻森爆头之后感觉十分纳闷，找一个好朋友还能有这种功效？他现在找一个还来得及吗？

训练休息时间里，王宇锡见其他人都出去喝水上厕所去了，便滑过去问爻森道："你今天走狗屎运了？"

爻森认真地回答："不，是天使运。"

王宇锡翻了个白眼："我要是邵哥我就嫌弃你。"

他顿了顿，突然正色道："不过话又说回来，我感觉你的综合战力应该是提高了，你自己感觉呢？"

爻森盯着屏幕看了一阵，回答："应该吧。"

"现在你有把握打赢鼎盛时期的恺撒吗？"

这次爻森沉默了许久，仿佛是在心里认真地思考沉吟着什么。半晌，他才靠在椅背上若有所思地缓缓开口："有九成把握。"

事实证明，爻森相比起去年来说的确进步非常。

周五下午，勾教练公布了 Titans 队伍最新的个人综合战力预估。虽然说预估出来的结果必然不比 WCAD 官方公布的全球数据那么准确，但用来参考的计算模型和指标都是完全按照官方来的，可以给他们一个大致的参考。

相比起区域赛结束后的得分，一队全体都有了明显的提升。而爻森的综合战力预估从前年的 90.5 惊人地提高到了 92.7，超越了陆凯之巅峰时期的 91.8，距离美国林肯队的王牌队员凯文还相差 0.5 分，距离瑞士奥丁队的队长伊森还相差 2.4 分。

从亚洲区域赛夺冠到现在，不仅仅是爻森一个人，一队其他人也都有了来之不易的进步。并且，这还仅仅是队员个人战力的预估结果，并没有把团队协作的提升算在内。

虽然说全体都有了可喜的进步，但是他们也确实不知道另外几个强队提升了多少，目前也只有历史数据可依。

王宇锡拍了拍爻森的肩膀，感叹道："爻森，从此以后你就是亚洲最强的男人了。"

说实话，这个得分确实出乎了爻森的意料，他看着自己的 92.7 的分数，再看了看凯文和伊森的分数，轻轻地呼出一口气。

距离 WCAD 还有五个月，这点时间对于一个综合战力已经达到 90 分以上的队员来说，并不是一个足够实现大幅度提升的时间。爻森或许可以追上去年的凯文，而伊森对他来说还是一道铜墙铁壁。

不过，爻森心里也没太大压力，他是一个很会调节自己心态的人。

爻森拿出手机，拍了一张最新的战力预估表的照片给邵涵发了过去。

爻森："对我的表现还满意吗？"

邵涵："嗯，满意。"

不知道为什么，邵涵现在说的每一个字在爻森眼里都透露着甜，而且是邵涵身上特有的那种清清凉凉又优雅迷人的甜。

连带着爻森看身旁吃薯片吃得噼里啪啦响的王宇锡都一同顺眼了起来。

王宇锡感觉到爻森的目光，觉察出其中掺杂的慈爱、关心，甚至还有一丝丝隐约的怜悯，这种念头让王宇锡差点打了个寒战。

王宇锡："干吗？"

爻森难得温柔，语气就像在安抚一个单身多年的兄弟，而实际上这安抚的对象也确实符合这个描述："老王，听我一句劝，早点把自己嫁出去吧。"

王宇锡差点被薯片噎死。

第32章　"森左"出街

周六上午，爻森坐在亿游大厦一楼大厅的沙发上等着邵涵下来，心情愉悦地轻轻哼着歌。

爻森穿着短款的白色羽绒服，羽绒服下是一件整洁的黑色衬衫，衬衫外面还套了一件灰色的圆领毛衣，下身穿着修身的黑色休闲长裤，外加一双深咖色的短靴。

不得不说爻森就是个衣架子，仗着脸好看怎么穿都有一番优雅帅气的味道。当然，挑出今天这一身来爻森也花了不少时间，第一次和邵涵出去玩，怎么可以怠慢。

邵涵下来了，远远地看看爻森，再看看自己，觉得自己应该没有被比下去……吧。

今天风有点大，爻森戴着上次小萌送的围巾出来了。他见邵涵脖子空空的，想也没想就把自己脖子上的围巾取下来给邵涵围上了。

邵涵抬眼看他，大半张脸都埋在围巾里，看上去莫名乖巧。

邵涵："你戴吧，我不冷。"

"屋里当然不冷，外面风大。"爻森整理了一下围巾的褶皱，"戴着吧，我专门给你捂热乎了，要把你冻着了，小萌还担心呢。"

邵涵不再拒绝，爻森的围巾暖烘烘的，直把他的耳朵焐热了。

邵涵抬起头，却忽然发现爻森的眼周有些黑眼圈，看上去最近睡眠有些欠缺。邵涵有些担心地蹙起了眉头，忍不住伸手摸了摸爻森的眼睑："最近失眠又严重了吗？"

爻森感受到了邵涵滑滑的温热指腹在自己眼睛周围摩挲，笑道："有一点，不过已经比以前好很多了，现在就是偶尔。"

邵涵突然意识到他们正站在大厅，顿时有些窘迫，紧张地四处看了看，好在大厅基本没人注意他们。

看见邵涵的小动作，爻森轻轻笑了笑，拉着邵涵走出了大门。

两人先打车去西环路，路上邵涵时不时地就转头看一下爻森，最后还是忍不住道："爻森，你除了失眠还有什么其他不舒服的地方吗？"

"有我会说的。"爻森知道邵涵是担心自己，心里顿时十分熨帖，"年前俱乐部会体检，到时候缺什么补补就行了。"

邵涵这才稍微放点心，点了点头，又突然想起了什么，问："你之前说我的声音助眠……是真的吗？"

"当然是真的。"

"那我以后睡前给你打电话？"

邵涵问了之后才觉得有些不好意思，他张了张嘴想解释，又觉得没什么好解释的，既然爻森已经是他的好朋友了，那么就算被认为是撒娇……也稍微地可以原谅。

爻森理直气壮地笑了："难道我不失眠你睡前就不和我打电话了吗？这可不行啊。"

邵涵总说不过爻森，只好点头。

两人订的下午的电影票，先提前去那家川菜馆吃了午饭。这家川菜馆的菜的确是够味，爻森被辣得差点怀疑人生。

为了撑住作为大神的面子，爻森硬撑着吃了不少，最后实在忍不住了，在亲眼看到邵涵面不改色吃了一盘麻辣爆椒鸡丁里的一根辣椒之后破功，喝完了整整一壶水。

爻森："……邵涵，你吃那么辣真的没事吗？"

邵涵想回答没事，但没想到刚开口就被呛了一下，咳了几声，脸都有些咳红了。

爻森立刻给他蓄满了一杯水："我说吧，都呛着了，快喝点水。"

邵涵接过水杯喝了一口，爻森忽地想起了什么，道："对了，邵涵，我好像听你的粉丝都把你叫邵小左啊，其实我觉得这个外号挺有意思的，你说我和你的粉丝一样叫你邵小左怎么样？"

邵涵的脸一红，粉丝这么叫还好，爻森这么叫就让他觉得有几分羞耻，但是爻森要是真的想叫，他也不是不能同意，只是还有几分不自在："你又不是粉丝，你跟着他们叫干什么？"

"我哪里不是你粉丝啦？我当然是啊。"爻森一挑眉，但他也知道见好就收，不继续磨邵涵本来就薄的脸皮了，笑道，"那还是叫邵涵吧，顺口。"

邵涵点了点头。

两人吃完饭后爻森买了两瓶凉茶用来降火，边喝边去了电影院。他们买的是最近新上映的一部外国恐怖片的票，据说看过的人回去都开了三天晚上的灯睡觉。

从电影院出来之后两人也没急着回亿游，而是找了一家安静的小咖啡厅坐着打发时间。两人聊着聊着，说到了假期安排的事。

两人打算回大厦附近吃饭，回去的路上爻森接到了王宇锡的电话，爻森一看是他，心里就十有八九知道他打来是干什么的。

王宇锡揶揄道："森总，玩得开心吗？还记得你的一干兄弟们吗？"

"谢谢问候，不记得了。"

"世风日下啊。"

"这句话你今天早上已经说了八遍了。"爻森懒得同他废话，"你们要我带什么回去直说，小龙虾还是奶茶？"

"小龙虾四斤麻辣两斤蒜香，两杯四季奶青半糖，一杯珍珠抹茶拿铁多加珍珠，都去冰，谢谢。"

"晚上吃这么多不怕长胖吗？"

"不多吃点哪有力气减肥！"王宇锡辩解道，"而且每次提议吃夜宵你明明都是第一个同意的！"

"我不容易长胖啊。"爻森欣然回答，"而且我可是有男神包袱的帅哥，要注意身材管理。"

爻森："怎么了？突然看着我笑。"

邵涵确定自己没有笑，也许是爻森发觉了自己眼睛里晴朗的神色。他半垂下眼帘，道："饿了。"

"饿了你笑什么？"爻森有点不解，"晚上想吃什么？"

"吃……湘菜。"

"……又吃那么辣？"爻森当即就觉得自己的肚子隐隐作痛，为了挽回自己不太能吃辣的面子，他伸手摸了摸邵涵的头，"晚上吃那么辣不好，我们吃清淡点好不好？"

"好。"

在外面待了一整天，邵涵也有些累了，声音带着丝丝疲倦，倦意和清凉混杂在一起。

爻森还没来得及仔细欣赏这份少见的慵懒，就听得邵涵继续说："那明天吃。"

爻森和邵涵对视了半天，最终还是败下阵来："好，明天吃。"他捏了捏邵涵的脸颊，叹了口气说，"总吃这么辣，皮肤还这么好。"

第33章　元旦

距离俱乐部放假还有三天的时候，郭经理带着队员们去了一趟医院做体检。王宇锡跃跃欲试，觉得自己今年或许会比去年量出来高一些。

爻森按着体检顺序走了一圈，最后拿到了完整的体检结果表。视力没下降，镁元素偏低，体重比上一次体检轻了一些。

听护士说了一通，爻森觉得自己确实该上上心了，缺微量元素确实会影响睡眠，严重了会有心血管疾病的风险。

王宇锡拿着体检表垂头丧气地走了出来，事实证明他的身高确实一点也没有变化。他觉得自己一定是缺钙了，可表上明明白白地写着他一点也不缺钙。

从医院回来的路上，郭经理在饮食和休息方面叮嘱了爻森半天，为了引起爻森的重视，郭经理把他从百度和朋友圈里看来的那些缺镁引发的疾病一股脑儿地念出来，听得爻森分分钟感觉自己得了不治之症。

回了亿游大厦之后，爻森把自己的体检报告单发给了邵涵。爻森等了十几分钟邵涵也没回消息，也许是在忙，爻森也没在意。

正想放下手机做点别的，邵涵的电话却打来了。和郭经理一样，邵涵叮嘱了他一些注意事项，但一点没郭经理说得那么夸张，听上去正正经经的，特别专业。

爻森心里一暖，心想那十几分钟邵涵难道是查资料去了？爻森随口问了一句，邵涵回答："嗯，问了我舅妈，我舅妈是医生。你晚上一定得早点睡觉，最晚十一点就睡。"

"十一点？"爻森苦笑了笑，"这也太早了吧，夜生活才刚刚开始呢。"

"十一点就十一点。"邵涵的声音毋庸置疑，似乎爻森不答应他声音就还能再降

下去八度，"我会提醒你的。"

爻森倒也不是真的不答应，听见邵涵这么说轻轻笑了笑，心里都是满溢而出的暖意："邵涵，谢谢你。"

邵涵笑了笑，回答的声音还是不由自主地放轻了下来："不用谢。"

放假之前的最后一天训练，勾教练也没让他们训练太久，抽了一点时间出来给他们说假期的训练安排，还说都和他们的父母联系了，会定时抽查。

爻森是第二天的飞机，他收拾完东西之后便去 B 座找邵涵。他来的时候邵涵正在装行李，同宿舍的林岚已经提前离开了。

"别忘了每天晚上十一点亲自催我睡觉。"

"不会忘。"

"你方便过来的时候告诉我，我帮你订票。"

"没关系，我都可以。"邵涵嘀咕道，"我自己买就行。"

"跟我这么见外干吗？"爻森故意叹了口气。

邵涵瞥了他一眼，心知肚明爻森在寻开心，自己收拾东西不理他。半天没听到爻森说话，邵涵又回过头看他。爻森坐在邵涵的椅子上慢慢地晃着长腿，一脸无辜。

邵涵没绷住嘴角笑了，心想要是爻森的粉丝知道这位亚洲冠军还会装无辜，不知心里要作何感想。

俱乐部的假期基本和高校放假时间差不多，队员们一回家，亿游大厦就全天对游客开放，并且代为接收各个俱乐部粉丝的礼物。Titans 一向人气旺，郭经理在他们走之前特意让他们每人都签了几十上百张明信片，到时候好送给游客和粉丝。

离开大厦之前，爻森拍了一张自己手里刚刚签完的那厚厚一叠明信片，发了一条微博："放年假了，假期来参观的大家可以领到我的便宜签名，给大家拜个早年，祝大家新年不囧嗽。"

爻森下飞机时，刚连上网的手机被微博的转评赞的消息弄得卡了好一阵子。正经粉丝都在祝他新年快乐一路顺风，顺便督促他假期不忘训练，不正经粉丝各有各的不正经，他心情不错地挑着回复了几个评论。微博粉丝的评论内容如下：

森哥一路顺风。

森哥你的签名哪里便宜了？

这真是我目前为止听到的最善良的祝福。

请问可以参观宿舍吗（后面配了一个无辜狗头的表情包）？

ID "Titans_森"："有王宇锡在的宿舍你们不会想看的。"

请问可以摸森神平时用的鼠标吗（后面配了一个无辜狗头的表情包）？

ID "Titans_森"："可以看不能摸。"

请问可以在森神床上躺一躺吗（后面配了一个无辜狗头的表情包）？

ID "Titans_森"："梦里可以。"

……

爻森回到家的第一件事就是抱着家里激动雀跃的淼淼自拍了一张照片发给邵涵。

爻森："可爱吗？"

邵涵："可爱。"

爻森："主语是谁？"

邵涵："狗狗。"

邵涵："你家养的吗？"

爻森："是啊，两岁，男孩儿，大名爻森，小名淼淼。"

邵涵："为什么叫淼淼？"

爻森："因为淼淼五行缺水，我们家取名比较讲究这个。"

爻森："还有更可爱的你要看吗？"

邵涵："什么？"

邵涵此时还在高铁上，和爻森发消息的时候正过了一段隧道，信号不太好，爻森发来的图片半天没加载出来。邵涵耐着性子等到列车出了隧道，才把那张图片点开。

这张照片分明就是上次和爻森出去吃饭那天，吃川菜时被偷拍的自己。邵涵的话一下就哽住了，握着手机半天不知道该怎么回复。

本来觉得有些漫长无聊的回家路，竟然和爻森聊着聊着就这么过去了。邵涵出了车站之后被自己的父母接上车，邵萌也跟着一起来接哥哥了，看见哥哥就扑上去熊抱。

邵萌闪着眼睛期许地望着邵涵："哥，你和森神怎么样了？"

邵涵微微窘了窘："回家说。"

"以后我可以管森神叫哥了！"邵萌抱着哥哥激动地蹦了两下，又欢呼雀跃地蹦向爸妈，"爸妈！快我听说！……"

邵涵眼疾手快地把她拉了回来，窘迫不已："回家我自己说。"

上了车之后，邵萌偶然看见哥哥的微信聊天开着，发现聊天对象正是她的偶像焱神，她二话不说趴到邵涵腿上抓住手机，按下了语音键："焱神焱神！"

焱森也很快回了一段语音："你好啊，小萌。"

几秒钟后，焱森又发来了一条："邵涵你去陪小萌吧，回头再聊，拜拜。"

邵涵无奈地看了满脸调侃笑意的妹妹一眼，直接把手机给拿了回来。

回家休整两天之后勾教练就要开始检查队员们各自在家的游戏登录时长，偶尔还要直接上线当场观战。

不过，好歹是假期，对自主训练的要求不如平时在训练基地时那么严，焱森他们也只需要每天把各个地图都过一遍，熟悉一下不同地图的队形走位就行。

假期里王宇锡也整日在群里发消息，一会儿说家里亲戚的小孩太烦，一会儿抱怨爸妈都把他当用人使，一天他一个人就能刷一大片。

王宇锡："@焱森 @白悦 @宋铭喆 @周子寓 都出来陪我聊！"

白悦："一小时两百块。"

王宇锡："不！就要陪我！陪我！"

焱森："你撒起泼来跟我六岁的小表弟一样。"

王宇锡："那你就把我当成你可爱的小表弟。"

焱森："行啊，我都是直接揍他。"

王宇锡："我马上要跟着我爹妈回农村看我的舅姥姥和舅姥爷了，那地方网都不通，爬到树上手机才有信号，我就快要与世隔绝了，你们都不心疼我！"

白悦："就当参加《变形计》。"

王宇锡："白悦等我，我一定能学会养猪，到时候回来好好养养你，保证把你养得白白胖胖的。"

焱森："以后退役了，多学一门手艺也是好的。"

宋铭喆："老王，我三舅家就是养猪的，挺有钱的，真的。"

焱森："真无聊就玩《破警》吧。"

王宇锡："可是子寓那小子不在啊。"

周子寓："在的。"

王宇锡："……"

王宇锡："敢情你刚才故意不理你锡哥！"

五个人登陆了游戏打开五排，寒假来了，各个年龄段的学生玩家都放假了，正是游戏火爆的时候，一局几乎是瞬间就能排满玩家。

他们先开了个难度较大的 B 图，玩这种场景复杂、可触发道具众多的地图，大部分时候要谨慎，不像 D 图或许可以找着很多机会与敌人对枪，A 图和 B 图大部分击杀都要靠技巧。

进入游戏之后，爻森先草草观察了一下大致的地形和房屋分布，觉得这个场景构造方便狙击。众人先暂时分散开来寻找物资，爻森首先占据了医院。医院一向是敌人喜欢来的地方，有补给药品，要上来也不容易，窝在二楼狙击是个一本万利的好选择。

但爻森今天运气不太好，等了一波空投下来也没找到狙击枪。没有狙击枪，爻森觉得自己得想个更稳妥的法子。

他毫不犹豫地用语音指挥道："坐标 X23Y65 的医院，三分钟内集合。"

爻森很少指挥集合，剩下四人自然是以为队长有什么不错的进攻战术，非常配合地迅速集合了过来。

人齐了之后，爻森道："捡到狙击枪的，把枪给我。"

王宇锡和宋铭喆顺从地把自己捡到的狙击枪丢给了爻森。

爻森选了一把体量较轻的装进自己背包里，道："好，解散吧，继续去找营地信号弹。"

剩下四人面面相觑，半晌王宇锡才控诉道："你就是让我们来送个快递吗？！"

爻森："是啊。"

"我还以为你要布置战术！"

"战术就是把枪给我。"爻森说，"你一会儿就知道了。"

在王宇锡"队长体验极差"的嘀咕声中，四个人原地解散继续去留意随机营地的信号弹。

而事实证明，最后与他们决战的那支队伍就死在爻森的几个神出鬼没的点狙上。王宇锡指天画地地分辩这只是运气，并且表示自己下次绝对不会轻易给爻森送快递。

五个人一直玩到晚上十点多，爻森一看时间快十一点了，说："这局打完我要准备睡觉了。"

王宇锡："这才十一点不到呢哥，小学生都没你睡得这么早啊。"

爻森："邵涵让我十一点睡觉。"

王宇锡只感觉一股夹杂着嫉妒和憋屈的愤恨从胸口涌出，当即就冲上去奋勇无双地杀了两个敌人。

# 第34章　大神也会掉马

事实证明假期真的会让人骨头都变懒，爻森没过几天就过上了整天瘫在家里爸妈都嫌的日子——好在森森还是不嫌弃他这个主人。

王宇锡在微信群里沉寂了几天，估计是真的到他农村没网的舅姥姥家玩去了。等有一天早晨爻森打开微信群，赫然发现已经被王宇锡一个人刷了屏。

王宇锡："妈呀我终于进城了！"

王宇锡："农村的猪原来这么灵活吗！我一出去那些小猪都追我！"

王宇锡："吓死我了！"

王宇锡："有没有人听我诉苦！"

白悦："你一个大男人还怕猪，出去别和人说你认识我。"

爻森就这样沉默地看着王宇锡和白悦刷了99+的消息，然后退出来登上了微博。他一放假微博就基本和僵尸号一样不发一点动态，粉丝们都在催他发博或者直播。

一看到直播两字，爻森第一反应不是自己该直播了，而是想起今天是每周邵涵直播的日子，他在零点五秒之内打定主意，今晚要登小号在邵涵的粉丝面前刷刷存在感。

邵涵果然在微博上发了直播预告，晚上直播开始之前，Titans 的微信群里众人正在发言，话题围绕着王宇锡提出的农村的鹅到底有多凶展开。

王宇锡："我和你们说，像老白这种'弱鸡'，农村里的鹅可以打十个。"

白悦："鹅欺负你肯定是看你太矮。"

爻森冷不丁打断了关于鹅的讨论："一会儿我用小号和邵涵直播，记得去看。"

王宇锡："……"

白悦："OK。"

宋铭喆："好的老大。"

周子寓："嗯嗯。"

爻森："那你们继续聊鹅吧。"

晚上，爻森掐着邵涵上播的点用小号登录《破警》，仗着邵涵是自己朋友，不会在百万观众面前拒绝自己，直接给他发去消息。

五行缺木："邵哥，今天带带我怎么样？"

直播镜头里的邵涵盯着爻森的小号，神色看上去有些微微的复杂与无奈，仔细看的话，还能发现一丝细小的窘迫和羞恼。

邵涵还没答应，看直播的观众们倒是有一些人认出了这位非常"菜鸡"的五行缺木兄弟，还有大片的新粉正一头雾水地询问着来者何人。

怎么又是这位缺木的大兄弟？

我深刻怀疑这位兄弟掐了点。

玩得这么菜就别找邵哥带行吗……邵哥咱别理他行不行。

五行缺木是想火吧。

想火也别蹭我们小左啊！

你们是不是想得太多了一点……邵哥不是都说了五行缺木是他朋友吗？

虽然知道是邵哥朋友但是会很反感啊，感觉五行缺木是故意的。

不是，邵哥难道不是想和谁玩就和谁玩？你们吵吵啥？

……

"爻森你戏精啊？"王宇锡的声音从 Titans 的群组语音里传了出来，"你怎么还没被邵哥打死？"

白悦感叹道："哇……苕粉们战斗力好强，一个个跟护崽的亲娘似的。"

爻森确认自己连接着电脑的麦克风已经关闭，道："放心吧，我不会掉马①的。"

说完，爻森摒弃了自己的脸皮。

五行缺木："邵哥的粉丝朋友们多担待担待，我比较柔弱，需要邵哥保护。"

群里各位见到这句话都默契地沉寂了一阵，半晌王宇锡才发话："爻森，大冬天的，把你脸皮借我两层保保暖？"

爻森："拒绝，我柔弱。"

王宇锡："你要是柔弱的话那我就是手无缚鸡之力了。"

白悦："不，你本来就没有。"

宋铭喆："老大你开心就好！"

周子寓："……"

---

① 马就是马甲，掉马就是伪装的身份曝光了。

王宇锡：“那我们队改名为'弱不禁风的美男子'吧！”

白悦：“你担得起美男子这个称号吗？”

王宇锡：“那就改名为'弱不禁风的一位美男子和手无缚鸡之力的四位猛男'。”

邵涵的表情险些失控，他捏着麦克风，强迫自己从这位亚洲最强男性选手不断刷新的厚脸皮程度中回过神，半天才挤出一个字："好。"

五行缺木兄弟，咱能别这么好笑吗？

我居然有点不忍心……

没看到邵哥表情管理差点失控吗？哈哈哈哈哈哈哈哈。

一般这么说自己的人都很牛。

我开始怀疑五行缺木兄弟"菜鸡"的真实性……

是的，这和学霸说自己一点也不会的性质一样。

他说这句话代表他知道邵哥在直播啊，这不是故意刷存在感是什么。

缺木兄弟你说句话呗，打字多费时。

五行缺木："不了不了，我的声音没有你们邵哥那么好听，不辣大家耳朵了，我一切行动听邵哥指挥。"

游戏开局之后，爻森把命中率压到了可耻的百分之二十以下，唯一的作用就是帮邵涵装那些会影响他行进速度又可能会用到的东西。

已经不是第一次陪爻森当个演员，这一次邵涵已经平静多了，但他心里还是忍不住纳闷，一个强习惯了的人要隐藏平时那些条件反射是很难的，爻森是怎么做到把一个"菜鸡"演得毫无破绽的？

王宇锡："刚才邵哥那个躲枪牛啊！"

白悦："人家是左撇子，左边躲得快。"

宋铭喆："老大演得真像，我都想上去帮老大一把了。"

王宇锡："爻森，你是个人才。"

爻森一边玩游戏一边分出心来听着群里的语音，正好可以转移一下他的注意力，免得他一不小心就把命中率抬上去了。但同时对手们都注意到他比邵涵弱，集中火力先打他，爻森还得小心别让自己真的被打死了。

总结下来，真的是个技术活。

他正玩得起劲，忽然听见身后传来一阵踢踢踏踏的灵活的小短腿跑在木地板上的声音。爻森回头一看，发现淼淼这个小白团子不知道什么时候跑进来了，正蹲在床边摇着尾巴看着主人，欢快又急切地叫了两声。

爻森："怎么了？"

淼淼歪着头看着主人，雪白又蓬松的毛随着一晃一晃的耳朵摇着，又叫了两声，往前跑了两步，尾巴摇得欢快。

王宇锡："啥？"

爻森："我家狗儿子跑进来了，可能是饿了，我去看看。"

正好现在邵涵和他两人在掩体里埋伏着准备伺机行动，没什么大动作。爻森便摘下耳机放在桌上，起身朝着淼淼走去，没注意到耳机磕在桌上一不小心把麦克风开关给打开了，游戏里的玩家语音喇叭标识一闪而过。

爻森蹲下身摸了摸淼淼的头："怎么啦？饿了？"

他抱起淼淼，走到门口，把它放在了楼梯边，道："找你奶奶去，她给你喂好吃的。"

爻森转身进屋，回到桌边，重新戴上耳机，继续和邵涵埋伏敌人。没过多久，淼淼又跑了进来，这次直接跑到了爻森脚边，扒着他的裤脚，左右蹦蹦跳跳。

爻森："敢情你是想让我陪你玩儿啊？淼淼乖，等爸爸打完这局就陪你玩儿，啊。"

话音刚落，爻森却一愣，他怎么感觉好像听见了自己的回声。

微信群里一阵寂静，半晌王宇锡才幽幽道："……哥，你的马甲碎成渣儿了。"

白悦："爻森，你是不是不小心按到麦克风开关了？"

宋铭喆的声音听上去有些汗颜："老大，场面有点控制不住了。"

爻森一愣，下意识地抬手摸了摸自己耳机上的麦克风开关，赫然发现开关不知道在什么时候已经被摁开了。他扭头看向放在一边桌上的平板电脑，此时此刻，邵涵的脸已经被铺天盖地的弹幕给淹没得看不见了。

爻森沉默了半天，最后浅浅地叹了口气。

发生了什么？

刚才这个声音？！

是森神吧？

老粉确认是森神没错。

不敢相信！

等等，现在什么情况？

五行缺木是森神小号实锤了。

森哥掉马掉得太突然了。

完了我……现在很慌。

我刚才说五行缺木打得菜……森哥对不起我给你跪下了。

森哥在和谁说话啊，语气好宠啊。

刚才森哥说啥？什么爸爸？

森哥你的良心呢？

惊天反转。

森神假扮"菜鸡"非要邵哥带是什么意思？

五行缺木是森哥小号……居然很有道理。

邵哥生动诠释什么叫作尴尬又不失礼貌的微笑。

……

直播间人气猛然暴涨了一波，要是现在退出去看的话，会发现直播平台已经非常高效率地将邵涵本次直播的推广改为了"大神装菜鸡？！究竟是人性的泯灭还是道德的沦丧？看 Titans 队长意外掉马！"，明晃晃地挂在网站首页。

"爻森……"邵涵终于开了口，嘴角似乎费力地忍着几分上扬的欲望，声音带着几分让人心肝酥脆的隐忍的笑意，"你要不要打个招呼？"

爻森清了清嗓子，随手退出了正传出王宇锡丧心病狂的大笑的微信语音群聊，道："各位晚上好，我是五行缺木，你们也可以叫我爻森。"

啊啊啊啊啊啊啊啊，我哭了，啊啊啊啊啊啊啊啊啊，森神，啊啊啊啊啊！

森哥我刚才损你不是故意的，纯粹因为你演技太好。

森哥你是真的森哥吗？

邵哥从头到尾都知道这是森哥小号？

森哥有什么底气说自己声音难听！生气了！

最开始五行缺木说自己柔弱的时候我就隐约感觉不对了……知道真相的我眼泪掉下来。

森神，你真是史上最柔弱的森神。

……

"现在还在游戏中呢，大家先别激动。"爻森从容不迫地从掩体中移动狙掉两个敌人，"既然'菜鸡'当不了那我还是当回大神吧，邵涵，西三点两个人。"

邵涵忍着笑意，轻轻答应了一声。

爻森捡回自己的大神包袱之后游戏玩得出奇的快，他一边在脑子里思索着邵涵的粉丝会不会觉得他太戏精，一边考虑着自己是不是应该去再建一个新的小号。

爻森贴着墙根往前走，突然被飞驰而来的几道子弹给逼了回去。他敏捷地就地翻回墙背后，往墙上弹孔瞟了一眼，再回头看了看远处，下意识张口道："等等，保护好自己，邵涵。"

森哥啊啊啊啊啊啊啊，你怎么这么宠，啊啊啊啊啊啊啊。

保护好自己啊小左！

完了完了我现在"森左"的滤镜已经摘不下来了。

森哥自己差点中枪第一反应居然是让邵哥保护好自己，大家品品。

……

爻森感觉非常憋屈，心想开直播就是麻烦，都不能随心所欲了。

一局游戏结束之后，爻森窝在椅子上长出了一口气，决定在接受粉丝轰炸之前先下手为强，道："关于我小号的事大家也不用在意，就图个开心嘛，你们邵哥人真的很好。另外我真不是故意掉马的，是我不小心把麦克风打开了，不然我得多享受一会儿被邵哥带的感觉。"

森哥别解释了，掩盖不了你是个戏精的事实。

邵哥居然这么纵容森哥戏精，令人落泪。

之前喷森哥技术差的人要跳楼了。

森神，我以为你只是个电竞冠军，没想到你还是个演员。

森哥森哥你之前在和谁说话呀？

"我家狗啊。"爻森笑道，"改天介绍给大家认识认识。"

第35章 五行缺德

王宇锡转发了一条微博，"把这个转出来给大家品品。"//ID "Titans_森"："听说挪亚副队长在直播里夸了我。"

爻森当年第一次用小号和邵涵直播之后发的这么一条微博，时隔这么久被王宇锡转出来公开处刑，接受广大网友的谴责。微博下面的评论显示：

哈哈哈哈哈哈哈哈哈哈哈哈，锡哥今天一米八。

锡哥你的戏精之王的位置保不住了。

ID "Titans_锡"："早就把奖杯颁给爻森了。"

给不明真相的吃瓜群众科普一下，当年森神用小号五行缺木在众目睽睽之下质问邵哥他和 Titans 队长哪个打得更好，然后邵哥回答 Titans 队长打得更好。

截屏了，森哥别删。

这哪是五行缺木，这是五行缺德吧。

……

为了挽回一下自己严肃正经的形象，爻森没多久就在微博上发了一张森淼用 Titans 周边的橡胶手环扎着小辫子的照片，配字"我家儿子爻森，那天就是这小淘气缠着我玩才害得我掉马的，没收了半天的狗零食"。随后收到粉丝的评论：

啊啊啊啊啊啊，好可爱的棉花团！

居然可以在森哥微博里云吸狗。

我还以为森哥会养德牧金毛之类的……居然是博美。

我大胆地猜测狗狗五行缺水？

我已经替森哥孙子想好名字了，叫鑫鑫焱焱垚垚。

狗狗好可爱哇，居然还用 Titans 周边扎了小辫辫。

森哥不要以为放萌宠照就可以让我们忘了小号的事情。

森森快跑，你爸爸是戏精！

森哥，您的儿子缺小女朋友吗？

ID "Titans_森"："森森已经没有蛋蛋了。"

……

"五行缺木""爻森"这几个关键词又在热搜上挂了一阵，爻森的粉丝又涨了一波，掉马这种事喜闻乐见，不管是关注还是不关注电竞圈的人都看了个热闹。

爻森对涨粉并不太关心，此刻他正抱着森森在自家停车场送爸妈出门。

爻妈妈转身拍了拍森森的毛绒小脑袋，再拍了拍儿子的肩膀，顺便把森森掉的狗毛擦在上面，叮嘱道："我跟你爸不在家，别老吃外卖，勤快点自己做或者出去吃，虽然你厨艺不怎么样但也饿不死你，有什么事儿给我们打电话，啊。"

"知道了。"

"对了，你那朋友什么时候来啊？"

"今天下午的高铁。"

"那你去接接人家，人生地不熟的别让人家自己来。"爻妈妈说，"你要是自个儿开车去就开慢点，回家了告诉我们一声。朋友来了也别成天窝在家里打游戏，年轻人多出去走走。"

爻森点点头，和爸妈说了再见。

下午四点多钟，爻森在高铁站出站口对面的肯德基店里坐着，一边吃薯条一边和邵涵在微信上聊天，看到他发来的"我出来了"几个字，爻森放下手里的薯条，拿起提前就打包好的汉堡走出了店门。

邵涵拖着黑色的行李箱在出站口四处扭头寻找着，看见爻森迎面走来，心里一暖，还没来得及喊他，爻森却手臂一伸将他抱住了，笑道："好久不见。"

邵涵有些拘谨地把爻森推远了一点，四处看了看，才抬眸看着他："也没很久。"

爻森特别喜欢邵涵戴围巾的模样，大半张脸都裹在柔软的棉料里，露出的小半张脸又白又好看，黑色的眼睛向上盯着他，有种平时少见的可爱。

爻森接过邵涵的行李箱往前走，邵涵有些不好意思，但爻森走得很快，他只能跟上他的脚步。

两人到家之后，爻森打开家门，一道白色的小旋风立刻从楼梯上飞奔了下来，在最后一级台阶上还一不小心被绊倒，好在地板光滑，森森又肉多，靠着一身厚毛直接滑到了爻森面前，短腿一蹬又站了起来。

虽然爻森只是出去了几个小时，但每次淼淼迎接他的架势，都仿佛他是个多年没有回家过年的进城务工人员。

"跑那么快干什么？摔了吧。"爻森蹲下身，朝着淼淼张开手臂，"来，来爸爸怀里。"

淼淼像一只圆滚滚的小雪球直接飞扑进爻森爸爸的臂弯里，在爻森怀里上蹿下跳，爪子扒着爻森的肩膀，哈哧哈哧地往爻森身上拱。

邵涵也蹲了下来，伸手摸了摸淼淼蓬松得像棉花糖一样的毛："好可爱啊。"

爻森挑着眉毛看着他："淼淼居然不凶你，以前家里来客人它都很凶的，看来它都看出来我俩是一家人了。"

爻森举起淼淼粉色的肉爪子，在邵涵面前挥了挥："来，淼淼，这是你二爸。"

淼淼居然非常配合地叫了两声，摇着尾巴盯着邵涵。

邵涵竟然被一只棉花糖似的狗狗盯得有点不好意思，爻森干脆地把淼淼放进邵涵怀里，邵涵有些局促地抱着它，淼淼既来之则安之，对着邵涵非常温柔地叫了一声。

邵涵抱着淼淼一直跟着爻森走进了卧室，卧室是简约现代的灰蓝色风格装潢。他先是看到桌上摆着的那台宛如开屏的孔雀似的无时无刻不炫耀着它的价格的三联屏游戏专用电脑，再看到床头柜上有 Titans 字样的马克杯，扭头却发现爻森把自己的行李箱放在了床边。

邵涵："……爻森，这是你的房间吧？"

"是啊。"爻森微微笑道，"你就睡这儿吧。"

邵涵往前走了几步，拽住自己的行李箱："我还是睡客房吧。"

爻森一把兜住邵涵的肩膀，忍笑道："行了行了，我是真的想让你睡得舒服点，床单枕套都是换过的。"

"可是你换床会不会失眠？"

"放假之后睡眠质量好多了，不会的。"

邵涵的眼睛闪动着些莫名的光，一眨不眨地盯着他。

"淼淼最近掉毛。"爻森低头看了一眼正围着两人打转的淼淼先生，"改天把它掉的毛收集起来做个毛球给它玩。"

看爻森终于不再纠结让出卧室这个话题，邵涵适时地把话题岔得更远了一些："话说我一直挺想试试这种三联屏的电脑的。"

爻森顺着台阶下："你玩儿啊，随便玩儿。"

那天晚上爻森还是把主卧让给邵涵了，叮嘱他一声"早点睡"，便自己回了客房。

第二天早晨邵涵起来的时候爻森已经弄好早饭了，虽然说是早饭其实也就是用家里有的吐司面包再抹点炼奶夹根火腿肠。

爻森："昨晚睡得怎么样？"

邵涵点点头："挺好的。"

"我一会儿得出去给淼淼买点狗零食，很快就回来。"爻森把已经吃饱早饭的淼淼放在邵涵腿上，点了点淼淼的小鼻子，"儿子，好好在家别捣乱。"

爻森走后，邵涵便抱着淼淼坐在沙发上玩。淼淼平时和爻森待在一块儿时好动又活泼，和邵涵在一块儿时却意外地安静，乖巧地趴在邵涵的肚子上，尾巴慢慢地摇。

邵涵撸了一把淼淼的背，发现它确实有些掉毛，便干脆在客厅的抽屉里找到了一把宠物毛刷，给淼淼刷毛。淼淼被伺候得舒服极了，像朵小棉花似的摊开在邵涵腿上。

邵涵把淼淼掉的毛拢成一撮放在纸上，刷了毛之后的淼淼兴奋了不少，开始在邵涵身上跳来跳去。邵涵穿着宽松的家居服，淼淼大概是觉得邵涵身上暖和，脑袋直往邵涵衣服里拱。

邵涵想把淼淼弄出来又怕把淼淼弄痛了，一时僵持在沙发上不知所措。

爻森很快就回来了，家里有一大一小在等他，他恨不得从宠物用品店直接飞回家里。他推开家门，第一眼就看见邵涵有些僵硬无措地坐在沙发上，淼淼埋头在他衣服里乱拱。

"爻森，你干吗呢？"爻森二话不说上去就把淼淼从邵涵衣服里揪了出来，将它放进了自己的窝里。淼淼还想要跑出来，爻森立刻就把冒出来的狗头摁了回去。

爻森："你不想要零食了？去，给我面壁思过去。"

爻森扫了一眼茶几上堆起的小毛团，走过来在邵涵身边坐下，帮他捡衣服上的狗毛："你帮它刷毛了？它就是这样，谁伺候得它开心就来劲……你怎么又出来了？回去，你今天下午没有零食了，你都已经两岁了，要学会自己刷毛。"

"你别吼它。"邵涵哭笑不得地捏捏爻森的手指。

第36章 忙里偷闲

爻森站在自己房间门口，犹豫着要不要开门进去。

现在是早上七点半，对于一个正在假期中而且宅在家里的人来说，这个起床时间还有点早。但爻森现在睡得早，而且说实话客房确实没有自己房间睡得舒服，他每天七点多基本就可以醒来了。

而现在他面临一个有些严峻的问题，他的剃须刀还在自己房间的浴室里。

作为一个帅哥，爻森虽然大部分时候明面上不说实际上还是很有包袱。再加上最近和邵涵住在一起，爻森自然是比平时更加注意自己在邵涵面前的形象。

他平时四五天要用一次剃须刀，前几天忘了这回事儿，今早起来的时候觉得自己必须用了，剃须泡都打好了才发现忘了拿剃须刀。于是现在他顶着下巴上的泡泡站在自己卧室门口沉思，自己是应该出门买一个新的还是推门进去拿。

最后，爻森轻轻地转下了门把手。

邵涵睡觉并没有完全拉上窗帘，而是微微留出了一道小缝，阳光在地上拓印了一条暖黄色的线。邵涵侧身躺在床上，浅浅地呼吸着，头发软软地搭在枕头上，白皙的手臂伸了一条出来，脚尖也露在外面。

他被枕头压住的一侧脸颊微微地鼓起，看上去像饱满的糯米团，还是非常柔韧劲道的那种。

并不刺眼的阳光给他蒙上了一层融融的光晕，爻森忍不住走过来，弯下腰轻轻拨弄了一下邵涵的头发，唇边溢出了些微笑意，转身轻手轻脚地走进了浴室。

爻森找到自己的剃须刀，用自己多年在游戏里伏击所能想象出的最轻的动作朝着房门口走去。

也许是爻森对游戏里人体动作和实际动作的差距估算失误，床上的邵涵动了动，脚尖缩回了被子里。邵涵微微转过身，声音带着几分才从睡梦里苏醒的微凉的倦怠："……爻森吗？"

爻森开门的动作一滞，在心里叹了口气。

邵涵翻身面向了门，表情还有些茫然懵懂，他揉了揉沉重的眼睛，一晚上没喝水的嗓子有些干："怎么了？"

"没事，我来拿个东西。"爻森本来想回头看看，可他又想起现在的自己下巴上都是圣诞老人络腮胡似的泡泡，形象不是很好，便头也不回地答道："还早，你继续睡。"

邵涵含含糊糊地答应了一声，很快呼吸就再度平缓了下来，爻森回头一看，他已经又睡着了。

爻森回到自己的客房，在浴室刮完胡子，便下楼给邵涵做早餐去了。

半个多小时后邵涵下来了，一声早上好还没说完，爻森就走过来，伸出手在他微微有些睡乱的发丝上好笑地揉了一把。

邵涵本来还残存的一点睡意像被炮仗惊得四散的鸟雀似的一哄而散，捂着脸神情复杂又脸红地看着爻森。只见爻森神色如常，微笑得体，就是眼睛里似乎带着些许如愿以偿的狡黠。

邵涵："……怎么了？"

"没事。"爻森面不改色地回答。

两人还是各自有假期训练要完成，邵涵每周都还有三次直播不能撂下。但他毕竟是在爻森家里，开摄像头不太方便，便提前和粉丝们打好招呼，出于特殊原因这周都不开摄像头。

粉丝们自然是连声叫苦，罪魁祸首爻森表示少让别人觊觎他家小左穿家居服的样子也是挺好的。

邵涵坐在电脑前直播，爻森就坐在床上用平板电脑看他的直播，明明就近在眼前，爻森还非要登大号给他打个赏。

看到了爻森的打赏提示，邵涵微微扭头无奈地看了他一眼。

邵涵随后继续解说，微凉的音色虽然丝毫未变，但却多了几次停顿和支吾。仗着现在的邵涵不能随便反驳他，爻森忍着笑靠在桌前与他无声地对视。

邵涵的眼神有些郁闷和羞恼，好不容易干巴巴地打完这一局仓促下了播，才微微抿了抿嘴唇，凉凉地抛下一句带着些不自在却又并不生气的话："……别闹了。"

"我没有闹啊，我在学习你是怎么直播的啊，"爻森一点不反省反而得寸进尺，"我刚刚正式直播没多久，不得向你取取经啊。"

"……"邵涵一看到爻森理所当然得近乎耀眼的俊脸就没脾气了。

看时间也差不多到了十一点，爻森也准备回房睡觉。

他上次的体检单被妈妈发在了二三十个人的家族群中，自从过了十八岁就再也没长高过的爻森被各路亲戚竖着大拇指夸"这孩子都有一米八六了"，还吸引了当营养师的二姑妈给他推荐了一篇调养菜谱。

爻森的爸妈按照菜谱投喂爻森，爻森的失眠还真的缓解了不少。不过这么多天他也习惯早睡了，到点就自觉洗漱。

不过今天，爻森又回头看了看邵涵，突然凑了上来，问："邵涵，今天我在这里睡好不好？"

邵涵顿了顿，隔了半晌才回答："可以。"

爻森嘴角一抬，迅速地拿了自己的睡衣，直接在自己房间的浴室洗了澡。邵涵在爻森之后进了浴室，出来时爻森就靠坐在床的一侧玩着手机，邵涵顿了顿脚步，两步并成三步地走过来，掀开被子在床上坐下。

Titans 微信群里正在聊着，爻森因为成天心思都兜在邵涵身上，基本没在群里说话。这会儿王宇锡正在群里艾特他，问他最近怎么哑巴了。

爻森："邵涵来我家玩儿了。"

王宇锡："……"

白悦："啊？啥时候的事？"

白悦："你俩关系什么时候好到这种地步了，我都没去他家玩过。"

爻森："离得近就让他过来玩了。"

这时，王宇锡的私聊消息发了过来。

王宇锡："你俩现在在干什么？"

爻森："准备睡觉了。"

爻森睁眼的时候邵涵早就已经起床了，他走下楼，发现邵涵正被淼淼缠着，淼淼估计是饿了，看邵涵最近总和自己爸爸同进同出，觉得大概从邵涵身上也可以讨到点吃的。

爻森喊道："淼淼，过来。"

淼淼飞快地撒开小腿朝着爻森跑过来，爻森一只手把它挽起来，走进厨房在它的碗里倒了点狗粮，邵涵也走过来靠在一边看淼淼吃东西。

爻森抬头，发现邵涵少见地有些黑眼圈，失笑道："昨晚没睡好？我把你挤着了？"

邵涵有些窘迫，沉默地摇摇头。

爻森："你后天几点的高铁？"

"下午两点。"

爻森心里舍不得，低声笑道："那你这两天要好好陪着我。"

第37章 拉近的距离

王宇锡："NVIDIA的RTX2080ti，我真的好喜欢啊！有没有富婆愿意包养我帮我买！"

白悦："没有，下一个。"

Titans微信群里正开着群组语音聊天，爻森坐在自己房间的椅子上，喝着咖啡，有一搭没一搭地和队友们聊着天。

爻森："你之前买的显卡呢？"

"设备这种东西当然是看见喜欢的就手痒啊。"王宇锡叹了一口气，"可惜我没有这种一掷千金的财力，我看现在最有可能让我一夜暴富的方法，就是让一个瞎了眼的霸道总裁爱上我了。"

白悦忽然问："欸，爻森，邵涵还在你家呢？"

王宇锡酸酸地说："能不在吗？他俩整天卿卿我我可快活了。"

爻森正想说话，楼下却突然传来邵涵的喊声："爻森？"

爻森起身走到楼梯边，答应道："怎么了？"

"淼淼好像想出去玩。"

"行，马上下来。"

他重新对群里道："是，我俩卿卿我我呢，我要和邵涵出去遛狗了，回聊。"

爻森退出语音聊天，悠闲地下楼拿遛狗绳和邵涵一起带着淼淼出去了，留下微信语音群里的众人陷入了短暂的沉默。

半晌，白悦才试探道："你们不觉得……他俩关系好过头了吗？"

王宇锡："怎么了？我俩不也这么好吗？"

白悦："……"

当天晚上爻森以邵涵走之前最后一晚为由，打破了早睡的戒律，一直躺在床上拉着邵涵兴致勃勃地聊天，天南海北地从游戏聊到电影，从电影聊到自己在网上看到的各种各样有趣的小事，他说一句，邵涵就答应一句，偶尔也会被爻森逗笑。

这几天里，两人之间的距离确实又贴近了许多，就算是安静地待在同一个房间里，一句话也不说，也会感觉比其他任何时候都要放松。

他们聊天聊到凌晨一点多，邵涵聊着聊着就有些困了，头陷在枕头里，微微眯眼看着爻森，声音里带着几分倦意。

爻森："困了就睡吧。"

邵涵点点头，习惯性地翻身背对着爻森睡了，爻森替他掖了掖被角，也闭上眼入睡，这一天虽然睡得晚，但睡眠质量显著提高，爻森直接一觉睡到天亮。

第二天下午，爻森带着淼淼一起把邵涵送到高铁站，看着邵涵进站之后，爻森才依依不舍地回了车里，摸了摸趴在副驾驶窗户上往外看的淼淼的头。

送走了邵涵之后，爻森才想起他冷落自己的兄弟已经很久了，当天晚上回去之后便主动在群里说了话。

爻森："朋友们，今晚玩《破警》吗？"

白悦："玩。"

宋铭喆："好的。"

周子寓："OK。"

王宇锡："一个'魔仙女王的凝视'的表情包。"

王宇锡："邵哥走了吧。"

爻森："走了。"

王宇锡："兄弟们，我强烈建议今晚四排，把爻森踢了。"

事实证明接受这个提议的只有王宇锡一个人。

爻森的父母在第二天回来了，距离过年也只剩了三天，爻森又过上了走亲访友和应付来家里玩的熊孩子们的生活。

淼淼不喜欢家里来生人，邵涵算是个例外，每次家里一来人，它就蹲在门口奶声奶气地汪汪叫。见到人多了它控制不住之后，淼淼就会跑进自己的窝里躲起来。

几个六七岁淼淼都嫌的年纪的弟弟妹妹非要跑进爻森房间里去玩他的三联屏电脑，各自手上还拿着饮料和零食，被薯片沾得油乎乎的。

爻森的假笑都快绷不住了，向自己妈妈投去了求助的目光。

爻妈妈非常懂儿子的心思，微笑着和几个侄儿侄女的爸妈漫不经心地说了自家儿子那台电脑及其附带设备的价格，几个大人听了连忙一手一个拽回了自家熊孩子，成功把爻森的电脑从水深火热中拯救了回来。

爻森松了一口气，心想果然干他们这行的就得别在这上面省钱。

二姨和表弟坐在一边，爻森这位表弟现在正读着初中，成绩是没什么起死回生的可能，整天也喜欢打游戏，一直都跟自己爸妈说将来想和他表哥那样走职业电竞这条路。

二姨一家本来也没把小孩子不想学习的借口放在心上，可几年下来也受了爻森他爸妈不少影响，最近开始认认真真地思考这个可能了。

爻森看表弟志在如此自然也表示支持，也没好意思说就以自己和表弟一起打游戏的经历来看，表弟要真的走这条路估计也够呛。当然也不是说完全没机会，毕竟功夫不负有心人。

二姨喊道："小森啊，你什么时候回去啊？"

"二十五号。"

"哦，你们是不是要比赛了呀？"二姨问，"最近训练忙吗？"

爻森上学的时候就经常被二姨问"是不是要考试了呀？最近学习忙吗？"，口气是一样一样的。

爻森回答："还好，不算特别忙。"

二姨夫也凑过来问道："你们一天训练几个小时啊？"

"一般是八小时，主力队和青训队会稍微久一点，赛前的话还会加训。"

听到"八小时"三个字时表弟眼睛都发光了，二姨恨铁不成钢地瞟了他一眼，接着问："你们那些俱乐部都是怎么个招人流程啊？"

"想当俱乐部青训生的话一般走两条路，一条是报名进专业的青少年电竞训练中心，国内好的青少年训练中心有星嘉和帮睿。一般在训练中心好好训练一两年，熬个资历，等着俱乐部抛橄榄枝就行，我有几个队友都是这么上来的。"

爻森认认真真地和跃跃欲试的表弟一家解释着："第二条快一些，就是在国内青少年电竞比赛中拿到比较好的名次，或者个人积分在区域服务器有不错的排名，这种一般是俱乐部首先考虑的。进了俱乐部之后就按照俱乐部内部的选拔规则训练就行，青训队之后是青训预备队，接着是三队、二队、主力队替补，最后是主力队正式队员。"

二姨听完，拍了拍爻森的手，诚恳道："小森啊，你看看你能不能帮你弟弟在你们俱乐部联系联系？让你弟弟去试试？好的话就直接让他留下来，这不是可以省了那些什么报名什么参赛的嘛。"

爻森坐在去往亿游大厦的地铁上，想起年前二姨一家给他说的事就感觉一阵头疼。

就是爻森自己也是通过亚服单人排名被招揽进的 Titans，好好地在青训队里待过，虽然只有一周。当时爻森就和二姨说了，这种事他还真的做不了主，倒弄得表弟一家有些不太开心。

如果他一个当队长的就能随随便便让谁进青训队了，要是个十年难得一遇的电竞天才也就算了，偏偏是个技术非常一般的，那不知要让那些在训练中心辛辛苦苦熬了一两年的青训生怎么想。

爸妈让他别担心，这些事自有他们劝去。

爻森回去得不算早，一队其他人基本都已经到了，现在正在群里各自凄惨地数着今年的红包。

王宇锡："家里亲戚真抠门，我还没结婚呢，就不给我红包了，还要带小孩来找我要。"

白悦："我还好，我们家这边只要没结婚都给的。"

王宇锡："我也没结婚，给我一个呗。"

白悦："叫声爸爸来听听。"

王宇锡非常有原则，在这种事情上果断抛弃面子："爸爸！"

白悦："行吧，乖儿子拿去。"

白悦："一个 66.6 元的微信红包"。

王宇锡："谢谢爸爸！爱你。"

白悦："我后悔了，还给我，我没你这种儿子。"

爻森下了地铁，地铁站距离亿游大厦还有个四五百米。他边走边给邵涵打电话，号码刚刚拨出去，一道人影却从地铁站出站口快步地迎面走了过来。

爻森抬头一看，站在面前的可不就是邵涵嘛。二十多天没见，现在邵涵就站在自己面前，爻森忍不住笑了，上前给了他一个拥抱。

爻森："我不是让你不用来接我吗？"

邵涵看上去已经等了好一阵子了，出站口风大，他的双手和双颊都被吹得微微泛红。他盯了爻森一阵，没告诉爻森自己左忍右忍还是没忍住跑出来接他，回答："……反正在寝室里待着也没事。"

"你看你手都吹红了，来，放我兜里，我兜里暖和。"

爻森外套兜里揣了个正在给手机充电的充电宝，确实够暖和。爻森抓着邵涵的手放进兜里，和他一起回亿游大厦。

路上爻森忽然想起了什么，问道："邵涵，我记得你以前是在帮睿训练吧？"

"是啊。"邵涵有些诧异爻森为什么要突然问起他这件事，"怎么了？Titans青训队要招新人吗？"

大部分的俱乐部招青训队员会首先看国内青少年比赛的排名和服务器排名，然后就是从青少年训练基地里挖人。像Titans这样名气、大青训生挤破头也想挤进来的俱乐部，着实用不着自己在训练中心里挑，自然会成为国内青少年比赛新人才俊的首选。

"不是，是我有个表弟。"爻森有些无奈地叹了口气，"他让我帮他牵个线，短时间内让他进俱乐部是不可能，帮他了解一下训练基地或者报名参加个比赛什么的还是可以的。"

邵涵点了点头，心里明白爻森为难在哪里，回答："帮睿的话这两年筛选门槛高了一些，有最低的专业版积分要求。星嘉的话就容易一点，基本报名了就可以训练。我那儿还有帮睿经理的联系方式，要不我帮你问问？"

"那我估计我那表弟是没戏了。"爻森无奈地笑着摇了摇头，"我帮他问问星嘉吧。"

邵涵送爻森回了宿舍，王宇锡正在寝室里看电影，一见爻森回来了，正想扑上去喊一声"爸爸给个红包吧"，看见爻森身后的邵涵，生生地遏制住了。

邵涵看着他，打招呼道："晚上好。"

王宇锡连忙点头："邵哥好邵哥好。"

爻森把行李箱放在床边，对邵涵道："回去吧，早点休息。"

邵涵点了点头，转身离开了。

邵涵走后，王宇锡才愤恨地说："你知不知道，老宋估计都很快要有女朋友了。他这次过年回家参加了一个《破警》爱好者聚会，认识了一个妹子，聊得正好呢。"

"哦，是吗？"

"你说要是你是咱五个里第一个脱单的那就算了，毕竟你闭上嘴还是个帅哥，可老宋居然是第一个！这太不公平了！"

"老宋有什么不好，长得高，人也实在，挺多女孩儿不也喜欢这样有安全感的吗？"爻森说，"还有我张开嘴也是个帅哥。"

"老宋能好好和女孩儿谈恋爱吗？"王宇锡揪着眉毛，满脸不可置信，"他满心满眼都是他的偶像你，你和他女朋友掉水里他得先救你吧！"

王宇锡仰天叹了一口气："幸好还有老白和子寓陪着我，不然我得抑郁了。"

王宇锡对自己贫瘠的桃花运的烦恼不会影响训练，人员都到齐之后，训练也照常开始了。

转过年来基本就是三月，他们的训练强度会再上一个台阶，计划一直持续到六月初。六月初之后便是赛前最后的准备了，训练强度会随之降下来，让队员们平复心情应战。

爻森好人做到底，不仅仅帮自己的表弟联系了星嘉，还凭着自家经理和星嘉负责人有些合作关系，把表弟安排进了一个名气不错的教练手里，暑假就可以过去开始训练，顺便还帮表弟报名了今年八月份的星嘉和帮睿联名杯青少年电竞大赛。

爻森等人每天都被要求看各种在役退役电竞选手的比赛视频，又是战术分析，又是技术剖析，任是他也觉得脑壳疼。

这天晚上 Titans 有加训，王宇锡在连续第五遍看完奥丁队的冠军赛之后彻底蔫了，趴在电脑前起不来，抱怨连天："再看下去我的德语就要十级了。"

爻森也有点受不住了，揉了揉眉心："我得出去走走。"

白悦跟着站了起来："我跟你一块儿，我都快飞升了。"

"你别来，我要去 B 座。"

"你去 B 座干吗？"

王宇锡一听 B 座就知道爻森要去找邵涵了，忍住翻白眼的冲动，当即站起来钩住白悦肩膀帮他往外带："别管他，楼下新开了家一点点，我们走！"

爻森给王宇锡投去了赞许的目光，直接去了 B 座。挪亚方舟主力队似乎也在加训，训练室外走廊上的自动贩卖机前还有几名队员在买饮料。

这个时间点 Titans 的队长出现在这里着实有些奇怪，爻森和几名挪亚队员点点头表示打招呼，轻车熟路地朝着主力队训练室走，从神态到脚步都很悠闲自然，仿佛自己出现在这里理所应当。

挪亚主力队也正好在休息间歇，爻森站在门口，敲了敲训练室的玻璃门。

坐在里面的邵涵回过头，看见爻森的一刻，眼里划过几分外人看不出的喜悦。他站了起来，朝着爻森走了过去。

两人去了这层的休息室，周围没人，爻森大大方方地往邵涵肩上一趴，长长地出了口气："今天训练有点累。"

邵涵被爻森的头发蹭得有些痒，他拍了拍肩膀上的脑袋，在沙发上坐下："累的话就早点休息吧。"

"所以我不就来找你了吗？"爻森笑笑："出来走走就感觉好多了。"

爻森的视线偶然落在邵涵的手上，邵涵的手不像一个常年握鼠标的，反倒像是一个弹钢琴的，他的手比邵涵大一些。

一会儿还要继续受德语摧残，爻森待不了多久，在邵涵这里充满电就回去了。

爻森回到 Titans 的训练室，看到除了他剩下四个队员人手多了一杯奶茶，只有他的桌上空空如也。

爻森："没帮我买？"

王宇锡的笑容还是非常厚道："哎呀，这不是看你容易失眠，怕你奶茶喝多了睡不着吗？"

有理有据，真情实感，队友爱简直令人落泪。

最近他们都得过这样的苦日子，不过回报自然也不小。国外电竞行业起步早，训练基本都成体系，很多职业队员都是一开始接触电竞就走的职业路，就像沈佑那样。而国内大部分是业余转职业，先天有点劣势，自然是要多借鉴借鉴领头者们的经验。

这天晚上八点多钟还是加训时间，郭经理忽然来了主力队训练室，对爻森道："爻森，大厅有个人找你。"

爻森诧异道："谁？"

"没说是谁，直接让前台打给俱乐部的。"郭经理的神情非常古怪，"他说你认识他，让你下去一下。"

这怎么听都像是碰瓷的行为让爻森一头雾水，今天是工作日，按理说对游客不开放，外面的人想要进来确实需要队员或者工作人员帮忙登记。

爻森还是打算下去看看，他下楼来到大厅，远远地看见一个男人坐在沙发上，见到他之后，笑着朝他挥了挥手。

爻森一愣，诧异道："凯哥？"

第39章 NL战队

陆凯之笑着从沙发上站了起来，声音里还带着点愧疚："没打扰你们训练吧？"

"没有没有。"爻森走上前："凯哥你怎么过来了？"

"我其实是来这边出差的，路过你们亿游大厦就想过来看看。"陆凯之伸了个懒腰，四处看了看，目光在大厅那巨大的LED屏幕上停顿了片刻，笑道，"你们现在训练的条件可比当时我们好多了，弄得我都想回归了。"

爻森一边帮陆凯之填着登记表一边回答："那可别，凯哥，你要是回来了我可多一个对手了。"

陆凯之大笑着拍了拍爻森的肩膀："怎么会，你现在可不怕我了。"

两人走进A座的电梯里，爻森掏出手机给队群发消息。

爻森："都出来迎接。"

王宇锡："谁来了？"

爻森："你恺撒爸爸。"

王宇锡："什么？"

当陆凯之走进训练室时，整齐划一又中气十足的几声"凯哥好"把他给震在了原地。

陆凯之："你们好你们好，不用客气。"

虽然说陆凯之退役已久，但恺撒当年的战绩依旧是众人眼中的神话。几人围着他七嘴八舌地问着，陆凯之也耐心地一一回答，平易近人又热情亲和。

勾教练也闻讯赶来，他和陆凯之基本是同期的队员，彼此之间也对战过不少次。看见勾教练一来，陆凯之立刻惊喜地从椅子上站了起来，爽朗地给了勾教练一个拥抱："老勾，好久不见啊，你还是这么精神。"

勾教练上下打量他一眼："你不也还人模狗样的吗？"

陆凯之笑了两声，拍了拍老勾的肩膀："你这张国字脸看上去还是这么凶，你队员平时压力得多大啊？"

"这叫盛气凌人。"一遇到同期的老对手，平时不苟言笑的勾教练话也多了起来，"你老婆最近怎么样？"

"好着呢，最近养胎呢，不然我就和她一起来了。"

"哎哟，生二胎啦？"

"是啊，马上要养两个孩子，不容易啊。"陆凯之感叹道，"而且我老婆赚得本来就比我多，现在她在家养胎我压力巨大啊。"

勾教练也不自觉地开始说起自己的爱人，整个训练室开始充斥着一股酸臭味。剩下五个未婚的队员正襟危坐地坐在椅子上，各自在心里翻着白眼。

陆凯之："话说你们最近加训呢？"

勾教练："是啊，我让这群崽子多看看其他老牌职业队伍的比赛，他们也挺自觉的。"

五个崽子满脸都写着高兴。

陆凯之点点头："确实也该多看看，你们队的孩子们应该都是业余上来的吧？我倒是知道眼镜蛇那儿有个叫沈佑的孩子一开始就是职业的，这种真的挺少的，那孩子也挺不错的。"

听见沈佑两个字，爻森的嘴角抽了抽。

几人谈天说地地聊了一阵，陆凯之建议大家一起出去吃了夜宵。五人也乐得不再受德语的摧残，沾着陆凯之的光一块儿出去了。

勾教练和陆凯之勾肩搭背地走在前面，爻森突然默默说了一句："我不觉得沈佑有多厉害。"

"你怎么总跟沈佑过不去啊？"听见这话的白悦奇道，"我就好奇了，你跟他又不熟，哪来那么大意见？"

爻森好整以暇地回答："男人嘛，总是争强好胜的。"

"那请问你和他争啥？"

"……"

一行人去了小吃街，随便找了家吃串串的店落座。陆凯之坐在爻森旁边，突然意有所指地笑着碰了碰他，低声微笑道："感觉你和那位左撇子弟弟的关系比上回还好了。"

爻森一扫先前听见陆凯之夸沈佑的郁闷，回答："是啊，我们现在无话不谈了。"

"这才对嘛。"陆凯之和爻森碰了碰杯，"年轻就是好。"

一行人吃得热火朝天，爻森不忘和邵涵发了个消息。

爻森："今天凯哥来了，现在正吃夜宵呢。"

邵涵多半也在加训，直到众人快吃完时才回复。

邵涵："他怎么突然来了？"

爻森："出差过来的，你和你队友要不要吃点？我帮你打包回去。"

邵涵："可以，谢谢。"

爻森："吃什么？"

邵涵："都可以。"

爻森："那我就随便点了，你要放多点辣吗？"

邵涵："放吧。"

爻森："夜宵也吃这么辣？"

邵涵："没关系。"

爻森："我一半给你放辣点，别吃太多，乖。"

邵涵果然没再坚持放辣椒了，一行人把桌上的串串扫荡完之后，爻森又叫服务员把菜单拿来加菜。

勾教练见状问道："你没吃饱吗？"

"我给朋友打包点回去。"爻森指着菜单对服务员道，"这个牛肉来二十串，茄子来两对，羊肉来五对，再加三对烤面筋和烤土豆。一半放辣点，另外一半清淡点。等等，再加瓶凉茶。"

打包的东西上来之后，众人打道回府，王宇锡他们又要去楼下的一点点买奶茶，陆凯之赶着回酒店和他老婆视频通话，爻森和众人道别之后便先去了 B 座。

爻森来到挪亚主力队训练室，把夜宵给大家送上。挪亚一队的队员们训练了一整天，也被串串的香味勾得直流口水，但大家也都知道这是因为 Titans 队长和邵涵的关系好，他们才能顺便占点便宜，纷纷矜持地表示感谢。

爻森大方地表示这顿他请，看见邵涵已经把手伸向了盒子里放着的辣椒最多的一串牛肉，他眼疾手快地轻轻拍了邵涵手背一下，把凉茶从袋子里拿出来放在他面前："少吃点太辣的，又伤胃又上火。"

邵涵有些窘迫，他抿了抿嘴唇，道："这家店我吃过，他家最辣的对我来说也还好。"

"那也不能吃太多。"爻森说，"慢慢吃，我先回去了。"

爻森走后，邵涵的队友才七手八脚地分着串串，有人一边咬着劲道的面筋一边说："邵涵，Titans 队长和你关系真好啊，还专门给你送夜宵。"

另一位队友插话道："而且人家长得真是好帅，近看真是能帅瞎。"

"哈哈哈你还真别说，我听我 Titans 那边的朋友说，他们俱乐部收的粉丝新年礼物一半都是给爻森的，真实名羡慕。"

听到这儿，邵涵心里动了动，嘴里的香辣牛肉好像突然就没那么有滋有味了。

晚上邵涵洗完澡后，趴在床上给爻森发消息。他之前偶然在网上看到这周六下午横石赛场有一个青少年杯赛的决赛，便想去看看。

他在输入框里打上"周六下午横石那边有镭射杯青少年比赛，我想去看看"，准备发送的时候又犹豫了一下，加了一句"你有空吗"上去。

邵涵："周六下午你有空吗？横石那边有镭射杯青少年比赛，我想去看看。"

爻森很快就回复了："怎么说话的呢？什么叫有没有空，你的事我随叫随到。"

邵涵心里顿时一阵酸酸的甜，跟有个装了酸甜碳酸水的小气球在心里扑喇喇地飞似的，他在床上翻了一个身，回复道："那我那天中午去找你。"

他顿了顿，想到之前队友说的话，忍不住问："听说之前你的粉丝给你送了很多新年礼物？"

爻森："是啊。"

邵涵："有什么特别喜欢的吗？"

爻森："都挺有心的，但我还是喜欢你在我生日那天送我的鞋。"

邵涵无奈地笑了，想了半天不知道说什么，最后只好语音发了句"早点睡"过去。

横石赛场常常会举办电竞比赛，大的有全国决赛和青少年杯赛，小的有像上次那样的 Titans 和眼镜蛇的友谊赛。爻森和邵涵两人这次去的镭射杯不算特别有名，超一流的参赛队伍很少，大多都是只能在国内面上能排名或者地区小有名气的俱乐部。

两人换了票进场在观众席坐下，观众还是非常多，基本能把位置坐满。能来看这种小杯赛的观众基本都是真正喜欢这个行业的铁粉，爻森戴了个帽子，和邵涵低调地混在电竞粉丝里，也没被人认出来。

比赛开始之前是各个队伍的介绍，大部分都是职业俱乐部的青训队，也有少部分优秀的业余青少年队伍。国内的职业俱乐部就算名气不大，爻森也基本能叫上名字认个队徽，但今天参赛的有支职业队他还真的没听说过。

爻森看着大屏幕上一闪而过的队伍 Logo，偏过头低声地问着邵涵："邵涵，你听说过 NL 这个队伍吗？"

邵涵摇摇头："没有，是这两年的新队伍吧？"

NL 全称为 Northern Lights，爻森对这个名字非常陌生，他怎么回忆都回忆不起自己有在任何一场比赛中遇到或者是看到这家俱乐部。但这支队伍确实是一支职业队伍，那也只能说明，这家俱乐部应该非常新。

这支新队伍也并没有太引起爻森的注意，最后在总决赛里拿到了季军，败给了另外两个稍微出名一些的职业俱乐部。

给冠军队伍颁完奖之后还有一个现场的观众互动环节，大屏幕随机滚动抽取一个观众的画面，被抽到的观众可以上台和冠军选手们合影，还可以拿到镭射杯的纪念 T 恤衫。

当大屏幕画面直直地定格在他面前的时候，爻森怀疑自己昨晚吃的那条清蒸鱼可能是条锦鲤。他坐在座位上不动，一时有些不可置信自己居然走了狗屎运。

邵涵也愣住了。

比赛主持人见被抽中的这位幸运观众一动不动，还以为是他害羞，便笑着鼓励这位戴帽子的黑 T 恤小哥哥上台合影，带着其他观众一起鼓掌。

邵涵也配合地开始鼓掌，似笑非笑道："你就上去吧。"

爻森只好站了起来，摘下帽子放进邵涵怀里。邵涵保证，爻森摘下帽子那一刻，他听见四周都传来了惊呼。

爻森面带合适的微笑，就在全场骚动前一秒的凝固气氛中走上了台。

第40章　森哥真锦鲤

要是爻森走在寻常大街上，被人认出来的可能性的确很小。可现在是在电竞比赛场里，来的都是资深粉丝，要说谁不认得爻森，那都对不起自己手里的票。

爻森走上了台，主持人和台上的队员们都瞪着大眼睛直直盯着他，满脸呆然愣怔，就好像传说中只会和其他神仙打架的神仙本人突然降临了。

现场观众这才反应过来，一下就炸开了锅，嘈杂的声音里全是"爻森"两个字。主持人反应颇快，霎时就接上了话头，惊喜又幽默地表示今天负责抽取幸运观众的工作人员下班之后可以去买六合彩。

主持人将话筒递给爻森，显然是想让爻森说点什么。爻森没想到自己上台除了拍照和领奖还要发言，接过话筒，对获奖的队员们简单地祝贺了几句。

队员们和观众实际上并不太在意爻森都说了什么，眼睛都在爻森身上生了根，观众们甚至是一波一波地喊着"森神"，仿佛亚洲冠军能够出现在这个小小的杯赛赛场上已经足够他们惊讶一整个下午了。

"谢谢大家，今天比赛很精彩，大家给队员鼓个掌吧。"爻森很快便把话题引向场上的各位队员们，"来来来，大家一起拍个照吧，以后一起加油。"

冠军青训队的队员们都激动得在旁边抻脖子看，各个都想靠爻森近一点，拍完了照还不算完，每个人都还得和爻森握个手。

一个观众互动环节硬生生地耗了半天，几个青训队员还眼巴巴地望着爻森，一脸不舍。爻森拎着奖品 T 恤下台，走过季军队伍的位置时，忽地感觉有那么几道视线朝着自己凝聚过来，他扭头看去。

季军队伍正是那支爻森和邵涵都没听说过的名叫 NL 的队伍，此时那几位队员见爻森看了过来，竟然都有些紧张地移开了视线，互相低声说着什么，偶尔有人抬头望过来，又很快回头。

被人盯着看爻森一点不觉得有什么，说实话不被盯着看那才奇怪。倒是这样看得遮遮掩掩的，爻森还是第一次遇到。

他又不是不让看，干吗这么不坦荡？

爻森纳闷着下了台，在邵涵身边坐下了。

比赛结束之后，爻森还被粉丝们堵了一回，这下更多人把同行的邵涵也认了出来，两个人一同在门口跟粉丝们聊了十几分钟。

两人在外面待到晚饭后才回了亿游大厦，爻森回到寝室后，王宇锡第一句话就问："你今天去横石看比赛了？"

爻森可没和别人提起过他今天的安排，他闻言顿了顿，问："你怎么知道？上微博了？"

王宇锡把手机凑上来给他，爻森接过扫了一眼。

微博 ID 是"五行缺森"的网友发了这样一条微博："今天森神去横石赛场看镭射杯青少年决赛了！还和邵哥一起！森神在观众互动环节被抽上去拍照，把周围一圈小弟弟都吓蒙了，一个大笑的表情包，大家以后别转锦鲤了，转森哥吧。"只见微博下的评论显示：

转了，森哥真锦鲤。

在现场！森哥上台的时候全场都吓死了好吗！后来粉丝还去找森哥和邵哥签名，

他们真的超级好！

森哥又单独带邵哥出去玩（后面配了一个无辜狗头的表情包）。

哈哈哈哈哈哈哈哈哈哈！旁边青训生们：我是谁我在哪。

看那个动图，森哥顺手把帽子扔邵哥怀里的动作怎么这么熟练，扔过好多次了吧（后面配了一个无辜狗头的表情包）。

邵哥刚开始也蒙着呢，后来看其他人鼓掌他也跟着鼓了，怎么这么可爱。

……

不久爻森也发了一条微博："我运气好当然是因为你们的吉祥物邵哥在我旁边啊，既然大家都说我锦鲤那我就抽个奖吧，转这条抽六个人送今年 Titans 的全套周边。"

没过多久，手机屏幕上就跳出来微博特关的更新推送。爻森的特关不多，他拿起来一看，顿时就忍不住笑了。看到微博的评论显示：

ID "NA_Left"："我也可以抽吗？" @ID "Titans_森"

ID "Titans_森"："你抽什么，喜欢什么我给你黑箱。" @ID "NA_Left"

森哥你变了。

森哥你怎么这么傻白甜。

啊啊啊啊，"森左"真是太甜了！

ID "Titans_锡"："大家有'森左'文包吗？最近有点文荒。"

有，锡哥私聊加我网盘。

这位朋友借一包说话。

锡哥我要强烈推荐老福特上一篇叫《五行缺左》的文！

ID "Titans_锡"："看过了，谢谢。"

锡哥文荒的话要不要看看"悦锡"的，亲自扫过保证质量（后面配了一个无辜狗头的表情包）。

ID "Titans_锡"："拉黑了，谢谢。"

……

爻森抬头看向坐在床上的王宇锡："从我的评论区里出去。"

作为一个纯洁的腐男，王宇锡还在惦记着他的文包："别急，我等着别人给我发文包呢。"

"……"爻森第一次被王宇锡噎住，咳了一声转移了话题，"话说 NL 这个俱乐部你知道吗？"

"没听说过。"王宇锡回答，"哪个野鸡俱乐部？"

"他们家青训队是我今天去看的那个青少年杯赛的季军。"

"那个杯赛顶多也只能算二流，就是冠军也不够看，你问这个干什么？"

"没事，就是觉得他们队员今天看我的眼神有点奇怪。"

"……你自恋癔症又犯了？"

"是真的。"爻森摸了摸下巴，虽然他承认自己偶尔有那么一点点自恋，但是这并不影响他做出正确的事实判断，"不像是单纯粉丝看偶像。"

"人家一个眼神你都能读出这么多，还说不是犯癔症？"

爻森也没再想了，就当对方那几个年轻小孩儿是崇拜偶像又不敢上来搭话吧。

三月也快到了底，众人过着白天训练晚上看其他职业队伍比赛的日子，倒也过习惯了。而每年的四月份，H 市都会举办一个大型的电竞展览会，展出一些还未上市的概念产品和新款游戏。

Titans 俱乐部接到了主办方的参展邀请，因为展会流程里还有粉丝见面会和现场友谊赛，让 Titans 主力队去也是为了吸引更多的游客来。

能够公费出去玩众人自然乐意，而今年六月份 Titans 俱乐部也正好打算扩招一批青训生进来。青少年比赛中的佼佼者自然有好几家大的俱乐部一起盯着，虽然 Titans 这两年稳坐高台，但也不能被在队伍宣传上下足血本的比如眼镜蛇这样的俱乐部盖过风头，这也算是给自己打打广告了。

更何况，有爻森坐镇，只要来的人不瞎，众人相信大家都愿意来爻森这里了解一下。

王宇锡："爻头牌终于要出去 C 位坐台了。"

白悦："换你坐台多磕碜。"

"你少说几句话是不是会死？"

"咱们来比比那天谁面前排队的粉丝更多怎么样？"

"比就比，谁输了谁请喝一个月的四季奶青。"

爻森没管他们，问郭经理道："主办方还邀请了其他队伍吗？挪亚方舟有被邀请吗？"

"我听说是有的。"郭经理点头道，"只是还没定，但我估计这种机会挪亚不会拒绝。"

爻森点点头，那挺好的，等展览一结束，他还可以和邵涵两个人到附近逛逛。

晚上，王宇锡说附近新开了家麻辣烫，撺掇众人一起出去吃夜宵。自从这个月众人晚上有了加训后，吃夜宵的次数成倍增长。爻森倒也还是很克制，不像王宇锡他们一训练累了就撒开来吃，体重明显呈上升趋势。

白悦："你怎么不管哪儿开张了新饭馆都知道？"

王宇锡："预备着以后交了女朋友，能带她出去吃一个月不重样的东西。"

众人都被王宇锡的单身精神感动了，纷纷同意出去吃麻辣烫。爻森一听是麻辣烫，估计他家无辣不欢的邵小左喜欢吃，便一个电话打给他问他要不要一起去吃夜宵。

邵涵果然来了，去的路上，爻森顺便问起了下个月电竞展览的事。邵涵回答："我们会去，你们也要去吗？"

"去啊。"

一行人在麻辣烫店里落座，今天晚上天气比较凉快，屋里又人多，他们选择了坐在外面。这家店的麻辣烫确实够麻辣，菜上来之后，不一会儿就只剩下邵涵一个人还能一口水都不喝地吃。

爻森点了一锅清热下火的绿豆百合汤，时不时地叫邵涵喝点汤。

王宇锡一边辣得直咝咝一边说："我天这真的好辣……感觉我明天会拉肚子。"

他们旁边那桌似乎也是被辣得有点受不了，叫服务员送开水来涮涮。服务员从里间端来一壶开水，走过爻森身边时，被一侧蹿出来打闹的小孩给撞了一下，手里没盖盖子的水壶直接倾倒，一泼滚烫的开水哗啦淋了下来。

爻森的右手正拿着筷子夹菜，听到身后的动静，他及时收手躲了一下，但那冒着白汽的开水还是一半都浇在了他的手上。

爻森疼得倒抽了一口气，衣服和裤子也被溅上一片。他火速站了起来，跑进里间的洗手间里，拧开凉水的水龙头往自己被烫的手上冲洗。

桌上其他人都被吓了一跳，白悦看到桌面上一摊开水，意识到爻森的手被烫了，立马就想过去看看情况。

有人却比他更快一步，邵涵心急火燎地站起来冲了进去，急得把一旁一把无人的塑料椅都给碰翻了。白悦和其他人都是一愣，这才跟着跑了过去。

第41章　烫伤

爻森用冷水冲洗着手背，被烫的手指和手背发着红，被冷水淋着泛起刺痛。好在那壶开水应该是开盖凉了一阵，也幸好不是别的粥汤之类的东西，冷却及时，烫伤不算太严重。

爻森刚刚放下心，就听得一阵急促的脚步声跟了进来。邵涵看他红肿的手背和手指，眼睛差点急红，连忙问："严重吗？"

"不严重。"爻森见邵涵着急的模样，手上虽然很疼但心里先软了一半，安慰道，"别担心。"

剩下的人这才赶来，王宇锡当即道："街对面一百米有个药店，你赶紧去那里上个药。"

邵涵心里却不放心，他虽然知道爻森肯定不会在这种事情上撑着逞强，但是他看着爻森发红的手指就觉得难受和心疼："万一严重怎么办？去医院看看吧。"

爻森哭笑不得："真不严重，先去药店吧。"

邵涵也只能跟着爻森迅速去了药店，路上他抬手轻轻挽着爻森的手臂，生怕他被烫的地方一不小心被碰疼。

众人来到药店，药店的药师帮爻森看了看，说确实不用去医院，这才终于让邵涵放宽了心。药师帮爻森消毒了创面，又上了烫伤膏，嘱咐爻森如果明天起了水疱就过来换药。

虽然烫伤不严重，但爻森这几天的训练肯定是会受影响了。

爻森被烫的地方已经用纱布包扎了起来，此时还有些隐隐作痛。他忍不住看了看邵涵白皙修长的手指，对邵涵道："幸好你没坐我那个位置，你这手烫了我得心疼死了。"

邵涵微微郁闷道："我用左手吃饭，烫不着我。"

回去的路上，邵涵依旧特别小心爻森的手，就仿佛那是个一碰就碎的豆腐块儿似的。爻森心里又是无奈又是甜，一个小小的烫伤到邵涵这里反倒弄得像是他九级残废了似的。

殊不知除了他，还有人把这一切看在眼里。

白悦走在他们二人背后，盯着两人的背影，眼神甚是古怪。

白悦狐疑地自我剖析着，他是不是和王宇锡待久了导致自己的脑子出现了不可逆转的损伤。

听说爻森被烫伤之后，勾教练和郭经理都匆匆赶过来查看他的伤势。勾教练见爻森烫伤不严重才发出一声冷哼："叫你们大晚上还跑出去吃夜宵，这三五天的训练等爻森手好了你们几个加倍训回来。"

王宇锡："为啥我们也要加倍啊？"

"我一猜就知道是你小子提议出去吃夜宵的。"勾教练刮王宇锡一眼，一张国字脸凶起来气势磅礴，后者顿时厥了，"你最该给我加倍。"

郭经理倒是还有些担心，抓着爻森的手东看西看，爻森只好道："经理，我的手真的没事儿，过几天就好了。"

郭经理："我知道你没事儿，但就是不知道这么轻微的烫伤保险公司赔不赔。"

爻森："……"

俱乐部给每个主力队成员的手都投了全保险，爻森身上的保险尤为多，郭经理在意理赔问题也是应该的，当即就准备和保险公司的人打电话。

邵涵一直把爻森送到寝室，告诉爻森他去药店换药的时候要叫上他。爻森点头答应，和邵涵道了别，回头才发现屋子里的众人都用各色的目光盯着他，有目光灼灼充满怀疑的，有一脸坦荡只关心他的伤势的。

目光灼灼的白悦终于忍不住了，迟疑着开口："爻森，问你个问题。"

爻森直面白悦的目光，淡定道："怎么了？"

白悦见他一脸坦然，反倒有些问不出口了，最后只能捡了个模模糊糊的说法："你和邵涵……关系真的挺好的，我看他特别关心你。"

爻森一脸白悦仿佛说了一句废话的表情："所以呢？"

白悦在心里挣扎了片刻，一咬牙，豁出去问道："你和他到底什么关系？"

周子寓低着头仿佛置身事外，却也偷偷抬眼紧张地瞄着队长。

只有宋铭喆依然坦荡。

爻森只是惊讶了那么一会儿，张嘴正想回答，白悦却打断了他。

白悦："等等，你先别回答，如果是我想多了，你直接揍王宇锡吧，都是他把我带偏了。"

王宇锡目瞪口呆："你这锅甩得过分了吧，老白？"

"你别紧张，我回答你。"爻森安抚似的抬了抬包着纱布的手，神情带着几分好笑，"你可别想太多了，我和邵涵是好朋友。"

听了爻森的回答，白悦顿时也感觉自己脑内太天马行空，回过头，狠狠地瞪了王宇锡一眼，王宇锡被瞪得莫名其妙，满脸无辜。

爻森的手伤了，不仅仅是耽搁训练，直播也暂时播不了，便发了这样一条微博："出去吃夜宵的时候手不小心被烫了，不严重，训练和直播暂停几天，大家不用担心。"很快收到粉丝的评论：

森神你怎么这么不小心啊！心疼死了！

啊啊啊啊啊啊要好久看不到森神直播了吗？哭泣。

森哥好好养伤啊！

森哥记得按时换药，我们等你。

ID "Titans_锡"："向大家认错，是我提议去吃夜宵的。"

猜到了。

森哥不训练了，锡哥又坐拥三个辅助（后面配了一个无辜狗头的表情包）。

锡哥，别吃夜宵了，你又胖了。

……

第二天早上，爻森起来看了自己的伤口，发现起了两个小水疱，反正现在他暂时也没法训练，干脆就想去药店换药。

虽然说邵涵昨天让他去换药的时候叫上他，但现在正是训练时间，一个小小的换药而已，爻森不想占用邵涵的训练时间麻烦他跑这一趟，便自己下了楼。

没想到，刚刚走出电梯门，邵涵的电话就打过来了。

爻森迟疑了一下，接起："喂？"

"我来你们训练室找你，白悦说你去换药了。"邵涵的声音听上去有些微微的不悦，"昨天不是说让我和你一起去吗？"

爻森真没想到邵涵会直接来训练室找自己，无奈道："你还得请假陪我，多麻烦啊。"

"你在哪里？"

"我在大厅还没出去。"

邵涵没多久便来了，他先是凉凉地瞥了爻森一眼，对他擅自出来的行为颇为不爽，

随后又小心地握了握爻森的手臂，问：“还疼吗？”

“不疼了。”

两人去了昨天那间药店，药师把爻森手上的纱布拆了下来，看他起了两个水疱，便拿了无菌注射器来帮他挑破。邵涵坐在一边，看那针头刺进皮肤里，心里一阵紧张心疼。

换完药后，邵涵忍不住问药师道：“请问大概多久能好？”

“快的话一两周就可以，辣椒和高热量的东西少吃。”

两人回了亿游大厦后，爻森遗憾地叹了口气：“这阵子不能陪你吃辣椒了。”

邵涵忍不住道：“平时你也吃不了多少啊。”

爻森在他耳边扬着声音“嗯”了一声：“就不能不说出来吗？”

邵涵无奈地笑着摇了摇头。

爻森的手恢复得挺快，一周之后烫伤的地方就已经开始愈合了，就是手指周围的皮肤痒痒的，弄得他总想去挠两下，简直比伤口疼还影响他打游戏。

好在他去 H 市参加电竞展览的时候伤口已经彻底愈合了，就是淡粉色的疤痕还在。爻森发了微博告诉粉丝们自己的手痊愈了，和队员们一起动身去了 H 市。

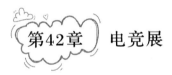

第42章 电竞展

Titans 俱乐部一行人到达主办方为他们准备的酒店，爻森和经理说了一声便自己拎着行李跑去和邵涵住了。郭经理见他走得飞快，不明所以地问：“爻森和谁一起啊？”

王宇锡：“他一个朋友，叫田力。”

郭经理点点头，不疑有他。

展会是第二天上午九点开始，一行人先去会场熟悉展区，顺便还可以提前看看那些还未发售的游戏配件和概念产品。

王宇锡盯着一个超频内存条爱不释手，把这个内存条又纳入了他的配件云后宫里，目前位居他云后宫之主的是他上一次就深深爱上的显卡。

王宇锡搓着手嘿嘿笑着靠近白悦：“老白啊，你我兄弟一场，你看再过两个月就是我的生日了，那个内存条也差不多两个月之后就发售，我想……”

白悦冷酷地打断："不，你不想。"

"我想！我非常想！"

"但我不想。"

"……"

第二天，Titans 俱乐部各位台柱子便好好地出门坐台接客了。

这次的电竞展览规模比以往都大，再加上有 Titans 和挪亚方舟这样的超人气俱乐部参加，前来看展和参加见面会的粉丝多到把会场门口堵得水泄不通，排队入场的人都围着外面的停车场绕了好几圈，检票都用了好几个小时。

展会现场摩肩接踵，游戏体验区热闹非凡，不过最热闹的还是要数几个俱乐部的粉丝见面区。Titans 和挪亚方舟两个俱乐部的见面区人多得几乎快站不下了，保安们为了维持秩序都忙得脚不沾地。

一整个上午爻森签名签得手抽筋，本来应该预计十二点结束的见面会硬是拖到了一点还排着长队。

爻森见粉丝们大老远过来，又眼巴巴地等着他签名，还有不少人带了礼物来送给他，他怎么也不能让真心喜欢他的粉丝们失望。

一点半的时候排队的人终于见了底，爻森活动活动有些僵硬的肩膀，接过下一个粉丝递来让他签名的东西。

那是一件印着 Titans 的 Logo 的 T 恤衫，让在 T 恤衫上签名的粉丝不少，但这件 T 恤衫确实让爻森有些惊讶。

这件 T 恤衫是他们 Titans 俱乐部周年纪念的限量周边，总共就出了那么几百件，价格也不便宜，能买到这件衣服的人的确算得上真正的铁粉。

爻森抬头看了站在眼前的人一眼，对方是一个戴着帽子的男粉丝，看上去和他差不多大，或许比他小一点。

爻森笑着说："这件衣服能买到不容易啊，你想让我写什么？"

对方不像普通粉丝那样激动，简单地回答："签名字和 ID 就好，谢谢。"

这是大部分粉丝的要求，爻森用马克笔在 T 恤衫上写下自己的名字和 ID，将 T 恤衫递回去。

男生收了 T 恤衫就离开了，一句话也没多说。

等到签完最后一个粉丝，众人才得以喘口气去吃饭。爻森接上邵涵，看他的袖口都被马克笔擦得有些发黑了，估计也是签了不少的名。

王宇锡和白悦争辩着究竟是谁面前排队的粉丝更多，王宇锡果断地说是他更多，白悦说王宇锡的男粉多而他的女粉多，一个女粉应该顶两个男粉。

爻森："都别争了，我的最多。"

王宇锡和白悦："……"

众人吃了午饭便可以自由活动，电竞展览要持续三天，明天他们要和粉丝打友谊赛，还有的忙活。

王宇锡和白悦准备去喝 H 市的网红奶茶，宋铭喆和周子寓想去附近的电竞城逛逛，爻森和邵涵两人则直接回了酒店。

两人准备睡个午觉，下午晚点再出去看看附近有什么好玩的地方。午睡前，邵涵靠在床头在淘宝上买东西，爻森坐在旁边看着。

爻森发现邵涵在网上买东西特别快，很多东西他基本都是搜索自己以前的订单直接下了单，不会重新去看新的。

爻森见邵涵买了一顶鸭舌帽，也是从以前的订单里找的，问："你不看看新的吗？"

"这个是我以前不小心弄丢了的那个样式。"邵涵回答，"我还挺恋旧的。"

爻森听了这话却不知为何一下沉默了，他的眼睛定定地看着他，最后才试探着问："那你……还怀念沈佑？"

邵涵一愣，他的眼睛闪了闪，似乎吃了一惊："你怎么会知道沈佑的事？"

"你就当是我哪天做梦梦见的。"爻森说，"你和他以前发生什么事了？"

和沈佑的事，也没什么不能和爻森说的，邵涵便把以前的那些事都和爻森说了，爻森听完,若有所思道:"所以沈佑是因为一直想和你当队友，但是你最后选了挪亚方舟，没有选眼镜蛇，和他分开了，才和你疏远的吗？"

邵涵点点头："这也是没办法的事。"

爻森回想起来自己在上次和友谊赛上处处针对沈佑的场景，他觉得沈佑当时一定在心里骂他是个神经病。不过沈佑也不冤，谁叫他只为自己考虑，不想想邵涵到底适不适合和他继续当队友呢？

邵涵的视线偶然落在爻森撑在他身侧的右手，原本烫伤的地方只留下了几处浅色的疤痕，邵涵忍不住用指腹轻轻摸了摸。

爻森："别摸啊，还有点痒呢。"

"这个疤多久能消？"

"至少也得几个月吧。"爻森笑了笑，"怎么了？嫌我的手不好看了？"

邵涵摇摇头，小声说："心疼。"

微凉的声音蹿进爻森的心里却蹿起了一股热意，回答："没事了，很快就会好的。"

第二天，展览会安排了现场粉丝比赛的环节，在粉丝比赛中获胜的粉丝们可以和俱乐部的各位职业选手来场友谊赛。

令爻森没想到的是，他竟然在获胜的粉丝里看见了一个熟悉的面孔。

昨天拿 T 恤衫给他签名的那个男生在粉丝比赛中积分最高，当之无愧地充当了友谊赛中粉丝战队的队长。

然而，友谊赛结束之后，从电脑桌前下来的爻森心里却觉得十分疑惑。

他忍不住看了自己那位神秘的粉丝一眼，那人在刚才比赛的很多地方的操作上都犯了一些小错误，外行人也许看不出来，只当是他自己粗心大意，可爻森怎么看都怎么感觉——

对方好像是故意的。

一个业余粉丝和职业选手对战还要故意放水？

除此之外，整场比赛下来爻森还有一种说不出的奇怪的感觉，这种感觉让他浑身不爽，有些憋屈，却又没法确切地描述究竟起源何处。

见对方走了过来，爻森面上带上了微笑："你打得蛮好的。"

对方依旧是昨天那副不痛不痒的模样："谢谢。"

爻森半开玩笑道："你叫什么名字？不考虑进职业俱乐部吗？"

对方顿了顿，片刻后回答："程睿。"

眼前这个名叫程睿的人没说想进还是不想进，领了粉丝比赛的奖品之后就二话不说离开了。爻森看着他离开的背影，若有所思。

王宇锡走了过来，见爻森正看着别人，拍了他肩膀一把："看啥呢？"

爻森回头瞥了他一眼："那人有点儿意思。"

"什么意思？"

爻森也不太确定对方是真的放了水还是只是他的错觉，什么也没说，径自去找邵涵了。

晚上，众人吃了一趟海底捞。邵涵今天中午吃美蛙鱼头吃得有点多，再加上海底捞的锅底不够辣，邵涵没太多胃口，只吃了一些蔬菜。

回到酒店之后，爻森洗完澡出来，见邵涵换上了睡衣安安静静地坐在床上玩手机，宽松的裤子底下露出两只脚踝。

爻森在浴室门口站了一阵，思考着自己今天晚上打地铺的可能。

邵涵抬起头看他："你站在那儿干什么？"

爻森走过来坐下，说："你今晚吃饱了吗？吃得那么少。"

"没什么胃口。"

"你看你都这么瘦了，不多吃点怎么行？身上都没什么肉。"

邵涵放下手机，垂着眼睫回答："我不算瘦了。"

两人随意聊了会儿天，爻森突然想起今天在电竞展上碰见的那个叫作程睿的粉丝，心里还有几分疑惑，便和邵涵提起了这件事。邵涵听后，也面露困惑，道："你是说他身为你的粉丝，和你比赛的时候还故意放了水吗？"

"是啊，你也觉得很奇怪吧？"爻森道，"不是我骄傲，但放眼整个亚洲，能有资格对我放水的对手，实话说，还真没有。"

虽然听上去很凡尔赛，但邵涵知道爻森说的是真的。

"总感觉他好像是故意不想让我察觉什么一样……"爻森沉吟一阵，"但愿是我想多了吧，他打得不错，是个职业选手的料。"

第43章　主要看脸

Titans 在展会第三天没其他的安排，队员们都借着这紧张训练间隙得来不易的休息时间四处休闲。对于爻森来说，休闲的好处便是不必早起。

两人昨天聊天看比赛睡得晚，早上时，各自在床的一边睡得香，被子上还压着平板。这时，邵涵放在床头柜上的手机振动了起来，来电人显示着"队长"两个字。邵涵微微皱着眉睁开眼，下意识地从被子里伸出手探到手机，接通后贴在耳边。

邵涵的声音还带着几分困倦："喂？队长？"

"邵涵？"林岚迟疑道，"你还没起床吗？"

邵涵茫然地看了一眼手机上的时间，发现已经是惊人的十点四十了。邵涵的思绪这才慢慢回到大脑，昨天睡得太晚了，又没定闹钟，没想到这么晚才睁眼，连忙回答："不好意思，昨天我睡得太晚了，队长你有事吗？"

"感冒了吗？多喝点水。"林岚也没多想，随意问了一句，"没其他事，今天下午四点半在酒店大门口集合，别忘了。"

"嗯，好。"

挂了电话，邵涵又躺回了床上，眼角还带着倦意，他轻轻打了个哈欠，虽然说已经这么晚了，但他仍然觉得没睡够。而且不知道是不是因为昨晚空调开得太低，他又是看视频中途睡着的，今早起来，觉得有点鼻塞，嗓子也有点不舒服，整个睡得腰酸背痛。

爻森在邵涵打电话时也醒了，他摸了摸头发，从床上坐起来，拿起手机看了看时间，对邵涵道："早上好……居然这个点了，可以说中午好了。刚才是你队长吗？怎么了，有事？"

邵涵："没事，就是告诉我下午集合时间。"

一听邵涵的声音，爻森就察觉出不对："你嗓子有点哑，感冒了吗？"

邵涵清了清嗓子："可能是空调太低了。"

爻森："还有哪儿不舒服吗？"

邵涵："有点鼻塞，肩膀有点酸。"

爻森哭笑不得："你这是睡了一觉还是打了一架啊？是我睡姿太差睡梦里把你揍了吗？感冒的话晚点我去帮你买药，肩膀酸的话，那我帮你按？"

爻森说完，便双手搭上他的肩，帮他按了起来。邵涵确实不太想动，虽然有些不好意思，可他身上实在是太乏了，爻森按得也很舒服，他只想在暖和的被窝里躺着，贴着软软的枕头再睡一觉。

邵涵的眼皮慢慢地又开始打架了，他想着今天没有活动，就这么睡到下午四点似乎也可以……爻森的手怎么不揉了？

邵涵困倦地轻声道："你怎么不按了……"

爻森哭笑不得："小左同学，现在已经十一点多了，该起床吃饭了吧？"

"不饿……"

"你还得吃药呢，看看你嗓子都成什么样儿了？"爻森果断不按了，掀开被子下床，换了衣服，回头道，"好了，快起床了。"

邵涵将头深深地埋进被子里："在房间里吃好不好……"

"邵涵……"爻森微挑着眉，语气带着几分讶异和轻笑，"你是在和我撒娇吗？"

邵涵现在在爻森面前完全没了平日里面对大部分人时那种淡淡的矜持，他无奈地瞪了爻森一眼，破罐子破摔："我不起床，我要睡到下午。"

"……"爻森被萌得心尖发颤，投降道，"好吧好吧，在房间里吃，我去餐厅给你打包，等我一会儿。"

爻森下楼来到酒店的餐厅，意外地遇见了 Titans 其他四人。

他们一桌的菜正上齐，王宇锡看见爻森，立马站起把他喊了过来："爻森！我们给你发消息没看见吗？正好你来了，一起吃啊。"

爻森打开手机看了看，发现十几分钟之前王宇锡确实在群里艾特他让他下来餐厅一起吃饭："不了，我打包回去。"

"干吗打包？"王宇锡问，"邵哥呢？"

"他不想起床。"

爻森随意坐下，翻开菜单点了几个菜让服务员打包。

爻森回到房间里，邵涵果真还躺在床上，只是已经把衣服换好了。爻森把饭菜放在房间里的小茶几上，再去叫邵涵起来。

两人在房间里待到下午两点，邵涵总算是表露出想出去走走的意思了。爻森叫上 Titans 四人一起，到附近的商圈逛街。

一群男生出去逛街，那么就有百分之八十的可能性会去买鞋。爻森自从有了邵涵送的那双鞋之后，他的其他鞋便基本被打入冷宫，现在对买鞋没有太多欲望，只负责看。

王宇锡："你们看，这双我穿起来怎么样？"

白悦："挺好的，像路口摊煎饼馃子的。"

王宇锡翻了个白眼，回头想问问爻森的意见，却发现他早就去隔壁男装店玩"奇迹邵邵"去了。

没多久，王宇锡就在商场里看见了一家奶茶甜品店，身为网红食品爱好者的他二话不说拉着白悦一起去排队。爻森问邵涵想不想吃东西，邵涵微微点头说想吃水果奶昔。

几人排队的时候，爻森回头看邵涵站在一家服装店的广告橱窗前，正专注地抬头盯着那幅广告海报。海报上有一男一女两位模特，男模特剃着硬朗帅气的板寸，女模特有一头卷发，照片拍得还算不错。

爻森突然伸手捻了捻自己刘海，沉思道："你们说我去剪个板寸怎么样？"

"你别冲动，"王宇锡赶紧阻止，"别想不开，你现在这样挺好的，真的。"

白悦难得在除了游戏上的事情和王宇锡保持相当统一的意见："我也觉得，你敢剃你的粉丝就敢哭。"

"板寸有什么不好？又精神又好打理。"爻森狐疑地盯着他俩，"难道我驾驭不住板寸吗？"

"哥，你不是这个风格啊。"王宇锡苦口婆心地劝着，"你剃板寸就相当于让《破警》世界冠军去玩《黄金矿工》啊。"

爻森沉默了一会儿，还是放弃了这个想法，继而道："那我把一半的刘海撩上去梳个背头怎么样？"

王宇锡摸摸下巴："这个倒是可以试试，背头永远是男人的浪漫。"

此时的邵涵丝毫不知道自己偶然一个抬头看广告的举动让自己的好朋友经历了多么跌宕起伏的心路历程，他只是单纯地觉得这个女模特身上的裙子很好看，应该很适合小萌。

下午四点多钟，爻森在挪亚方舟一干人惊奇的眼神中帮邵涵拖着行李箱来到大厅，后面跟着几乎无地自容的邵涵。

"喉片我帮你放在行李箱外面的格子里了，"爻森叮嘱道，"记得吃。"

Titans 的队长和邵涵关系真好啊。

送走了邵涵，爻森也干脆把房间退了，反正他们俱乐部的集合时间是七点多，在王宇锡他们房间里坐一坐就行。

趁着还有几个小时的时间，爻森决定去附近的理发店来一次洗剪吹实现他换发型的想法。一个小时后爻森回来了，打开王宇锡他们房间的门，四个正在联机玩你画我猜的人抬起头看向他。

"……"王宇锡盯着他看了半晌，才勉强挤出几个字，"爻森，你不要我们了吗？你要出道演艺圈了吗？"

爻森："爸爸没不要你们。"

王宇锡："想不到背头居然这么帅，弄得我也想去搞一个了。"

白悦："你算了吧，头发本来就少再梳上去就看不到头发了。"

这天晚上十点多钟的时候 Titans 一行人回到了亿游大厦，爻森为他们五个自拍了一张，发了微博："回来了，这几天玩得很开心，谢谢大家送的礼物。"很快收到粉丝的评论：

森神换发型了！

是偏分刘海加背头！我心目中最理想的发型了！

好美慕森哥的发量啊……

妈呀好帅，这发型换得好。

我已经忘了森神以前是什么发型了。

森神教你如何从阳光帅气俊朗男孩变成斯文败类性感男人。

ID "Titans_锡"："我不会告诉你们爻森他差点去剃成板寸。"

锡哥，我跪下来谢谢你。

锡哥今天两米八。

哈哈哈哈哈哈哈哈哈想象不出来。

其实感觉板寸应该也不错吧……主要看脸。

主要看脸。

主要看脸。

主要看脸。

……

王宇锡气得摔手机。

爻森刚把自己的东西收拾好，打开手机想问问邵涵对自己新发型的感想，却发现勾教练几分钟之前在群里发了一份文件。

文件内容是今年 WCAD 截止报名之后所有的有效参赛队伍名单，是按照字母顺序排列的。Titans 排在后面，爻森便先找挪亚方舟。

找到挪亚方舟之后，爻森却意外地在紧挨着挪亚的下面一栏看到了另一支队伍，在那场并不有名的青少年杯赛上露过脸的 Northern Lights。

WCAD 的报名门槛并不高，一般初赛就会筛掉一大批队伍。只是，因为 WCAD 历来的比赛地点都在北美，而只有进入复赛的队伍主办方才会提供免费酒店。

复赛之前这段时间里队员们的衣食住行的开销对小俱乐部来说是一笔不小的负担。所以就算比赛报名门槛不高，一般小的俱乐部也不会主动去凑这个热闹，除非是真的想让自己的队员见见世面。

爻森非常讶异，NL 这个名不见经传的俱乐部居然这么有钱？

他打开网页，在搜索框里键入这个俱乐部的名称，很快就找到了 NL 的官网。官网页面做得非常不错，并不给人一种小气廉价的感觉，只是开通时间很短，还是去年才有的。

爻森打开队员介绍板块，主力队队长的照片映入眼帘的一刻，他禁不住一愣。

NL 的主力队队长正是爻森昨天在 H 市展会中心上遇见的那位名叫程睿的"粉丝"。

第44章 搞笑第一，比赛第二

"……你说你那个粉丝是 NL 俱乐部的队长？"王宇锡诧异地望着爻森惊奇道。

白悦比王宇锡更讶异："你说他还在粉丝比赛里让了你？"

"这人想干什么啊？"宋铭喆难得语气不悦，自己偶像遭到鄙视，他头一个不高兴，"装成老大的粉丝？还放水？老大需要他放水吗？"

白悦："话也不能这么说，那个叫程睿的可能真是爻森的粉丝。只是他一个职业的选手还参加粉丝比赛，还放水，这……是有点奇怪。"

周子寓也忍不住疑惑道："他为什么要这样啊……"

众人在训练室七嘴八舌地说着，爻森挥了挥手示意众人停下，道："他当时让我应该是为了不让我知道他的真实水平。"

王宇锡瞪大眼睛："我的天，这人该不会是一个隐藏多年的黑马高手吧？"

"他让我怎么了？我不也让了他吗？"爻森撑着脑袋，手指敲敲桌面，"他让我可能还有别的原因，因为我当时跟他打的时候就感觉很怪……说不上怪在哪里。"

再加上三月份镭射杯青少年比赛时遇见的 NL 的青训队员那些反常的举动，爻森就越发觉得奇怪了。

不管怎么样，一切都可以在 WCAD 上见分晓，爻森既不恼也不着急，反正该来的总会来。

在爻森的努力下，挪亚方舟的队员也逐渐和 Titans 队员熟稔了起来，他们也习惯 Titans 队长隔三岔五就会出现在他们训练室了，偶尔是打包点夜宵，偶尔是几杯奶茶，有时候甚至只是来找邵涵随便聊聊天。

邵涵一开始还有些窘迫，因为爻森总是会把特意给他准备的那一份用单独的袋子装起来，弄得大家时常调侃俩人关系真好。

慢慢地邵涵也不在意了，面对大家的调侃也坦荡了许多。

四月初直到五月底会是训练强度最大的时候，平时队员们也没有什么其他娱乐项目，只能靠打打友谊赛来调剂忙碌的训练生活。

Titans 和挪亚方舟最近打算打一次公开友谊赛，赛程通过双方的直播平台直播。

平时训练大家都已经颇为紧张疲惫了，友谊赛再打得这么认真就说不过去了。更何况 Titans 和挪亚方舟不管是队员还是粉丝都一家亲，这次友谊赛还是一场以娱乐为主的比赛，让粉丝和观众们看个乐，队员们放松放松心情。

因此，Titans 和挪亚方舟决定，这次比赛他们交换队员。

两家队员签约最多的白鲨直播和海皇直播联合宣传了这次友谊赛，交换队员比赛的消息在粉丝圈里炸开了锅，大家兴高采烈地仿佛已经成为亲家。

于是，由爻森、邵涵、白悦、周子寓和另一名挪亚队员组成的 A 队将在今晚对战由林岚、王宇锡、宋铭喆以及另外两名挪亚队员组成的 B 队。

两边直播平台的观众人数在直播开始后两分钟内便刷新了游戏直播区的新高，联合直播收录了所有队员的摄像头画面，粉丝们疯狂地刷着屏。

是男子天团了。

让我再吹 ① 一波森神的新发型！

这个组合真的好好笑。

感觉锡哥会把岚哥他们坑死是怎么回事。

锡哥太皮了，只有森哥能控制住。

森吹 ② 就位！

左吹就位！

全员吹就位！

……

"等等，在开始之前是不是应该先放一段狠话？"王宇锡清了清嗓子，猖狂地笑道，"哈！爻森！今天就是你的死期！"

爻森："……"

哈哈哈哈哈！

锡哥，求求你别说话了。

----

① 网络用语，称赞的意思。

② 即称赞爻森的粉丝。

给大家介绍一下电竞史上头最铁的选手：王宇锡。

森哥：我宣布正式把王宇锡踢出 Titans。

说吧锡哥你想横着死还是竖着死。

……

游戏开局之后，王宇锡就彻底放飞了自我，在被爻森狙击的边缘横跳，在差点被爆头之后总算是稍微收敛了一点，回归了大部队。

"王宇锡展示的是团队电竞的错误示范，大家不要学他。"爻森一边带队前进一边对观众说，"这种队员也就只有我们巨人不嫌弃了。"

白悦打开了全体语音："老王，我和爻森决定不要你了。"

王宇锡："谁稀罕你们！跟着岚哥混挺好的！"

林岚："……"

爻森笑道："林岚队长，我们拿王宇锡和你换邵涵怎么样？"

岚哥：不了不了。

赔本买卖，哈哈哈哈哈哈。

森哥居然点名邵哥，啧啧啧。

小左不管在哪个队都是团宠。

小左：你们竟然当着我的面做这样的交易。

没有人要锡哥我就抱走了！

前面放下！谁说没人！

……

邵涵眼观鼻鼻观心地看着电脑屏幕，摒除一切杂念，仿佛所有的讨论都与他无关。

A队一行人进入了一个防空洞的外围，通道十分狭窄，基本上只能容一个人通过。这种地方容易被敌人从通道尽头偷袭，周围没有掩体，遇上了就只能硬扛。

爻森："邵涵，去我后面。"

邵涵："……要不我在前面保护你吧？"

爻森："去后面也能保护我啊，乖，去吧。"

平时私底下被哄"乖"也就算了，被这么多观众看着，感觉所有飞驰而过的弹幕都在往他发热的脸上添一把火，弄得他又想关摄像头了。他朝着爻森看了一眼，用眼神示意他认真玩游戏，端着枪乖乖地走到爻森身后去了。

森哥你在说什么？

天哪这还是我认识的森神吗？

森神对小左好宠，啊啊啊啊啊啊！明明就是为了保护小左嘛！

感觉森哥语气很平常怎么回事。

各位我有一个大胆的想法。

朋友们评论区留下网盘。

邵哥好听话啊。

"森左"太甜了，我今年嗑得最真的cp。

甜死了甜死了，真的甜死了，我要倒地不起了。

……

十几分钟之后，A队和B队正面碰上，两队展开了一次激烈交火，双方都损失了两三名队员，最后B队首先撤退，各自伺机再寻找机会。

两队目前势均力敌，A队还剩下爻森、邵涵和周子寓，B队还剩了林岚、王宇锡和另一位挪亚方舟的队员。

B队人员首先达到了补给站，A队则潜伏在补给站外。补给站的位置都是随机在地图上生成，比医院建筑有更高概率掉落辅助工具，往往是选手会首先选择抢占先机的地点。

爻森刚才在空投里捡了一只钩索发射器，这个道具掉落概率不高，可以为使用者提供一次性的建筑物外墙的垂直距离移动，发射范围是建筑物二到六层。

爻森知道王宇锡他们肯定就分散在补给站这栋大楼里，这栋楼适合狙击，B队人员大概率会在窗户边伺机埋伏，A队基本处于劣势。而爻森目前的目标是首先干掉B队命中率最高的王宇锡，而他手上的发射器为他提供了一次短时间内奇袭的机会。

问题就是，王宇锡究竟在四层补给站中的哪一层。

要是换作正式比赛，爻森或许会全方位分析对手的人员安置与心理设想，但既然只是一个友谊赛，培养友谊才是首要的，胜负并不重要。

爻森突然打开了全体语音，道："老王，今天输的人晚上请吃小龙虾怎么样？"

王宇锡秒回复："正合我意！"

"我要一斤蒜蓉味一斤蚌汁味，"爻森看了看邵涵，"邵涵一斤麻辣一斤泡椒蒜泥。"

"你怎么还点上菜了呢？"王宇锡道，"我要一斤十三香味一斤泡菜味再加一斤香辣味！"

爻森："林岚队长你们要吃什么？"

这是什么节奏？

挪亚全员：我是谁，我在哪，为什么突然开始点菜。

我退出来看了看这不是美食节目。

啊啊啊啊啊啊，我好饿，啊啊啊啊啊啊！

为什么森神对小左的口味这么熟悉！

邵哥一直是无辣不欢的，真爱粉都知道。

……

爻森和王宇锡两人就夜宵问题聊了好一阵，王宇锡已经开始思考自己今晚会胖几斤的问题了。

"那要不我们打包回来吃吧。"爻森一边说一边打开了钩索发射器的保险，不经意地问道，"欸，老王，你现在在哪？"

王宇锡的脑子还没从满目的色香味俱全的小龙虾里转过弯来，再加上和爻森当队友当久了，早就对爻森的指挥形成了条件反射。队长要询问方位问题那肯定是得马上回答，王宇锡想都没想就开了口。

"我在三层……"王宇锡突然噤声，意识到自己说漏了嘴，脸上一阵红色绿色闪过，仿佛一不小心吃到了半只苍蝇。

爻森在王宇锡说出三层的一瞬间便果断用发射器将自己弹射到三层窗户边，撞碎玻璃就地一滚，眼疾手快地对着角落里蒙逼的王宇锡就是一枪，将其爆了头："谢谢了，兄弟。"

整个游戏寂静了几秒，就连一向稳重的林岚都忍不住闭上眼睛不忍再看下去。

半秒钟之后，白悦丧心病狂的笑声透过爻森和邵涵的耳机隐隐地传了出来，剩下的人抖着肩膀又不好意思大声笑，个个憋得跑出了一段蛇皮走位。

哈哈哈哈哈哈哈哈哈哈哈，我笑死。

锡哥不哭。

锡哥自闭了。

我也是第一次听见悦哥笑成这样。

我看到邵哥想笑又憋住了，哈哈哈哈哈哈！

先用锡哥熟悉的话题慢慢转移锡哥注意力，降低他的警惕心，森哥心理学满分。

这真是友谊赛不是友尽赛吗？

……

最后游戏在王宇锡疯狂的控诉以及深深的自闭中结束了，他当天晚上就义愤填膺地发了微博："求求大家众筹帮我从Titans赎身吧，每天都被头牌压迫，我单方面宣布和头牌友尽半小时！"很快收到粉丝的评论：

锡哥好惨，但是我，哈哈哈哈哈哈哈。

锡哥不哭，多被坑那么几次就习惯了。

锡锡呀，你这么傻我担心你以后怎么娶老婆呀。

……

刚发完微博，王宇锡就被爻森在微信群里艾特了。

爻森："@王宇锡 邵涵想喝奶茶了，我顺便帮你叫了，下来喝。"

王宇锡："你以为一杯奶茶就可以把我收买吗？！还顺便！"

爻森："四季玛奇朵，加了布丁和冰激凌。"

王宇锡："放着我来！"

第45章 轰趴

转眼之间便到了五月初，队员们迎来了比赛前最后一次休整假期。伴随着五一小长假的到来，Titans俱乐部也放了一次三天的假期。与此同时，亿游大厦也为每个俱乐部提供了假期福利——轰趴券。

这种人多才乐趣多的集体活动，Titans 俱乐部当即就邀请了挪亚方舟的队员们和他们一起去。经过了上一次的友谊赛，挪亚方舟的队员们基本上已经和 Titans 混熟了，非常爽快地便答应了这次邀请。

亿游大厦给优惠的那家轰趴馆非常贴心地配备了游戏设备，虽然比不上他们平时在大厦里的训练设施，但也方便了假期里偶尔开黑。

一行人最开始本来打算自己做饭体验一下生活，但想法很美妙现实却非常骨感。做饭这件事对于男生来说是个大难题，十个人里面会做的不超过三个，还包括爻森这种仅仅是能吃的水平。

邵涵的厨艺倒是还算不错，但很可惜他会的只有麻辣菜式，而且还是符合他口感的麻辣。邵涵正打算举手说自己可以做，吃过他做的菜被辣到怀疑人生的挪亚队员们纷纷把他的手按下来，表示大家还是出去吃比较好。

假期第二天正好有北美《破晓警报》明星杯赛的转播，大家约好明天早上起床一起看，晚饭后便各自回房或者串门唠嗑打游戏。

爻森洗澡的时候，邵涵接到了邵萌发来的视频通话邀请，邵涵正坐在床上玩手机，直接就接通了。

邵萌穿着一身恐龙睡衣，怀里抱着用邵涵的 Q 版图片定做的玩偶，问候还没说出口，转而吐槽道："哥，虽然你长得好看，倒是这视角能别这么直男吗？"

邵涵无奈地在床上趴着躺了下来，戴上了耳机，将手机放在床头靠稳。

邵萌："哎呀这就帅多了嘛，每一帧都是壁纸。"

邵涵："你作业写完了吗？"

"我求求你别提作业了！"邵萌狠狠翻了一个白眼，瘪着嘴看着邵涵，突然"欸"了一声，"哥你在哪儿啊？不像你寝室啊？"

"我在外面，和队友还有爻森他们轰趴。"

"轰趴？！我在做圆锥曲线做到吐的时候你居然和森神他们去轰趴！"

邵涵稍微调小了一点音量，说："等你高考完了可以过来玩。"

邵萌向邵涵哭诉着自己过着怎样惨无人道的生活，顺便向哥哥撒撒娇。邵涵一边听一边"嗯嗯"地应着，不忘叮嘱她好好学习。

这时，爻森洗完澡走了出来，对邵涵道："邵涵，你洗吧。"

邵萌虽然没从视频画面里看到偶像，但她敏锐地听到了一点自己偶像的声音，当即就道："哥，是森神吗？！"

邵涵回头看了爻森一眼，立刻把手机往下盖在了床上。爻森没有穿上衣，背上还有没擦干净的水珠，他走过来问道："怎么了？在打电话吗？"

邵涵无视小萌发出的"喂喂？哥？你还在吗？"的声音，取下耳机，对爻森道："你把上衣穿上，我在和小萌视频。"

爻森："一会儿还得脱啊。"

邵涵一愣，随后低头抿了抿嘴唇，最后，他推开爻森，让他远离手机摄像头的可视范围，重新戴上耳机，把邵萌打发去做作业。

邵萌："哥！你都不让我看看森神的吗！"

"好啦。"邵涵越说越能感觉到背后那道视线，声音都不自觉地急了一些，"写作业去吧，我先挂了。"

爻森似笑非笑地看着他挂上电话，邵涵轻轻瞪了他一眼，却因为心里的紧张没什么气势，只留下一个匆匆走进浴室的背影。

第二天一早，爻森是被王宇锡的拍门声吵醒的。

王宇锡站在门外喊道："起床啦！说好的一起看转播呢！"

爻森打着哈欠拿起手机看了看时间，转头看了看躺在身侧的邵涵。邵涵轻轻地呼吸着，白色的棉被将他半张脸都埋起来。

爻森俯身摸了摸邵涵的头发，唤道："起床看比赛了。"

邵涵慢慢睁开眼，却被窗外照进来的阳光给刺得皱了皱眉。爻森把邵涵哄醒，下床穿衣服洗漱。

等到爻森洗漱完从浴室里出来，发现邵涵又躺了回去。爻森哑然失笑，无奈道："我好不容易把你哄醒，你怎么又躺回去了？"

邵涵困倦地轻声道："……再让我睡……十分钟……"

"好好好，睡吧。"爻森忍笑，走过来帮他把被卷成一团的被子盖好，"我一会儿再上来叫你。"

爻森走下楼，王宇锡等人早就在楼下沙发上坐着吃东西了。王宇锡抬眼看了爻森一眼，问："邵哥呢？"

爻森："不想起，让他多睡会儿。"

十几分钟之后，比赛转播马上就要开始了，爻森上楼去叫邵涵起床。王宇锡忍不住道："上回去电竞展也是，邵哥一直和爻森睡一个屋，他俩感情也太好了吧？这可比穿一条裤子的兄弟还亲哪？"

另外三人都默默地点了点头。

宋铭喆感慨道："我可从来没见老大和谁这么好过，邵哥果然是万里挑一。"

王宇锡点点头："对，万里挑一。"

邵涵下来的时候，莫名接收到了 Titans 众人某种程度上十分敬畏的眼神。

第46章 加训

北美每年都会举办《破晓警报》的明星杯赛，今年杯赛的时间正好在 WCAD 前两个月，也算是 WCAD 一次正式预热。

明星杯赛的报名门槛很高，基本只有北美在全球排名前三十的强队可以参加，其中自然就包括历来都要和瑞士奥丁队在 WCAD 冠亚军上较量的美国林肯队。

邵涵在沙发上坐下，王宇锡坐在一边，十分殷勤地递了个枕头过去，关心道："邵哥，靠个枕头舒服点。"

邵涵面露几分奇怪，似乎是不知道王宇锡为什么要突然给他枕头，他不知刚才 Titans 众人已经得出了他是万里挑一的结论，王宇锡自然是得狗腿地多献点殷勤。爻森走过来挨着邵涵坐下，拿过王宇锡的枕头，对邵涵道："来，靠着吧。"

邵涵还是把枕头垫在了腰后，房间里众人接着将注意力放在了比赛转播上。

林肯队拥有三位全球排名前十的队员，队员平均名次和奥丁队不相上下。林肯队的主力队员凯文是一个偏向综合型的选手，虽然他大部分时候都被划到辅助选手的排名里，但是就算论命中率他也绝对可以排上全球前八，是全球首屈一指的综合实力强劲的选手。

明星杯赛没有初赛和复赛，直接采用三局双败制得出冠亚季军。林肯的第一场比赛是和一支来自加拿大的队伍打，作为全北美乃至全世界的顶级明星选手，摄像头时常切到凯文的特写。

比赛全程凯文都十分冷静，表情甚至都没什么变化。圈里总有人开玩笑，说据说在比赛上成功让凯文的表情产生过变化的目前只有奥丁队的伊森和曾经打败过他一次的陆凯之。

这一场比赛林肯打出了三比零，爻森全程看下来只有一种感觉，那就是真正强的人是不会侥幸的。看林肯队比赛的感觉和看奥丁队完全不同，这两支夺冠可能性最大的队伍风格迥异，但都有同一个非常突出的特点，那就是几乎天衣无缝的团队配合。

电竞是一个团队比赛，一个再强的选手只要是理智的就不会选择个人秀。而Titans的一队相比起这两队来说还很年轻，团队合作经验也远远不足，大部分时候还是依靠爻森的指挥，而不是像真正有丰富经验的队伍那样，队员之间在战术安排上有很大默契，可以节省很多不必要的时间。

爻森看着大屏幕上和对手握手致谢的林肯队，微微地皱着眉，在心里思考着自家队伍的不足之处。

邵涵注意到爻森的神情，轻声问："怎么了？"

邵涵的声音就像一阵雨后的凉风，一下把爻森心里那股紧迫的情绪给吹散了大半。爻森嘴角抬起，回答："没事。"

邵涵看着爻森，隐隐明白了什么。现在距离 WCAD 只剩两个月了，爻森作为Titans的队长，压力和紧迫感比其他队员大得多。不仅是因为队长这个肩负着更大责任的身份，而且 Titans 作为黑马亚洲冠军队伍，自然被寄予了能够与全球老牌强队一战的厚望。

他人的期望远比自身的要求更容易给人带来巨大的压力，邵涵深深明白这一点。他将手掌贴上爻森放在身侧的手臂，轻轻地安抚似的摸了摸，道："别给自己太大压力了。"

爻森一顿，心里泛起一股暖流，心想邵涵实在是太暖心了。

和 WCAD 一样，明星杯赛的每支队伍一天一般是两场比赛，上午一场，下午或者晚上一场。今年的参赛队伍不多，基本两三天就能比完。

众人出来度假的最后一天晚上，也正好得出明星杯赛的冠亚季军。林肯队是当之无愧的冠军，凯文再次斩获今年的北美明星杯赛的最佳明星选手称号。

大家也都知道，凯文一天不退役，这个头衔就不会落到别人手里。

那天晚上勾教练意外地在 Titans 的队伍群里说了话，告诉众人收假之后会加一次额外的战术协同训练。战术协同训练不同于以往普通的战术训练，协同训练更加关注队员之间在战术上的默契，在具有自己对战局的独立判断的前提条件下达到和队员的最佳协作。

王宇锡惊讶道："老勾怎么突然想起来给我们加训了？"

"是我提议的。"

Titans众人齐齐望向坐在角落沙发上的爻森，他抬头望着其他四人，微笑着说："我觉得我们这方面有待提高。"

王宇锡："……你不是爻森，快把爻森还回来。"

王宇锡认识爻森这么久，爻森主动提出要加训的次数屈指可数。因为爻森实在很强，维持正常的训练就足以让普通选手难以望其项背了，平时也会偶尔偷个小懒，这么佛系的队长居然主动说要加训——

他说："是因为林肯队的比赛吗？兄弟，你别太有压力啊。"

"我是森神，要对自己的要求高点。"爻森微微眯眼看着他，"怎么，你不想训？"

"……不不不，我想训，我双手双脚同意加训。"王宇锡先是被爻森前一句话给憋出了一个白眼，随后又赶紧表明自己诚挚的真心，"我们不是看你白天日理万机……日狙万人很辛苦嘛。"

爻森："谢谢，不辛苦。"

五一假期回来之后，Titans五人便投入了勾教练高效制定出来的战术协同训练中。队员间的团队协作问题永远是一个需要攀爬的铁壁，先从理论上了解战术协同的意义和训练方式，再从无数次的实战训练中得出经验，的确是一个耗时费力的事情。

战术协同加训开始了，原本的训练计划也不能落下，大半个月的时间基本就在这样的忙碌中度过了。

爻森身为队长，不仅仅有自己的训练还要带着全队一起训练，这二十多天下来他感觉自己的失眠都活生生被训练完之后的疲惫给治好了。

好在六月份之后所有的训练强度都会慢慢地下降，最后维持到正常水平，这也是众人目前能盼的唯一一件事了。

这天的训练完成之后，爻森和王宇锡直接回寝室，刚拐过宿舍区走廊的拐角，就看见一道人影靠在1522宿舍门旁的墙边。

听见脚步声的邵涵转过头，他的手里提着一个透明的塑料袋，袋子里似乎装着一个打包盒。

"邵涵，你怎么来了？"爻森讶异地一顿，扭头看向王宇锡，吩咐道："老王，你先去1524，我叫你回来你再回来。"

"用不着你说我也会去的。"

说完，王宇锡热情地微笑着和邵涵点了点头，径直去了1524白悦他们宿舍。

爻森打开寝室门，把邵涵拉了进来。邵涵进门后便把手里的塑料袋放在了桌上，把里面的餐盒打开来,顿时飘出一股新鲜怡人的粥香。邵涵道:"今天队里出去吃夜宵了,打包的海参粥,你趁热吃吧。"

看看,这就是他的小左,不仅赏心悦目,还怡情养胃。

"你怎么不提前和我说一声?"爻森心里又无奈又酸甜,"你在这儿等了多久?"

"也没多久。"邵涵轻声回答,"我以为你已经训练完了,没想到你们还有加训,最近都训练到这么晚吗?"

"是啊。"在邵涵面前爻森只想好好发泄一下,一点也没隐瞒,"累得我的失眠都治好了。"

邵涵:"你快喝粥吧。"

一碗热粥下去暖胃暖心,爻森觉得自己现在精力充沛到可以再冲回训练室打上三个小时。

这时,邵涵的手机响了,他拿出手机,看到了来电人,推了爻森一把,轻咳一声:"是我爸。"

长辈在电话那头爻森自然是得收敛点,点头表示自己不会捣乱。

"喂,爸。"邵涵接起电话,"怎么这么晚打过来?"

邵涵的爸爸是一位大学法学教授,平时偶尔会去各城市的大学开讲座。听爸爸说,他后天正好要去 S 市邻市的大学开学术研讨会,就想顺便过来看看邵涵。

邵涵:"嗯,好啊。"

过了几秒,爻森发觉邵涵的神色有些微微的变化,眼里似乎多了几分意料之外的慌张,语气也变得有些紧张了起来,"……嗯,我知道了。"

挂了电话之后,爻森问:"你爸说什么了?"

"他说他过来看我……"邵涵回答,"……也想见见你。"

第47章　邵爸爸

爻森倏地坐了起来,盯着邵涵的眼睛,脑子里有根弦一下绷紧了。

半晌,他才紧张地挤出两个字:"……真的?"

邵涵难得见到一向游刃有余又自信的爻森露出这种颇为惊疑又紧迫的神态,忍不住扬起嘴角笑了："真的，我爸就是和你随便聊聊，他人其实挺随和的。"

爻森觉得自已有必要了解一下邵涵父亲的情况好提前做做准备："邵叔叔他是做什么的？"

"法学教授。"

"……"

爻森觉得自己的压力呈指数级别增长，从小对老师这个职业的敬畏之心让他在脑海里缓慢塑造了一个严师的形象——无论如何都和随和这两个字沾不上边。

爻森："他对你的好朋友有什么要求？要懂法律吗？我现在学还来得及吗？"

邵涵无奈地看了爻森一眼："只是一起吃个饭。"

爻森无奈道："我这不是担心他不喜欢我吗？"

邵涵无奈道："怎么会，我跟我爸妈都提过你，他们挺喜欢你的。"

爻森一挑眉，突然来了兴趣，笑道："你都说了什么？"

其实当时打开这个话头的人是小萌，小萌身为爻森这么多年的粉丝，把爻森吹得天花乱坠口若悬河，连爻森喜欢吃什么都聊到了。邵涵的父母自然很欣慰，邵涵性子内敛，能交到这么好的朋友不容易。

"其实夸你的人是小萌，我只是附和她而已。"邵涵顿了顿，又道，"我也不好意思在爸妈面前说……但他们能看出来你很好，这就够了。"

送走了邵涵之后，爻森才打开手机看到了几分钟之前白悦在群里发的消息。

白悦："@爻森 你什么时候过来把王宇锡这头死猪领走？他已经在我们寝室睡着了。"

爻森："你叫醒他吧，邵涵走了。"

几分钟后，王宇锡打着哈欠回来了。他一推开门便闻到一股食物的香气，顿时来了点精神，忍不住问："邵哥给你带啥了？"

爻森："海参粥，邵涵的爸爸来了，叫我明天去陪他吃顿饭。"

"你要见邵哥他爸？我觉得还是带点礼物吧？穿得正经点礼貌点就行。"王宇锡问，"邵哥爸爸是做什么的？"

"法学教授。"

"……"王宇锡的眼神变得犀利了起来，"要不你连夜看看法制频道？"

最后爻森觉得让王宇锡在这儿瞎给他出主意还不如自己好好地去问问邵涵，听说邵叔叔喜欢吃泰国菜之后，爻森当即就在附近物色好了一家泰国餐厅。想到邵叔叔是个学问渊博的人，爻森从自己的衣柜里翻出了多年没穿过的白衬衫，烫得整整齐齐，一个褶皱都看不见。

去迎接邵叔叔的那天上午，爻森收拾好自己，在王宇锡一脸看斯文败类的表情中出了门，就连邵涵见到爻森的那一刻都忍不住愣了愣。

爻森平时习惯穿休闲的 T 恤衫，就算穿衬衫那也是挺潮挺有型的那种，邵涵还是第一次看到爻森穿得这么规矩正经。

爻森本来就是个行走的衣架子，帅气的容貌也为他加分，忽然穿得正经起来，整个人倒显出了几分少有的成熟的斯文气，同时又夹杂着他平日里那种自信又有点小痞气的魅力，就差在人耳边一字一句地教"迷人"这两个字到底该怎么念了。

显摆自己身边的人和事物这是人之常情，但邵涵大多数时候却觉得有些无奈的苦恼。

邵涵突然就不太想带爻森出门了："你干什么穿这么正式？"

"显得我稳重一点不好吗？"爻森倒是对自己今天这身打扮非常满意，"走吧，别让邵叔叔等我们。"

邵涵只好硬着头皮跟着爻森出去了。

两人直接去了那家泰国菜餐厅等候，没过多久，邵叔叔便到了。邵爸爸人很儒雅，身材高挑，邵涵的容貌和气质都可以在邵叔叔身上看到影子。而比起儿子，邵叔叔又多了许多随性。

邵爸爸确实和爻森想象中严肃的大学教授不太一样，脸上的笑容随和坦诚，周身洋溢的气息丝毫不让人感觉紧迫。

看见爻森站起来迎接他，邵爸爸笑道："坐，不用招待我。"

爻森身上就是有种就算心里再紧张也从容不迫的自信的气质，从打招呼到入座再到请长辈点菜，言谈举止透着自然的礼貌和热情，方方面面的细节都周到体贴。

邵爸爸也十分健谈，很快就和爻森畅聊了起来。真正聊起来爻森才觉得，邵叔叔虽然个性随和，但谈吐给人的感觉就是非常稳重睿朗，他丝毫不奇怪这样的家庭可以教出邵涵这样一个讨人喜欢的人出来。

看爸爸和爻森聊得不错，邵涵坐在一旁插不上话，时不时地抬眼悄悄打量他们。服务员过来布菜盛汤的时候，邵涵口袋里的手机一振，接到了爸爸的消息。

邵涵心里咯噔一声，心想果然还是来了。

爸爸："十分钟后你去上个厕所吧，我和他单独聊聊。"

邵涵："爸，我可不可以留下来？

爸爸："不可以，放心，不会为难他的。"

邵涵抬起头，爸爸微笑地望着他，随和中透露着一股外人看不出来的威严如法理的不容置疑。邵涵只好轻轻点头，并按照爸爸说的在十分钟之后离席去了洗手间。

邵涵起身的那一刻，爻森就知道正头戏大概是要来了。

邵爸爸放下手里的筷子，声音依旧温和："你见过萌萌吧？"

爻森点点头。

"有时候我和我爱人真的希望这兄妹俩的性格可以相互匀一匀，萌萌太咋咋呼呼了，涵涵大部分时候又比较内向。"邵爸爸笑了，眉间都是作为一个父亲的无奈与欢喜，"涵涵小时候，我和他妈妈管他管得挺严，涵涵也懂事得早，现在想起来当时我们对他可能确实是太严了一点。

"涵涵小时候有一次不小心打碎了我一只紫砂西施壶，把那孩子内疚的，半夜都在书桌上给我写检讨，年底还主动把所有压岁钱都上交给我了。"说起邵涵小时候的事，邵爸爸是又好气又好笑，"我都不知道该心疼还是该笑了。

"涵涵他性子内敛，而且后来又有了妹妹，他当哥哥的，成熟得早，什么事都会先考虑其他人，怕让别人觉得麻烦，平时也基本不会主动和我们说自己的事，都是告诉我们他一切都好。"邵爸爸继续道，"我和我爱人以前一直很担心他，所以，他这次能主动和我们说起你的事，我们真的很欣慰，这次正好有机会，所以才想简单和你聊聊。你能和涵涵成为朋友，我们很开心，涵涵他确实比以前更加开朗，也开心多了。"

听完邵爸爸的话，爻森脑海里满满的都是个子还只到成年人腰间的小邵涵夜里红着鼻子写检讨书的样子。

爻森不禁回忆起平时和邵涵相处的一些小细节，忽然觉得，自认为还算细心的自己竟然还是忽略了不少东西。

第48章 小左吃柠檬

邵涵去了洗手间之后便悄悄绕到餐厅屏风背后的座位上坐下，忐忑地偷偷望着他们。距离太远，他听不清爸爸和爻森说了什么，但见两人的神情一直都很自然，邵涵这才稍稍放下心。

就这样等了大概二十分钟，邵涵接到了爸爸发来的消息，说是可以回来了。

邵涵于是从洗手间的方向绕了回来，爻森大概也猜到了他离席的原因，并没有问邵涵为什么去了这么久。邵爸爸下午还有事，用完午饭后，两人便送他上车。离开之前，邵爸爸回过头和两人说再见，笑道："比赛加油。"

爻森："谢谢叔叔。"

目送着接邵爸爸的车子离开，邵涵才有些紧张地抬头打量爻森的神色。他虽然相信爸爸不会刁难爻森，但是这两人避开他谈话总还是让人觉得心里没底，忍不住问道："我爸都和你说了什么？"

爻森似乎是料到邵涵会问，笑道："我可是答应了叔叔要保密的。"

邵涵微微撇了撇嘴，但也没有再问了。爻森看着邵涵垂下的眼睫，心里一软，忍不住在他头顶蓬松的发上轻轻揉了揉。

爻森把邵涵送到宿舍，邵涵拿出门卡刷开房门，宿舍里没人，队长大概是出去了。邵涵前脚刚进去，爻森后脚便跟了进来。

邵涵回头看他："怎么了？"

爻森轻轻呼出一口气："邵涵，你想要什么东西，你想去哪里，你想做什么，你可以毫无顾忌地告诉我，不用想那么多，我们是最亲密的朋友，我怎么会觉得这是麻烦呢？对我，你可以毫无保留。"

邵涵怔怔地看了爻森一阵，他不知道爻森是怎么察觉这件事的，可能是爸爸和他说了什么，但自己心里一直以来都在意的事忽然被爻森这样轻易地点破了，并且告诉他，不用怕麻烦他，可以依赖他。

看邵涵的神情，爻森就知道他明白了，于是他伸出手，轻轻地抱了抱邵涵。

这时，宿舍的门突然被人打开，林岚站在门外，保持着握着门把手的姿势，略显诧异地望着他们。

三人互相望着彼此，一时沉默无声。

最后，爻森松开邵涵，朝着林岚微笑了一下，从容道："不好意思啊林岚队长，我来你们宿舍坐坐，打扰了。"

林岚："没关系，我上个洗手间就走。"

林岚迅速地走进洗手间，又很快出来，轻轻关上门离开了，仿佛他从来没有进来过。

队长走后，爻森回过头，正对上邵涵无奈的眼睛。

爻森飘着目光，道："没事，他们都知道我和你关系好。"

WCAD 总决赛因为战线较长，官方往往会提前一个多月公布预选赛的分组名单。预选赛采取分组多排积分制，将近两百支报名队伍分为 ABCD 四个大组，每个大组再分为甲乙两个小组分别进行比赛，最后取每大组积分排名前八的队伍，也就是总共三十二支队伍晋级复赛。

预选赛的分组名单刚一公布，网上就已然炸开了锅。

林肯队和奥丁队一个在 B 组一个在 D 组，主办方似乎也有意不让这两家争夺冠亚军的强势队伍太早碰到一起。而亚洲队伍方面，Titans 与林肯队一道被分进了 B 组，同样在 B 组的还有德国和韩国的强队；而挪亚方舟、眼镜蛇和其他亚洲强队则分在 A 组和 C 组。

WCAD 官方在预选赛的分组上综合考虑了各个队伍的历年比赛成绩，分组相对合理，并不会把水平位于中上游的队伍和太多的顶级强队分在一起，避免出现下游水平队伍出线复赛而中上游队伍反而被淘汰的冷门局面。

"甲乙分组是队长抽签吗？"王宇锡在看完分组名单后问道，得到勾教练的肯定回答之后，他忍不住唏嘘感叹了一声："爻森，你抽签之前去庙里求个签啊，别一上来就抽到和林肯一个组，这才预选赛呢我的玻璃心还不想碎。"

爻森说："抽到了又怎么样，大不了 B 组第二出线。"

爻森翻看着分组名单，除了关注一下邵涵和沈佑的分组情况之外，他还特意看了看那支神秘又年轻的 NL 队，发现 NL 居然和邵涵他们分在一起。

王宇锡："居然还有一个多月就要开赛了，想想还真有点紧张。欸，话说俱乐部其他队员有要去看现场的吗？"

白悦："你当往返机票再加伙食费再加住宿费再加比赛门票很便宜吗？俱乐部又不给报销。"

周子寓却道："江阳和我说他会去看现场。"

"江阳？"王宇锡诧异道，"他这么有钱的吗？"

周子寓挠了挠头："我听他说他家在美国有房子。"

王宇锡沉默了半晌："怪不得他的脾气这么冲，原来是个有钱人。"

预选赛不在 Titans 的战略考虑范围内，和他们同组的除了林肯也就两支队伍需要稍微注意一下。一是德国队，这支队伍队员平均战力比 Titans 低一些；二是韩国队，这支队伍在前年的亚洲区域赛上已经是他们的手下败将了。

讨论完预选赛的事，爻森拿了两袋今天刚买的水果，准备去 B 座 943 串串门。

爻森来的时候邵涵正在直播，林岚则不在。

爻森将水果放在桌上，搬来一个椅子放在了邵涵身后，笑道："你直播吧，我就坐在这儿，不打扰你。"

直播间的粉丝早就眼尖地看见爻森来了，此时已经开始激动地刷起屏来。

啊啊啊啊啊啊啊啊，森神！

我正在想森哥好久没有出现在邵哥的直播里，森哥就来了。

总觉得森神每次对小左说话的语气都好宠啊。

我也好想像森哥这样，可以坐 MVP 座位。

震惊！ Titans 队长居然在一场直播里沦为背景板！

……

邵涵还是相信有这么多观众看着，爻森应该不会太放肆……吧。他回过头把注意力放在即将开始的游戏上，同时也忍不住通过摄像头去看坐在自己身后的爻森在干什么。这一看却一不小心对上了爻森的视线，后者朝他轻轻扬起嘴角笑了笑。

邵涵心里一慌，匆匆移开视线。

爻森从袋子里拿出几个山竹，找来牙签，把山竹掰开将山竹果肉挑出来递到邵涵嘴边，道："特别甜，你尝尝。"

邵涵的游戏已经开局了，且正在走位中，实在腾不开手，只能偏过头用嘴巴接下，含糊地回答："嗯，好吃。"

爻森："我还带了橘子，吃吗？"

邵涵："先放那儿吧，我等会儿吃。"

"没事儿，你玩你的，我给你剥好。"

几分钟前觉得爻森会收敛，邵涵觉得自己实在是太天真了，反正粉丝都已经在号了，战局也逐渐胶着了起来，邵涵干脆破罐子破摔一心专注在游戏上，爻森递到嘴边他就吃。

爻森本来是好好地给邵涵剥着橘子，他突然看到袋子里还装着几片柠檬，这本来是他带来给邵涵泡水喝的。

爻森眼睛一转，心里起了点坏心思，把柠檬片拿了出来。有的粉丝眼尖已经发现爻森意图不轨，在弹幕里问"森神你想干什么"，只可惜邵涵全神贯注于游戏战况，没有看弹幕也没有看录像。

爻森对摄像头笑着做了个嘘声的姿势，随手把切好的柠檬片递到邵涵嘴边，邵涵直接张口就吃了下去。

邵涵咬下去之后才发现满屏的弹幕都是"哈"这个字，嘴里就突如其来泛起一股浓重的酸味。邵涵被酸得闭上了眼睛，从鼻子里发出一声略微嫌弃的"嗯"声，一枪彻底打偏，眉头都皱了起来。

邵涵诧异地看着他，声音闷闷的："你为什么要给我吃柠檬？"

爻森趴在邵涵的椅子上大笑，低声说着"邵涵你好可爱"，邵涵这才反应过来自己是被捉弄了。

森神，你也太坏了吧！哈哈哈哈哈哈哈哈哈哈哈。

森神，你就仗着我们小左相信你，就这么欺负小左！实在是……干得漂亮！

啊啊啊啊啊啊啊啊，小左好可爱啊好想抱抱。

……

邵涵无奈又微恼地瞪着他，爻森一边笑一边抬手安抚："别生气别生气，我一会儿也吃一个好不好？"

邵涵心里也气不起来，闷声道："时间也不早了，你快回去吧。"

爻森一笑，把手里剥好的水果放在一边，弯下腰对着摄像头道："各位亲爱的苔粉，看在你们邵哥今天被我欺负了的分上，多给他刷点礼物吧，刷上榜单的话我来给大家表演吃柠檬。"

第49章　是我给你自由过了火

六月上旬，王宇锡的生日伴随着高考一起来了。他的生日正好是高考第一天，每年过生日时王宇锡都戏称说全国考生一起陪他庆生。

王宇锡发了这样一条微博："每一年这个时候我都会回想起高三那年我在考场过生日的景象，来吧！各位亲爱的考生！锡爷保佑你们金榜题名！"很快就收到粉丝的评论：

> 锡哥生日快乐，今年也许愿锡哥来年长到一米八（后面配了一个无辜狗头的表情包）。
>
> 再过几个小时就要被数学支配了。
>
> 来锡哥这里许个愿能第一志愿！
>
> ID "Titans_森"："生日快乐，增高鞋垫了解一下。"
>
> ID "Titans_悦"："生日快乐，全年奶茶优惠券了解一下。"
>
> ID "Titans_喆"："生日快乐，生发液了解一下。"
>
> ID "Titans_锡"："什么？"
>
> ID "Titans_寓"："锡哥生日快乐！"
>
> ID "Titans_锡"："谢谢子寓，锡哥爱你哦。"@ID "Titans_寓"
>
> 哈哈哈哈哈哈哈哈哈哈哈哈哈哈大型塑料兄弟情现场。
>
> 打开锡哥评论区误以为那三条都是广告。
>
> ID "NA_Left"："生日快乐。"
>
> ID "Titans_锡"："谢谢邵哥，晚上请你吃饭哦。"@ID "NA_Left"
>
> 锡哥怎么不说爱邵哥了。
>
> 别乱说，锡哥可是"森左"粉头（后面配了一个无辜狗头的表情包）。
>
> ……

虽然 Titans 众人的兄弟情看似非常塑料实则很坚挺，爻森等人还是一起合买了王宇锡一直心心念念的显卡送给他。王宇锡抱着他的新显卡亲了好几口，高高兴兴地请爻森他们再加上挪亚方舟一队出去喝酒唱歌，扬言不醉不归。

自从上一次喝醉之后邵涵就基本上没怎么喝过了，挪亚方舟其他人也都是意思意思地小喝几杯，免得喝醉了在 Titans 面前出洋相。白悦和周子寓酒量差喝得少，王宇锡和爻森比他们稍微能喝一点，宋铭喆才是真的千杯不倒。

酒过三巡爻森也基本醉了，本来不怎么唱歌的他也开始凭着醉意霸麦，还专抢王宇锡点的歌唱。偏偏王宇锡点的歌大多是苦情歌，不是备胎就是分手，不是分手就是被绿，爻森居然还都会唱，唱得还颇有感情。

一群人玩到后半夜总算准备打道回府，白悦等人负责搀扶基本走不了路的王宇锡，还得多派几个人盯着他，免得他一不留神就去抱着路边的垃圾桶唱《过火》。

爻森被邵涵架着，勉勉强强能走稳，邵涵让白悦帮忙扶一下爻森，他去叫车。邵涵一走，爻森就不高兴了，醉醺醺又沙哑地喊"邵涵呢"。

白悦宁愿回去照顾醉得宛如死猪的王宇锡，对邵涵言辞极尽恳切道："邵涵，我看爻森今晚是离不开你了，你们干脆别回寝室了。"

邵涵窘迫极了，但也没其他办法，只能先众人一步和爻森上车去了亿游大厦附近的酒店。

两人来到酒店后，爻森基本上黏着邵涵换了衣服之后就直接躺下睡了。邵涵一想到自己上次喝醉了爻森大概也是这么照顾自己，他心里就滑过一阵暖意。

爻森睡下之后，邵涵也简单洗漱完躺了下来。

邵涵忍不住轻轻用指尖点了点爻森的手臂，爻森的睫毛轻轻动了动，也没睁开眼睛，就这样入睡了。

第二天早上，爻森宿醉醒得没有邵涵快，邵涵看时间也不早了，今天还有训练，应该要叫爻森起床了。

邵涵最终轻轻拍了拍爻森的肩膀，低声叫他起床。爻森微微睁开眼，先茫然地盯了邵涵一阵，最后才困倦地往被子里拱了拱，迷迷糊糊道："早……"

邵涵："起来了啦……"

最开始邵涵拍他的时候爻森梦里还以为是淼淼在拍自己，后来又想到家里的狗儿子永远只会直接蹦跶到他的脸上，才回想起昨晚自己喝醉了，现在和邵涵在一起。

爻森不太记得自己昨晚是怎么到这里又是怎么睡下的，起来时还有点头痛，洗了个热水澡之后感觉好多了。他一边穿衣服一边道："对了，我看到你们和 NL 分在一个大组了。如果你们抽到和 NL 一个小组，你们多注意注意。"

"NL？"邵涵还记得这支在镭射杯青少年比赛上初遇的队伍，上次爻森也特意对他提起过他们，"是你上次说的那支队伍？"

爻森回答："我越来越觉得那位队长挺不一般的，应该是位黑马。"

邵涵点点头，爻森在这方面的敏锐程度几乎无人能及，既然爻森这么说，那他肯定不会掉以轻心。

两人回到亿游大厦，爻森来到训练室，发现只有白悦宋铭喆和周子寓三个人在，王宇锡不见踪影。

爻森："老王呢？还死着吗？"

"半死不活的，他都吐了好几遭了，应该一会儿来吧。"白悦道，"你怎么样？"

爻森："我倒还好。"

几分钟后，王宇锡顶着一脸肾虚的表情拖着脚步来了。他往椅子上一瘫，捂着自己的胃虚弱道："我下次再也不喝这么多了，太难受了，吐得我还以为自己酒后乱性怀上了呢。"

白悦："就你喝成那样，都人畜不分了，还乱性，谁和你乱性。"

爻森："怀上了记得让孩子认我做干爹。"

白悦："昨天是我不辞辛劳地照顾他，孩子应该认我做亲爹。"

王宇锡连翻白眼的力气都没了。

距离 WCAD 还有整一个月的时间，队员们的训练强度慢慢降了下来，目前只维持日常的基础和团队训练，做着赛前的放松与调整。

参赛选手们现在的心情就和这两天高考的考生们差不多，现在临时抱佛脚也不太可能了，是骡子是马都得拉出来遛遛。

高考结束之后，邵萌彻底放飞了自我跑来找他哥哥玩了。

邵涵看小萌的情绪就知道她应该考得不错，心里也放了心，和爻森一起带着小萌出去玩。

邵萌兴高采烈地对爻森说："森神！我爸出差回来夸你了！"

邵涵把往爻森身边凑的小萌拉过来站好："好好走路，别歪来扭去的。"

邵萌瞥着他："哥，别这么啰唆。"

爻森笑道："没事，他平时话少，我就喜欢他啰唆点。"

两人一唱一和，邵涵竟然还插不上话。

爻森："小萌想考哪里？"

邵萌笑道："L 大，就在 S 市邻市，要是我考上了，每次坐车两个小时就能过来找你们。"

"那好啊，我和你哥就等你了。"

三人一直在外面待到晚上，爻森和邵涵两人本想送邵萌回酒店，邵萌却说她晚上还要和一起来的朋友出去看夜景，让两人直接回去。

"你朋友？"邵涵微微担心道，"谁？男生还是女生？"

"女生啊，就是来我们家玩过两次的那个，你见过的。"邵萌回答，"就算是男生又怎么了？我还不能谈恋爱吗？"

邵涵微微撇嘴："我不是不准你谈恋爱，是怕你不安全。"

邵萌轻哼一声，把爻森和邵涵两人一手一个拉了过来，让过路的行人帮他们三个拍了一张照，发了条微博："考完试啦，两个帅哥带我飞！附上一张图片。"邵萌的微博 ID 是"萌二小姐"，很快收到粉丝的评论：

@Titans_森赞了这条微博。

@NA_Left 赞了这条微博。

捕捉森神和邵哥！这是邵哥的妹妹吧！妹子好可爱！

我好酸，妹子我实名羡慕你。

颜值暴击。

我也好想左拥右抱啊！

突然想叫邵哥一声涵大少爷。

森哥怎么每次都陪邵哥还有萌妹妹出去玩（后面配了一个无辜狗头的表情包）。

……

两人送走邵萌之后，慢慢散步回了亿游大厦。现在晚上已经没有加训了，爻森也不急着回去，但看邵涵已经陪着妹妹走了一整天，应该也累了，便想趁早回去让邵涵休息。

两人在大门口分别，爻森却见邵涵有些欲言又止，便问他怎么了。

邵涵今天光陪着小萌玩了，反倒是没怎么和爻森说话。

"你晚上还有事吗？"邵涵迟疑道，"我还想……再和你待会儿。"

爻森朝着他眨了眨眼睛。

邵涵捂了捂自己的额头，微叹道："算了吧，你应该也累了。"

爻森却道："别啊，我去你那坐会儿。"

邵涵微微笑了，点点头，和爻森一起朝着 B 座走去。

第50章 意外

"疼吗？"

"……有点儿。"

"那我轻点？"爻森揉着邵涵的手腕，又心疼又埋怨道，"你这宝贝左手怎么不注意一点儿？磕着碰着受伤了怎么办？"

今天中午一起吃饭的时候邵涵不小心把左手手腕给撞在了桌角上，撞得还挺疼的，手腕红了一片。

爻森帮邵涵揉着手腕，他微微挣脱了一下，窘迫道："好了，不疼了。"

爻森："你们是什么时候的飞机？"

邵涵："五号。"

"我们是四号。"爻森遗憾地说，"得有两天看不到你了。"

现在已经是六月底，还有不到一个星期 Titans 一队成员就将启程前往 WCAD 位于北美的比赛地点。

WCAD 预选赛在七号正式开始，剩下这几天时间里，队员们基本已经进入了比赛前的放飞阶段。勾教练特意准许一队几人这几天睡懒觉，把前段时间透支的精力都补回来。

王宇锡又恢复了他一贯的喝奶茶频率，在他看来，比起前阵子训练得叫苦连天，现在每天可以十点起床，晚上可以喝一杯奶茶的日子已经是上层人士的生活了。

和用吃吃喝喝放松心情的队友们不同，现在爻森晚上主要的休闲娱乐活动就是去找邵涵。

挪亚方舟也进入了比赛前修整的阶段，现在晚上的时间多了，早上也不用早起，爻森便时常到邵涵那边去找他打游戏或是聊天。

今天爻森提前被邵涵赶了回来，理由是第二天早晨他要起早去健身房锻炼。爻森说"晚上锻炼也是一样的啊"，被邵涵凉凉地瞥了一眼，毅然决然地将其赶走。

爻森躺在床上无聊地刷微博，最近大部分的粉丝留言都是在为即将到来的比赛加油鼓劲，还有不少电竞爱好者的论坛和网站组织粉丝们拍摄了加油视频。虽然平时爻森和粉丝互动的次数也不多，但这些真挚的心意还是看得人心头暖烘烘的。

爻森给几个大的粉丝团说了谢谢，欣然放下手机，决定明早早起去健身房和邵涵一起锻炼。

第二天一早，当邵涵在健身房看见爻森的时候，说实话他一点也不惊讶。爻森走上来，笑道："早啊，邵涵。"

现在时间早，健身房没有其他人，邵涵无奈地看了他一眼："早。"

爻森上了邵涵隔壁那台跑步机，跑起来之后倒是认认真真的不再说话了，就是没跑多久便由慢跑变为了快走，最后变成散步。爻森上半身靠在跑步机上，双腿跟着速度缓慢的履带往前迈，眼睛则微笑着落在邵涵身上。

邵涵感受到爻森的目光，本来也不想去在意，但被盯久了总是脸颊发热，忍不住道："你干什么看着我？"

"看你不犯法吧？"爻森笑道，"我看我的，你跑你的。"

被这样看着谁还能跑得下去？邵涵害怕自己一会儿不小心跑成同手同脚，干脆关了跑步机坐下来喝水休息。爻森挨着邵涵坐下，道："中午一起去吃饭吧？"

邵涵摇了摇头："我和队长他们有约了。"

看爻森一脸遗憾，虽然有极大可能是他故意装出来的好让邵涵心软，邵涵还是不可避免地心软了，毕竟要对着这样一张俊帅迷人的脸无动于衷，那实在太难了。

邵涵轻咳了一声道："我给你打包点东西回来。"

虽然邵涵的回应距离爻森想象中还差那么一点点，但他也知足了，抬手笑着摸了摸邵涵的头发。

爻森中午回到寝室时，王宇锡正躺在床上，一只手拿着手机玩，另一只手往嘴里塞着薯片。看见爻森回来了，王宇锡抬抬手机，道："快看电竞资讯的微博，奥丁他们已经到美国了。"

爻森打开微博一看，发现首页上确实可以刷出奥丁队已经下飞机的消息。奥丁队实在不愧是世界数一数二的强队，在全球范围的人气也是难以匹敌，不管去哪里比赛都有大片的粉丝接机。视频中的粉丝们甚至统一穿着带有奥丁队队徽的 T 恤衫，大声喊着奥丁的名字。

奥丁队的队长朝着粉丝们高兴地挥手致意，脸上的笑容爽朗，甚至带着几分孩子气。

距离比赛开始还有将近一周时间，世界各地的队伍也开始陆陆续续地来到了举办地点，大多是为了提前去赛场熟悉熟悉环境。

王宇锡感慨道："你说会不会也有国外的粉丝给我们接机啊？"

"你要对自己有信心。"

爻森在房间了打完几场单排，邵涵便带着香喷喷的烧鹅和卤猪蹄来找他了。王宇锡坐在一边羡慕得吞口水，邵涵对他道："我打了很多，一起吃吧。"

王宇锡光速挪了过来："谢谢邵哥！那我就不客气了！"

爻森："我去问问白悦他们吃不吃。"

爻森来到隔壁寝室门前敲了敲门，开门的人是宋铭喆。

爻森："邵涵打了烧鹅和猪蹄回来，来我们寝室一起吃吗？"

宋铭喆说他和朋友约了双排，先不过去，给他留点儿就行。爻森点点头，朝屋里喊了白悦一声。白悦躺在床上，蒙着被子恹恹地答应了一声，听上去精神不佳。

爻森留意道："白悦，怎么了？"

白悦没精打采地说："我肚子不太舒服，可能感冒了，有点拉肚子，你们吃吧。"

爻森点点头，让白悦好好休息，便回了自己的寝室。

第二天上午，勾教练带着 Titans 一队众人在 S 市举行了出国之前最后一次粉丝见面会，随后便宣布这两天中止所有的训练，把这群狼崽子在出发前彻底放养。

爻森回去之后便去 B 座找邵涵，挪亚方舟的主力队似乎还没有停训，爻森就干脆在休息室里坐着等，顺便和挪亚方舟青训队的小孩们聊天。

于是，邵涵出来时看见的便是爻森被个个面露崇拜的青训生们围在沙发中间谈笑的场景。

爻森见邵涵来了，站起来笑着对大家道："训练加油，改天再聊，我和你们副队长先走了。"

出来之后，邵涵忍不住问道："他们和你聊什么？"

"聊聊 WCAD 的事，青训生嘛，都好奇。"爻森回答，"今晚想吃什么？"

"他们平时都不会这样和我聊……"邵涵却微微皱眉道，"他们怎么那么喜欢你？"

"那是因为你平时气场太强他们不敢。"爻森笑道，"怎么了？吃醋了？今晚我们吃西湖醋鱼好不好？"

邵涵郁闷地瞪了他一眼。

后来为了迎合邵涵的口味，他俩实际上吃的麻辣藤椒鱼，爻森则把辣椒最多最足料的鱼片夹到邵涵碗里。

爻森一边吃一边刷着微博，突然在首页看到一条最新的奥丁队采访视频。

记者询问奥丁队队长伊森对这次比赛有哪些期待，伊森直爽地回答一如既往地期待和林肯队尤其是凯文的交锋，但今年 WCAD 强劲的对手很多，这应该算是他赛前最兴奋的一次了。

然而令爻森没想到的是，他竟然在视频里听见了自己的名字。

"听说今年的亚洲冠军队伍很强，特别是他们的队长 Yao，我来自韩国的朋友说他比 Caesar 还要强呢。"伊森努力地用中文发出那个音节，摸了摸头笑道，"我已经等不及了！"

伊森口中的"Caesar"便是当年陆凯之的游戏 ID 恺撒，那一代的眼镜蛇打出了国内队伍的最好成绩，在北美和欧洲电竞粉丝的眼中，陆凯之的确是亚洲顶级选手的不二代表。

不过，亚洲选手的顶峰现在到底是谁，究竟有没有人超越鼎盛时期的陆凯之，不少人也都在兴奋地期待着。这一条采访视频的微博底下，已经有不少来自 Titans 粉丝的评论：

奥丁队长好可爱啊哈哈哈期待他和森哥的比赛！

神仙打架中的神仙打架。

欧洲有伊森，亚洲有爻森（后面配了一个无辜狗头的表情包）。

爻森：你好，我是森神。伊森：你好，我也是森神。

有毒啊，哈哈哈哈哈哈哈哈。

……

吃完饭后，两人直接回了亿游大厦。虽然说训练暂停了，但每天的游戏手感还是要保持。爻森打算睡前再和一队其他人一起打几场比赛，邵涵没有别的事，便跟着爻森去了 Titans 的训练室看他们比赛。

王宇锡正好买了奶茶回来，甚至非常有先见之明地多买了一杯给邵涵。

王宇锡把奶茶递给白悦，后者摆了摆手表示他不想喝。王宇锡奇道："稀奇啊，你居然不喝？真的不要吗？你最喜欢的配方哦。"

白悦摇了摇头，王宇锡见他真的不想喝也没再问了。众人就座准备开局，白悦坐在电脑桌前，一只手捂着腹部，眉头微微皱着，神情透出一些不适。

一旁的宋铭喆微微担忧地看着他，探过身问道："老白，你没事吧？"

白悦长出一口气，摆了摆手，抬头把注意力放在电脑屏幕上。

开局十分钟之后，爻森指挥众人绕路偷袭，却意外地发现白悦站在原地没动，他疑惑地侧过头看了白悦一眼，却见白悦捂着肚子弯下腰伏在电脑桌上，疼得额头上全是冷汗。

爻森立刻摘下耳机站了起来，问："白悦，怎么了？"

周围人纷纷停了下来，王宇锡见白悦疼得直吸气，腿都在发抖，担忧道："肚子疼？吃坏东西了吗？"

宋铭喆："不应该吧，他都和我们吃得一样的啊，而且我看昨天他就开始疼了。"

爻森蹲下身，看见白悦捂住自己的右下腹，问："右边疼吗？"

白悦疼得一句话也说不出，肚子跟刀绞似的，他脸色发白，只能忍着艰难地点了点头。

"老王，叫车去医院，老宋帮忙扶一下右边。"爻森当即喊道，把白悦从椅子上小心地架了起来，"白悦应该是阑尾炎。"

第51章　养精蓄锐

众人送白悦到医院挂外科急诊一检查，白悦果然是急性阑尾炎，好在发现得及时，没有严重到穿孔，但医院还是建议尽快做手术。

爻森在出发前就和勾教练打了电话，勾教练连夜赶了过来，并通知了白悦的父母。

手术安排在凌晨，白悦进了住院部等候手术。勾教练帮白悦办了住院手续之后，便让 Titans 其他人先去吃点东西，他独自进了白悦的病房。

其他人却一个都没有离开，而是等在病房外面。勾教练在白悦病房里待了很久，走廊上一直可以隐隐地听见他们谈话的声音。

邵涵和爻森他们一起在走廊等待着，他担忧地看着紧闭的病房大门，又抬头看向身旁的爻森。

爻森的眉头轻轻皱着，眼里有些紧迫和担心，注意到邵涵的视线，爻森的眉头又舒展开，轻轻捏了捏他的手，低声安慰道："别担心。"

邵涵没想到反倒是自己被安慰了，他反手握住了爻森的手，温凉的手心贴着他的手背。

距离正式比赛还有四天，白悦术后再快也得恢复七八天，预选赛必然是赶不上，能不能赶上复赛都是个问题。因为这一次比赛的赛制变更，复赛第二单元的单败赛非常关键，如果白悦赶不上，队伍晋级的难度一定会提高。

白悦心中肯定会焦急和失落，Titans 的队员和教练压力也很大，更不要说身为队长的爻森，和那位经验尚且还不太够的替补队员。

邵涵抬头看向坐在另一边的周子寓，周子寓坐立难安，眼里满是焦虑。

爻森道："我送你回去吧，这儿有我们在就行了，都两点多了。"

邵涵摇了摇头："我等你，我和队长说了的，今晚我晚点回去。"

爻森轻轻摸了摸邵涵的后背，微微笑道："谢谢。"

半个多小时后，白悦的父母到了。勾教练和他的父母又谈了一阵，打开门从病房里走了出来。

勾教练扫了一眼等在走廊外的众人，看到邵涵这个挪亚方舟的队员还在，一时有些诧异。之前来的时候邵涵和他打了招呼，说他是白悦的朋友，勾教练也没在意，但他没想到邵涵会在这里等这么久。

勾教练对邵涵道："都这么晚了，别麻烦了，快回去吧。"

邵涵道："您安排就好，我没关系。"

勾教练也没坚持，对 Titans 众人道："你们几个先下来，我说点事。那个，小邵，你饿了就先去吃点东西吧，别干坐着。"

爻森站起来，和邵涵说了声"等我一会儿"，便和队员们一起离开了。

医院走廊里不太方便谈话，勾教练联系了俱乐部的商务车过来，此时车子已经停在医院楼下。勾教练让他们几个暂时上车，在车上说。

几人在商务车里坐下，一时谁都没有说话，气氛有些沉闷。勾教练坐进来，犀利地盯着他们，突然大声道："干吗呢干吗呢！你们这都什么表情！就这点小事你们就消沉了？小周！把背挺起来！"

勾教练一巴掌拍在周子寓背上，把他吓得差点从座位上蹦起来，顿时抬起头看着教练，一脸惊恐茫然。

勾教练义正词严道："你们的实力我心里有数，是，如果白悦参加不了复赛对我们有影响，但是难道平时这种难度的训练还少了吗？一个复赛就把你们吓倒了吗？我还等着你们拿冠亚军给我长脸呢！

"还有小周，你也和我们一起训练这么久了，对自己怎么能没点信心？"勾教练又是一巴掌拍在周子寓肩上，"刚才白悦都和我说了，他相信你能打好，放心让你去打。你的进步大家都看在眼里，预选赛没问题，复赛问题也不大，你这三个大哥又不是死人，你紧张不要紧，他们带你，努力点，好好打，这不就行了吗！"

周子寓愣了愣，眼眶慢慢地红了，眼睛里多了几分自信和鼓舞。

"还有你，爻森。"勾教练望向爻森，缓缓道，"我知道你的压力不小，白悦专门让我对你说，他对小周很放心，让你该怎么打就怎么打，按照平常的步调来就好。我也是这么想的，之前布置的战术大体上不变，你的临场判断力我也不需要多嘴，我和所有人一样相信你。"

爻森笃定地点头："我明白。"

"俱乐部这边会尽量让白悦恢复好之后就尽快过去，最好是可以赶上复赛第二单元。"勾教练继续道，"在这之前你们就专注比赛，其他什么的都不要多想。"

这次比赛复赛所采用的瑞士轮赛制分为两个单元，第一单元的小组赛共分四轮，由主办方随机分组，以胜负场次计分。计分规则为胜一场记一分，负一场记零分，每场三局两胜制。

虽然说第一单元不会淘汰任何队伍，但成绩越佳，对第二单元的单败淘汰赛的影响越大。

原因在于，率先得到 3-0 的四支队伍和不幸得到 0-3 的四支队伍都可以免去第四轮小组赛，在第二单元单败赛中，四支最强将和四支最末的队伍 PK；3-1 的队伍将和 1-3 的队伍对决，以此类推。

勾教练很早就带着他们分析了瑞士轮比赛的战略打法，目前来说，有实力打赢 Titans 的队伍不超过四支。但白悦的缺席确实会带来很大的影响，Titans 这次想要以 3-0 的战绩免去第四轮直接进入复赛四强基本不太可能。

复赛需要两天，Titans 的战绩目标就是 3-1，就算是碰上强队落到 2-2，那在第二天的单败赛上白悦归队，也有把握能够在单败赛上击败其他同比分对手。

等到众人把这次比赛可能出现的变更分析完，已经是夜里三点多钟了，白悦还有大概一个小时就要进行手术。

勾教练让众人回去休息，王宇锡说怕没有队友在白悦孤单寂寞，本来就打算倒时差的他便主动留下来陪他。剩下的人先回大厦，明早再过来接替王宇锡。

爻森回住院部找邵涵的时候，发现他正坐在白悦的病房里和白悦说着话。兴许是痛觉缓解了一些，白悦看上去精神还不错。

王宇锡走进来，和白悦父母问了声好，对白悦道："老白，我来陪你。邵哥，你坐我们的车回去吧。"

　　邵涵点点头，对白悦道："那我先走了，你好好休息。"

　　白悦望向爻森，后者对他做了一个"放心吧"的口形。白悦松了一口气，朝着爻森笑了笑。

　　爻森和邵涵离开后，白悦的父母也有意让儿子和他队友聊聊，便把地方留给了白悦和王宇锡。

　　王宇锡拉了把椅子坐在床边，望着已经换上了病号服的白悦，道："老白，我理解你的心情，但你也别沮丧，连人家水手都说风雨中这点痛算什么啊！你放心，这么多年大家早就是一家人了，我们的心和你是连在一起的，伤在你身痛在我心，无论你什么时候回来，我和 Titans 都……"

　　"你好好说话别这么肉麻行不行，我只是做个小手术而已，又不是半身不遂不去打决赛了。"白悦轻轻地翻了个白眼，"你是不是来故意加重我的病情的？"

　　"我好不容易煽个情你干什么打断我？"王宇锡不满道，"我这不是怕你心里担心难受吗？"

　　"子寓是我亲手带出来的，我放心。"白悦道，"况且我可是'金牌辅助'，有这种名号的人当然是要留到最后压轴了。"

　　"兄弟，你这么想我就放心了。"王宇锡欣慰道，"在我心中你永远是金牌，这段时间辛苦你了，来，抱一个。"

　　"滚滚滚！我的鸡皮疙瘩可以搓衣服了！"

　　"哎呀兄弟抱一个嘛，么么哒。"

　　"滚！我要按铃了！"

　　"你知道锡爷我往外边儿一站有多少娇滴滴的小辅助想要和我搭档吗？整个三环都站不下！"王宇锡义愤填膺地拍着病床的被单，"就你还嫌弃！你就是当正宫当习惯了才这么有恃无恐！"

　　白悦用无机质的眼神看着他："……我严重怀疑我的阑尾就是被你骚疼的。"

　　"你也就趁现在还能和我撑上两句，"王宇锡哼了一声，"等一个小时后，你从手术室里出来就是插着导尿管生活不能自理的人了。"

　　"老王，我隔壁病床还空着呢，你是不是想被我捶到躺在上面？"

　　"行了行了不损你了，"王宇锡长出了一口气，垂下眼睛看着白悦，声音透着难得的认真与笃定，"赶快回来吧，咱们几个，少一个都不行。"

郭经理那边很快帮白悦改签了机票，明天有很多粉丝送机，其中有白悦的粉丝，白悦把自己因病推迟比赛的事告诉了大家。

白悦发了这样一条微博："急性阑尾炎突然犯了，一会儿就做手术，机票改签了，和明天来为我送机的粉丝们说声抱歉。我会尽量在复赛最后一轮之前赶过去，这之前就看 @ID "Titans_森" @ID "Titans_锡" @ID "Titans_喆" @ID "Titans_寓" 你们的表现了，好好打，等我回来 carry 你们（后面配了一个无辜狗头的表情包）。另外大家都要注意身体，有哪儿不舒服尽快检查！"很快收到粉丝的评论：

ID "Titans_森"："安心养病，有我们呢。"

天哪悦哥辛苦了，好好休息啊！

悦哥我们等你，哭泣，巨人一个人都不能少！

悦哥把身体养好，大家都会等你的！

悦哥老粉看到这条真的难受到哭出来，为了明天给悦哥送机加油鼓劲，粉丝团里的小哥哥小姐姐们真的是准备了好久（后面配了一个大哭的表情包），马上就比赛了，悦哥心里肯定也很急的，悦粉真的太心疼了。不过悦哥你千万要休息好，千万不要急着出院，你什么时候飞，悦粉们就什么时候送你，大家永远等你！

第52章 启程

白悦的手术在凌晨顺利做完，而 Titans 其余四人也收拾行李准备第二天的飞机。

一行人临走时，邵涵把爻森送上车，这半个多月他俩基本每天都有时间见面，忽然要一两天看不到爻森，邵涵还是有些不习惯。

爻森笑道："不用送了，回去吧。"

身边三个队员一个望天，一个望地，一个立正站好。

邵涵回去之后，王宇锡搓了搓满是鸡皮疙瘩的手臂，嫌弃道："差不多得了，你俩的话怎么那么多？"

爻森："你不服？"

王宇锡："你直接把邵哥托运过去得了！"

商务车停在机场入口，Titans队员刚一下车，便被热烈激动的粉丝们团团簇拥了起来。众人虽然都知道今天会有粉丝送机，但现场来的粉丝比他们想象的都要多。

欢呼之后粉丝们也很好地保持了秩序，齐声喊着为他们加油的口号，还有不少粉丝给他们送上了一些路上可以带的小礼物，像是一些印着他们Q版头像的饼干和幸运符。

看有的粉丝甚至都激动得红了眼睛，Titans众人觉得这半年多的辛苦训练都值了。他们也不能在出发大厅待太久，只能依依不舍地和粉丝们告别。

十几个小时的飞行时间，爻森看两部电影，睡两个小时，再和邵涵在手机上聊聊天也很快就过去了。一行人下飞机时，意外地还有不少海外的粉丝接机。来接Titans的大多都是华裔，也有一些外国粉丝。

王宇锡看到有可爱的外国小姐姐，想搭个话又感觉自己的英语水平只停留在"*How are you*""*I'm fine thank you,and you*?"的水平，最后还是靠着全队学历担当的爻森去救场。

到达酒店的时候，同行的勾教练让众人早点回去睡觉，明天还要去熟悉赛场。

他们住的酒店距离赛场很近，来来往往都能看见不少来参加比赛的队伍。众人在等电梯的时候，王宇锡偶然朝着大厅沙发上一瞥，诧异道："哟，那不是眼镜蛇的那个三号，叫什么来着，沈佑？"

爻森顺着王宇锡的目光看去，沈佑也正好望了过来，两人的视线交错，后者停顿了那么一瞬间，便轻轻点点头打了个招呼。

爻森微微眯了眯眼睛，扬起嘴角笑了笑作为回应。一行人进了电梯之后，爻森才放下笑容。

"眼镜蛇他们居然也住这儿，"王宇锡奇道，"爻森你那是什么表情？你敢不敢笑得再假一点？"

爻森心想他能给沈佑一个笑容就已经不错了，还要他走心？他拿出手机来给邵涵打电话，告诉他自己已经到酒店了。

爻森："明天我去机场接你吧。"

邵涵："我到了应该都晚上十点多了，太晚了，六号上午我再去找你吧。"

爻森笑了笑，往酒店的床上一躺："你就让我去吧。"

邵涵支吾了一声，爻森在电话这头都能想象出来他微微撇嘴迟疑又拿自己没办法的可爱模样，邵涵最终还是妥协了："那好吧，那你明天路上注意安全。"

爻森："哦对了，我刚才在酒店遇到沈佑了。"

"沈佑？"邵涵顿了顿，"他和你们住一个酒店？"

"看样子是，"爻森说，"我看到他还是很气。"

邵涵无奈道："气什么……都过去了。"

"遇到你的事我就变得小心眼了我有什么办法。"爻森坦荡地回答，"好了你快去睡吧，明天还得早起。"

第二天一早，Titans众人去了赛场。WCAD赛场是全球最大也是可容纳现场观众数最多的电竞赛场，也是电子设备配备最前沿的赛场之一。

决赛赛场是最具有看点的赛场，这里的电竞队伍座位在一个底部嵌入LED弧形大屏的升降机上，比赛开始后升降机会打开，队员们直接接受全场观众最直接的注视。

目前决赛赛场还不能进入，众人只能远远地看一看。虽然在以往的比赛视频里也看到过，但亲眼见到还是非常震撼。王宇锡感叹道："天哪，这地方太奢侈了，这要是有恐高症还打不了呢。"

宋铭喆作为老牌队员，比他们资历要久，以前和老队友们一起在这里打过决赛，虽然那时成绩不佳。王宇锡忍不住道："欸，老宋，坐在那上面什么感受？给我们描述描述呗？"

"能有什么感受，"宋铭喆诚实地回答："打比赛时全部心思都放在对手身上，决赛对手一个比一个恐怖，稍微分心一点那就是输，谁还管自己在不在地面上。"

"……你说得好有道理。"

那天晚上，爻森出发去机场接邵涵。挪亚方舟也有不少的粉丝接机，爻森跟在接机的粉丝后面一块儿等，很快就被人认了出来，爻森大大方方承认自己是来接邵涵的，引来粉丝们尤其是女粉丝们一阵激动的"哇"。

挪亚方舟队员的航班准时到了，旅客们顺着通道鱼贯而出，爻森一眼就在里面看到了邵涵。邵涵也几乎是一眼就在人群里看到了他，想要走上来，但是热情的粉丝们先簇拥了上来。

挪亚方舟的女粉丝比例很高，来接机的也大部分是女孩子。面对女孩子，邵涵总是显得比较腼腆，声音都不由自主地放温柔了许多，粉丝的要求基本都一应接受，自己都不知道自己这副模样对粉丝杀伤力多大。

看连外国女孩们都抵挡不住邵涵的魅力，爻森便厚着脸皮混进挪亚方舟的队伍里，和邵涵一起和粉丝们聊天，下意识地把邵涵的拉杆箱捞到自己手里，抓回点主导权。

和粉丝们道别之后，爻森拿出刚才在麦当劳里买的汉堡，给了挪亚方舟一人一个的队员，特意给邵涵拿了辣酱包。

邵涵一会儿就和自己的队友们直接坐车回酒店，一行人朝着停车场走，邵涵走了几步才发觉自己好像没拿什么东西，扭头一看才发现自己的行李箱不知什么时候就自然而然地到了爻森手里。

一想到刚才在粉丝面前爻森就这样替他拿着，邵涵就感觉一阵脸红。

两人虽然不住同一个酒店，但也还算顺路，来接挪亚方舟队员的车正好把爻森也一道送回去。

兴许是十几个小时的飞机坐得实在太累，身边坐着爻森又很安心，启程之后没多久邵涵就滑到爻森的肩膀上睡着了。

挪亚有队员扭头想问他们两人要不要喝水，却见爻森对他微笑着在唇边竖了竖食指，轻轻"嘘"了一声。

这名队员噎了噎，立刻点点头转过头去。

商务车到了爻森住的酒店门口，邵涵还没醒，爻森只好轻轻把他叫醒。邵涵睡得迷迷糊糊，靠在爻森的肩膀上困倦道："再让我睡会儿……"

爻森哭笑不得："邵涵，我得下车了。"

邵涵怔了怔，赫然反应过来自己坐在车里，立刻直起身，尴尬得满脸通红，扭头看着窗外，根本不敢去看自己队友的眼神："……嗯，晚安。"

爻森笑道："明天见。"

爻森回到酒店，洗漱完躺在床上打开微博想刷一刷，突然发现自己接到了不少新的艾特。

微博 ID"小左家的大猫"："刚才接小左的机遇到森神了，森神真的帅裂，允许左吹动摇三秒！而且森神也是来接小左的，还顺手就帮小左拿了行李，看这个流畅的动作，妈耶我好了！附上几张图片。"微博下的评论显示：

森哥在挪亚里竟然毫无违和感。

森神接行李的动作看上去相当熟练。

感觉邵哥看上去有点不好意思。

大家也都别争了，从今天开始森粉和苕粉们结亲吧。

ID"Titans_锡"："'森左'粉头打个卡。"

我刚还在想锡哥怎么还不出现，果然出现了。

"森左"话题底下锡哥活跃得像个高仿。

锡哥你干脆去申请当"森左"超话主持人吧。

众所周知，"森左"粉头可能会迟到，但永远不会缺席。

ID "Titans_森"："哈哈，谢谢你把我拍得这么帅，不过大家就不用期待你们邵哥回复了，他路上就很困，多半已经睡了。

啊啊啊啊啊啊我居然被森神翻牌了，啊啊啊啊我的天哪！我要把森神这段回复裱起来！

不，森哥你怎么拍都帅。

现在不管森哥说什么，我都觉得语气超宠。

森哥早点休息！比赛加油啊！

......

第53章 预选赛分组

正式比赛开始的前一天，WCAD 要求所有参赛队伍到位，并且抽签决定组内比赛对手。为了向外界保证抽签结果的公平公开，这次抽签的过程会通过官方网站实时播送。四个大组的队伍们分开坐在赛场内四个观战片区，由队长通过电子抽签器抽签。

林肯队和奥丁队几乎是一前一后入场，这两队进来之后，场内的气氛都有些不同了。排名靠后的队伍们偷偷打量着他们，又敬又畏地窃窃私语；排名靠前的队伍则纷纷虎视眈眈，提前观察起这两支基本已经封神的队伍。

Titans 的座位被正好安排在林肯队后面，林肯队的副队长，全美明星赛冠军选手凯文本人和电视上看上去没什么两样，表情有些冷漠，也不怎么说话。周子寓刚好正对着凯文坐在他后面的位置上，整个人紧张得直冒汗，背绷得紧紧的。

王宇锡偏过头对爻森道："大佬气场就是不一样，你说你要不要也学他当个面瘫，一上场先在气势上把对手压下去。"

"人家叫宠辱不惊，你小声点。"

"他又听不懂中文。"

"我不是怕你在别的中国队伍面前丢脸嘛。"

爻森说完，下意识地去找 A 区的挪亚方舟队在哪。挪亚方舟队的位置靠前，后面人头攒动把邵涵给挡住了。爻森微微有些不满，心想没事，一会儿去台上看，台上看得清楚。

队伍到齐之后，抽签流程正式开始。很快，最终的预选赛小组名单便出来了。

不知道该不该说爻森运气不错，Titans 在预选赛里抽到了甲组，林肯队则在乙组，而韩国强队和德国强队都落入了甲组，不可避免地和 Titans 要有一次对抗。

爻森抽完签回来时，王宇锡长出一口气拍了拍他的肩膀，表示自己的玻璃心暂时放下了。

A 组里，挪亚方舟队和 NL 队也分开在两个组。爻森见 NL 那位颇为奇怪的队长程睿淡然地从台上下来回到座位上，不禁在心里思考，一个新晋俱乐部对上这些实力中等的对手结果会怎么样。

抽签结果刚一在网上公布，在医院里守着直播看的白悦立马就给众人发了消息。

白悦："还好还好，幸好没抽到和林肯一起排。"

刚刚还玻璃心的王宇锡的马后炮倒是非常来劲："抽到了又怕什么，照样干他们。"

白悦："你闭嘴吧！"

爻森："你休养得怎么样了？"

白悦："放心，就是吃得太清淡了，不太习惯。"

众人从赛场出来之后意外地遇到了等在外面的江阳，江阳是昨天过来的，听他说他家离这边就只有半小时车程。

和爻森他们打过招呼后，江阳转身盯着赛场大门看，眼睛里流露出几分憧憬，回头见周子寓一副紧张的心情还未消散的模样，忍不住冷哼道："你干什么啊，这么尿。"

"刚才林肯队的凯文就坐在我前面！正前面！"周子寓心有余悸，"他本人比电视上看上去还要可怕！"

江阳的眼睛亮了亮，凯文和伊森这两位电竞界神级人物自然也是他崇拜的对象，听周子寓这么一说，他又忍不住追着问了好久细节。

这时，爻森在后面对众人道："你们先走吧，我等会儿和邵涵一起吃饭。"

习惯了的众人都没有异议，只有江阳一脸疑惑："队长不和我们一起吗？"

王宇锡："别管爻森那个老贼。"

爻森在门口等着邵涵出来，和挪亚方舟众人打了招呼之后便大大方方地揽着邵涵

228

的肩膀去打车了。

吃饭的时候，爻森看了一眼网上的评论，大家都在他的微博底下说他手气好。

"你说的那个队伍 NL，你觉得他们能进复赛吗？"邵涵突然问。

"给我的感觉可以，但我也不知道他们真实水平怎么样。"爻森回答，"不过一个这么新的俱乐部如果能进入 WCAD 的复赛，那以后的发展也会不错的。"

爻森顿了顿，突然转移了话题："下午去我那儿吗？我们酒店离这里挺近的，王宇锡他们不在。"

邵涵："嗯，好。"

吃完饭后，爻森带着邵涵回了酒店，王宇锡早就在他的指示下到宋铭喆他们房间去了。

"外面好热啊，有点出汗了，我去洗个澡。"

爻森洗完澡后，邵涵也去洗了个澡，出来时头发还湿着。爻森怕邵涵着凉，便用被子把邵涵跟蒸包子似的裹起来，用吹风机帮他吹头发。

爻森摸着邵涵柔软服帖的头发，忍不住笑道："跟淼淼洗完澡我帮它吹干一个样。"

邵涵轻轻地瞪了他一眼。

两人在房间里待了一个下午，明天早上有 WCAD 的开幕式，今天要早些休息，晚饭后爻森便把邵涵送回了酒店。

北美七号的上午，国内数以千万计的粉丝在傍晚涌入官方授权的直播通道，WCAD 预选赛正式开始。

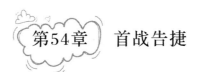

第54章　首战告捷

挪亚方舟队所属的 A 甲组的比赛是预选赛第一天上午第一场，爻森也一大早就陪着邵涵去了赛场。

"加油，"爻森笑着摸了摸邵涵的头，"我去观众席上看你。"

预选赛一场比赛分为三个小局，一局结束标准是场上只剩一支队伍或者达到规定时间，一支队伍一局的积分由游戏中官方的计算系统再加上专业裁判的评分加权得出。

爻森在观众席意外地遇到了江阳，他似乎是打算一整天都在这儿看比赛了。A 甲组的实力应该算是八个小组中比较参差不齐的，三小局比赛中规中矩，挪亚方舟队打得相对轻松，最终结果是 A 甲组累积积分第二名。

比赛结束后，邵涵便直接来了观众席和爻森一起接着看 A 乙组的比赛。

爻森偏头低声笑道："你打游戏的样子太帅了，我一想到全球那么多人可以通过直播看到你，我就特别骄傲。"

江阳就坐在爻森另一边，邵涵不敢太大声说话，只能小声喃喃道："你不也一样吗……"

A 乙组的比赛很快开始了，这一组除了个别新秀俱乐部外实力差别不大。爻森特意观察了 NL 队伍的比赛情况，他们的发挥出人意料地非常稳定，虽然冲劲不大，但队员们配合很不错，要不是他们的的确确是一个新俱乐部，光看表现爻森会觉得他们是一个有经验的队伍。

其中有一个队员的表现尤为突出，爻森觉得那应该就是他们的队长程睿，比赛结束公布选手 ID 时，爻森的猜测的确是对的。

爻森看着大屏幕上的比赛结果沉思，虽然说程睿的操作不错，但也最多只能算是勉强处于上游水平，还不能解释为什么那次友谊赛他要给自己放水——除非程睿在预选赛保留了很多实力。

乙组的积分榜上 NL 排在第五名，说实话这个名次十分危险，只要甲组的比分和乙组稍微接近一点，NL 就很容易被刷下去。

甲乙两组的积分总排名出来后，挪亚方舟队排在第四，NL 十分幸运地正好排在第八晋级复赛。一个刚成立不到一年的俱乐部就能够进入 WCAD 的复赛，不管 NL 之后战况如何，这个成绩已经是十分令人惊喜了。

而此时，座位上的江阳却微微皱着眉盯着程睿，神色透出几分隐隐的狐疑。

直到爻森喊他要不要一块儿去吃饭，江阳才把视线从程睿身上移开，站起来跟了上去。

"队长，"江阳迟疑道，"那个叫程睿的，你认识吗？"

"不能算是认识，就见过一面。"爻森回头看他，"怎么了？"

江阳沉思了一会儿，摇头道："没什么，就是觉得他应该挺厉害的。"

上午 A 组的比赛结果一出来，邵涵的微博顿时多了大片的粉丝祝贺。邵涵在比赛现场的照片被他的粉丝团专门挑出来做成了一个九宫格，配字"我家小左世界第一美貌"，因为这条微博被爻森点了赞，还被营销号轮着转了一圈，在网上火了一把。微博评论下显示：

恭喜挪亚晋级！小左今天超棒超帅！

森哥你点赞了？

森哥不赞挪亚官博发的微博，也不赞挪亚后援会发的祝贺博，偏偏点赞邵哥粉丝团发的夸邵哥颜值的微博？原谅我看不懂这个操作了。

是坚固感人的男人友情。

"森左"成天秀大家还没习惯吗？散了散了。

……

爻森："唉，我说吧，你的粉丝又变多了。"

邵涵哭笑不得："那你干吗点赞？"

"我本来还想转发的呢，这几张照片真的很好看。"

要是爻森真的转发了，邵涵估计自己评论区已经歪掉的画风可能就再也正不回来了。

预选赛第一天下午的比赛开始前十分钟，Titans众人聚集在选手休息室，白悦也挂着直播和他们语音，和Titans同属B甲组的队伍，大多都是实力中等偏上的队伍，还是需要简单商量一下比赛对策。

周子寓正襟危坐地坐在座位上，不停地做着深呼吸。王宇锡偶然拍了一下他的肩膀，把正在聚精会神放松自己的他吓了一大跳。

"别紧张，"王宇锡安慰道，"预选赛说不定比咱们队内比赛都好打呢。"

周子寓点点头，第一次正式比赛就是WCAD这样顶级的赛场，他的心脏还是紧张得怦怦直跳。

昨天晚上白悦线上找他聊过，勾教练也叮嘱了他不少要注意的地方。周子寓在心里默默地回忆着悦哥和教练对他说过的话,告诉自己要相信队长他们,平常心对待就好。

"差不多要入场了，"爻森道，"白悦你睡觉去吧，你那边都凌晨了。"

白悦："我把你们B组看完再睡，不看完我睡不踏实。"

B甲组的选手们入场就位之后，比赛正式开始。

预选赛里大部分的队伍都选择求稳拿分，Titans原本的战术也是如此，只是因为缺少了白悦，相对来说总体实力下降，求稳的话可能会在拿分上有些薄弱。爻森临时改变了战术，以直接大胆拿分为主。

第一局里Titans以总体积分第三名落后于德国队和韩国队，第二局Titans的累积积分超越了韩国队，但还是和德国队有一些差距。第三局里 Titans 拿到了单局积分第一，但累积积分还是以两三分的差距排在德国队后面位居第二。

整场比赛下来周子寓背上都汗湿了，他在第一局里因为紧张出现了一些小失误而错失了一些帮队友得分的机会，但后两局发挥逐渐稳定，虽然说没有拿到 B 甲组积分第一有些遗憾，但他至少已经尽力为队伍在预选赛里拿到尽可能多的分数了。

爻森笑着拍了拍他的肩膀："打得不错，就是稳定操作的时间有点长，还得再练练。"

周子寓郑重道："好的！队长！"

王宇锡用胳膊肘碰碰爻森，问道："我问你，你保留了实力没有？"

爻森回答："保留了三四成吧。"

众人回到选手休息室，江阳从观众席上下来找他们，看见周子寓，微微撇了撇嘴，哼道："打得比我想象中的好。"

周子寓不太好意思地摸了摸头。

接下来众人要等的就是 B 乙组比赛结束得出最终的积分排名了，大家准备一会儿一起看 B 乙组的比赛。一场集中精力的比赛打完，众人都还是有些疲惫，趁现在距离开场还有差不多二十分钟，便商量着去哪里买点东西吃。

邵涵在选手通道门口等着爻森，他想得比他们周道，早就已经帮爻森买了水和零食，也顺便买了 Titans 其他人的份。王宇锡乐呵呵地凑上去和邵涵道谢，毫不客气地就朝着袋子伸手，被身后的勾教练拍了一把。

"干吗呢？这么不客气，多麻烦人家啊，还不给钱！"勾教练一脸恨铁不成钢，转头对邵涵道："麻烦你了啊，还帮我们带东西，谢谢了，总共多少钱？"

邵涵不好意思地摆摆手："没事没事，不用给钱。"

"哎呀勾教练，"王宇锡道，"邵哥和咱森哥关系特别好，不用客气的。"

勾教练："他跟爻森关系好，跟你也是一家人吗？"

王宇锡："怎么就不是了？兄弟的兄弟就是我的兄弟啊。"

爻森瞪了王宇锡一眼，满脸都是"邵涵脸皮没你那么厚都红了你快闭嘴吧"，插话道："我来给吧，你们先吃。"

爻森说完，拉着邵涵走了。

"别理老王，他不说骚话不舒服。"爻森笑道，"不过他也没说错。"

邵涵："……"

下午 B 乙组的比赛来看现场的观众多了不少，毕竟有全球热门队伍林肯在。对于像 Titans 这样大部分主力队队员都是第一次参加 WCAD 的队伍来说，保留一下实力很正常。但林肯就不一样了，他们的实力众所周知，再怎么保留别人也不会掉以轻心。

因此，林肯队也没有刻意去藏着掖着，该怎么突进就怎么突进，最后以拉开第二名将近三十分的差距位居 B 乙组第一。

最后总榜排名公布，Titans 以 B 组第三晋级复赛。

爻森发了条微博，"晋级了，谢谢大家支持。"很快收到粉丝的评论：

祝贺！Titans 的大家都超棒！

森神今天超帅！

今天子寓也很棒，真的打得特别好。

看直播感觉森神保留了实力。

给森神一个谦虚的机会（后面配了一个无辜狗头的表情包）。

ID "Titans_锡"："老哥可还满意？" @ID "Titans_悦"

ID "Titans_悦"："满意满意，没丢我的脸。" @ID "Titans_锡"

ID "NA_Left"："祝贺。"

捕捉邵哥！

赶快让森哥后援会发九宫格，邵哥好点赞（后面配了一个无辜狗头的表情包）。

我是后援会成员，图太多了群里的妹子正在选呢。

看到这条回复，邵涵忍不住笑了。爻森见他笑得开心，凑过来看了一眼，微微撇撇嘴，笑道："我本人就在这儿，还看什么照片？"

邵涵咳了一声："明天上午的 C 甲组眼镜蛇的比赛……"

"你要去看现场吗？"

"我比较想看现场。"邵涵回答，"你呢？"

"你去看现场的话我当然也去。"爻森一顿，他一直对沈佑的印象不太好，微眯起眼，"不过别让我发现你盯着沈佑看哦。"

邵涵："……"

第55章 两位森神

邵涵发现爻森还真的是说到做到。

第二天他和爻森一块儿看 C 甲组比赛时，只要导播一把大屏幕上的画面切到眼镜蛇的时候，爻森就开始在他旁边各种捣乱，弄得邵涵特别无奈，根本没法将注意力完全放在比赛上。

结果直到整场比赛结束了，眼镜蛇 C 甲组第二，邵涵都没回忆起来自己这一场究竟看了些什么。

C 乙组选手实力平均，也没有很突出的队伍，看点不大。C 组比赛全部完成之后，爻森和邵涵两人便约上王宇锡等人一起去吃午饭。

众人进了一家中式牛肉火锅店，一边吃一边聊着 C 组的比赛。牛肉烫熟之后，王宇锡先往爻森和邵涵碗里各夹了几大块。

王宇锡："来，你俩多吃点。"

爻森给王宇锡投去了一个威慑意味浓厚的眼神，示意他禁止调戏邵涵。

店里是自助调酱料，王宇锡闻着邵涵的酱料特别香，不自量力地非要在邵涵的酱料里拌一拌，结果把自己辣了个半死。

王宇锡喝了几大杯水，他最近有点上火长痘痘，有自知之明地不敢再吃了。他望着邵涵那好到进屈臣氏都不会有导购员来打扰的皮肤，深深地叹了口气，在心里感叹了一下上天的不公。

爻森冷不丁道："老王，给我个你一直盯着邵涵看的理由，要是不能说服我，你就完了。"

邵涵尴尬地低下了头。

王宇锡："……我羡慕邵哥皮肤好不行啊！"

"哦，那你羡慕吧。"

众人默默地低头吃饭，没有王宇锡那样和爻森正面刚的勇气。邵涵扯了扯爻森的衣袖，轻轻咳了一声，道："快吃吧，要凉了。"

下午是最后一组 D 组的比赛，奥丁队被分在 D 乙组，这预示着预选赛的收尾赛事将是最为瞩目的一场。

众人吃完午饭便直接去了赛场，果不其然，前面几场比赛都没坐满的场馆几乎已经座无虚席。奥丁队的官方粉丝团的粉丝们统一坐在一起，每个人脸上都贴着奥丁的队徽。

奥丁队入场的时候，全场欢呼雷动。队长伊森依旧是一副欢快活泼的模样，见粉丝们这么热情，他举起手向观众席抛出一个飞吻。

王宇锡感叹道："不管看多少次奥丁的比赛，我都没法把那个狙人不眨眼的世界级封神队员和这个看上去像娃娃脸的大学生联系在一起。"

爻森："其实你也有这种感觉。"

"……"王宇锡竟一时不知道爻森究竟是在夸他还是在损他。

D乙组的比赛很快开始，和众人预料的基本一样，奥丁这样的强队根本就没有在预选赛隐藏实力的必要，更何况D乙组几乎没有可以和奥丁一战的队伍。比赛开始不到十分钟，奥丁队的得分就已经远远地跑在了最前面，甩开第二名一大截分数，令所有队伍都难以望其项背。

在奥丁队的强势攻击之下，比赛不到半小时就结束了。伊森抛出他标志性的飞吻，下场和队友一起等待其实毫无悬念的最终D组榜单出炉。

三十二支晋级复赛的队伍名单到此全部公布，奥丁队的最终积分即使是拉通四个大组一起看都是当之无愧的第一，林肯队位居第二，Titans排在第五，挪亚方舟和眼镜蛇分别排在第十三和第十一。

在瑞士轮制的复赛开始时，晋级的选手有一天休整的时间，并且入住与赛场相邻的主办方赛事酒店。

看完最终排名之后，爻森一行人一边聊一边朝着赛场出口走。

王宇锡还在回味刚才D组的比赛，忍不住又是一阵唏嘘："奥丁真是太厉害了，爻森，允许我让伊森当我的男神三秒。"

几人正讨论着刚才奥丁的表现，身后忽然响起一阵欢快的脚步声，一个穿着藏青色队服的身影突然从众人身后追了上来，嘴里兴奋地叫了一声"whoa！"

众人回头一看，顿时都愣住了，脸上的神情五光十色。

藏青色的队服是奥丁队的标志，伊森和几个队友站在众人身后，和他们笑着说了声"Hi"，眼睛亮晶晶的，看着爻森兴奋道："Yao！"

爻森隐隐地辨认出伊森是在喊自己的姓，心里也惊讶不已。

伊森有一头金棕色的自然卷，脸颊上的酒窝让他看上去还有些孩子气，见到谁都热情洋溢地去打招呼——王宇锡说得确实没错，伊森实在让人难以想象他就是蝉联了多年冠军的王牌选手。

此时伊森正满面兴奋地上下打量着爻森，浅棕色的眼睛里透着新奇和激动，他笑着用英文对爻森道："终于见到你本人了！你就是Titans的队长！我老早就想见见你了，听说你很强！"

伊森的英文说得不错，透着一股长期说德语留下的独特口音。

爻森好歹是全队学历担当，英文交流不是问题，他从容礼貌地和伊森打了个招呼。

伊森："我的中国粉丝和我说我的名字译成中文之后的中国拼音缩写和你的一样，而且里面也有一个'Sen'字！哈哈，这真是太巧了！"

Titans余下的众人看着突然就开始和世界冠军畅聊的自家队长，听不太懂只能面面相觑。奥丁的队员们也一脸自然地等在后面，一副对于伊森的自来熟已经完全习惯的模样。

两位森神聊得开心，伊森再次表达了自己对和他们赛场相见的无限期待，整个人兴奋不已。

伊森朝着爻森身后望了一眼，道："那是你的队员们吗？ Whoa！你们的队员都长得好高！"

爻森觉得伊森大概把老王的身高和他们平均了一下，笑着回答："谢谢夸奖，不过中间那个不是我的队员，他是我的朋友，是另一支叫挪亚方舟的参赛队伍的选手。"

伊森惊奇地看了看最中间的邵涵，又看了看爻森，最后爽朗地笑了两声，声音里还带了几分调侃："以后来瑞士玩啊！"

"哈哈，好啊。"

两人又聊了一阵，伊森眼尖地捕捉到一支队伍从一旁的走廊里走了出来，立马和爻森说了声有事先走了，跑上去飞扑着从后面揽住一人肩膀，笑道："凯文！一起吃饭吧！"

刚出来的正是林肯队的凯文，伊森看上去和他关系不错，两人并肩离开了，奥丁队员和Titans队员打了声招呼，也跟上了自己队长。

邵涵望着奥丁队离去，疑惑地问爻森道："刚才伊森是在看我吗？怎么了？"

爻森笑了笑："没什么，看你好看。"

邵涵话语一塞，颇为无语地看着他。

复赛名单的公布已经在电竞圈里激起了热烈的讨论，这次预选赛整体晋级队伍和排名基本在意料之中，但也有好几匹今年才第一次在复赛亮相的新兴黑马。

　　电竞圈的粉丝们嗅觉灵敏，名单刚公布几个小时，网上就已经有了各种各样的排名分析和复赛预测，除了几支实力强劲的老牌强者，也有不少人纷纷把关注的目光投向这几支新面孔上。

　　英文名 Northern Lights，中文名极光，这支去年年初才成立的崭新队伍在这次预选赛的最终排名是第三十名。虽然排名靠尾，但鉴于这支队伍的年轻，NL 的粉丝数在一夜之间暴涨，收获了不少青睐。

　　预选赛结束这天晚上，Titans 众人在酒店里看官方剪辑的比赛回放。

　　王宇锡和白悦语音聊天，道："你不在真是太可惜了，你不知道今天下午奥丁的伊森居然主动来找爻森了，要不是为了在外国友人面前矜持一点，我真想扑上去要个签名。"

　　白悦："得了吧你，还矜持。"

　　王宇锡："话说你什么时候出院啊？"

　　"明天下午出院，后天早上的飞机。"白悦回答，"等着你悦爸爸回来。"

　　复赛开始在即，众人心里的紧迫感也越发强烈。复赛的三十二支队伍是从全球两百支队伍当中筛选出来的，实力自然是不容小觑。先不说 OD 和 LC 这样的队伍，就是 NL 这样新兴的黑马也必然有其过人之处。

　　王宇锡："复赛开始基本就要动真格了，爻森，要是我们抽到了挪亚方舟你可别心软啊，我真担心到时候在赛场上邵哥一卖萌，你一枪得打偏到太阳系外面去。"

　　"放心吧，我会认真打的。"爻森道，"只是尽量不会让他们输得太厉害。"

　　王宇锡："……这话邵哥知道吗？"

　　复赛第一单元第一轮分组名单将由 WCAD 主办方在第二天直接通知各个队伍的负责教练。

　　这天早晨，Titans 众人坐在一起等待着分组名单公布，王宇锡不停地打开手机又关上，紧张得默念着"不要抽到欧美双煞不要抽到欧美双煞"。

　　爻森："你别嘀咕了行不行？"

　　王宇锡："我都快紧张死了，心都在跳。"

　　爻森："心本来就会跳。"

　　话音刚落，所有人的手机同时响起消息提示音，勾教练终于将名单发给了他们。

王宇锡闪电般地点开来一看，一目十行地找着 Titans 的名字，看清第一轮对手后猛地拍了一下桌子，"哈"了一声，激动道："眼镜蛇！"

第56章 鼓励

复赛第一单元第一轮分组名单公布之后，国内的电竞圈又是一片沸腾。国内电竞界最知名的资讯媒体在微博上首先发布了第一轮 Titans 对战眼镜蛇的消息，配图是颇为有趣的两张——

第一张图是一只捏着眼镜蛇队徽的一个巨人的庞大手掌，第二张图则是紧紧缠绕 Titans 队徽的一只凶猛的眼镜王蛇。

爻森对于这个结果沉默了一阵，最后淡然道："行吧，那就干眼镜蛇。"

王宇锡把全部十六个分组都仔仔细细地看了一遍，感叹道："我们运气算不错了，这两个抽到双煞的，那才是真的想哭都哭不出来。"

爻森看了看名单，挪亚方舟抽到了一个战力排名势均力敌的加拿大队伍，第一轮想要取胜有难度。NL 则抽到了一支在预选赛排名二十名左右的巴西队伍，从 NL 自己预选赛排在末位的结果来看，想要赢估计也不容易。

勾教练很快来和他们开了个短会，虽然说白悦不在，但周子寓这段时间以来也进步神速，剩下三人也打起十二分精神，虽然说肯定会比以前吃力，还是要争取拿下第一轮。

第一轮的比赛在明天上午开始，十六个小组分两场进行，Titans 和挪亚方舟都是第一场，爻森看不了邵涵的现场比赛，感到颇为可惜。

刚这么想着，爻森就收到了邵涵的消息。

邵涵："我们同一场，不能去现场看你，明天加油。"

爻森："那要邵小左同学鼓励一下。"

邵涵："搬去赛事酒店之后我去找你吧。"

爻森："现在就要。"

邵涵："……"

邵涵："一个飞吻的表情包。"

爻森："你哪来这么可爱的表情包。"

邵涵："小萌给我的，说我和你聊天的时候可以用。"

爻森在心里和小萌达成共识，现在他深刻觉得王宇锡说的是对的，邵涵有时候确实很可爱，要是邵涵在比赛中卖个萌，说不定真的能让对手把子弹打歪。

中午的时候江阳联系了他们，说要请他们吃饭，顺便下午送他们去主办方赛事酒店，众人在一家中餐厅见面。

中餐厅的老板是位华裔，爻森他们走进来的时候，老板一眼就认出了这是最近参加电竞比赛的队伍，老板的儿子都跑出来找他们要了签名。

等菜途中，爻森注意到江阳一直在手机上看这次比赛各个电竞队伍的资讯，爻森看过去的时候他正好在看 NL 的相关消息，眉头轻轻皱着，神色有些严肃。

爻森："怎么了？"

江阳迟疑道："之前看了几场 NL 的比赛，我总觉得他们的打法怪怪的，尤其是他们队长。"

爻森沉吟了一阵，道："明天的复赛 NL 是第二场，到时候一起去现场看看吧。"

江阳点点头。

菜上来之后，爻森的手机响了，他一看来电显示嘴角就不自觉上扬，接起道："喂，怎么了？……我在吃饭啊，和队里大家一起……你吃了没？……麦当劳？怎么我不在你就吃得这么随便？……麦当劳还不随便啊？……"

一旁的江阳本来也没打算注意队长打电话，只是队长这不同于平时的语气让他一不小心被呛了一下。

江阳抬头看餐桌上其他人的神色都颇为自然，除了王宇锡悄悄翻了个白眼。他偏过头，对坐在自己旁边的周子寓低声问道："队长有女朋友了？"

周子寓："啊？这我不太清楚……"

江阳倒也不是想八卦，就是随口问两句，倒不如说他们队长这条件一直不谈恋爱才稀奇。爻森那边挂了电话，江阳直接回头直率地问道："队长，和谁打电话啊？你女朋友吗？"

爻森哭笑不得："不是，是挪亚方舟的副队长。"

江阳诧异道："你们是朋友吗？"

爻森："当然是啊。"

王宇锡忍不住插嘴道："就是，他们是闺密。"

爻森果断地用胳膊肘一捅王宇锡。

邵涵到得比爻森早，主办方在赛事酒店为每支队伍准备了一个配备有电竞设施的套间，特意贴心地为中国队伍的房间准备了中式的零食，各处还贴着中国的国旗小贴纸。

他查看队伍楼层安排的时候，发现 Titans 居然和他们同一层，邵涵收拾好自己行李之后便去大厅等着爻森他们来。

酒店大厅进进出出的都是电竞队伍，邵涵坐在沙发上，发着呆看着来往的队伍，忽然，一抹银白色的队服映入眼帘。

邵涵抬头一看，沈佑也正好看过来，前者一愣，有些尴尬地想移开视线，却又觉得这样实在是太不礼貌。毕竟眼镜蛇也住在这里了，有很大的机会遇上，他总不能次次都这样逃避。

想到这里，邵涵朝着沈佑轻轻点了点头，简单地打了个招呼。

沈佑却走了过来，像是随意问候般问道："在等人吗？"

邵涵点点头。

"爻森？"

邵涵顿了顿，回答："嗯。"

沈佑沉默了一阵，随后又问："话说白悦身体怎么样？爻森他应该有和你说吧？"

"嗯，他已经出院了。"

"那就好。"

沈佑笑笑，说了声"比赛加油"，便转身回到了自己的队友那边。邵涵望着沈佑的背影，长出了一口气。

眼镜蛇几乎是前脚刚走后脚 Titans 就到了，邵涵看见爻森拖着行李箱走进酒店大厅的时候，心里竟然有些微微的心悸——对沈佑的事爻森一向有些敏感，要是被他看见刚才沈佑和自己说话，恐怕又得费心思一阵软声好哄了。

邵涵站起来走了过去，爻森迎面朝他笑道："久等了。"

"没等很久。"邵涵回答，"今天挺热的，要喝水吗？我去帮你买。"

"没事，一会儿回房间再喝吧。"

"那我帮你拿着行李，去登记吧。"

王宇锡走在爻森身后，看着邵涵又是帮爻森推行李箱又是拿衣服的，默默地在心里感叹一声邵哥真贴心。

众人身后的江阳忽然走上前，手中还提着一个精致的礼品袋。他径直走到邵涵面

前，郑重其事道："邵副队长你好，这是送给你的礼物，祝挪亚方舟的比赛取得好成绩。"

邵涵一头雾水地看着这个不太熟悉的 Titans 二队的年轻队员，没弄明白对方怎么突然这么郑重。邵涵见那好像是一盒巧克力，也不是很贵重不方便收的东西，心里虽然疑惑，但看对方诚挚的眼神，还是接下了，礼貌道："非常感谢，不用客气，你们也是。"

登记完之后，Titans 一行人回了自己的房间。套房很宽敞，王宇锡往卧室舒服的床上一扑就不肯挪窝了，连连感叹这才是强者该有的待遇。

挪亚方舟和 Titans 住得近，晚饭后，爻森便让邵涵来自己的房间玩。Titans 众人很自觉地把套间里唯一一间单人间留给了爻森，就是为了方便邵涵随时串门。

邵涵在爻森这里洗了澡，躺在床上和爻森一起看最近的比赛视频。江阳送的那盒巧克力邵涵也带过来一起吃，他尝了一颗便觉得味道特别好，看爻森似乎也挺喜欢的，便打开手机搜了搜这个他没听说过的巧克力品牌。

不搜不要紧，邵涵一搜才发现这个品牌的巧克力一盒居然要一两百美元，顿时尴尬道："这个好贵啊，我不应该收的。"

爻森笑了笑："没事啊，吃都吃了，一片心意嘛。而且人家江阳家里挺有钱的，这对他来说是正常消费。"

邵涵疑惑道："他怎么突然送我东西？"

爻森："你就当他孝敬你的吧。"

邵涵："……"

邵涵不打算再进行这个话题了，思索着明天回个消息感谢感谢江阳。他盖上巧克力盒的盖子，看了看时间，快到十点钟了。

邵涵靠在枕头上，道："爻森，今天就早点休息吧，我就先回我队里那边了。"

爻森点点头："嗯，好。"

离开之前，邵涵忽然握了握爻森的手，回头看着他，眼睛在窗外透进来的点点亮光中澄澈迷人，他说："明天比赛加油。"

爻森暖声道："你也是。"

第57章　Titans VS眼镜蛇

Titans 的队徽和它的队服配色一样，沉稳的黑色交织着夺人眼球的红色；而眼镜蛇的队徽则是白色和浅绿色相间。

早在比赛开始之前，就有人戏称说 Titans 和眼镜蛇的队徽颜色应该算得上所有队伍中最不相容的。

开场十分钟前，爻森坐在选手休息室里，活动着自己的手腕和手指。他一边做这些一边沉默地盯着地面，脑子里仿佛在思考什么事情。隔了一会儿，他甚至开始捏自己的拳头，指关节被他捏得脆响了几声。

王宇锡坐在一旁，神色复杂："老哥，你到底是去打游戏还是去打群架啊？"

爻森："有什么区别吗？"

"……你这么一说，好像真没有。"

勾教练走了进来，最后和众人交代了要注意的地方，鼓舞道："打起精神来！别掉以轻心！好好打！"

选手入场时，Titans 四人走在选手通道里，爻森放慢脚步走到周子寓身边，拍了拍他有些紧绷的肩膀，道："子寓，还记得去年和眼镜蛇的那场友谊赛吗？"

周子寓连忙点头。

"记得就好，和同一支队伍比赛的手感是不会有太大差别的。"爻森微微笑道，"加油。"

复赛小组赛第一轮第一场正式开始，十六支队伍分为八个小组，同一时间在赛场上展开对决。今天的赛程安排非常紧密，晚上将结束小组赛第三轮，到那时，每支队伍基本都能确定以及单败赛的对手范围了。

来观看 Titans 对战眼镜蛇的比赛的观众非常多，绝大多数都是华裔粉丝，还有不少第一轮第二场的队伍也坐在了观众席。

两支队伍的粉丝们高高举着分别写有各自战队宣言的条幅和旗帜，呼声雷动地为自己支持的队伍加油。

《破晓警报》世界职业联赛一向很正式，比赛开始之前，两支队伍都会按照队伍编号和对方队员握个手以传递友谊第一的主旨。

周子寓握手的对象正是沈佑，他面对的是电竞界的前辈，虽然说是对手，但周子寓心中还是无比尊敬，用双手诚恳地和沈佑握了手。

大屏幕随机为本组比赛抽取地图编号，地图的复杂程度对不同队伍的影响都不同，最后他们抽到的是相对简单的 C 图。

坐上自己的座位之后，爻森戴上设备耳机，习惯性地用手指先熟悉着键盘和鼠标的触感，现在是比赛倒计时前一分钟的准备时间，他简单地布置道："前期站位 D，三号优先级最高，然后是一号，一旦确定三号是谁就换成站位 C。"

比赛行进中的不同站位应对不同的地图和敌方情况，是训练时早就演练过无数次的。D 站位是一个以防守为主的站位，C 站位则是一个攻防结合的站位。

众人之间早有默契，一听爻森的安排就知道这场比赛要走稳健路线。在白悦归队战力完整之前，他们最好的选择的确是稳扎稳打。

第一局比赛在倒计时结束的那声"Round One"的提示声中开始，赛场周围的地面亮起一片炫目的电光，面向观众的弧形大屏幕上分别聚焦着场上的八名选手。

与 Titans 的战术不同，眼镜蛇几乎采取了完全的攻势。毕竟现在算得上是 Titans 战力最弱的时候，只要是个理性的队伍都会选择抓住这个机会强进攻。

眼镜蛇的实力确实不容掉以轻心，第一局比赛眼镜蛇就展开了密集的无差别攻击，即使 Titans 选择了回防，还是落了下风。

并且，眼镜蛇似乎是特意为了防止人员布置被 Titans 很快推测出来，特意改变了通常的站位，就连爻森暂时也无法确定对方具体的队员分布。

周子寓第一个被击杀，王宇锡在击毙一名敌人之后在回撤时被偷袭。眼镜蛇显然是已经确定了爻森的编号，三名队员直接集中火力包抄。

Titans 这一局运气不太好，空投没有获得太好的装备，爻森的头甲不够硬，即便有宋铭喆掩护他，面对三个人的火力围攻，他也没有太多反攻机会，即便如此爻森也在自己血条为零之前杀死了他们两个人，眼镜蛇剩下的最后一人正是沈佑。

沈佑的实力和宋铭喆不相上下，宋铭喆在残血情况下与沈佑展开伏击，最终还是吃了血量不足的亏，遗憾落败。

第一局以眼镜蛇的获胜告一段落，第二局开局前半分钟，王宇锡道："看来眼镜蛇是铁了心要和我们硬碰硬，爻森，战术改变吗？"

爻森："不变，他们估计还要包抄我，给我创造点机会，让我和他们正面刚。"

第二局比赛爻森拿了全队最硬的装备和武器，周子寓的节奏也掌握得比第一局好许多，全队的配合度显著提高，Titans很快就杀出了眼镜蛇的攻击圈，成功转守为攻，赢得了第二局的胜利。

现在Titans的比分已经和眼镜蛇扳平，最关键的决定第一轮胜负的第三局比赛里，眼镜蛇转攻为守，稳妥地和Titans拼游击战和狙击，这种打法非常耗费选手的精神集中度，双方都失去了三名队员后，场上还剩下爻森和沈佑两人。

前期沈佑蓄积得不错，血条比爻森多了将近一半，他清楚地明白自己和爻森正面对上是没有胜算的，果断选择找好地点伏击。

爻森也早有准备，沈佑想玩伏击他偏不玩，逼沈佑逼得死死的。沈佑被几颗爻森事先准备好的手雷逼出来和他对枪，最后不敌爻森的正面攻击而出局。

三局比赛全部结束后，赛场大屏幕上便亮起最终获胜者Titans的队徽，Titans的比分也变为1-0。

选手们再次握完手下场的时候，反倒是爻森主动走到沈佑面前，笑道："决赛再见。"

眼镜蛇虽然输了第一轮，但爻森话里却是祝他们晋级决赛的意思，他这人就是很会说话，只要他想，就可以做到让所有人都对他心服口服。

沈佑释怀地笑了笑，这场比赛的结果也在他意料之中，他也的确承认自己技不如人——不仅仅是在比赛上，其他很多地方该认输的也还是要认输。

沈佑："决赛再见。"

Titans和眼镜蛇这一组比赛结束之后，其他小组也差不多都比完了。

主赛场的总屏幕上时时更新着各个队伍的得分数据，第一轮上半场聚集了包括Titans、眼镜蛇、挪亚方舟，甚至林肯和奥丁都被分在其中的好几个热门队伍，此时有不少下半场的队伍都在总屏幕下方聚集，聊着上半场的比赛。

等到上半场比赛全部结束，十六支队伍的得分也正式出炉，奥丁和林肯自然是1-0不用说，爻森甚至还偶然听到路过的观众说奥丁那场比赛只用了十九分钟。

要知道，Titans最快的比赛纪录用了二十五分钟，而且还是在对手后期投降的情况下。

爻森看到挪亚方舟的比分也是1-0，顿时长出了一口气，现在心里只想找到他家在赛场上帅气非凡的小左，好好夸上一夸。

爻森在选手通道等到挪亚方舟出来，上前轻轻抱了抱邵涵，和他说了声恭喜。邵涵看爻森的神情便知道他肯定也赢了第一轮，微微笑着说："你也是。"

下半场在二十分钟之后开始，每组的小赛场都是分开的，他们一次也只能看一组的现场，爻森便问邵涵想看哪支队伍。

邵涵："你看你想看的吧，我都可以。"

邵涵本来以为爻森会去看在预选赛中是 Titans 劲敌的德国队或者是韩国队，没想到爻森却说："那去看 NL？"

邵涵微微有些诧异，但也跟着爻森一起去了。德国队和韩国队那边的比赛也还是得关注，于是 Titans 几人便决定分开来各自去看不同的队伍，回来后再汇总一下观感。

NL 的对手是一支前年的联赛复赛二十强的队伍，来自巴西。NL 的队员们都是职业俱乐部主力队中比较年轻的，应该算是今年的联赛复赛里平均年龄最小的队伍之一了。

然而，NL 的队员们看上去并不局促紧张。

第一局的比赛节奏不快，巴西这支队伍是求稳的打法，NL 的表现也中规中矩，第一局不太出人意料地输了。

第二局 NL 的攻势加紧了许多，巴西的选手出现了一些失误，NL 又赢了一局回来。

两场比赛都没有太精彩的地方，爻森也还是看得十分专注。按照正常的逻辑来分析，NL 第二局能赢很大程度上是因为巴西队员的失误，那么第三局输的可能性还是非常大。

一旦前两局没有队伍拿到双赢，第三局开始之前便有两分钟的队内战术布置时间。爻森坐的是赛场特意为其他观战的参赛选手预留的席位，距离台上的比赛队伍很近，完全可以看清每个队员脸上的神情。

程睿坐在一号位上，他和队员们布置完战术之后便安静地坐在座位上等着比赛开始。他偶然抬头朝着观众席扫了一眼，正好对上爻森的视线。

程睿的眼睛里划过一瞬间的诧异，看上去似乎是没想到爻森会亲自来看自己比赛。但那份惊讶很快便消失了，他的神色又平静了下来。

他沉默地望着爻森，后者对他微微笑了笑。

第三局很快开始，然而，这一局 NL 的表现竟大大地出乎了所有人的意料，就连比赛的解说员都忍不住拔高了略显激动惊讶的声音。

NL 的攻击节奏迅猛，攻势紧密逼人，尤其是队长程睿，在一次包围战中几乎是单枪匹马杀了出来，全队在半个小时之内战胜了对手，并且队内还有两名队员存活。

比赛结束的一刹那，NL 的比分变为了 1-0，全场的观众在数秒的寂静之后掌声雷动。爻森盯着大屏幕上的比分，微微地皱起了眉。

程睿摘下头上的耳机，意外地又抬头看了爻森一眼，这一次眼里倒多了几分浅浅的笑意，他甚至微微颔首，朝着爻森礼节性地点了点头。

第58章　后起之秀

中午，一行人在赛场附近的一家麦当劳吃饭，王宇锡一边吃着汉堡一边讶异道："真的？NL有这么厉害？"

爻森点点头："他们队长应该是个狠角色。"

自从NL和巴西队的那场比赛结束之后，网上关于"NL"这两个字母的搜索率爆炸性上升，电竞圈里一片热议，对NL的关注度达到了一个新的高度，不管是职业选手还是业余爱好者们都纷纷讨论着这支黑马。

程睿在第三场的表现极富爆发力，在被包围的情况下打了一场精彩的反击，显然是在预选赛中对自己的水平有所保留。众人都在猜测，他的实力究竟如何，又可以率领这支年轻的队伍走多远。

"还真是黑马啊。"王宇锡感慨道，"现在的小年轻怎么越打越好了，都不给我们这群大哥留点活路了。"

下午第二轮的分组名单已经公布，Titans又和预赛中有过交手的德国队分在了一起，挪亚方舟分到了一支英国队，而当下非常瞩目的NL的对手则是一支在预选赛中排在第十六名的队伍。

除此之外，令众人为之一振的是，那如雷贯耳的两支"欧美双煞"则分在了同一组。

而此时此刻，在国内出院休息了一天之后的白悦也马上准备登机了。

小组赛第二轮的比赛Titans吃了随机地图的亏，很遗憾地落败给了德国队，比分落到了1-1。

爻森心态不错，比赛中输赢是常事，笑一笑就过去了。周子寓难免有些丧气，觉得自己的水平还是拖累了平时和悦哥配合的大家，他被几个大哥轮番按着头安慰鼓舞了几句，他是属于情绪来得快去得快的人，倒也很快便恢复了信心。

挪亚方舟在第二轮再次胜利，NL则令业界失望地落败了，和Titans一样落到了1-1的比分。

第二轮比赛最为热议的赛场莫过于"欧美双煞"在今年赛场上的第一次对决，这两支队伍年年都在冠亚军上厮杀，也交替拿过不少次冠军，场场比赛几乎都算得上针锋相对又惊心动魄。

而在这场比赛中，奥丁输给了林肯，同样也落到了 1-1 的比分。

知道爻森他们第二轮惜败了之后，邵涵心里难受了好一阵，晚上他找爻森一起吃晚饭的时候都没有提这件事，担心爻森听了之后心情不好。

反倒是爻森自己无所谓地和邵涵聊起第二轮的比赛来，并且告诉了他和德国队对打需要注意的一些地方，半开玩笑道："输了也不是没好处，至少第三轮 Titans 不会和挪亚碰上，现在让我打，我真舍不得。况且明天白悦就回来了，没关系。"

邵涵微微放下心，道："在赛场上可别和我客气，你要是放水的话我会生气的。"

以前的邵涵可从来不会主动说"我会生气的"这种话，爻森忍不住弯起嘴角笑，心想他家小左真是越来越像是吃可爱多长大的。

晚上进行的第三轮比赛对于目前比分为 2-0 和 0-2 的队伍来说都非常关键，这些队伍如果再次连赢或者连输的话就可以直接省去第四轮的比赛。

Titans 在第三轮小组赛里战胜了对手获得了 2-1 的比分，挪亚方舟则惜败了一次，遗憾地与直接免赛第四轮的机会擦肩而过。直接撞了大运分到奥丁队的 NL 不到二十分钟就输了，比分降到了 1-2。

在这三轮比赛当中，眼镜蛇除了第一轮输给了 Titans，之后便一路保持了胜绩。

伴随着免赛第四轮的八只包括四支 3-0 和四支 0-3 的队伍的名单公布，第三轮比赛宣告彻底结束，剩下二十四支队伍参加的第四轮比赛将在明天上午九点准时开始。

Titans 回酒店之前打算在外面吃夜宵，挪亚方舟的教练要开短会，邵涵没法和他们一起，爻森便直接把自己房间的房卡给了邵涵，让他结束之后直接去他房间等他回来就行。

开完会之后，邵涵便去了爻森的房间等他，坐在床上百无聊赖地用平板看今天 Titans 的比赛转播。

爻森他们和德国队那场比赛输得确实非常可惜，可以看出来德国队完全有针对爻森个人的一套战术，爻森整场被控防得很死。

导播时不时地把镜头切到爻森身上，他沉稳地和队友交流，被控防的时候也会微微皱眉。虽然邵涵见到的大多都是平日里的爻森，但他在赛场上的模样，无论什么时候看都有着别样的魅力。

邵涵正盯着屏幕发呆，房门处就传来了敲门声。

爻森："我回来啦。"

邵涵下床给爻森开门，爻森手里提着给邵涵打包的东西。他看见床上放着的平板电脑上正暂停着一段视频，视频画面正好停在爻森的画面上。

邵涵显然也注意到了这一点，脸顿时有些红，现在关掉倒显得欲盖弥彰了。爻森调侃道："看啥呢？"

邵涵窘迫道："看你们的比赛。"

爻森心知肚明不说破，也想洗漱完早点上床和他暖烘烘的小左一起看比赛，这时口袋里的手机忽然响了。

爻森拿出来一看，来电人竟是有好一阵没有联系过的钱浩。

爻森："你先看，我接个电话。"

为了不打扰邵涵看比赛，爻森走到了阳台接起了电话。钱浩虽然已经退役了，但对电竞的热情还是丝毫没有消退，再加上现在复赛也进行到白热化阶段了，就忍不住打过来和爻森聊起比赛来。

两人以前是同学，又都有职业选手经验，自然是有许多话题可聊，不知不觉就聊了许久。

邵涵看完了一场比赛，爻森居然还没打完电话，邵涵一看时间，他都讲了半个小时了。

邵涵平时不是一个会在意这些细枝末节的人，但这通电话确实有点太久了，久到邵涵心里忍不住有了几分隐隐的酸味。

邵涵又等了十分钟，爻森那通电话还是没有要讲完的迹象，爻森甚至心情愉悦地笑了好几次。

邵涵悄悄地关了平板，轻轻地下床来到阳台上的爻森身后，听爻森的回话对方应该是和他在聊这次的比赛，说的内容还挺专业，对方说不定也是个职业选手。

邵涵轻轻抓了抓自己的头发，在原地站了一会儿，也不知道自己要干什么，又默默地走了回去。

爻森偶然回头看了一眼，正好看到邵涵掀开被子往床上躺。他哑然失笑，对电话那头的钱浩道："钱浩，时间也不早了，咱俩回头再聊吧。"

"哇，都快九点了，我都没注意我们居然说了这么久，行，你早点休息，明天加油！"

爻森挂了电话走回屋里，邵涵回头看着他，忍不住问道："……你和谁打电话？"

"钱浩，还记得我以前和你提过吗？"

邵涵隐约有点印象，心里陡然释怀，自己都觉得自己有点好笑，语气不自觉松了许多："是你那个已经退役的同学吗？"

"嗯，他打来电话问问情况。"

邵涵的屏幕还亮着，爻森一偏头，偶然看到他的锁屏壁纸是今年春节邵涵来他家玩时的他的照片，也不知道邵涵是什么时候拍的，照片中的自己露着侧脸，正因为什么事开怀笑着。

爻森端详了一阵："我长得还挺帅的嘛。"

邵涵："……"

爻森："换一张吧，我觉得我现在比当时帅。"

邵涵真的觉得爻森挺不谦虚的，偏偏他确实反驳不了。

爻森："对了，你看了 NL 今天对意大利队的比赛吗？"

"看了。"邵涵点点头，"那场比赛对 NL 的控防其实不强，但 NL 好像没发挥好，爆发力和巴西队那场完全不能比。"

"我也觉得。"爻森顿了顿，"那种爆发力不太可能是偶然，对意大利队那场程睿似乎没怎么发力，他可能还留了一手。"

作为一支这么新的队伍，就敢在复赛里保留实力，NL 着实让爻森不断感到讶异和好奇。

邵涵沉吟了一阵，赞同道："他们队长应该很厉害，其实他们对战巴西那场比赛最后几分钟里，他的表现甚至能让我想到你。"

第59章　归队的金牌辅助

邵涵昨天晚上的话在爻森脑海里回响了一阵，此时的他正和队员们一起做着第四轮比赛的准备，这一轮他们的对手是预选赛第十名的芬兰队，不出意外的话应该可以把比分提到 3-1。

王宇锡从洗手间回来，对爻森道："爻森，你看没看 *E-Sports* 官媒对 NL 的线上采访啊？"

"没看，怎么了？"

"他们问程睿在电竞圈里最崇拜的选手是谁，程睿说是你。"

"我知道啊，他好歹也算是我的粉丝吧。"

"不是，重点是后来官媒问给他印象最深刻的比赛是哪一场，一般人都会说是亚洲赛最后的冠亚军争夺战吧？毕竟那是你的成名赛啊——"王宇锡奇道，"程睿居然说的是区域赛之前你参加的那个国内杯赛，那个时候你都还不是一队队员吧？"

那个国内杯赛王宇锡要是不提爻森早就忘了，那只是一个娱乐性质的电竞赛事而已，甚至不分冠亚季军，只是会有星秀选手的称号和奖金而已。

要说那场比赛对爻森有什么特别，那就是过了那场比赛之后，勾教练正式决定，破格让爻森提前开始队内晋升赛。

勾教练当时对他说，他在爻森那几场比赛里看到了巨人一队目前缺乏的爆发力和冲劲，他认为爻森有胜任一队队员，甚至是一队之长的魄力。

王宇锡搓了搓手臂："我怎么感觉他就是在故意引起你的注意呢？这个人不太对劲啊……不会是个变态吧？"

爻森虽然也有些诧异，但也不至于产生这种奇怪的小说看多了的想法，漫不经心地回答："我注意他的前提是他有货真价实的实力，如果他真有这么厉害，那我会给他应有的注意。"

王宇锡："兄弟，你真A①，我被你A到了。"

"A？什么A？"

资深混圈人士王宇锡咧嘴一笑，表示自己只是在夸他。

和芬兰队的比赛十分顺利，Titans成功地把比分提到了3-1，挪亚方舟本轮也获胜。现在纵观比分3-1的队伍基本都是熟面孔，除了他们两队，奥丁和眼镜蛇也在其中。

上午的比赛结束后，复赛第一单元小组赛彻底结束，场上三十二支队伍分为了几个比分块，四支3-0与0-3的队伍，六支3-1与1-3的队伍，还有十二支2-2平分的队伍。队伍们将按照比分分为三个大组在单败赛中进行两两对抗，3-0对战0-3，以此类推，今晚就将决出最终的决赛名单。

从赛场离开后，Titans众人坐车赶往机场，白悦的飞机马上就要落地了，今晚的单败赛，将成为他归队的首战。

---

① 网络用语，表示很帅的意思。

白悦从到达大厅走出来的时候，王宇锡大喊了一声"兄弟我想死你了"，冲上去跳起来抱住他，差点把白悦撞得一屁股坐到地上。

白悦反手把王宇锡脖子用胳膊肘勒住，摁到自己行李箱上，在周围一群外国友人惊讶的此起彼伏的"中国功夫？"的疑问声中感觉异常尴尬，对王宇锡道："行了，打住，我要脸的。"

考虑到现在白悦是一个少了一个器官的人士，王宇锡收敛了一些，嘿嘿笑道："看我们比赛没有？"

"看了啊，德国那场你怎么那么菜？"

"哪里是我菜了？对面死控啊！"

两人吵嚷了两句，周子寓又扑上来把白悦抱住，他抬起头激动地看着白悦，双眼亮闪闪的，又有些浅浅地发红："悦哥！你终于回来了！我好想你啊！"

白悦莫名感到一种充满着伟大父性的自豪感，慈爱地拍拍周子寓的背，鼓舞道："这几场你打得很棒。"

王宇锡也道："就是，子寓，接下来就交给我们大哥几个吧。"

周子寓松开白悦，连忙坚定地点点头。

宋铭喆勾了一下白悦的肩膀，声音满是哥们儿间的义气："欢迎归队，老白。"

白悦笑着和宋铭喆碰了碰肩膀，最后把目光落在了爻森身上。白悦的眼睛忽然一瞬间有些发酸，他本以为自己真的不是个适合煽情的人，可只不过隔了八九天，他却觉得自己好像已经很久没有看到他的队友们了。

他伸手和爻森碰拳，道："我回来了。"

爻森笑道："一直等着呢。"

王宇锡："好！为了庆祝白悦归队！我们今晚去吃大餐！"

白悦："老王你故意的吧？我现在还在喝粥呢！医生让我再喝一星期！"

王宇锡："没关系啊，你喝粥，我们吃。"

白悦："……"

几分钟后，爻森发了一条新的微博，配图是他们五人在机场刚拍的照片。微博下的评论显示：

ID "Titans_森"："欢迎我们的金牌辅助归队。"

ID "Titans_悦"："众爱卿平身（后面配了一个无辜狗头的表情包）。"

啊啊啊啊啊啊啊啊，悦哥你终于回来了！

老粉看到这张照片太感动了，Titans 终于齐了。

悦悦啊！看看我！我是你的爱妃啊！祝龙体安康啊！

Titans 一定会赢的！加油啊！

ID "NA_Left"："欢迎回来。"

啊，我死了，Titans 的大家真的太帅了。

ID "Titans_锡"："不能吃炸鸡的老白好可怜哦。"

ID "Titans_悦"："今晚我不辅助你。"

大家闪开，锡哥又开始骚了。

哈哈哈哈哈哈哈哈哈锡哥求求你放过悦哥吧！

悦哥打人了。

悦哥：王宇锡？谁啊？不认识。

终于又能看到悦锡互掉了好感动！

ID "Titans_锡"："这位朋友，'锡悦'谢谢。"

……

Titans 金牌辅助队员的归队在国内电竞圈里又掀起了一轮热议，白悦是国际辅助型选手实力榜上的佼佼者之一，从预选赛到复赛第四轮，不少对手队伍因为 Titans 这一大战力的缺席而奋起直追，趁机给他们挖了不少坑。

现在白悦归队了，也该让他们知道，什么叫真正的实力面前，任何小伎俩都是无济于事的。

回到酒店之后，勾教练来给几人开了个短会，白悦刚刚回来，在比赛上还需要一点熟悉调整的时间。众人花了一个下午仔细分析了一番赛场上遇到的每个对手的情况，好让白悦尽快进入赛前状态。

晚上八点钟，WCAD 复赛第二单元单败赛正式开始。

每支队伍现场抽取自己的对手，Titans 的对手是一支新西兰的队伍。进入赛场之后，白悦在三号位坐下，看着面前宽大的屏幕深吸了一口气。

他捏了捏自己的手指："我准备好了。"

王宇锡："……不是，你们一个二个的怎么都像是要去打人的？和谐友善一点不好吗？"

白悦："怎么，平时打游戏里喊干死对方喊得最大声的不是你吗？"

这局游戏打得很顺利，不到二十五分钟就打赢了。白悦和王宇锡是圈内公认的金牌搭档，他的归队不仅仅是平均战力的提高，更是联动了团队的实力提升，观众们看得沸腾无比，就连比赛的解说人员也不停地说着"Amazing"。

全部的比赛结束之后，十六支决赛队伍名单正式公布。不管这些队伍接下来的表现如何，进入了联赛十六强，就意味着在世界范围内的高含金量排名榜上有了一席之地，获得了实至名归的强队称号。

十六支队伍包含七支亚洲队伍，三支北美队伍和四支欧洲队伍，剩下两支则分别来自南美和大洋洲。

今年的亚洲队伍，尤其是中国队伍表现尤为突出，亚洲巅峰 Titans 实力强悍，眼镜蛇、挪亚方舟等几个老牌战队屹立不倒，更有 NL 这样异军突起的后起之秀。

虽然说榜单一二位还是被欧洲和北美占据，但面对亚洲队伍的冲劲，今年的比赛结果究竟如何，谁也说不好。尤其是国内的电竞界，热情的粉丝们几乎是一片狂欢。

ID "竞资讯前沿"："WCAD《破晓警报》世界职业联赛的复赛在北美时间 7 月 12 日晚九点结束，决赛十六强名单正式公布，恭喜 @Titans 战队 @眼镜蛇职业战队 @挪亚方舟俱乐部 @黑钻职业战队 @北极光 NL 电竞俱乐部五支队伍晋级决赛！"微博下的评论显示：

大家都太棒了！今年的比赛超精彩！

Titans 的粉丝们让我看到你们的双手。

挪亚全员吹就位。

小蛇们决赛加油啊！

黑钻的小姐姐太美了！娶我！

这里是刚刚成立的 NL 粉丝后援会活动，欢迎爱上极光的大家加入！

……

决赛在明天下午开始，Titans 和挪亚方舟两队聚在一起庆祝晋级，在酒店房间里开了个小小的派对。

王宇锡爱不释手地看着官方拍摄的战队照片，说这张照片把他拍得特别高大，这才是他的真实身高。

王宇锡："黑钻的这个小姐姐真好看啊，我真是酸了，为什么咱们俱乐部不多招点妹子？"

白悦："招了也不会喜欢上你的。"

王宇锡："那可不一定，现在咱们队的头牌可是名草有主了！我们不就有机会了吗！"

此时爻森坐在阳台上闲聊，邵涵心情非常好，少见地放松了一些，趁着大家都在里面吃东西畅聊，和爻森躺在了一个躺椅上。

躺椅挺宽的，两个人倒也不觉得挤。邵涵说着今天晚上的最后一场比赛，说着说着就有些困了，最后在躺椅上睡着了。

爻森还没有睡意，偷偷地用手机拍邵涵的睡脸。他轻轻地用手指戳了戳邵涵柔软的侧脸，又理了一下邵涵前额的发丝。

爻森单手在手机上给队群里发消息："来个人拿床被子到阳台上来。"

王宇锡："爻森瘫了，明天的比赛还打吗？"

爻森："邵涵睡着了。"

王宇锡："……"

王宇锡："一个'看着我的刀，我允许你重新组织一下语言'的表情包。"

爻森："赶紧的，邵涵要是着凉了我就找你算账。"

王宇锡："是是是，听头牌的，听头牌的。"

王宇锡拿了一床毯子来，还算颇有良心地为了不吵醒邵哥而轻手轻脚地打开阳台门，然后扔在了爻森脸上。

第60章　晋级R2

韩国队队长站在爻森面前，面色一时有些不愉快。

决赛赛场上，炫目的灯光几乎把每名选手脸上的神情都照得一清二楚。观众们在椭圆形的观众席上排开，摄像机全方位就位，主持人和解说员都在热场，各种语言的欢呼声、加油声此起彼伏。

这是 Titans 在本次比赛中第二次和韩国队交手，也是决赛里第一个抽中的队伍。

真要算起来，韩国队已经输给过 Titans 两次了，第一次是在亚洲区域赛上，第二次则是在几天前的预选赛上。决赛刚一开始就又和 Titans 分在一起，韩国队的气氛看上去颇为凝重。

爻森倒是无比放松，现在是赛前两队队员握手的时间，他站在韩国队队长面前，微笑地看着他，两人交握着右手，若是不注意韩国队队长严肃的神情，气氛算得上一片和谐。

握手完后，两队分别走向自己位于赛场两侧升降台的座位。

S 型的升降台赛场设计气派华丽，沿着通道走的时候，还能和坐在 VIP 座位的粉丝们打招呼。王宇锡笑着和 Titans 欢呼的粉丝们挥手，回头悄悄地对白悦："韩国队队长好凶哦。"

白悦斜睨了他一眼："你不是看了那么多韩剧吗？怎么不和对方放两句狠话？"

"欧巴，撒拉嘿哟！"王宇锡故意对着白悦比了个心，眨了眨眼睛，"怎么样？够狠吗？"

"……"

"我只会这两句啊！"

"……老王，答应我，比赛前就别骚了，稳重点。"

四人来到了座位上，座位升到弧形赛场的半空中八米左右的高度，一眼扫下去，密密麻麻的观众们被看得一清二楚。

王宇锡倒吸了一口凉气："妈耶，我真的有点怕怎么办？"

爻森："那就在三局之内打赢了下去呗。"

王宇锡："……我喜欢你这句话！"

白悦："队长大人，战术呢？"

"B 站位，老王和老白保持血量，我和老宋回防殿后。"爻森毫不犹豫地回答，"他们队长狙击挺厉害的，老宋注意一下，找机会先把他狙了。"

剩下三人齐声回答："OK。"

B 站位是 Titans 常用的行进站位，以进攻为主，且尽量保留特定队员的红条，好为比赛后期人数降低时硬碰硬做准备。

决赛是时间更长的五局三胜制，对选手们的注意力集中程度和心理素质考验更大。在 Titans 连续赢了两场后，韩国队的节奏明显急躁了许多，这直接导致他们的队员在第三局里出现了严重的误判。

赛场上对手的失误就是己方不可多得的机会，Titans 借着这个撞运气的机会，在第三局再次战胜了韩国队，赢得了 Round1 的比赛，打了一场不错的首战。

几乎没有什么比首战告捷更能鼓舞士气的了，主持人宣布 Titans 胜利，粉丝们欢呼着他们每个人的名字和 Titans 的宣言，头顶的灯光照得每个人的心头发烫。

爻森的确还想在这样的赛场上继续留下去，努力地留得更久一点。

赛场上的爻森一直有个习惯，只要赢得一场比赛，他便会亲吻印在自己队服胸口的队徽。Titans 首战胜利之后，爻森再次在聚光灯下做出了这个动作，这个场景被无数的摄像机记录了下来。

担任这场比赛的解说员是一位来自美国的前职业联赛明星选手，他在后来接受采访时提到了这幅给他留下深刻印象的场景，笑着说"那名年轻人天生属于赛场"。

R1 的比赛全部结束后，十六支队伍也就此分成了两个大组，胜组和败组。双败赛制对于队伍和选手来说的确是残酷而考验心理素质的，对于在 R1 落败的八支队伍来说，下场比赛的输赢将直接决定他们的命运。

挪亚方舟成功晋级胜组，爻森下场的时候还听说和邵涵他们对战的法国队实在是热情过了头，比赛结束之后直接把握手改成了贴面礼。大概是对面法国小哥觉得邵涵身上的东方美体现得太好，抓着邵涵贴了好几下。

联赛官方专门有个用来记录赛场上一些逸闻趣事的社交账号，R1 结束之后，Titans 队长的"队徽吻"和挪亚方舟以及法国队的贴面礼都被发了上去，国内的电竞自媒体也很快转载。

微博 ID 为"沉迷电竞的小星"发了这样一条微博："附上几张图片，联赛官方推特发的推，森神的 Badge Kiss（队徽吻）和与法国队进行贴面礼的挪亚，配文翻译是'一位性感的年轻男人'和'热情似火'。底下外国小哥哥小姐姐的评论全是 'He is so sexy（他很性感）！'，笑死我了，森神的魅力外媒都挡不住啊！还有小左，其他人都被贴两次，就他被法国队的二号小哥贴了四次！腼腆茫然的样子太可爱了！"很快收到粉丝的评论：

森神不要再散发魅力了！

最喜欢的就是森哥上赛场的样子了，真的无人能及。

有组队变成队徽的人吗？

森神粉丝群里是有谁混进联赛官方了吗？

小左好可爱啊！好想啵一口！

邵哥表情哈哈哈哈哈哈哈哈哈哈哈笑死我了！

邵哥：我很矜持你不要过来啊！

法国队小哥拔刀吧！

森神爆头狙击三连警告（后面配了一个无辜狗头的表情包）。

……

在 R1 轮中，NL 落入了败组，在外界看来，对于一个新队来说，一开始便失败着实是个不小的打击。但决赛不比复赛，没有任何给败者喘息摇摆的机会，要在同样强者如云的败组里保持胜绩，哪支队伍恐怕都不敢做这个保证。

R2 在晚上八点开始，分组名单在赛前一个小时公布。距离比赛开始还有几个小时，Titans 和挪亚方舟两队便先回酒店休息。

江阳带了些好吃好喝的来酒店慰问 Titans 众人，见除了队长之外其他人都在客厅里，问："队长呢？我去喊他来一起吃点东西。"

"房间里呢。"王宇锡回答，"还有邵哥也在。"

江阳："嗯，我给邵副队长他们队也带了一点，我送过去。"

江阳提着袋子走出房间，挪亚方舟的队员就住在这一层，走过走廊就能到。他出去的时候，一间其他队伍的房间的门正好打开，一个人影从里面走了出来。

江阳随意地抬头一看，只见出来的人正是 NL 的队长程睿，他的表情淡淡的，目不斜视地和江阳擦肩而过。

江阳微微皱了皱眉。

说实话，从预选赛开始他就关注了很多场 NL 的比赛，特别是这位队长的表现。

每个选手在比赛上都一定会有自己的独特之处，很多时候一个队员的打法早已融入了平时的训练和比赛当中，从细节之处就可以窥见。

而他这么关注 NL 的原因是，仔细看他们每场比赛的话，这个队伍从战术到整体节奏，从模式到成员定位，基本都能看到 Titans 的影子。

虽然说 NL 在比赛里或许有刻意保留，江阳也并不能完全确定，但他的直觉告诉他，这个队伍在模仿 Titans。

尤其是程睿，他的实力忽高忽低，在复赛可以极富爆发地打赢一个强敌，后面偏偏又输给了一个平庸的对手。

他的打法和爻森实在是太像了，大到习惯的攻击方式，小到甚至是爻森的一些对比赛并不会有太多影响的微小的操作习惯他都有。

一个人要模仿爻森到这种地步，足以说明他平日里接受的就是纯模仿训练，这种程度恐怕连 Titans 自己的队员都做不到。虽然说模仿明星选手的行为历来就有，但这种复制般的可怕重叠感着实让人感到既胆战心惊又愤怒反感。

江阳向来厌恶和鄙夷这种功利式的唯结果论的行为，比赛就是比赛，如果一个队伍靠这种方式获得胜利，那简直是对被它打败过的队伍的侮辱。

此时的 Titans 众人正在等待着晚上 R2 的分组，胜组八支队伍里有几支已经和他们打过了，再碰上的话胜算会大一些。

邵涵在爻森房里和他一起等着，结果出来之后，挪亚对战澳大利亚。澳大利亚队在上届联赛中是第五名，是一个综合实力比挪亚高出许多的强敌。

邵涵的目光下移，找到 Titans，他们对战的队伍是——

奥丁。

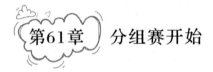

第61章　分组赛开始

分组名单出来之后，勾教练就和 Titans 众人说了一句话："努力打，打得赢最好，打不赢也别气馁。"

王宇锡已经抓着白悦的肩膀摇晃了十分钟了，激动地叫了许久。白悦本来看见下一场对手是奥丁之后心里就很紧迫，被王宇锡在耳边吼了半天感觉更紧张了，把他扒着自己的咸猪手掰下来，恨铁不成钢道："你别摇了！摇得我都紧张了！"

"奥丁啊！"王宇锡号道，"奥丁本丁啊！"

这时，爻森打开房门走了出来，邵涵跟在他的身后。邵涵现在得回去队友那里做赛前战术分析了，他看了看爻森，道："加油。"

爻森点点头，笑道："晚上见。"

送走了邵涵之后，爻森望着客厅里个个凝视着他的众人，道："你们看着我干什么？"

"……没什么，就是看看你有没有从此君王不早朝了。"王宇锡道，"采访一下，下场奥丁，有什么想法？"

"我能有什么想法，该怎么打就怎么打呗。"爻森无所谓道，"反正总会碰上的嘛，而且又不是只有这一次机会。"

王宇锡捂着自己的心脏："这才第二轮啊……啊……我的玻璃心……"

"Titans VS Odin"的消息马上沸腾了电竞圈，国内的粉丝们既紧张又兴奋，网上各处都是为 Titans 加油助威的帖子，国际上的电竞媒体也把这场即将到来的比赛的热度炒到了一个不可思议的高度。

一个是拥有全球最顶尖战力，在世界范围内创下好几项比赛纪录，捧过无数联赛冠军奖杯的白马播主；一个是崛起于亚洲，同样拥有超一流水准的队员，无疑是这次比赛除奥丁之外对冠亚军位置争夺潜力最大的黑马挑战者，双方的比赛算得上是万众瞩目。

奥丁队队长伊森也很快在推特上发了推："*WHOA! I'M SO HAPPY!! Yao is an interesting guy!!*"

在去赛场的路上，爻森还在脑海里回忆着以往的训练中分析过的关于奥丁的一切，硬碰硬恐怕拼不过，想要战胜这样一支强大的队伍，必然要靠点战略战术——在绝对的实力面前，小聪明没什么用。

虽然他面上看上去云淡风轻，但实际上他的紧迫感和兴奋感不比任何一个人少。

奥丁很强，Titans 也很强，爻森实在是等不及想知道到底是谁更适合这个赛场。或者说，这个被奥丁还有林肯主宰已久的赛场，是不是应该改朝换代一下了？

晚上八点，R2 分组赛正式开始。

这天晚上 Titans 的众人才真正体会到了什么叫粉丝的力量，两方的粉丝都气势澎湃，奥丁的粉丝胜在人多，Titans 的粉丝胜在嗓门大。

双方队伍握手的时候，伊森直接不拘小节地给了爻森一个拥抱，蹦蹦跳跳的确实是兴奋不已。

选手入座的时候，王宇锡咽了一口口水，他虽然是很紧张没错，但是能成为一个一流队员，他的心理素质倒也不至于这么脆弱，他猛地一拍桌子，打开了自己一比赛就撑天撑地的王撑撑模式，气势汹汹道："来！让他们体会一下什么叫中国功夫！"

白悦："行了吧你，别飘了，小心送一血。"

王宇锡："你该保护我！不是毒奶我！"

第一局开局后，众人匹配到相对简单的 D 图，爻森粗略扫了一眼大致的地形图，就知道这个随机地图还是以前期稳扎稳打蓄力，中后期再爆发为主。

面对奥丁这样的对手，分散开来一对一肯定没什么胜算，爻森一开始便下达了集中行进的指令。

这个地图的建筑物分布规整，楼层都不高，掩体不多，太久暴露在外容易被狙击。Titans四人很快便来到一处二层的小楼，距离第一波空投时间还有五分钟，建筑物里散落的武器都很普通，只能起到暂时的防御作用。

四人暂时把守住楼房，不轻举妄动。

按照正常的思路来讲，大部分的队伍都不会在第一次空投之前就发起进攻，因为武器不佳，进攻效果不够，反而容易赔了夫人又折兵。

只是，对手是封神的奥丁，爻森还真的不敢确定。

这时，爻森忽地听见一阵隐隐的由远及近的闷响。另外三人显然也听到了，顿时面露诧异。

这阵闷响只要是一个职业队伍就应该很快辨认出来，是游戏里随机分布的载具单人摩托车的引擎声。引擎声距离他们越来越近，显然是有人驾驶着摩托车过来了。

王宇锡错愕道："这什么狼人敢开摩托车？"

单人摩托车算得上是游戏里最危险的载具之一了，稳定性极差，噪声又大。虽然说玩家可以在边驾驶的情况下边开枪，但是摩托车视野非常抖动，而且容易失控，一旦被击中就很容易爆炸，很可能直接车毁人亡，绝大多数玩家都不会冒这个险。

四人很快在视野里看到了那辆移动的灰色摩托车，只是他们手里都还没有远距离的狙击枪，敌人还不在命中范围内。

队里目前射程最远的狙击枪在宋铭喆手里，他习惯性地用一只手指随时虚压住瞄准按钮，好方便随时狙击。他警惕地盯着那辆慢慢进入狙击范围内的摩托车，问："老大，狙吗？"

爻森皱了一会儿眉头，道："狙。"

要宋铭喆狙击掉一个人那是一秒之内的事，只要是在他的狙击范围之内，他的点狙就不会失手，他在窗边架上枪杆，瞄准了目标——

建筑物空地上有一个较矮的小平房，平房屋顶上斜搭下来一块铁板，这种构造的建筑物一般是为了方便玩家爬上屋顶寻找掩体或者观察。

宋铭喆突然在瞄准镜里看到那辆摩托车朝着那处平房横冲过去，并且速度还猛地加快了许多。他心里猛地一惊，闪电般反应过来对方想干什么。

那辆摩托车顺着铁板冲上了平房的屋顶，爻森他们驻守的建筑物只有二层，摩托车冲势不减，借着这个抬高的冲力，车上的敌人直接翻身跳下车，车头朝着二层的玻璃当头砸了过来。

宋铭喆反应很快，他立刻收枪滚到一边，这样的情况下他根本不能再开枪了，一旦击中，摩托车可能发生的爆炸和燃烧会让这个自杀式的袭击对他们造成的伤害更大。

宋铭喆朝着全队吼了一声"快走"，另外三人立刻撤退，摩托车撞碎玻璃重重地砸进房间里，立刻爆炸溅开大片的火焰。虽然撤退速度很快，但摩托车爆炸的威力不亚于好几发榴弹，Titans四人中已经受伤了三个人，空投时间未到，目前还没有医疗包，伤势直接让行进速度大大降低。

白悦的血直接掉了二分之一，四人撤离建筑物后，很快就碰上了埋伏在外的奥丁。空投这时刚刚开始，爻森下达避免正面对枪的指令，优先寻找医疗包。

奥丁紧紧地追咬着他们，不给他们任何喘口气回血的机会。爻森打头，王宇锡殿后，非常吃力地往前挪动。十分钟后，白悦被隐藏在屋顶的狙击手狙击，爻森也杀掉了对方一名队员。

奥丁队的火力始终非常密集，他们是一个有三位强攻击手的队伍，向来喜欢不给对手喘息机会的闪电战。

王宇锡的血还剩三分之一，他暂时隐匿在墙边，想给自己回点血，猛地看见自己西三点方向有一个背对着自己的敌人。

一个敌人在战况最胶着的时候背对着自己，这莫过于最好的机会。王宇锡想都没想就探出掩体举起枪扫他，却听到刚从战圈中脱离出来的爻森的喊声。

"别探出头！"爻森喝道，"三号在你后面！"

奥丁的三号队员等待的就是王宇锡从掩体中出来的这一刻，弹无虚发的枪口闪电般地射出子弹，王宇锡的头甲已经碎了，只能再扛一枪。

这一枪让王宇锡出了局，他懊恼地抓了抓自己的头发："阴我！"

游戏进行二十七分钟之后，Titans只剩下了爻森和还有一丁点血的宋铭喆。宋铭喆遭到了剧烈的火力攻击，很快就不敌围攻而出局。

爻森再厉害也很难全身而退，他爆了对方四号的头之后，被人迎面投掷了闪光弹，视野一下全部空白，随即屏幕血光一闪，他的血条降为了零。

第一场比赛在开局半个小时后结束，奥丁以比Titans多两个人头的成绩胜出。

第二场比赛Titans匹配到了相对有利的位置，易守难攻且方便狙击，堪堪比奥丁多了一个人头数获胜。他们的运气却没有延续到第三场，奥丁队在第三场的攻势堪称一绝，Titans被死死地控制在防御内无法突破，又败了一局。

现在比赛是奥丁队两胜Titans一胜，中场休息的时候，Titans的粉丝们大声地为他们加着油，有的粉丝甚至连嗓子都已经喊哑了，还在竭力地声援。

比赛的解说们也激动无比，大屏幕的画面不断在两个队伍之间来回切换，捕捉着两个队伍的队员最细微的神情。

邵涵和队员们一起从赛场出来的时候，心情有些沮丧。挪亚在这一轮输给了澳大利亚，队员们自然是全力以赴了，只是战力差距着实很大。

他看见爻森站在一边，一副已经等了他许久的样子。邵涵走过去的时候，爻森朝着他微笑了一下。

和平时一模一样的笑容，邵涵却感觉出有细微的不一样，他心里咯噔一声，抬头看向主赛场的大屏幕，果不其然，Titans输了。

Titans在第四局以1-3的比分输给了奥丁，现在同样是一胜一负的战绩落入了败组。

爻森摸了摸邵涵的头，知道邵涵在为自己揪心了，他自然也看见挪亚方舟落败了："没事的，下场一起加油，还有机会嘛。"

Titans第二轮战败的消息让国内电竞圈的粉丝们难免沮丧了一阵，但随之而来的是网络上铺天盖地为他们加油鼓劲的话题和评论。

当时第四局结束后，主持人宣布胜者为奥丁的声音确实像一道沉重的警钟震着Titans每个人的心，但胜负是比赛常事，更何况这才是刚开始，他们需要赶快振作起来，更加努力地应对接下来的比赛。

王宇锡也走了过来，自以为颇为豪迈，实际上因为身高差距而显得有些费力地钩住爻森的肩膀道："真男人就该喝最烈的酒干最烈的队！我还怕奥丁不强我们打起来没意思呢！而且这才一负，后面还有机会，是吧，爻队！"

爻森倾斜着一边肩膀："是，你是真男人。"

王宇锡又对邵涵笑道："难道这就是传说中的一家人就是要整整齐齐？邵哥你们也要加油啊！"

邵涵本来心里还有些沮丧，但一听王宇锡这么说，反而被逗笑了。爻森暗地里对王宇锡竖了个拇指，搂着邵涵到别处去了。

除了Titans战败，这一轮还有一场赛事也颇为引人注目，那便是NL获胜。

NL 的对手是一支理论上说各方面应该都比他们强的队伍，就在大家都认为 NL 这一轮就会被淘汰的时候，他们在经过了五局对战后却以 3-2 赢得了比赛。

NL 在这场比赛中再次展现出了惊人的水准和爆发力，着实让人瞠目结舌。

然而，NL 引发热议不仅仅是因为他们获胜了，更是因为国内一位有名的前职业选手在网上点名道姓又义正词严地说了一段话，直接让一个话题开始蹿红——

"NL 模仿 Titans"。

第62章 模仿者

R3 的比赛在第二天下午开始，Titans 必须好好利用第二天上午的时间复盘和奥丁队的比赛。

网上那位前职业选手直接将 NL 在比赛中的许多细节与 Titans 这几年的比赛做了对比，他们每个队员的定位都和 Titans 一模一样，特别是队长程睿，他的的确确存在着很多与爻森几乎无法用巧合来形容的相似之处。

圈内的粉丝们有说这样复制其他队伍模式获胜的行为太令人作呕反感；也有人说队伍模式其实多少都有些类似，这样做只是功利一些，也无可厚非；更有人认为模仿也算是一种打法，NL 可以打到这一步就说明他们是有实力的。

但是，程睿本人还是遭到了不少言论攻击，毕竟复制队伍模式和模仿个人选手习惯是两个概念。爻森的许多个人粉丝在程睿微博底下大量留言，已经开始把"森式神话不可复制"这个话题刷上了热搜榜。

这件事一石激起千层浪，但 NL 俱乐部却异常冷静，不管是官方还是选手个人都始终没有发表任何态度，就好像外界的所有热议都与他们无关。

此时的爻森才终于知道为什么和程睿对打的时候他会有奇怪的感觉了——因为他的打法和自己太像了。

对于 NL 模仿 Titans 这件事，勾教练让众人冷处理，别随便掺和粉丝们的争论，NL 模仿他们也管不着，好好打好接下来的比赛才是正事。

王宇锡生了一个上午的闷气，他早就看 NL 那个队不太顺眼，结果这不顺眼的地方到头来还是因为他们在模仿自己，就好像自己这么多年来训练出来的方法被人直接剽窃一样。

白悦安慰他道："行了，不值得和他们生气。"

"他们这个俱乐部是不是变态啊？平时按照我们的模式去训练他们的队员？怎么不干脆叫 Titans 附属俱乐部？"王宇锡愤愤不平道，"不行！气死我了！你知道我生气的时候没有奶茶会怎么样吗？！"

"我上哪儿去给你找一点点！"

"老王冷静，复盘了。"爻森在一旁道，"这也不是什么大事。"

"这还不是什么大事！"王宇锡不满道，"姓程那小子就差把自己改姓爻了吧！"

"他想当我儿子我没意见。"爻森无所谓道，"你也别气了，NL 不算什么，既然有本事模仿，就看他们有没有本事撑下去。"

幸好江阳今天没来，不然爻森还担心江阳这个直来直去的小炸药包和义愤填膺的王宇锡凑在一起，那恐怕三个宋铭喆都拉不住，得直接把 NL 的门板掀了。

在和奥丁队比赛的复盘中，勾教练仔细分析了 Titans 存在的战术漏洞。奥丁一向以绝妙战术和高超的应变能力著称，在空投之前发动摩托车奇袭这一点谁都想不到，但是有些疏漏的地方的确是可以避免的。

除此之外，奥丁队在整场比赛里，包括战力最强的伊森在内，最活跃的其实只有三个人。但他们对战场全局的掌控又如此准确，那就说明还有一名队员在队里担当着洞察力这个最为仔细也是最为隐蔽的观察员的角色。

一般人只要说到奥丁就会想到伊森，因为他强得实在太过于突出，其他成员多少都有些相形见绌，一个队长核心模式的队伍难免会有这样的情况。

然而事实上，在很多比赛的关键时候，一个队伍最重要的并不是战士，而是观察员。

奥丁能够坐稳全球顶尖队伍宝座这么久，靠的肯定不仅仅是伊森一个人的攻击力和胜率。

爻森凝视着电脑屏幕，一时陷入了思索当中。

复盘结束之后，爻森想去酒店的健身房待一会儿，想借着运动放松放松有些紧绷的神经，好为今天下午的比赛做准备。

他离开房间来到走廊，走廊一侧的另一间房门也在这时被打开。亚洲的队伍似乎都被安排在了这一层，而那正好是 NL 的队员们的房间。

程睿站在门口，望了爻森一眼，简单地打了个招呼，便迈步朝前走去，神色中看不到任何的尴尬或是躲闪，一如平常的淡然。

爻森却突然开了口："程睿队长。"

程睿站住脚，回头看他。

爻森："不好意思，我有些粉丝比较激动，希望你不要介意。"

爻森朝他笑了笑，礼貌又挑不出错的笑容却含着些许冷意。他不等程睿说什么，转身离开了。

健身房是对入住的队员免费开放的，爻森直接走了进去，却意外地在跑步机边看到了一个熟悉的背影。

邵涵穿着一件宽松的 T 恤衫和到膝盖的短裤，耳朵里戴着耳机，正在跑步机上慢跑，白皙修长的小腿节奏均匀地前后跑动着。

爻森悄悄地走上前，轻轻拍了一下邵涵的肩膀。邵涵吓了一跳，扭头一看是爻森，脸上闪过几分惊讶，停下跑步机走了下来。

爻森："你来健身房怎么不叫上我？"

"我以为你还在复盘，就没打扰你。"邵涵望着他，似乎是想起了什么，眼里闪过几分担忧，"NL 的事你们打算怎么办？"

说实话，邵涵在看到这个消息的时候，他才确认自己为什么总会在 NL 的队长身上隐约看到爻森的影子。

邵涵也知道这种事并不是明面上的禁忌，但做起来确实让人不齿，抛开其他一切不谈，邵涵自己也有私心，这个世界上可能没有人比他更希望在赛场上看到光彩夺目、所向披靡的爻森，本该属于爻森的东西出现在另一个人身上，邵涵既生气又感到憎恶，他不太想把这种情绪带到赛场上，便自己来了健身房想运动运动发泄一下。

"没关系，随他们去吧。"爻森的语气就像是在纵容一个在自己的地盘上暂且蹦跶的羚羊，半开玩笑道，"我其实也很好奇和一个很像自己的人打起来是什么感觉。"

邵涵心里放松了一些，点了点头。

爻森把他拉到了一边的座椅上，煞有介事道："跑完步要放松小腿肌肉，来，我帮你揉揉。"

邵涵的小腿被爻森抬到了他的腿上，他一只手捏着邵涵的小腿，另一只手握着邵涵的膝盖，帮他按压拉伸。

邵涵："我自己来吧。"

爻森："这种小事就让我代劳吧。"

拉伸完后，爻森在一旁撑着脸挑着嘴角望着邵涵，伸手想去揉邵涵的脸，被邵涵抿着嘴唇躲开。爻森锲而不舍地伸手去揉，邵涵迟疑了一下，没再继续闪躲了，让爻森如愿以偿地捏了几把，神色有些窘迫。

"邵涵你太可爱了。"爻森俯下身，凑近他低声叹了口气，"如果我们分到了挪亚，我不忍心欺负你怎么办？"

"那天我们说好了，你要全力以赴。"邵涵道，"就算是被淘汰我倒宁愿被你淘汰。"

下午的 R3 分组名单出炉，Titans 没和挪亚分在一起，而全胜组那边，奥丁继复赛之后再次和林肯碰上了。

这场比赛的对手爻森还是颇有信心能打赢，和邵涵待了一阵以后他浑身都充满了力量，精力充沛地上了赛场。

Titans 这一场果然打得十分顺利，三局全胜就结束了整场比赛。

三局就结束整场比赛的队伍还是少数，Titans 出来的时候选手休息室里还没什么队伍在。众人坐在休息室里，密切关注着大屏幕上各个队伍的实时赛况和比分。

挪亚目前经过三局 2-1 领先，要赢应该不是问题；NL 同样是 2-1 领先；而胜组那边的奥丁对林肯的比赛目前第二局才结束，比分是 1-1 平，战况必定僵持激烈。

爻森坐在休息室里一直看完了 R3 全程，挪亚和 NL 的排名都继续上升，而林肯最终以 2-3 的比分败给了奥丁，落入了败组。

比赛进行到这里，一半的队伍已经被淘汰，无缘决赛八强。现在败组里还有六支队伍，而全胜组里只剩下了两支队伍，其中一支便是奥丁。

目前基本已经可以确认胜组唯一的宝座将会是奥丁的囊中之物，而绝大多数的业内观点也认为，林肯会在败组胜出，最终的冠亚军之争将还会发生在奥林之间。

R4 的分组名单也很快公布，自从昨天开始一直处于风口浪尖的 NL 终于和 Titans 迎面碰上，而林肯落入败组之后的首轮对手，则是挪亚方舟。

第63章 惜败

下午到场为 Titans 和挪亚方舟加油的粉丝特别多，尤其是后者。

今年的挪亚已经打出了参加 WCAD 以来最好的成绩，每个队员的努力所有的粉丝都有目共睹。现在到了决赛后期，脱颖而出的队伍都是强者中的强者，总会有碰上铁壁的时候。

即使对手是林肯，挪亚的队员们也丝毫没有表现出任何的泄气，他们朝着热烈的粉丝微笑挥手，每一步都走得沉着笃定。

R4 比赛队伍入场的时候，Titans 就走在挪亚方舟旁边，爻森也不在意在场那么多观众粉丝的视线，抬手揉了揉邵涵的头顶，笑道："我等你。"

邵涵隐隐地听到粉丝中此起彼伏的惊呼，心中又无奈又暖烘烘的，他轻轻地笑了笑："嗯。"

送走了邵涵，爻森转过头便放下了笑容，另外三名队员一看就知道自家队长已经切换成神挡杀神的比赛模式了。

他们本轮比赛的对手是 NL，这绝对不是一个最强的对手，但是的确是最特殊的对手。

Titans 的队服在两年前曾经改过一次颜色，从以往的全黑改成了在领口和袖口点缀着一些红色的暗纹的款式，修改的原因是总有人觉得全黑太死气沉沉。

现在他们的队服虽然改成了黑红色，但仍然以黑色为主体。黑色是最厚重的颜色，无法被看透也无法被超越，如果说他们走到今天这一步所留下的脚印是可以被看透且简单复制的话，那他们的确配不上这个颜色。

赛场的灯光下，Titans 整个队伍依然显得深厚稳重。爻森站在程睿面前，朝着他伸出手。

两人的手握在一起，爻森望着对方，突然低声道："如果我是你的话，我会很介意别人提起我的时候第一印象是一个模仿者。"

程睿垂着眼睛，像是在回忆什么，神色依然很淡："我不介意。"

"是吗？"爻森微微一笑，"那就没办法了。"

江阳昨天和常年住在美国的亲戚聚了聚，因为第二天有 Titans 对战 NL 的比赛，他本想昨天晚上就提前回家，结果又拗不过亲戚们的热情，在亲戚家住了一晚。

结果今天早上他一不小心起晚了，坐车来赛场的路上还遇到了堵车，急得他都想下车跑过去了。

江阳好不容易来到赛场的时候，R4 估计已经过去两三场了，他心急火燎地朝着赛场观众入口走，生怕再多错过一秒。

NL 模仿 Titans 的事被那位前职业队员证据确凿地指出来的时候，江阳真是气得火冒三丈。要是当时那个姓程的家伙站在他面前的话，江阳肯定忍不住一拳打过去。

爻森也是江阳崇拜了许久的偶像，自己的偶像被另一个人这么模仿，江阳自然是觉得怒不可遏，就算程睿打得再好，和爻森再像，那在他眼里也只是一个不三不四的冒牌货。

江阳正准备冲进观众通道，却偶然在一旁看见一个熟悉的人影闪过，他立马喊道："周子寓！"

周子寓回过头，诧异道："江阳？你怎么在这儿？你没去看比赛吗？"

"我刚来，遇到堵车了。"江阳回答，"你怎么也没在观众席？比赛怎么样了？"

江阳一路上来得急，不停地看手机时间，连实时赛况都还没看。

"我出来上洗手间……"周子寓顿了顿，"比赛刚结束，队长他们应该快出来了。"

江阳一愣，比赛结束了？他这才掏出手机看了看实时赛况，发现刚刚更新的 R4 比赛中，Titans VS NL 这一组是 R4 中结束得最早的，就在两三分钟前，Titans 以 3-0 的比分在第三局就获得了胜利。

就在这时，选手通道的门打开了，Titans 一行人从里面走了出来，那颇有特色的有红色暗纹的黑色队服十分抢眼。

江阳看着走在最前面的爻森，长长地出了一口气。他们的队长是整个亚洲最强的选手，怎么可能会被轻易地模仿超越。

江阳朝着 Titans 走去，却一眼看见了与 Titans 隔着十几米走出来的 NL，心中一沉，拳头紧紧握了起来。

爻森也注意到了江阳，他率先搭住江阳肩膀，将他推到不和 NL 面对面的另一边，道："你们先去酒店吧，我在这里等挪亚打完。"

江阳慢慢松了力气，点了点头，和 Titans 其余几人率先离开了。

爻森目送着众人离去，其实他留下来也不仅仅是为了等邵涵。他转身望向一旁准备和队员一起离开的程睿，突然抬起嘴角笑道："程睿队长，方便聊一聊吗？"

NL 其他队员望着爻森的神情中还是有几分紧迫和躲闪，只有程睿的表情丝毫未变。他沉默了一阵，脸上既没有惊讶，也没有输掉比赛而无缘晋级的沮丧，只是点了点头。

两人来到一处休息室，爻森随便买了两瓶饮料，递给了程睿一瓶。他在沙发上坐下，微微笑道："我队友之前看了你的采访，你说你看过我成为主力队队员之前的那场杯赛？我还挺吃惊的，我们俱乐部里知道我打了那场比赛的人可能都不多呢。"

程睿："因为那场比赛我也参加了。"

"是吗？"爻森挑眉道，"没在决赛看到你啊？"

"只是参加到复赛而已，家里突然有急事就中途退赛了。"程睿回答，"不过后面的比赛我也看了转播，注意到了你，我知道你一定会赢的。"

爻森轻声笑了笑，在沙发上稍稍舒展了一下身体，道："你怎么知道我会赢？"

"因为你很强。"

"这可不是什么理由。"爻森道，顿了顿，继续道，"我刚得亚洲冠军那阵子，被很多人说过我的打法像恺撒，我心里并不好受。虽然没有人会左右你用什么方式夺冠，但是比赛是为了自己，我会做到问心无愧。

"你有实力，也有洞察力，实在没必要去模仿我。"爻森笑道，"怎么说呢，其实我是一个很了解自己的人，我知道自己什么时候想做什么，什么时候会做什么，这就是你为什么在我这里得不到分的原因。你模仿我模仿得太像，在其他人面前可以耍耍威风，在我面前可不是什么优势。

"你们俱乐部或许该换个训练方式了，照搬 Titans 的模式我看并不适合你们队里每一个人。"爻森摸了摸下巴，"你还算不错，你们队其他人可就有些半吊子了。"

爻森望着他，淡淡道："不过，比赛是你们的，你们想怎么做我也无权干涉。如果你打算继续走这条路，可以，但你在我眼里永远也称不上一个对手；如果你想打出自己的水平，我随时等你来挑战。"

程睿始终垂着眼睛一言不发。

他的确从很早之前就开始关注与崇拜尚未被众人所知的爻森，他看过无数遍爻森的每一场比赛，模仿他的每一个习惯，他甚至也不在意让本该凭借着自己的实力得到的荣誉都笼罩在爻森的影子之下。

他加入了一个刚成立不久的俱乐部，仅仅是因为 NL 贯彻的是 Titans 的模式。NL 的每一个队员都是在这样过于功利的训练方式中成长的，但对他来说，这只是一种有些偏执的崇拜方式的另一种体现。

只是，现在爻森告诉他，他的崇拜方式让他变得不配拥有作为爻森的对手的资格。

这一场比赛 NL 的确惨败了，程睿用尽了一切办法也没能从爻森那里得分，NL 的一举一动都在 Titans 的预料之中。或许正像爻森所说的，他太了解自己了，这一点大多数人都不能百分之百做到。

事到如今，程睿一直以来固守的崇拜方式似乎有了一些动摇，只是他的心里还有些茫然，如果他不用爻森的方式站在这个赛场上，光凭他的力量，真的能走到这一步吗？

"我要说的就这么多。"

爻森抬头望着休息室更新着各个小组队伍比分的大屏幕，视线落在其中一组上，眼中的神色慢慢沉了下来，声音也不自觉压低了几分。他从沙发上站起来，道："不好意思，我还有点事要先走了，希望下次和你见面的时候我还愿意和你握手。"

爻森推开休息室的大门，随手把喝空的饮料瓶扔进了走廊上的垃圾桶里。明明瓶子已经空了，却在垃圾桶里砸出一声沉重的闷响，足以见得爻森用了很大的力气。

Titans 与 NL 的这一场比赛在网上又掀起了一轮热烈的讨论，后者的惨败让 Titans 的粉丝们再次把"森式神话不可复制"的话题刷上了热搜。

除此之外，还有一件事让国内的电竞圈扼腕叹息。

ID"沉迷电竞的小星"："挪亚对林肯的比赛结束了，挪亚被淘汰，结束时坐在前面几排的妹子嗓子都哭哑了。最后握手的时候队员们眼睛都红了，特别是岚哥。岚哥快要退役了，每一场比赛对他来说都很重要，今年他带领挪亚打到参加联赛以来的最好成绩，已经是一张非常完美的答卷了！不管如何，挪亚的宝宝们都是最棒的，永远支持你们！"

爻森看到了这条微博，摁灭了屏幕，正好看到挪亚的队员们从选手通道里走出来。

不得不说，邵涵真的太适合这身淡蓝色的队服了，清清凉凉的，又不显得冷淡。他尚且还在粉丝们的簇拥当中，抬头看到爻森的时候，眼睛闪了一下。

粉丝们自然是有很多话要和他们说，爻森等在一边不去打扰，等到粉丝们依依不舍地送他们出赛场，他才跟着走了上去。

邵涵抬头望着停在自己面前的爻森，脸上看不出太多的失落，反而朝他微微笑了笑，道："我尽力了。"

爻森："嗯，尽力就好。"

两人一起回了酒店，邵涵收拾好便直接去了爻森的房间，窝在床上看 Titans 和 NL 的比赛转播。爻森一直注意着邵涵的情绪，虽然邵涵看上去与平时无异，但他心里还是隐隐有些担心。

"邵涵，"爻森坐在床边，"难受的话也别忍着哦。"

邵涵的动作停了停，回答："没事。"

爻森无奈地笑了笑："那我先去洗澡了。"

爻森站起来，收拾了一下睡衣，朝着浴室走去，他正准备打开浴室的门，忽地听见身后传来掀开被子赤脚踩在地毯上的声音。他回过头，腰却被一把从背后抱住，邵涵暖烘烘的身体和额头顿时靠在他的背上。

邵涵抓着炎森的衣角，微颤的声音带着不由自主的哽咽。他最终还是抵不过炎森就在自己身边的这种安全感所带来的无限放大的情绪，人可以在陌生人面前忍住难过，却总是会在面对自己最信任最亲近的人时忍不住眼泪。

天知道他费了多大的劲才没在下场后第一眼看到炎森的那一瞬间红了眼睛。

"我们输了……"邵涵微哑的声音透着难过与些许不甘，"我真的想赢。"

第64章 挑战者

情绪的闸门一打开，邵涵就根本止不住了。他抵着炎森的后背轻轻地哽咽，眼眶发红，眼泪全都裹在眼眶里，摇摇欲坠。

他和他的队友们的确尽力了，只是实力的差距很悬殊，他们也输得心服口服。但输赢是这么残酷的一件事，一想到接下来赛场上再也没有挪亚的身影，他不可能不难过。

邵涵忍不住想，如果自己的反应再快一点，和队友的默契再高一点，判断再准确一点，他们是不是还可以在这个赛场上留得更久一点。

邵涵心里其实还是很想和炎森在这样的赛场上努力拼一场的，只可惜现在已经没有这个机会了。

炎森转过身紧紧抱住了他，直接把邵涵抱起来放在了床上。他轻轻拍着邵涵的后背，感觉到邵涵的眼泪砸在他的颈窝。

邵涵埋在炎森的颈窝里，只是轻轻地吸着鼻子，呼气的时候有些微颤，就连因为不甘难过而哭泣的时候都很安静，和他内敛的性子一样。

但啜泣声还是溢了出来，一声一声扯着炎森的心，扯得他的心也跟着抽痛。

同样作为一个职业选手，又是邵涵的好朋友，炎森再理解这样的心情不过了。比赛就是一个零和博弈，输了之后说什么都像是借口。

他们能够站在赛场上的机会其实真的不多，为了在赛场上留下一个脚印背后要付出很多，所有的努力都被比分那两个数字所主宰。

虽然外界所有人都在夸挪亚拿到了参赛以来的最好成绩，可是炎森明白，挪亚不会拘泥于过去的成绩，他们想要走得更远。

炎森就这样抱着他，低声地和他说话。炎森的声音越温柔邵涵就越想哭，最后干脆放下顾虑痛快地哭了一场，把心里沉闷的情绪都发泄了个干净。

见邵涵恢复得差不多了，爻森抬起他的脸看了看，邵涵的双眼还是通红的，睫毛也还是湿湿的。爻森用拇指擦了擦他的眼睛，忍不住笑道："邵小左可以改名叫邵小兔了。"

邵涵微窘地撇了撇嘴，第一次在爻森面前哭这么久，他心里还是有些羞愧，但他的确好受多了。他靠近爻森，道："爻森，谢谢你。"

"和我不需要说谢谢。"爻森笑了笑，从床上站起来，"我去给你拿块热毛巾敷一下眼睛吧，免得明天肿了。"

等到爻森把热毛巾拿过来，邵涵已经迷迷糊糊地快要睡着了。他先前本就哭了一场，现在心里一放松，比赛完的疲惫感就涌了上来。

爻森在床边坐下，握住他的手，确认毛巾不会特别烫之后，把毛巾贴在了他的眼睛上。

热毛巾盖在眼睛上非常舒服，邵涵很快就睡着了。看邵涵的呼吸均匀了下来，爻森把他的手臂塞进被子里，起身离开了房间。

R4结束后，赛场上最终还剩下五支队伍。奥丁队毫不意外地坐稳了胜组第一的位置，也是目前唯一一支保持全胜纪录的队伍，在接下来的R5和R6中，奥丁将轮空，直接等待最后的冠亚军争夺战。

剩下四支目前战绩为一胜一负的队伍分别是Titans、林肯、德国队和新加坡队，R5将在明天上午开始，分组名单也早已经确定，Titans对战新加坡，林肯对战德国。

新加坡队对于Titans来说也算是一个比较熟悉的对手，亚洲区域赛上他们曾碰到过。新加坡队的实力的确很强，但能在联赛进入四强也算是他们运气不错。

而林肯对战德国队也悬念不大，德国队是林肯常年的手下败将。

也就是说，基本可以确定Titans将会在败组的最后一轮淘汰赛中与林肯展开参赛以来的第一次交锋。

爻森走出房间时，Titans剩下几人正在客厅里聊着天。爻森走到沙发边坐下，王宇锡见状问道："邵哥……还好吧？"

"还好，睡了。"

"眼镜蛇也在R4被德国队淘汰了啊。"王宇锡慨叹道，"现在我们真是全村的希望了。"

"明天打新加坡应该没什么问题，主要就看和林肯这一场了。"一旁的白悦道，"其实往好的方面想，我们至少也是季军了。"

"这还没打破当年有恺撒的眼镜蛇的亚军记录呢。"爻森半开玩笑地闭着眼睛懒懒道，"林肯把邵涵给弄哭了，我不会放过他们。"

"……"王宇锡死着眼神盯着他，"老哥，你有斗志是好事，但你至少得找个也能鼓舞鼓舞我们的理由吧？"

爻森一针见血："这样吧，老王，如果我们打赢了林肯，我请你喝一个月的奶茶。"

王宇锡斗志昂扬地一捶沙发："好！等的就是你这句话！锡爷我明天肯定把凯文那小样儿往死里打！"

白悦："他不把你打死就不错了。"

王宇锡："没事！我耐打！耐打得很！"

白悦："……我对你耐打不耐打也不感兴趣。"

勾教练的到来打断了众人的议论，他来也是为了在最后两场比赛前和这几个精力充沛的小子们随便聊聊。

面对实力强劲到一定地步的对手，靠的也不再是赛前临时的布置而是赛中的感觉了，勾教练向来不会强硬要求他们必须死守战术，而是告诉他们要懂得根据赛场瞬息万变的情况灵活变通。

晚上十点多钟的时候，屋里的邵涵迷迷糊糊地醒了过来，伸手一摸，却只摸到床单。

邵涵发了一会儿呆，看了看时间，发现才十点多钟。爻森大概和他的队友待在外面，邵涵便起身朝着房门走去，想去把爻森叫回来。

邵涵打开房门，揉了揉眼睛，声音里满是困倦："爻……"

客厅里所有人都齐刷刷地望过来，勾教练更是一脸诧异地望着身穿睡衣，明显是已经在爻森房间里睡了一觉的这位挪亚的小同学。

邵涵本以为客厅里只有 Titans 的队员在，没想太多就穿着睡衣出来了，他哪里能想到 Titans 的教练也在这儿，立马就清醒过来，声音戛然而止，一下窘迫得满脸通红，恭恭敬敬道："教练好……"

勾教练："小邵啊，你怎么在这儿？"

"我是来找爻森的……之前困了爻森就让我在他房间里睡了。"邵涵羞愧地回答，"不好意思，打扰你们谈话了。"

"哦，没事儿没事儿。"

爻森咳了一声，道："那啥，教练，今天差不多了吧？"

勾教练也没多想，单纯觉得时间确实不早了，这群小子应该也累了，爽快地站起来道："行，明天你们好好打，那我就先走了。"

勾教练离开后，爻森也直接回了房。邵涵还是羞愧得不得了，尴尬道："你怎么不早告诉我你们教练要来啊……"

"我怎么早告诉你啊？"爻森哭笑不得，"怎么了？你出来是来找我吗？"

"我醒过来看你不在……"邵涵缓缓道，"你们明天还有比赛，想叫你回来早点休息。"

"哦——好吧。"爻森心知肚明，略微坏心眼地笑道，"那你不如回挪亚那边睡吧，你明天可以睡个懒觉嘛，要是我明天早起吵醒你了怎么办？"

邵涵微微无语又气恼地看着他，转身掀开被子躺下，紧紧地裹住自己："我就睡这儿。"

他顿了顿，把头埋得更深了一点，闷声道："我就想睡这儿。"

爻森闭眼感慨，他家小左怎么就这么可爱，这个世界上怎么会有这么可爱的大男孩。

爻森深吸一口气："我错了。"

"……"邵涵看不出来爻森有认错的态度。

爻森紧接着又笑道："不过我下次还敢。"

"……"邵涵心想，果然。

爻森洗漱完躺上床，关上灯，邵涵在被子里握住了他的手，轻声道："明天的比赛我会去看你的。"

爻森微微笑了笑："嗯。"

第二天的 R5 两组比赛同时进行，两个赛场的观众都再度爆满。奥丁队也来观战了，兴许是对林肯这个对手太过了解，这一次他们意外地选择了观看 Titans 的比赛。

伊森坐在选手的观战席里，看见 Titans 出来之后，用力地朝着爻森挥了挥手，大声笑道："*Hey! Yao! Good luck!*"

爻森抬头看向伊森，爽朗地朝他笑了笑。

R5 的比赛果然不出所料，Titans 和林肯都双双在三局之内结束了比赛，出来时还打了个照面。

此时此刻，不管是国内还是国际的电竞界都把目光聚焦在了即将交锋的这两队队伍身上。

败组最后一轮淘汰赛将在今天下午开始，所有人都兴奋又热烈地讨论着，能够有资格和奥丁队一起站在最后的冠亚军争夺战赛场上的，到底是他们的老对手林肯，还是虽然曾经输过一次但却拥有着令人震撼的爆发力和应变能力的 Titans。

不管最后结果如何，Titans 已经将季军的位置收入囊中了，这也是本次联赛亚洲队伍取得的最好成绩。

爻森的名字这两天在网上的搜索指数经历了一次暴涨，Titans 能够走到这一步，这已经不仅仅是在国内电竞界受瞩目的荣誉。作为 Titans 的队长，爻森自然会被越来越多的人认识。

下午三点，最后一轮淘汰赛正式开始。

所有人都在期盼着这一刻，而在其中，有一双望向爻森的眼睛比其他任何人的都要热烈。

邵涵坐在观众席里，将爻森的身影紧紧地锁在自己的视线中，他有些紧张地握着拳头，心脏在胸腔里怦怦直跳，每一声都被爻森的一举一动牵动着。

邵涵希望爻森能赢，并不仅仅是因为挪亚输了，而是他想让爻森在这个赛场留得更久，爻森值得这种荣耀。

要赢啊，他在心中默念着，你一定要赢。

 第65章 Titans VS林肯

第一局比赛开始随机抽取地图时，Titans 四人都紧张地望着大屏幕。他们不适合长时间的消耗战，对于他们来说，C 图和 D 图是最有利的。

大屏幕最终出现了"B"的字样，四人心中顿时紧迫起来。

他们没有和林肯对战过，对林肯的全部认知都来源于以往他们的比赛资料，林肯是一个擅长消耗的对手，几乎和 Titans 完全互补。

不过，现在他们已经没有时间紧张焦虑，林肯擅长消耗没错，那也侧面说明了他们不擅长速攻闪电战，他们要做的不是去想该怎么弥补短板，而是将自己的优势发挥到最大。

第一局比赛开局的鸣声响起，Titans 选择了迅速出击。林肯似乎也早有预料 Titans 会采用这样的战术，他们完全不同于奥丁，防御坚固得如同铁壁，让对手完全

无法轻易攻破。

B图以上难度的地图在比赛进行到二十五分钟之后便会开始拉响破晓的警报铃声，伴随着铃声会出现即将面临空投炸弹的轰炸区，范围朝着营地扩散，迫使选手不得不尽快前进。

炸弹爆炸威力虽然不算特别大，但落到地面无差别攻击，选手一旦被波及便会损失当前血量的十分之一，并且会出现眩晕和四肢乏力的症状，大大降低移动速度。

第一局前二十五分钟，Titans和林肯已经交了两次火，但都没能完全打破林肯的防御，把对手拖到警报铃声之后是林肯惯用的战术，伴随着警铃的响起，轰炸区开始出现。

两队都尚且处在轰炸区域内，掉落在地面上的炸弹大大地增加了交火的难度，林肯这时才展开了反击。Titans被轰炸和围剿，战斗力不断被消耗，第一局遗憾落败。

看到林肯队的胜局增加一个数之后，正坐在观众席里的邵涵紧紧地握着座椅的扶手，指关节绷得直发白。

林肯的这种打法挪亚很熟悉，因为挪亚同样是一个消耗型的队伍，但他们的实力依旧不敌林肯。爻森他们却是爆发型的队伍，实在是打得很压抑。

在第二局比赛开始前一分钟的准备时间里，坐在赛场舞台另一侧的林肯战队里，凯文也正和队友讨论完赛况，现在的局势对他们来说还是有利的，他们需要做的就是保持现状。

凯文面色不变地听着队长的指示，询问他的意见时，他也只是简单地说了一句"小心他们的狙击手"。

对于消耗型队伍来说，狙击大概是最有用的得分方法之一，而Titans队伍里有一位几乎不会失手的狙击手，他们会这样安排是合理的推测。

而此时这边的Titans四人，王宇锡忍不住愤懑道："我们被压得太死了，他们防得还真是滴水不漏！"

白悦道："得给老宋制造点狙击机会。"

爻森思索了一阵，道："老宋，下局你先不找点，和我们一起行动。他们防得太紧，估计很难找到狙击机会，让他们感受一下'天朝厚黑学'，到时候我给你偷袭信号。"

宋铭喆斩钉截铁道："好。"

爻森又对王宇锡和白悦道："你俩盯凯文，确认他是几号之后控他，把他控在轰炸区里，其他的交给我。"

第二局照样抽到了 B 图，游戏开始之后，Titans 依然采用了强进攻战术，爻森靠着几近完美的反应能力和爆发力，几乎是单枪匹马和林肯硬碰硬，连两位比赛解说都忍不住连连惊叹，说爻森简直是一个"怪物般的致命选手"。

面对爻森神挡杀神的打法，林肯的队员下意识地认为 Titans 一定有在暗处伺机行动的狙击手，因为这种一个人冲在最前的打法要是没有后盾未免太过冒险。

林肯的行动越发谨慎，因忌惮狙击手而放弃了在空地围剿爻森的机会，而就在他们退入据点的那一刻，爻森下达了偷袭指令。

林肯的二号队员直接被突如其来的近身偷袭给爆头毙命，他们一点也没想到 Titans 会放弃最有可能的狙击得分而转为近战，丧失了最佳的反应机会。

凯文被王宇锡和白悦控制在轰炸区围剿，他是一位全能型队员，虽然没有在攻击型队员的榜上排名，但他的攻击水平绝对不会比王宇锡差，综合实力必定比二人要高。

凯文最终还是在击杀了白悦之后撤退了，就在他返回队伍时，又被早就料到王宇锡和白悦两人没那么容易控住他因此伏击已久的爻森直接碰上，爻森闪电般地一道甩枪，准确地命中了凯文已经没有甲保护的胸口。

凯文的血条瞬间清零，他出局后没多久，Titans 便成功赢得了比赛。

Titans 的分数牌被点亮的那一刹那，亚洲的粉丝们爆发出了一阵震耳欲聋的掌声和欢呼声。

邵涵的心因为 Titans 队徽面前的那个小小的数字剧烈地跳动着，此时，坐在选手座位上的爻森抬起头，在密密麻麻的人群中一眼找到了他。

爻森朝他轻轻地笑了笑，笑容里满是邵涵熟悉的、也是他最崇拜的那股迷人的自信。

第三局、第四局，接连两局里 Titans 都放弃了狙击而采用了非常冒险的近战打法，中了一次计之后的林肯防得更加密不透风，双方一个强攻一个狠守几乎僵持不下。

第三局以 Titans 的胜利告终，而第四局的林肯则调换了凯文和一个攻击队员的位置，把本来处于辅助位的他换到了进攻位，直接导致 Titans 开局判断失误。

凯文的攻击走的是防不胜防的迂回战术，他在第四局一个人就杀了 Titans 两个队员，又将比分追了回来，双方再次打平，进入了最后决胜的第五局。

谁赢得这一局，谁才有资格站在最后的赛场上争夺那顶金色的奖杯。

第五局比赛开始之前有三分钟的选手休息和准备时间，大屏幕上三分钟倒计时的数字一秒一秒地减少，全场人的心都悬在了这一刻。

爻森缓缓地吐出一口气，他看了看自己的队友们，笃定道："全力以赴吧，能不能有机会找奥丁报仇，就看我们的了。"

　　"你放手去打，我们一定会用生命保护你的。"王宇锡拍了拍爻森的肩，"他要是想突围，得从我们的尸体上踏过去！"

　　爻森一笑："谢了，兄弟。"

　　爻森接着布置最后一局的战术，大屏幕的倒计时逐渐步入个位数，镜头聚焦在双方的队员脸上，解说员也忍不住诉说着自己心中的紧张之情。

　　倒计时结束，开始抽取最后一局地图类型。爻森紧紧地盯着屏幕，手忍不住轻轻握起。四种地图类型不断滚动，最后停在"C"上。

　　爻森轻轻地呼出一口气，他活动了一下自己的手指，覆盖在鼠标和键盘之上，他摒除掉脑海里其他所有杂念，视线聚精会神地落在面前的屏幕上。

　　这一局他们采用了绝对攻击的 A 站位，爻森一点也没有想隐瞒自己前锋的身份，他要做的就是强进攻，把所有后方的支援和保护都毫无保留地交给自己的队友。

　　C 类地图的特点他们已经非常熟悉了，第一次空投结束之后，他们已经基本靠近了中围区域。四人来到了一处较为空旷的洼地，这里有一片湖，他们暂时隐藏在一块足够大到做掩体的石头背后。

　　这是一片多树林和湖泊的地图，Titans 目前还没有发现林肯的踪迹，但按照估计的速度，他们应该也离内围不远了，除非他们打算在原地等着他们送上门来。

　　爻森仔细地观察着周围的情况，并全神贯注地聆听周围的动静。野外的地图有一定的噪声干扰，需要高度的精神集中。

　　爻森离开掩体，往湖面方向移动了几步，就在这时，一颗子弹就这么从平静的湖水里猛地射出来，爻森反应迅速地往旁一闪，子弹擦过他的肩膀，让他身上的甲碎了一块。

　　林肯埋伏在水下的队员立刻上浮，丢下避免窒息伤害又拖累速度的氧气瓶之后便举起枪朝着四人射击。

　　交火在电光石火之间开始，林肯潜伏在树林中已久的队员立刻冲出对 Titans 展开了洼地伏击。枪声很快响成一片，Titans 四人在枪林弹雨中紧急后退，后方的路却又很快被林肯堵死。

　　火光闪烁之中，一枚烟幕弹被王宇锡投下，爻森早就已经大致记住了敌方的位置，弥漫的烟雾丝毫没有改变他的速度，他跳上石头，迅捷地切换成威力较大但射程较近

的枪,在下落之间第一枪便直接命中敌方一人穿了护甲的胸口,第二枪命中同一个位置。

敌人还剩下一点血皮,爻森不再浪费子弹,而是直接把他踹进了水里,受伤时的挣扎会带来更快的窒息伤害,那点血皮不够他挣扎两下了。

烟幕弹的效果还没有散去,爻森立刻下令向东南方向撤退,与此同时,地图上方响起破晓的警报铃声,轰炸机在半空中盘旋起来,从外围向内扩展的轰炸开始了。

轰炸机大概还有五分钟就可以抵达中围,爻森撤退的时候,王宇锡还有三分之二的血量,而白悦和宋铭喆都只剩了一半。

爻森让众人赶快回血,林肯虽然已经被他杀掉了一个人,但那个人不是凯文,只要凯文还没有出局,林肯的战力就不会有太多下降。

轰炸机逼近了,炸弹的爆炸声由远及近慢慢响起,林肯一改前几局的保守战术,狠命地追咬着 Titans,丝毫不给他们喘息的机会。

在即将进入地图内围的时候,两队再次碰在了一起,王宇锡和白悦配合绝佳,转守为攻,两人在建筑物外和敌人激烈对枪,绝对不让敌人踏进建筑物里一步。

爻森恢复完了自己的血量,白悦的血条正好降为零,他借着两人替自己拖住他们的空当,冲出建筑物,直接杀出了一条路来。凯文的血量照样是全满,两人双双都早就知道了对方的号数。

凯文在爻森的攻击下逐渐后退,要论攻击他虽然很强,但与 Titans 的队长比起来他依旧还是处于劣势。凯文紧紧皱着眉,Titans 的进攻太过强悍,除了奥丁他还真的没有遇到过这样的队伍,他将自己在掩体后隐蔽起来,急喝全队撤退。

林肯退到了建筑物群外的空地,这里停着几辆越野车,林肯的队员迅速退进车内,轰炸机很快就要来了,他们现在暂时回避 Titans 的进攻,躲避轰炸,先一步进入内围是最好的选择。

越野车除了窗玻璃之外的车身可以承受一定量的子弹射击,近距离射程的枪支对越野车伤害并不大。越野车迅速开过树林,退出战圈。

一座较高的楼房坐落在树林旁边,车内的凯文却忽然想起了什么,在刚才的对枪中,他根本就只看到 Titans 三名队员,还有一名队员并不在战圈里。

那一定是他们的狙击手!

凯文大喊了一句 "watch out for the sniper!",话音刚落,一旁楼顶上等候已久的宋铭喆扣下扳机,狙击枪的子弹直接射穿驾驶座的车窗玻璃,命中了驾驶座队员的头。

越野车一下失去了控制,车头狠狠扭转撞向树干,这种冲击力足以让车辆整个爆炸，凯文在车子爆炸前一秒打开车门跳了出来，摔在一旁的草地上，但他的头和甲依旧被爆炸产生的力量全部震碎，血条一下降低二分之一。

现在的情况容不得他一点犹豫，他的血量还在因为爆炸的伤口不断下降，他立刻翻身躲到掩体背后，从背包里翻自己的药品。

可就在这一刻，凯文所躲的石头的顶部传来一声上膛声，凯文正在切换药品，根本来不及举枪，爻森黑洞洞的枪口对准了他毫无保护的头部，瞬间扣下了扳机。

Titans 的胜局被点亮为"3"的那一刻，整个赛场寂静了一瞬。

第66章 打破秩序的人

比赛终场的指示声响起，大屏幕上出现了本轮的胜者标识，那是一只黑红色的由抽象的字母"T"和巨人之手组成的队徽。

一阵兴奋激动的欢呼声忽然从选手观战席传来，只见伊森从座位上站了起来，吹着口哨鼓着掌大喊道："*That's fantastic! Yao! You're awesome!*"

爻森尚且还处在比赛时的紧张状态中，人群逐渐高涨的欢呼和掌声把他拉了回来，他握了握自己的手心，他的手心刚才确实有些汗湿了。

解说员兴奋得语速飞快，赞叹称奇着这最后的突袭。所有的人都在回味着刚才比赛最后一刻精彩得目不暇接的攻击，Titans 的粉丝们开始齐声高呼他们的队伍宣言。

爻森被身旁的王宇锡重重地抱住了肩膀，王宇锡激动得满脸通红，拼命地摇着他，不可置信地喊道："我们赢了林肯！我们赢了林肯！"

白悦也不可置信地缓缓道："……我不是在做梦吧？老宋，你真的爆了他们驾驶员的头？"

宋铭喆的声音此时也有些微微发颤，比赛时的每一瞬间他都是靠自己的本能，现在比赛结束了，他也还没从紧张的状态恢复过来："……应该吧？老白，你掐我一下。"

爻森适时地按住王宇锡，冷静道："好了，冷静，下场去握手了，没看到人家林肯都已经站好了吗？"

Titans 四人来到林肯面前，林肯的队员们客客气气地和他们握了手。凯文盯着爻森，神情中难免充斥着几分不甘，但更多的还是敬佩之情，他主动和爻森握了手，道：

"Thanks for a great game."

凯文抬头望向坐在观战席里的奥丁一行人，嘴角多了几分难得的淡淡的笑意，又对爻森说"希望你能给伊森点颜色看看"。

爻森爽朗一笑："I'll try."

凯文转过身，无视了身后从观众席传来的伊森"Hey，凯文你刚刚是不是念了我的名字"的喊声，和队友一起朝着选手通道走去。

爻森目送凯文离开，目光落在观众席另一个人的身上，带着不同于看向其他人的灼灼。爻森微微一笑，迈步走进通道里，脚步不由自主地加快了许多。

邵涵在通道的出口等着他，爻森出来的时候，邵涵还是在周围这么多镜头和粉丝面前忍住了拥抱他的冲动，只是走上前用力地握了握他的手。

媒体和粉丝们簇拥着 Titans 的众人，许多粉丝激动得热泪盈眶，喊口号喊得都声嘶力竭了。

爻森悄悄地将邵涵拉到自己身后，免得他被激动的粉丝和媒体撞到，他从容地面对镜头，微笑着流利地回答着每一个问题。

好在媒体也算是体谅选手们需要休息，没有纠缠他们太久，粉丝们也早就心疼地给他们又是送水又是送吃的，让他们回去好好休息。

"Titans 击败林肯"的头条消息在国内外的电竞媒体中爆炸般地蔓延开来，比赛第五局最后的狙击和突袭的视频的播放量一升再升，直接被国外的电竞媒体评选为历届联赛最有冲击力的几个比赛场景之一。

这是 Titans 更换主力队队长之后参加的第一次联赛，电竞外媒纷纷评价这位年轻的新的队长与 Titans 风格的契合程度以及和成员的磨合程度都达到了一个惊人的地步，直接带领着 Titans 势如破竹地冲到了亚军的位置，击败了世界老牌强队林肯。

而赛中爻森那句调侃般的"天朝厚黑学"也意外在外网上走红了一波，不少人都在好奇地询问这到底是什么神秘的东方玄学。

爻森的名字，Titans 每个队员的名字已经注定会被更多的人记住。

微博 ID 为"沉迷电竞的小星"发了条微博："一直在刷小巨人们打赢林肯哥哥们的消息，刷到现在整个人依然亢奋，最后那局比赛我可以吹二十年！Titans 太棒了！顺便有的外国朋友的评论我真的笑掉头，一大波人都在讨论森哥口中的'天朝厚黑学'，推特上已经有了一个 hashtag（井号标签），因果律武器①的说法都出来了（后面配了个无辜狗头的表情包），戋局座真厉害，鼓掌。

随便截了几个外媒对森哥的评价，附上几张图片，大家来品品这个原汁原味的翻译腔彩虹屁②，'monstrously formidable and deadly dominator of battlefields'，'一个怪物般的令人敬佩又致命的战场统治者'，考英语的小伙伴都拿小本本记词汇了！

还有一件事我私心不得不说，森哥比赛结束后一下场小左就去找他了，比森哥粉丝的速度都快，快看！小左握了森哥的手！快看！森哥把小左拽到身后了！不由自主地发出鸡叫③声，附上两张动图。"微博下的评论显示：

Titans 最棒！啊啊啊啊啊啊！

比赛结束那一刻我真的哭了，我永远支持 Titans！

我 Titans 还能再战八百年！

森哥最帅！悦哥最牛！喆哥最勇！小寓最萌！锡哥……最骚！

哈哈哈哈哈哈哈放过锡锡吧。

凯文：说出来你可能不信，我是被对面那个二号骚死的。

现在没点文化连外媒彩虹屁都看不懂了。

在现场，当时邵哥一下就跑过去了，比我们粉丝还快（后面配了一个无辜狗头的表情包）。

森哥把小左拖到身后去是怕他被粉丝撞到吧！太贴心了吧！

不戴任何有色滤镜看都觉得森哥和小左关系真的特别好，比赛一赢下场第一个迎接他，而且小左的表情是真的发自内心很开心，左左的妈妈粉④表示好暖心呀。

……

而此时此刻，在 Titans 队员居住的套间里，戋森给了邵涵一个拥抱。

邵涵抬头凝视着他，眼睛里闪着熠熠的光，他手臂一伸，抱住了戋森的肩膀，在

---

① 因果律武器是一个科幻概念，其本质，其实就是一种预知、干预未来的能力。

② 网络用语，意为粉丝们花式吹捧自己的偶像，浑身是宝，全是优点，字面意思为就连偶像放屁都能把它出口成章面不改色地吹成是彩虹。

③ 形容自己超大声地尖叫，一般用来表达特别开心或惊讶的情绪。

④ 网络用语，最早是对年龄较大的女粉丝的称呼，后来也指像爱儿女一样爱自家偶像的粉丝。

他的耳边轻声道："恭喜你。"

从比赛结束到现在，爻森听到了很多声祝贺，可邵涵和其他人都不一样，这三个字的分量在他心中无法估量。

爻森摸了摸邵涵的头发，轻轻一笑："谢谢。"

爻森的手匀称修长却很有力气，这样一双手到了赛场上，就成了谁也抵挡不住的锋利的剑。

就在这时，邵涵的手机忽然响了，邵涵轻轻推开爻森的肩膀，看了一眼手机屏幕，发现是小萌给他发来的视频通话邀请。

邵涵："是小萌。"

小萌的通话不能无视，爻森只好暂时停下了。邵涵在床边的沙发上坐下，接通了视频。

邵萌穿着睡衣坐在床上，怀里抱着用邵涵的 Q 版图像做的布偶娃娃，看见哥哥接了，立马激动地吼道："哥！森神在不在？！"

邵涵直接外放了声音，爻森听见之后直接往邵涵身边一坐，入镜和小萌打了个招呼。

"森神！啊——！最后一场比赛我看了八百遍！你太帅了！你怎么这么帅？！Titans 怎么这么厉害！我死了我尖叫！"邵萌激动得把怀里的娃娃揉得都变形了，恨不得贴到屏幕上抱着偶像狂亲，"我永远支持你！我生是巨人的人，死是巨人的鬼！Titans 会夺冠的！Titans 一定会夺冠的！"

爻森笑道："那就借小萌吉言了。"

邵萌："我好开心啊，我居然有一个这么厉害的偶像！"

一旁的邵涵轻轻咳了一声，不忘叮嘱妹妹："你是不是又熬夜看比赛了？别睡太晚。"

"哎呀，哥，我保证我只熬夜看了你和森神的比赛啦，通融一下嘛。"邵萌说完，又对爻森道："森神！我等你回来！比赛加油！"

最后的冠亚军争夺战将在明天下午开始，这场还未开始的比赛身上所聚焦的关注度已经达到了一个前所未有的高度，所有的目光都追随着他们，热切地期盼着这场最后的交锋，热火朝天地讨论猜测着比赛的结果。

是高处俯瞰已久的奥丁继续蝉联，还是逆流而上的 Titans 会绝地反击、反败为胜，将这一直以来的强者序列一举打破——

继而迎来一个全新的神话。

第67章 Titans VS奥丁

爻森坐在选手休息室的沙发上，他转过头神色复杂地望了王宇锡一阵，又转回来，最后又转过去，终于忍不住道："老王，别抖腿了，抖得我眼花。"

冠亚军争夺战将在四十分钟之后开始，Titans的队员们正在休息室里做着最后的准备。

刚才他们来的路上，一路都有粉丝们举着手幅为他们加油，圈内的媒体记者也都长枪短炮地跟着，捕捉着即将与奥丁一决高下的Titans队员们脸上分分秒秒的神情。

联赛主赛场的大屏幕已经换成了Titans和奥丁的标志，黑红色的队徽和藏青加白色的队徽也交叉闪烁在整个赛场外围铺设的LED屏上。毫不夸张地说，全世界的电竞界都在瞩目等待着这一刻。

Titans四人虽然也参加过不少大型比赛了，但联赛决赛这庞大的阵仗还真是第一次见，赛前王宇锡本来就很紧张了，一路上非常担心自己走成同手同脚，进入休息室之后更是不停做着深呼吸。

听闻爻森这么说，王宇锡紧紧地抓着手里的矿泉水瓶，回答道："我紧张啊！伊森，那可是爻……呸！爻森，那可是伊森啊！看把老子紧张得，名字都差点说反了！"

爻森拍拍他的肩膀："没事，还有四十分钟，好好冷静一下。"

白悦也对王宇锡道："每次赛前你都号得最凶，结果屁事都没有。"

王宇锡："这次不一样啊！那可是伊森啊！"

一旁的宋铭喆道："我觉得没啥好紧张的啊，伊森肯定没有老大厉害。"

王宇锡："出现了，爻森的无脑吹发言。"

勾教练坐在一边和郭经理唠嗑，他也没再和他们多说什么比赛的事，反正该说的话都说完了，剩下的就看这群小子自己了。周子寓则跑东跑西，给四位大哥端茶倒水，捶背捏肩，看上去比他们还兴奋。

休息室的门被人敲了敲，随后非常有礼貌地被来人轻轻打开。邵涵站在门口，挪亚刚打完一场淘汰组的排位赛，比赛一结束，他便立马过来找爻森了。

爻森看时间还有半个多小时，他还想活动活动放松一下自己的心情，面对奥丁这样的对手，紧迫感是肯定有的，再加上他们在 R2 的时候输给过奥丁一次，这带给 Titans 队员们的压力，是任何一场比赛都不能比的。

爻森站起来走到门边，伸手一钩邵涵的肩膀，道："邵涵，陪我走走吧。"

两人从赛场后门出来，赛场外面是个小型的绿化公园，专门为一些等待排队入场的观众提供休息的地方。

两人没往人多的那边走，只是在一处树荫下的长凳上坐下。

邵涵完全可以理解爻森的心情，毕竟 Titans 一开始就是被奥丁打败之后才落入了败组，不管这场比赛结果如何，在他的心里，爻森永远无可替代。

邵涵的声音平和清凉，带着笃定和毫无保留的信任："我相信你。"

爻森微微一笑："嗯。"

出来和邵涵待了一阵，爻森的心情静下来不少，和以前失眠睡不着的时候听见邵涵的声音却能很快放松下来一样，邵涵身上的确有一种让他安心下来的魔力。

两人在外面待到比赛开始前十分钟，爻森也差不多该回去和队友们会合了。

爻森推开休息室的门，三位队友都纷纷穿好了队服外套，勾教练站在众人身后，朝着他们点了点头。

"去吧，"勾教练道，"让所有人都认识你们。"

赛场的灯光被点亮，激动不已的观众们不住地欢呼呐喊，两排穿着颜色差异鲜明的队服的队员们站在舞台中央，神秘张扬的黑红色，深邃沉稳的藏青色，刺激着在场所有人的视觉神经。

伊森站在爻森面前，握着他的手，爽朗地笑道："*Finally!*"

他煞有介事地凑近爻森，用拳头撞了一下他的肩膀，半开玩笑道："其实我早就想问问了，你打赢凯文是不是因为他打赢了你那位好朋友？"

"*Absolutely.*"爻森眨眨眼睛，笑得一脸无辜，"*He made my friend cry.*"

"*Haha! Sure enough!*"

爻森没想到的是，在比赛开始之前小声和伊森聊的这两句话，居然在日后被外媒列为本次联赛的十大"wonder"之一——Titans 队长那天究竟说了什么？

Titans 剩下三人听着自家队长和伊森说着鸟语，只能和自己对面的队员无言握手，双方脸上都是尴尬又不失礼貌的微笑。

队员们入座之后，赛场的升降机缓缓上升，座椅周围的灯光被分别点亮为双方队伍的颜色。爻森远远地看了一眼观众席，果不其然在其中看见了邵涵的身影。

爻森缓缓地吐出一口气，双手交握往前拉伸了一下自己的手臂和手指，道："最后一战了，各位。"

王宇锡还是紧张不已，他顺了顺自己的呼吸，在裤腿上擦着手心里的冷汗，默念道："别紧张别紧张……等我打完这场比赛回国，我要把奶茶喝个够，四季奶青，等着我！"

白悦："节制，老王，你想要今年新招的青训生们发现他们有个两百斤的前辈吗？"

王宇锡："我才一百四十二！一！百！四！十！二！"

白悦："可你只有 177 呀。"

"这是标准体重！还有我穿鞋 179 谢谢！"

"可我比你高四厘米和你一样重欸。"

"你们确定要在比赛开始前三分钟聊体重吗？"爻森道，"顺带一提我觉得王宇锡你真的不能再多喝了，你看起来本来就有点婴儿肥。"

王宇锡刚张嘴想反驳，顿了顿，又深吸一口气，少见地正色道："行了，哥们儿，不用转移我注意力帮我放松了，有你们在，我放心。"

爻森微微笑了笑，望着大屏幕，声音不急不缓，却透着不容置疑的笃定："战术我也不多说了，跟着感觉走吧，国旗颜色和我们队服那么般配，至少也得披上一次吧？"

倒计时在这时归零，大屏幕出现了本局的比赛地图类型。

他们抽中的是 D 图，说实话，对奥丁这样的队伍来说，哪种类型的地图已经不太重要了，他们有着一般队伍难以匹敌的应变能力和短时间内的分析能力。

而对于经验相对于奥丁还不太够的 Titans 来说，越简单的地图类型对他们越有利。因为越复杂的地图就意味着越防不胜防的突袭和攻击方式，而这正是奥丁所擅长的。

他们已经和奥丁交锋过一次了，奥丁并非完美无瑕到绝对所向披靡，不然他们也不可能从奥丁手里拿到比分了。

爻森在脑海里过滤着上一次交锋时的每个场景、每次袭击，下达了队员全程集合指令，沉声道："首要目标是他们的观察员，他前期基本不会出现在前线，一旦确定立刻狙击。"

剩下三人齐声回答："OK."

四人采取了以攻击为主防御为辅的 B 前进站位，奥丁没有林肯那样铜墙铁壁般的防御，他们有的是犀利的风卷残云般的攻势，而 Titans 的风格和他们几乎一样，防御并不太强悍，没有理由放弃自己的长处而去执着于短板。

既然要硬拼，那就努力拼出个结果。

奥丁队里有一位负责观察战场全局来给队友传递最有利的行动信息的观察员，他就像是整个队伍的鹰眼，可以迅速地从混乱的情况中筛选出最佳行动路线。

这位观察员被奥丁保护得很好，几乎不会暴露在正面对抗当中。Titans 在第一次空投之后遭遇了奥丁第一次奇袭，伊森的速度快得令人咋舌，爻森几乎没有看清他的动作，只是凭着多年锻炼出来的直觉下意识地闪躲，躲过了一排几乎追着他脚步划过的扫射，肩膀却中了一支十字弩的箭。

奥丁队里有一位喜欢用十字弩的高手，弩箭杀伤力巨大，瞄准的难度比枪支大，击中头部立刻毙命，身体部位则第二箭必定毙命。

爻森在地上迅速滚过，枪口在移动中一甩，即使是在巨大的抖动和视角旋转中，他的移动甩狙也准确无误地击中了远处弩箭手的头部，只是对方戴了头盔，一枪还不足以致命。

爻森闪身进入巷口，奥丁队的一号、三号和王宇锡、白悦、宋铭喆三人对枪，二号则直接单人对抗爻森，唯独四号不在。

爻森："四号是他们的观察员！"

爻森心里已经明白了，奥丁的战术就是将他和队伍分开之后歼灭。就算伊森在 1v1 中被他打败，位于暗处的观察员也随时可以参战，采用车轮战方式把爻森消耗干净，同时也可以避免观察员过早加入战局不敌对手而死亡。

伊森和爻森的号码都已经是无须隐瞒的事，两人激烈地交锋着，子弹和火光划开一道无形的屏障。解说员的声音高昂兴奋，他们两人被形容成无畏的头狼和狂暴的雄狮，在领地上互相争夺着强者的王权。

观察员参战了，双人的包夹下，爻森渐渐感到吃力，他不得不卸下攻势往后撤退，屏幕右上角已经出现了宋铭喆出局的提示。

爻森："别恋战！撤退！"

伊森看出了爻森收敛的趋势，他毫不犹豫地追赶上来，枪口对准这位狂暴的雄狮的獠牙，他打碎了距离爻森最近的一扇窗，在玻璃的炸裂中，爻森的视觉被蒙蔽了半秒，就这短短的一瞬间，伊森的子弹清空了他的血条。

五分钟后，第一局比赛结束，奥丁率先得到了一分。

第二局，爻森再次在奥丁的猛烈围攻中被迫落单，奥丁每一位队员的单人战力都高得可怕，即使王宇锡可以从包围中杀出路来支援爻森，伊森也不会给他更多的机会。

爻森这次率先击毙了奥丁的观察员，奥丁队的行动出现了明显的收拢，攻势有了短暂的停滞，但很快又再度整合好各个队员的位置展开了第二轮攻击。

这短暂的停滞便是 Titans 的机会，只可惜发现这个宝贵的机会时，它已经稍纵即逝。

奥丁的弩箭手射杀了白悦，爻森和伊森互相牵制，弩箭手二度包抄，正在僵持之中的爻森被伊森堵住了闪避的后路，被击中了腿部。

尚且存活却已经残血的王宇锡和宋铭喆勉强赶到，奥丁手中却还有杀伤力巨大的投掷型武器，三人的血量都不足以支撑一次爆炸。

闪光弹和榴弹同时被投出来，火焰伴随着白光炸裂开来，在爆炸的混乱中，爻森狙击了弩箭手，伊森却没能给他挽回局面的机会。

第二局随之结束，奥丁的比分已经变为"2"，在这一刻，巨大的压抑和紧迫笼罩在 Titans 四人的头顶上空，压得他们几乎喘不过气来。

赛场的每一个人都在提心吊胆，这两队的攻击节奏实在是太快了，看得人血脉偾张、眼花缭乱，所有人的心跳声汇聚在一起，几乎快和大屏幕上第三局开始的倒计时重合在一起。

爻森的拳头微微握着，他紧紧地盯着电脑屏幕，又回过头看向自己的队员们，紧张、不甘、熊熊的烈焰燃烧在每个人的眼睛里，就是看不到气馁。

爻森依然很沉着，他不急不慢地布置着战术，这幅景象被无数的摄像头记录下来，就连两位美方的解说员，都忍不住连连感叹，Titans 的队长真是冷静得不可思议。

不因为其他的，只是因为爻森心里明白，比赛还没有结束，奥丁队不会放松，Titans 也不会倒下。

第68章 生死一线

看着大屏幕上目前的比分数字，邵涵几乎控制不住自己的心跳。他紧紧地捏着拳头，目光紧紧追随着赛场上的爻森，直到看到他一如既往沉稳的神色，他鼓动的胸腔才慢慢地平复下来。

邵涵比任何人都相信爻森，相信他在赛场上的光和热。

爻森布置完战术之后，第三局比赛也很快就要开始。他伸出手，和其他三人碰了碰拳头，道："外国人不懂欲扬先抑，我们讲究。"

王宇锡："说得好！给我扬！"

第三局鸣声响起，地图为 B 图，可交互性和战略性大大提高，对目前和奥丁硬碰硬总是被压制的他们来说，是挑战更是机会。

本局地图交通工具增多，各种各样的车辆到处都有。爻森粗略扫了一眼大致的地图缩略图，心里逐渐有了个模糊的打算，他当即下令道："老宋负责盯奥丁的观察员，老王盯他们的弩箭手，我不信他每局都能捡到十字弩，老白跟着我，小心狙击手。"

白悦紧张道："奥丁他们就是想把你分散开来车轮压制你，我一个人肯定防不住，爻森，确定吗？"

爻森沉吟一阵，回答："确定。"

爻森笃定的话稳固了众人心头高悬的石头。

四人在第一次空投之后分散开来，爻森和白悦两人几乎可以算得上胆大包天地就这么朝着内围靠近，同时，一向喜欢速战速决的奥丁队也迅速朝着他们靠近。

两位解说员惊叹着 Titans 队长的果敢，但他们依旧为他们捏一把汗。

城中的车辆越来越多，作为掩体足够多，但是也为偷袭的敌人提供了隐蔽场所。爻森行进过某个巷口时，看着街道边停着的那辆游戏里颇为罕见的车辆，眼前一亮，暗暗地在心里记下了这个坐标点的位置。

爻森喊道："老王，计划有变，先别管弩箭手了，有个新任务给你。"

王宇锡暂时还未发现奥丁那个让他恨得牙痒痒的弩箭手的踪迹，回答："快说！最好能让我宰个痛快！"

爻森："放心，绝对痛快。"

听完爻森的话，王宇锡倒吸了一口凉气，咬牙道："行！我藤原锡海今天就炫一波我的秋名山车技！"

十分钟之后，轰炸即将开始，而两队目前都还处在会被划为轰炸范围的中环区域，想要在十分钟之内进入内围基本不可能。

奥丁队果然在半道拦截，直接采用强火力穿插方式强行分开爻森和白悦。轰炸也即将开始，爻森这次却意外地并没有直接和他们正面对抗，而是在初遇奥丁之后便选择撤退。

奥丁队死死咬住他们不放，势必要把爻森这个难缠的对手给击毙。这附近的道路和街巷错综复杂，还有许多车辆，如果不能速战速决，一旦 Titans 找准机会撤退，打起游击战，届时 Titans 将会是一个重大的威胁。

奥丁队的三号和四号追着爻森和白悦两人进入一处巷口，其中一人便是伊森。这条街道是一处丁字形的交会处，而他们正好处于竖直的那条巷道里面。

这种地形视野太狭窄，非常危险，奥丁队明显警惕了起来，而他们的观察员的踪迹已经暴露了，目前正和 Titans 的二号激烈交火。

而就在爻森跑出巷口的那一刹那，他的耳机里传来了宋铭喆的"观察员已击毙"的喊声，他当即喝道："撞！"

观察员的击毙会给奥丁队的攻势带来短时间的削弱，但这仅仅是电光石火的一瞬间，Titans 必须抓住这个机会。

这时的伊森只能跑出巷道，他一眼便看见，正对着他们的道路右手边停放着一个油罐车。因为没有了处在高处的观察员的全局视角，他根本就看不到，此时的油罐车背后，一辆越野车迅猛地飞驰过来。

但是，伊森的反应速度常人无法匹敌，他只停滞了半秒，就明白了爻森为什么要撤退到这个方位，当即就迅速躲避。

只是这半秒的耽搁已经足以致命，王宇锡驾驶的越野车在一瞬间撞了过来，他在千钧一发之际从车窗天顶一跃而下，滚进巷道里。

越野车狠狠地撞上油罐车，越野车率先爆炸，直接点燃了油罐车，紧接着，伴随着震耳欲聋的一声巨响，整个油罐车也跟着爆炸了。

全场的观众包括解说员都在同一时刻发出了惊呼，爆炸的巨响震碎了周围所有建筑物的玻璃，火光几乎把整个大屏幕都淹没了。

伊森和另一名队员都受到了重创，血条极速下坠，行动条一下降到最低。黑烟完全蒙蔽了他们的视角，几发子弹从浓郁的烟雾里穿过，击中了他们。

子弹甚至不需要打中要害，因为他们的血条已经不足以再支持任何一次中枪了。

王宇锡虽然跳了车及时躲避，但油罐车爆炸的威力实在太大，他的血条也掉了一大半，还挂着点血皮，躺在地上动弹不得，基本也是个死人了。

这种冒险的战术基本伤敌一千自损八百，白悦也受了不小的伤，他来不及给自己疗伤，下意识地就想冲进黑烟和火焰里补枪。

爻森："不用了，我刚补了，已经死了。还剩狙击手，老宋，看到狙击手了吗？"

宋铭喆回话："看到了。"

爻森："废了他。"

"交给我。"

第三局在三分钟后结束，Titans获胜了。比分跳动的那一刹那，全场都震撼噤声。弧形的大屏幕把刚才爆炸的景象展现得非常直观而富有冲击力，所有人都仿佛沉浸在那场奇袭的余波里，久久不能回神。

所有人都不敢相信，Titans竟然在全员存活的情况下拿下了一局。

爻森的耳朵里充斥着第四局倒计时的声音和观众们的欢呼，他缓缓地吐出一口气，朝着队友们伸出拳头，其他三人默契十足地同样伸出手，四人的拳头在一起碰了碰。

他们赢了这一局，但是奥丁依旧占据着绝对的优势，只要不把比分追平，Titans的咽喉就被他们捏在手里。

"锡爷我真的太爽了。"王宇锡也忍不住了捏指关节，气势澎湃地说，"现在我觉得我可以干翻十个人！"

爻森："我要求不高，一个人就行了。"

比赛已经进行到第四局，在全球网络平台的直播中，这场最后的决战的在线观众数量已经突破了一个新高。爻森现在还不知道,他在全球观众口中已经火速多了一个"爆炸小王子"的外号。

第四局同样是B图，Titans的队员有了比前三局更加凌厉的锋芒和气势，爻森更是在开局没多久就在拼枪中成功击毙了对方的观察员。

他们每个人都像一把已经打磨锋利的刀，刀刃直指敌人的咽喉。奥丁同样也战力全开，他们是久经赛场的强者，对手越强，他们的斗志也越高，两支队伍势均力敌，几乎分不出高下。

奥丁想包围爻森，Titans也不会让伊森那么轻松。王宇锡和白悦两个人同时围攻伊森，堵也要把他堵死，伊森的战力远远高于他们，就算是两个人也很吃力。

但王宇锡和白悦的任务不是击毙他，而是拖住他，好给爻森和宋铭喆创造机会。爻森和宋铭喆迅猛地攻入奥丁暂时的据点，观察员已经毙命，狙击手和弩箭手对他已然不是太大的威胁。

伊森最后还是突破了白悦和王宇锡的包围冲了出来，爻森早有防备，引开伊森火力之后宋铭喆从背后包抄，伊森的血剩得不多，没有了狼群的头狼还是难以匹敌两只野兽的围剿。

第四局结束，比分变为了2-2，这是一场绝对的反击，震撼的逆转，达摩克利斯之剑现在已经悬在了两支队伍头顶上。

邵涵因为过长时间盯着大屏幕，眼睛有些干涩发酸，但他根本没法移开视线。他的心脏跳得太快了，脊背也几乎快要汗湿。

在第五局开始之前，双方队伍都有三分钟的休整时间。而这三分钟，几乎牵动着在场每一个人的神经。

"奥丁的队名取自北欧神话中的主神奥丁，它意味着狂暴和凶猛。"解说员趁着比赛空当对收看直播的观众解释道："这个意义实际上也非常符合奥丁的风格。"

"不过他们这次似乎遇到了一支同样狂暴凶猛的队伍。"另一位解说员接话道，"这支来自中国的队伍会让他们感到前所未有的——和他们的老对手林肯截然不同的——危机和兴奋。"

而在赛场中央，爻森说完最后一局初步战术之后，剩下三人都有些紧张。

白悦微微皱着眉头："你确定吗？会不会太冒险了？"

"伊森不会再给你们机会把他控住了，这最后一局他们一定还会拦我。"爻森沉声道，"老宋和我搭的时间最久，最了解我的操作，相信我。"

三人互相看了看，宋铭喆最后点头："明白了，老大。"

白悦深吸一口气："最后一局了，赌吧。"

王宇锡也道："我们当然相信你了，不信你我还能给你指挥？我早就谋权篡位自己当队长了！"

倒计时即将进入尾声，爻森笑了笑，道："那就开始吧。"

最后决胜关键的一局，他们抽中了最为复杂和随机性最大的 A 图。A 图和其他三个地图都不同，很多时候并不在室外而是在宽阔的室内，没有轰炸区也没有空投，只会定时在地图上出现随机的装备补给中心。

这次的地图是一处复杂而庞大的船舱内部，无数的集装箱堆砌在舱内，而他们的前进目标在最底层的船舱里。

船舱内的照明并不算太好，这无疑大大增加了比赛难度。Titans 迅速收集寻找着可用的装备，虽然说会有补给中心，但那实际上就是个大有可能会直接碰上奥丁的地方，他们必须做好准备。

爻森找到了一个钩索发射器，这种装备在室内的用处很有局限，但他依然还是放进了自己的背包里。

果然，他们在第一处补给站碰到了奥丁，两支队伍都展现出了前所未有的攻势。爻森总是队伍前锋，他永远锋芒毕露。

奥丁的观察员向全队发出围剿爻森的信号，火力变换方向，阻拦 Titans 其他队员支援爻森，再次将他单独逼出战圈。

伊森很快注意到，Titans 开始撤退了，他们的狙击手率先后退，伺机行动。

灯光昏暗的船舱拉长了比赛时间，也考验着他们的耐力，伊森心里却充斥着难以言喻的兴奋和热烈。他享受对手的强大，喜欢这样酣畅淋漓的比赛，他在爻森身上看到了独特又致命的实力。

他一路追踪着爻森，第三局已经中过爻森的计，伊森自然非常警惕，他像一只夜色里抓捕猎物的凶悍的狼，等待着一举拿下敌人性命的机会。

比赛进行到二十五分钟之后，奥丁队的观察员已经被击毙，而 Titans 的三号队员也已经出局。

伊森很清楚，Titans 的狙击手是个巨大的威胁，在这种地图条件下狙击手有优势——当然，奥丁队也有狙击手，就让他看看，究竟是谁会更胜一筹。

船舱内的集装箱容易隐蔽偷袭，奥丁队追赶中带着十足的警惕。

他们在靠近底层的船舱中部发现了爻森的踪影，他迅速地穿梭在集装箱中，叫人几乎找不到他的身影。伊森紧随其后，他看到爻森的影子在角落一闪而过，立刻举枪射击，子弹击中了爻森的腿部。

屏幕上又出现了出局信息，Titans 的一号和奥丁的四号先后出局。现在，便是势均力敌的两方最后的周旋。

爻森的腿部已经受伤，速度大大减慢，伊森的队友抓住机会展开最后的攻击，伊森心里却莫名划过几分紧迫。

在这之前伊森只和 Titans 在决赛第二轮打过一次，对对方队员的操作谈不上熟悉，但是，凭借着伊森敏锐的洞察力和对爻森那独特又强大的实力的本能嗅觉，他忽然觉得有什么地方不太对劲。

但目前箭在弦上，容不得伊森任何迟疑，爻森撤退的速度减慢，他和队友两方围剿，最终把爻森逼进了两方都是高高的集装箱的死胡同里。

伊森的子弹是精准而致命的，雄狮在两头恶狼的攻击下似乎也节节败退了。爻森几乎没有余力回旋，便被密集的子弹命中要害，倒在了地上。

爻森倒地的那一刻，伊森的脑海里却电光石火间闪过一个想法，他猛然朝着队友喝道："不对！"

只见，在屏幕的左上方出现的敌方死亡提示里分分明明地写着："敌方的二号选手已死亡，选手 ID 为'Titans_喆'。"

伊森的队友这时才意识到，他们面前的不是爻森，而是 Titans 的狙击手，他们被误导了！

然而，情况已经来不及让他多想了。

一道迅猛的人影从侧面高高的集装箱顶部跃下，直接把奥丁的一号压到了地上，反手对着他的头就是两枪，一枪碎甲，一枪爆头。

这是 Titans 唯一留在场上的四号选手，也是他们最可怕、最致命、最难以征服的狮群首领，爻森。

爻森利用钩索发射器，这个常人在这种地图中不会想到要使用的道具，让自己弹射到了集装箱的顶部。奥丁的观察员早已毙命，他的潜伏没有被任何人发现。

爻森的动作快得如同一道黑色的闪电，他杀死奥丁一号之后，行云流水地翻身躲避伊森的子弹，随后他举起手里只剩下三颗子弹的枪口，第一发子弹瞄准了头顶的灯管。

"砰"的一声，灯管四分五裂，照明失效，视觉陷入一片黑暗。陷入黑暗的瞬间，人的动作必定会出现短暂的迟缓，借着伊森的停滞，已经记住了他的位置的爻森朝着伊森开了黑暗中的最后两枪。

同一时刻，听到了枪声，已经判断出爻森所处位置的伊森果断也举起枪，朝着他射击。

几颗针锋相对的子弹像势不可当的陨石，它们穿破黑暗，直指对手的要害——

这短短的半秒仿佛被无限拉长，所有人都屏住了呼吸，所有的画面都仿佛被放慢了。观众席上，每一个人的心中都感到了一阵失重似的紧张。

爻森的两颗子弹都击中了伊森，伊森摔倒在地，而他的子弹也几乎是同一时间击中了爻森。

他们两人的血条都只剩下不多，没有一个人还可以抵抗连续中两枪。二人的血条几乎是同时下降，伊森的血条已然清零——

观众们都瞪大了双眼，Titans 的队长还活着吗？

有人惊呼出声，因为爻森在千钧一发之际翻滚躲藏到了一处集装箱背后，这让人几乎难以想象，他究竟是如何做到在飞速移动中打出这么准确的枪。

坚固的集装箱替他挡下了一颗子弹，剩下那颗子弹打中了他的肩膀，爻森的血条下降了绝大部分，还剩下那么一点点微量的红层。

但是，他活了下来。

射击声还在爻森耳朵里回荡，他的胸腔依然在大声鼓动，手心也透着汗水。刚才的那几秒他没有经过精密的思考，只是凭着多年积累的本能去开枪躲避。

刺目的灯光照在爻森的头顶，周遭所有声音这才透过耳机慢慢涌入他的耳朵。爻森抬起头看着大屏幕，看着 Titans 面前那个跳动出来的崭新的数字。

他们赢了。

第69章 奇迹与加冕

震撼的浪潮席卷了整个赛场。

谁也不会想到，谁也不敢相信，这支年轻的中国队伍可以在绝境中完成完美的逆转，击碎了悬在自己头顶上的利剑，转而把剑尖朝向了自己的对手，给了他们封喉的致命一击。

所有人都见证了一次奇迹与变革。

耀眼的灯光照在 Titans 的队员们身上，此时此刻，所有的荣耀、所有的光和热都倾泻在他们身上。人群的欢呼、掌声，粉丝难以抑制的兴奋得近乎嘶哑的尖叫包围了他们，让尚且还处在紧张的余韵、还没有完全反应过来的四人慢慢回神。

选手的升降机缓缓落地，爻森的肩膀被猛地抱住，他的三位队友扑过来，直接把他从电竞椅撞到了地上，让他摔了个结实。

几人七手八脚地把他从地上拉起来，王宇锡直接抱着爻森欢呼，激动雀跃地大喊着"赢了"两个字，白悦和宋铭喆都双眼泛了红，眼中还有做梦般的不可置信，双臂都还止不住地颤抖。

爻森被王宇锡勒得快窒息了，他的心也跳得很快，这一刻、这一瞬间，他知道，自己所做的一切都值得了。

爻森："……老王，我快被你勒死了。"

王宇锡好不容易松开了他，又转过身抱着白悦蹦跳哭喊，宋铭喆和爻森碰了碰拳头，双唇颤抖，最终也只是坚定而昂然地说："老大，我们赢了！"

奥丁队不知什么时候已经走到了他们身后，伊森爽朗地伸手重重一拍爻森的肩膀，满脸都是兴奋和激动："我的天哪！爻！祝贺你们！你实在是太厉害了！

Awesome！ Incredible！这场比赛实在是太精彩了！地狱级别的精彩！"

伊森激动得溢于言表，大概是英语词汇量也不太够了，甚至已经开始英语德语夹杂。

爻森笑了笑，道："我们只是运气不错。"

"爻！我可不会把最后那两枪称为运气！你们中国人太谦虚了！"伊森赞誉道，"你们值得一切赞美！"

冠亚军争夺战终于落幕了，但另一个全新的主宰者时代却已经开始。Titans 的队名被浪潮般地呼喊着，他们创造了一次电竞界渴望已久的神话，将坚固的铜墙铁壁打破，力挽狂澜，不可阻挡。

至此，联赛冠亚季军的归属已经尘埃落定，从此之后，Titans 每一位队员的名字都会被镌刻进这道荣誉墙里，被世界牢牢地记住。

爻森等人刚刚回到选手休息区，已经从观众席赶过来的勾教练、郭经理、周子寓和江阳顿时迎了上来。

勾教练和郭经理也都红了眼睛，前者郑重地抱了抱四人的肩，道："小子们，干得好。"

江阳还忍着眼泪，周子寓直接扑上来放声大哭。爻森哭笑不得地安抚着他，一抬头，在走廊里看见了那个熟悉的身影。

休息区只允许参赛选手和队伍工作人员进入，没有媒体也没有粉丝，只有他们最亲近最熟悉的人。邵涵站在走廊拐角，抬起头看着他。

爻森心里一阵收紧和触动，他在这一刻忽然明白了，当初陆凯之和他描述过的那种从赛场上下来看见自己最重要的人是什么感受。

是卸下所有紧张之后的放松和释怀，也是忍不住分享喜悦和兴奋的冲动，更是一种自信和自豪。

邵涵朝着他大步走了过来，微微踮起脚，伸出双臂，将自己埋进了爻森的臂膀和胸膛里。他紧紧地搂住爻森的肩膀，第一次这么用力地拥抱他，指尖微微发颤。

爻森将他搂在怀里，低声笑道："邵涵，我赢了。"

"嗯。"邵涵的嗓音沙哑哽咽，微颤的尾音听得爻森心尖又是一软，邵涵抬起头，眼眶殷红一片，清澈墨黑的眸子染着透明的水雾，他又低头在爻森肩头靠了一会儿，悄悄地擦了擦自己的眼泪，低声道，"我知道你会赢的。"

邵涵很难描述当终场的比赛结束的那一刹那，他的感受是什么，紧张、兴奋、喜悦、激动，各种各样的情绪堆积在他的脑海里，最后化成一种紧紧拥抱爻森的渴望。

邵涵从未这么想拥抱他，想被爻森用一如既往的力气回抱。

他知道他会赢，他相信他会赢，这一句话就足够了。

Titans 的队员们走出选手通道的时候，迎接他们的便是铺天盖地的人群和镜头。

媒体几乎都疯狂了，他们等不及想要认识认识这几位来自中国的新晋冠军。粉丝们大部分都激动地边哭边高喊着 Titans 的队名，攒动的人群摩肩接踵。

面对激动落泪的粉丝，Titans 众人的眼睛也忍不住湿润，看见队员们眼睛发红，粉丝们更想哭了。几个组织粉丝活动的负责人赶紧让大家都先给媒体朋友们让让位置，也恳请记者们长话短说，让精神紧绷了好几个小时的 Titans 的队员和教练经理们可以早点回去吃饭休息。

等到 Titans 众人回到酒店，已经是将近晚上九点了。

他们都还没吃晚饭，但没一个人觉得饿。几个人坐在沙发上，纷纷都还为终场比赛感到心有余悸。

王宇锡使劲搓了一把自己的脸："我们……真的赢了？我们真的打赢了奥丁？我们真的得冠军了？我们真的是世界第一了？"

白悦："你这反射弧是怎么成为冠军的？"

王宇锡兴奋到连白悦撑他的话听在耳朵里都觉得悦耳动听，一拍沙发激动道："终场比赛最后真是太爽了！爻森！我敬你是个真男人！"

冠亚军争夺战这五局比赛的每一局都早已经被国内外的媒体拿出来剖了个透彻，尤其是最后一局的误导战术，被国内外媒体毫不夸张地称赞为惊心动魄又胆识过人。

Titans 在终局所采用的战术的确非常冒险，想要成功误导奥丁这样的对手，他们不仅仅要在站位和前期任务上做出彻底的交换，还需要高度的配合与了解，这最是铤而走险的，因为一旦时间把握不好，或是宋铭喆太早出局，一点点的闪失都可以给奥丁带来调整反扑的机会。

但是他们做到了，完美地做到了。

爻森从比赛结束后就收到了无数的消息和电话，有爸妈打来唠嗑"儿子表现不错"的，有亲戚打来问候，也有以前的队友朋友们的祝贺，他甚至还收到了陆凯之发来的消息。

陆凯之就发来了一句话："哈哈恭喜夺冠！我就知道你会赢的，真想现场看看伊森和凯文这两个家伙的表情！"

爻森："哈哈，谢谢凯哥。"

陆凯之："哎呀，果然还是你们年轻人的时代了。"

郭经理帮众人打包了夜宵回来，随后便和勾教练勾肩搭背地出去喝酒去了。联赛还剩下最后一天，明天上午将会是最后的败组排位赛，下午便是闭幕式和颁奖礼。

Titans 的队员们难得可以睡个懒觉，爻森把邵涵叫来和他一起吃夜宵，邵涵同样也没有吃饭，但他却没怎么动筷子，只是时不时地盯着爻森发呆。

直到晚上睡觉时，爻森已经把卧室的灯关上了，躺下来时，借着窗外零星的一点光线，看见邵涵躺在他身边，澄澈的双眸依然没什么睡意。

爻森失笑："怎么，不困吗？"

爻森他们紧张了多久，邵涵就跟着紧张了多久，肯定是已经疲惫了。

"困。"邵涵轻声回答，"但还想多看看你。"

邵涵握了握爻森的手，闭上了眼睛，微凉的声音无意中透着安心与满足："睡吧。"

第二天上午，排位赛圆满结束，至此，决赛十六强队伍的排名正式公布。亚洲队伍，尤其是中国队伍，在这一次联赛中取得了前所未有的优异成绩，不仅仅有 Titans 的冠军，还有进入前六强的眼镜蛇和挪亚方舟。

举行颁奖礼的时候，邵涵站在自己的队伍中间，目不转睛地望着爻森。主持人念出冠军队伍名称时，Titans 的粉丝们一片欢呼。

Titans 的队员们都披上了国旗，他们站在了最高的领奖台上，接过金色的奖杯。那一刻，爻森的眼睛被映照得熠熠生辉，他再一次低下头，亲吻了自己的队徽，热忱始终如一。

如果说昨天夺冠的瞬间还让他们感觉不真实，那么现在手中的奖牌和奖杯便是对他们最实实在在的称颂了。

这个场景为比赛一路以来的汗水和热血画上了耀眼的句点，Titans 至此终于加冕为王。

颁奖典礼结束后，爻森再次和伊森和凯文碰了面，伊森笑道："爻！下届比赛再见！下一次，我可就不会这么轻易地让你过关了，等着吧！还有你！凯文！我也不会对你掉以轻心的！"

"*Sure.*"凯文回答，"*You too? Yao.*"

从昨天冠亚军争夺战结束开始，"Titans 夺冠"的消息便霸占了国内国外相关媒体的头条，国内的媒体更是已经刷爆了他们夺冠的消息。终场比赛和颁奖礼视频的播放量爆炸性增长，各大社交媒体欢腾一片，题图都换成了他们的战队宣言和照片，各种各样的"Titans反杀""Titans颁奖礼"等话题也迅速席卷开来。

ID"沉迷电竞的小星"："小巨人们赢了，看见森神披着国旗、捧着奖杯亲吻队徽时，现场所有的粉丝都哭了，本来想笑着欢呼的，可是眼泪真的完全忍不住。粉丝们等这一刻真的等了太久了，别的都不需要多说了，我们见证了一次奇迹，接下来就是属于@Titans战队的时代了。"

联赛正式结束的第二天，Titans启程回国。

队员们从机场出来的时候，等候已久的接机的粉丝们顿时簇拥上前，一个大大的印着"欢迎Titans凯旋"的条幅被粉丝们拿在手里。

众人回到亿游大厦，站在气派的大厦门口，仅仅是一个多星期不见，众人却已经有了终于归家的感觉。大厦的LED大屏上正播放着Titans的夺冠视频，还贴心地在各处都贴着写有"欢迎Titans回家"的小贴纸。

这两天，整个Titans俱乐部都忙得不得了，光是联赛冠军带来的赞助商合作事宜和天价奖金的处理就让郭经理忙得脚不沾地。

《破晓警报》世界联赛官方向来以天价奖金池著称，这次四千八百万美元的总奖金更是令人瞠目结舌，冠军队伍分得其中四成多，郭经理高兴得好几天都合不拢嘴。

况且，八月份很快就要招收新的青训生了，现在联赛刚结束，俱乐部启动了预报名，报名的青训生们多得吓人，Titans官网的服务器都崩溃了好几次。

Titans俱乐部成为世界级顶尖俱乐部，队员们的身价翻了好几倍，爻森更是成为当之无愧的身价位于全球榜单金字塔顶峰的电竞选手，名副其实的"金手指"。

用爻森妈妈的话来说，他七大舅八大姑不了解行情，以为这个比赛奖金也就几万块，结果上网一查，差点被奖金背后的零晃瞎了眼睛——况且这还没换成人民币呢。

联赛结束了，Titans成为首次居于高台的播主，接下来等待他们的，将会是比往常更紧张、更惊险、更多关于实力的拷问。

不过，在此之前，放松与庆贺是首要的。

Titans回国的第二天晚上，俱乐部包了一家宴会厅，整个俱乐部包括青训生和其他工作人员都参加了这次庆功宴，勾教练放话这两天训练都取消，大家使劲庆祝。

一行人出发去宴会厅的时候，勾教练发现隔壁挪亚方舟的小邵又和爻森在一块儿。他虽然是不介意爻森带自己的朋友一起来，但他又觉得这毕竟是夺冠庆功宴，让人家另一个队的副队长也跟着来，不会让人家心里有点尴尬吗？

勾教练悄悄地把爻森拉到一边，问："你这小子怎么把人家小邵拉过来了？人家不尴尬吗？"

爻森诚恳地问："教练，我问您，您做队员的时候要是拿了比赛冠军，您会不会请好朋友参加庆功宴？"

勾教练："这不废话吗！当然会啊！"

爻森微微笑道："那不就是了？"

说完，爻森转身去找邵涵，留下勾教练一个人站在原地。

庆功宴上，在北美憋了好久没吃到正宗中餐的队员们吃了个痛快，王宇锡已经喝了好几罐啤酒，整个人都有些飘飘然，他拿起瓶子往爻森杯子里倒，豪迈道："兄弟！喝！不醉不归！"

爻森从容地推开："不了，我晚点还有事要办。"

王宇锡一下没反应过来："这么晚你还有什么事？"

爻森拍了拍身侧正低头吃饭的邵涵的肩膀。

邵涵抬起头看着他，面露疑惑。

"……"王宇锡恶狠狠地又开了一瓶啤酒，仰头灌下，"我受不了了！"

白悦："你别喝了，你喝醉了还不是我拖你回去。"

王宇锡一脸义愤填膺，就差和白悦抱头痛哭："老白！为什么爻森要这样欺负我！为什么！"

邵涵不明所以，看向爻森："怎么了？"

爻森："没什么，他只是酸。"

第70章　新的王

第二天邵涵其实是被饿醒的。

他迷迷糊糊地睁开眼睛，脸颊陷在柔软的枕头里的触感依旧让他感到昏昏欲睡。酒店房间的窗帘被拉上了，只是外面天色已经大亮了，依旧有隐隐的光线透出来。

房间里的空调温度凉爽舒适，邵涵困倦地发着呆，一时想不起来自己是在哪里。直到他看到房间的沙发上放着自己的T恤衫和牛仔裤，他才慢慢地回过神。

邵涵把胳膊从被子里伸出来，拿起床头柜的手机看了看时间，已经中午十二点多了。

邵涵羞愧地叹了口气，要不是肚子饿了，他丝毫不怀疑自己也许会直接睡到下午。

浴室里传来细微的水声，爻森从里面走了出来，正用毛巾擦着自己的头发。看见邵涵醒了，他笑了笑道："醒了？饿了吧？"

邵涵轻声道："嗯。"

短短的一个音节就能听出来他的声音有些沙哑，爻森在床边坐下，揉了一把邵涵的头发："我叫了午饭，一会儿就到。"

邵涵顿了顿，声音听上去像乖巧餍足又困倦的猫："衣服。"

爻森把衣服从沙发上拿过来，邵涵坐起来，穿上 T 恤衫，穿完后又轻轻打了个哈欠，眼角还红红的。

午饭不一会儿就送过来了，邵涵捧着碗坐在沙发上吃饭，吃着吃着又开始困了。没办法，昨天爻森拿了冠军，他实在太兴奋了，半夜了都没睡着，一点也没睡够。

爻森感觉邵涵很可能捧着碗就睡着了，邵涵犯困的样子他又觉得可爱。

吃完饭后，邵涵困得眼睛快睁不开了，但还是竭力保持着清醒。爻森哭笑不得，干脆把邵涵直接从沙发又抱到了床上，道："你再睡会儿吧。"

"嗯……一个小时……"邵涵轻声呢喃。

爻森慢慢地抚着邵涵的背，不一会儿怀里的人就睡着了，温热的呼吸轻缓平和。

Titans 联赛夺冠的热潮丝毫没有消退，国内电竞行业的气势一年胜过一年，光是国内队伍今年取得的好成绩就在短时间催生了一大批新成立的俱乐部。

当然，最耀眼的光环依旧冠于 Titans 之上。

联赛举办的七月间，爻森的名字在外媒出现频率非常之高，不仅仅是因为 Titans 夺冠，更是因为这位不断缔造神话的年轻队长的个人魅力实在强大。

伊森在比赛结束后的第四天在自己的推特账号上发了一条新推："听说爻很擅长这个！谁能给我解释一下这是什么意思？"——推文配图是一本中文书籍，封面是大大的"厚黑学"三个字。

微博 ID 为"沉迷电竞的小星"发了条微博："附上一张图片，哈哈哈伊小森怎么这么可爱，给他跪下了①，重点是这条推特赞最多的评论是国人森粉的留言——封面的字的意思是'散发魅力'，笑死我了，不带你们这样欺负人家欧洲电竞小王子的！"

---

① 网络用语，这里用来表示膜拜、叹服。

伊森：什么？

这位姐妹瞎说什么大实话呢（后面配了一个无辜狗头的表情包）。

学到了，以后夸人有魅力：靓仔你好厚黑哦！

哈哈哈哈哈哈所以真的没有人认真答题吗？！伊小森好可怜哦？！

给伊森这张表情（后面配了一个"森神：一些欧洲选手试图用一晚上弄懂我深邃的思想"的表情包）。

哈哈哈哈哈哈哈哈哈哈哈，笑到头掉[1]。

……

不仅如此，在比赛结束的一个星期后，联赛官方公布了最新的全球选手战力预估排名榜单前五十，爻森与伊森以 96.1 的得分并列全球第一。

与此同时，Titans 也收到了欧洲秋季明星杯赛的邀请，除了欧洲本地的队伍，其他国家的队伍基本要有国宝级队伍的待遇才能接到这个邀请，对于 Titans 来说，这无疑又是对他们实力的一次肯定。

Titans 今年新一批的青训生几乎都是在国内青少年大赛中取得了不错名次的人，据王宇锡兴奋地说，今年有好几个可爱的小姐姐，于是他今年的目标变成了拿下所有大赛冠军和脱单。

但是用白悦的话说，脱单对王宇锡来说是不存在的。

一转眼到了八月初，邵涵的生日到了。小萌考上了自己理想的学校，现在还在悠闲的暑假中，二话不说跑来 S 市帮哥哥过生日。

邵涵生日那天，爻森送给了他一台今年概念展览上刚出不久的三联屏电脑，只要是玩电竞的男生就没人不爱高端设备的，邵涵很喜欢，但心里还是有些迟疑，他觉得这个礼物还是太贵重了。

"我好歹勉勉强强也算是今年电竞选手收入榜单第一吧。"爻森道，"给我的朋友花点钱算什么。"

"嗯。"邵涵忍不住笑了，"谢谢你。"

邵萌蹲在地上默默地摆弄着那些电脑设备，默念哥哥看不见我哥哥看不见我……

---

[1] 网络用语，"很好笑"的意思。

啊！她好酸啊！她好羡慕哥哥有一个世界冠军的好朋友啊！

新的电脑摆在桌上气派十足，设备调试好之后，邵萌跃跃欲试地表示自己想玩，于是爻森和邵涵干脆和她一起开了三排。

左边是世界冠军单人战力全球第一，右边是联赛六强单人战力全球前十，一个是她偶像一个是她亲哥哥，邵萌坐在中间，感觉自己君临天下，下一秒就要黄袍加身登基了。

爻森看着小萌的 ID 邵萌萌，忍不住笑了一声。

邵萌扭过头好奇地看着他："森神，怎么了呀？"

"其实我和小萌你的 ID 还挺有缘分的呢。"爻森撑着脑袋笑望着她，"当初我第一次在游戏里碰到你哥就是他用你的号上分的时候，我当时还以为他是个女孩子呢，还叫他开麦验证了一下，谁知道后来会在集训基地碰到他，你哥站在那里，第一眼我就注意到他了，让我印象深刻。"

两人畅聊起来，声音一字不落地落入一旁的邵涵耳朵里。他的脸微微红了，窘迫地心想，就算是要说，也没必要这么大大方方地当着他的面吧？

听着两个脸皮比较厚的人聊自己，脸皮薄的邵涵简直无地自容，可他又插不上话，只能羞窘又无奈地撑着脸坐着。

爻森和邵萌越聊越兴奋，邵萌甚至已经开始兴致勃勃地和爻森说哥哥小时候的事，她前阵子在家玩得太无聊去翻箱倒柜地找以前的照片，正好用手机照了不少，这时全都拿给爻森看了。

大部分照片都是邵涵五六岁的时候，邵涵那时候还没有一个盆栽高，稚嫩的脸颊像两团雪白的糯米糍，两只大眼睛像水洗过的黑葡萄。再长大一些的照片里就有了还是个小婴儿的小萌，邵涵长高了不少，趴在婴儿床边看着睡觉的妹妹，还稚嫩的手轻轻地抓着妹妹的小手指。

邵涵小时候的样子把爻森萌得心肝乱颤，大概是爻森作为家里晚辈中的大哥，常常被一群小孩子闹得心力交瘁，从来没觉得世界上会有这么可爱的小孩。

"太可爱了，简直太可爱了。"爻森疯狂保存小萌发给他的照片，丝毫不在意作为两人不可告人的交易对象的邵涵的脸已经红透了，"快，小萌，全发给我。"

"对吧森神！我也觉得我哥小时候超级可爱啊！"

邵涵最终还是制止了他们无法无天的行为，只可惜微红的脸瞪爻森的那一眼没有一点威慑力。

那天晚上三人买了迪士尼夜场的门票，中途爻森还被人认出来好多次，光是拍照都拍了好一阵。

今晚园区正好有烟花表演，人群颇为拥挤。爻森在摩肩接踵的人潮中拉住邵涵的手，邵涵也稳稳地握住了他。

爻森轻轻笑道："生日快乐。"

邵涵抬头看着他，没有说话，眼睛却被斑斓的烟花映得闪烁迷人。

那天网络上邵涵的粉丝发了各式各样的生日祝贺，爻森也发了条微博："生日快乐，认识你真好，附上一张图片。"配图是邵涵看烟花时的一张照片，被亮光勾出的侧脸轮廓好看得几乎让人无法移开视线。

等到破晓时，参天巨木已成长为茂密森林，不管未来还有多少瞬息万变或是惊涛骇浪，爻森知道，他们都是彼此生命中那个特别的人，一定会陪伴对方，一直走下去。

（正文完）

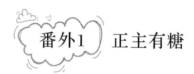

番外1 正主有糖

爻森的名字这段时间接连在微博热搜里出现，而在三天前挪亚方舟主力队副队长邵涵生日那天晚上，他冷不丁发出的那条微博，更是把粉丝们的心搅了个天翻地覆，直接让新一轮的热搜噌噌地往上涨。

自从那条微博发出之后，艾特评论私信全都爆炸了的爻森至今没有做出任何回应，模糊的态度更是引发了一大片粉丝和圈内圈外"吃瓜群众①"的热议。

微博 ID 为"沉迷电竞的小星"发了条微博："我从森神发那条微博开始到现在都不能冷静，满脑子都是'认识你真好''认识你真好'，我快不认识这五个字了，谁能来让我冷静（后面配了一个茫然的表情包）。"很快就收到评论：

大家都先冷静啦，其实仔细想想森神也许只是想表达挪亚有小左就够了。

---

① 网络用语，指在网络论坛中，人们发帖讨论问题，后面排队跟帖、不着边际地闲扯的人。

这张照片就能说明很多问题了，背景是在迪士尼，大家可以去小左亲妹妹微博ID萌二小姐那里看看，她那天也发了小左的单人照片祝哥哥生日快乐，所以那天晚上应该是小左和萌妹还有森神三个人一起去迪士尼玩的（后面配了一个无辜狗头的表情包）。

我好羡慕小左！！为什么我不是小左！！

姐妹醒醒，你看看小左的颜值，看看小左的长腿，看看小左的皮肤，再看看自己。

谢谢姐妹，一个握手的表情，听你这么一说我醒悟了。

邵涵，挪亚方舟副队长，联赛六强，全球单人战力前十，身高180，长得又好看又有礼貌又宠粉，声音还好听，国内电竞选手高收入排行榜榜上有名；爻森，Titans队长，联赛世界冠军，全球单人战力第一，身高186，长得又帅人又温柔又苏，收入榜冠军。

真的是优秀的人才会被优秀的人看上，我萌一个CP居然萌出了励志。

……

邵涵是第二天早上才看到爻森发的那条微博的，消息实在太多，他打开微博的时候甚至卡了好一阵。

当时的他看着爻森发的那张自己的照片发了一会儿呆，然后他走下床，打开酒店浴室的门。

爻森正在洗手池前刷牙，听到声音转头看着他，喝水漱掉口中的泡泡，笑道："醒了？今天怎么这么早？"

邵涵望着他，到嘴边的话语却都堵在喉咙里，他走过来，一句话也没说。

八月底，Titans和挪亚方舟两队的训练照常继续，爻森却和勾教练请了几天的假，说是家里有点急事需要他回去。

爻森很少在训练之中请假，邵涵知道了以后有些担心，问了爻森是什么事，可爻森却没有告诉他，只是笑了笑让他别担心，他过两天就回来。

那天下午爻森走了之后，邵涵心里一直担忧着，最后忍不住问了王宇锡这件事，想着爻森的队友可能会知道他请假的理由。可王宇锡说他也不知道，爻森什么话也没和他们说。

王宇锡："邵哥，爻森他要是都没告诉你，那更不可能告诉我们啦。不过邵哥你也别担心，爻森他不是有什么事会故意藏着掖着的人，他很有分寸的。"

王宇锡："哈哈不过我觉得你应该比我们都清楚啦。"

邵涵："嗯，谢谢你。"

邵涵看了看时间，爻森应该已经下飞机了，他便给爻森发了个消息问他到哪儿了，爻森回得倒是挺快的，说已经在回家的车上了。

邵涵便想给爻森打电话，没想到爻森给了他消息，说现在暂时不太方便接电话，晚点会打给他。

邵涵忐忑地等着爻森的电话，却没想到这一等直接等到快夜里十二点。

爻森的声音听上去和平时没什么不同："邵涵，怎么了？"

爻森的声音让邵涵稍微放下点心，他顿了顿，回答："没事，就是想打电话问问。"

他没有和爻森讲太久，今天爻森又是坐飞机又是坐车的，肯定已经累了，他便让爻森早点休息。电话挂断之后，邵涵躺在床上，看着短短的通话时间发呆。

说不担心是谎话，邵涵那天晚上有些失眠了。

而这边的爻森挂了电话之后，长长地出了一口气，从阳台走回客厅。森森蹲在客厅的地毯上，摇着尾巴看着他，今天爻森回来它自然是兴奋坏了，只是它这位阿爸却一直没有抽出空来陪它玩。

爻森把森森抱回狗窝里，摸了摸它的头，示意它该睡觉了。

爻妈妈坐在客厅的沙发上，神色平静地看着电视，爻爸爸已经率先回房了。见爻森打完了电话，爻妈妈调低了电视机的声音，好整以暇地抱着手臂看着他，淡淡道："打完了？"

爻森恭恭敬敬地转身坐在了沙发凳上，回答："嗯。"

爻妈妈揉了揉太阳穴，长长地叹了口气，面上终于浮现了些许疲惫的神色。她从沙发上站起来，朝着楼上走："你回房吧。"

爻森迟疑道："妈……"

"行了，该说的我都说了。"爻妈妈说，"我会和你爸再谈谈的。"

爻妈妈打开卧室房门，爻爸爸坐在床上戴着眼镜看着一本书，可那一页却迟迟没有翻动。爻妈妈在床上躺下，突然道："当年小森和我们说他想走职业电竞这条路时你也是这个反应。"

爻爸爸短短地应了一声，这才把书翻过一页。

"想我三年前去参加老同学会的时候，我那些十几年不见的同学都问我儿子是干什么的，我说是打游戏的，他们当时都劝我，说我别这么惯着孩子。"爻妈妈闭上眼睛，声音平静优雅，"下次再开同学会，我看就没人和我这么说了。"

爻爸爸沉默着没说话，只是摘下了眼镜。

"小森一直是个挺有主见的孩子，"爻妈妈轻轻地叹了口气，"我还一直觉得他从不需要我们操心什么事，我看啊，他是把以前那些该操的心都留到现在一股脑儿丢给我们了。"

爻爸爸关上了卧室的灯，也躺了下来，夫妻俩沉默了半晌，没有人打破这阵沉寂，也没有人闭上眼睛睡觉。

过了一会儿，爻爸爸才缓缓道："随他去吧。"

两天之后的晚上，爻森回到了S市。

邵涵本来想去机场接他，爻森让他不用来，语气意外地笃定，弄得邵涵只好留在了亿游大厦等他回来。

爻森回到宿舍，把包一放就跑到B座去找邵涵了。邵涵一直无所事事地在宿舍里等着，直到敲门声响起，爻森的声音从门外传来。

邵涵立刻站了起来，给爻森开门，还没来得及问什么，反倒是爻森握住了他的手腕，道："和我出去一下。"

邵涵一愣："现在？"

"现在。"

现在已经晚上九点多钟了，邵涵倒不是不愿意去，只是有些诧异："去哪儿？"

"酒店，有个人让你见见。"

邵涵："见谁？"

"你陪我去就知道了。"

"那……我换身衣服。"

爻森一路拉着邵涵的手去了亿游大厦附近的酒店，脚步隐隐地透着点急切。邵涵还是一头雾水，没来得及问太多，便直接被拉到了酒店房间的门口。

爻森按了按门铃，门被人打开了。

一位穿着干练的女性站在门口，她看着微微愣神的邵涵，再抬头看了看站在一边的自己的儿子，吩咐道："去，给我们买点夜宵回来。"

爻森点点头，握了握邵涵的手，转身离开了。

爻妈妈看着邵涵，眼里渐渐带上了几分缓和的笑意，声音平静清雅："你就是小邵吧，进来吧，不好意思，这么晚还让你出来。"

邵涵呆呆地看着这位和爻森五官非常相似的中年女性，在那一刻，他几乎全都明白过来了。他感到胸口发闷，双腿也沉重如同灌铅，他一想到爻森瞒着他做了这个决定，独自面对这件事，眼底就止不住地发酸。

爻妈妈的手轻轻落在邵涵的肩膀上，安抚似的拍了拍。

爻森是在四天之前和她在电话里摊牌这件事的，爻妈妈听了之后，半天都没说话，最后只是让他回家一趟，他们好好谈谈。

爻森回去的那天，他和父母谈了两三个小时。爻妈妈很了解自己的儿子，当她和爻爸爸从机场接到爻森，看到爻森神情的那一刻，她就知道，和当初一样，这孩子不会妥协的。

爻森买完夜宵回来的时候，是邵涵给他开的门，爻妈妈站在一边，对爻森招了招手："小森，妈跟你说两句话。"

爻森走过去坐在她身边，爻妈妈道："来，给我捏捏肩。"

爻森赶紧用他价值好几百万美元的双手给妈妈勤勤恳恳地捏肩捶背，忍不住试探着问："妈，你同意了吧？"

"别高兴得太早，你爸是向来对你心软的，想要过我这关可没那么容易。"爻妈妈道，"小邵是个好孩子，我这几天和小邵家里人接触一下，你就先等着吧。"

虽然妈妈嘴上这么说，但这么多年的母子了，爻森也早就能看出来妈妈基本是松了口。

三个人一起吃了夜宵，爻妈妈睡得早，便让两人早点回自己的队里宿舍去。两人走进电梯，一直没有说话的邵涵突然转过身，抬手抱住了他。

邵涵靠在他的肩上，眼睛一直有些微红，嗓子也哑哑的："谢谢你。"他顿了顿，语气里还是有些无奈和微恼，"可你为什么不告诉我？"

"我不是怕你担心嘛。"爻森笑了笑，"放心吧，邵叔叔口才那么好，肯定能说动我妈。"

爻森说得轻描淡写，但邵涵自己也经历过，他完全可以想象爻森究竟和家里人忐忑地僵持了多久。

邵涵想说的话全都憋在心里无从宣泄，可他知道爻森了解他，他们之间，不需要太多的话，就可以对彼此的内心了如指掌。最后，邵涵也只是郑重地握了握他的手，像是给出了自己的答案。

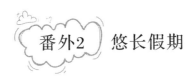

番外2 悠长假期

爻森发了一条微博："大家国庆节快乐，这几天队里放假和挪亚一起出去玩，直播都暂停，祝大家吃好喝好，附上一张图片。"很快收到粉丝的评论：

合照好好看啊！

国庆节快乐！好好玩呀！

我也想和森神你们出去玩啊（一个大哭的表情）！求求老天让我偶遇吧！

祝玩得开心。

Titans 和挪亚剩下的各位记得备好墨镜。

ID "Titans_锡"："大家别催，我帮大家催。"

哈哈哈哈哈哈哈哈哈哈哈哈哈哈哈锡哥交给你了。

果然是"森左"粉头。

……

一行人刚到度假的酒店放下行李，这里是一处靠近海滩的度假村，得益于 Titans 在联赛中取得的丰厚奖金，俱乐部大手笔让队员们在欧洲秋季杯比赛开始之前能好好地玩一场。

众人收拾好东西之后，便立马换上轻便的沙滩裤去海滩上晒太阳，十几位年轻男士齐齐穿着夏威夷风格的大花纹宽松短裤，据说是王宇锡在度假之前直接在网上买了一打。

白悦极度嫌弃这些短裤张扬的花色，虽然他最后还是勉强穿了，但全程都有一种自己提早步入油腻年龄的错觉。

王宇锡大大方方地穿着人字拖戴着草帽走在他旁边，安慰道："嫌弃啥啊，你看人家爻森和邵哥穿起来也挺好看的啊。"

"首先，别人腿长，不会像你这样把三分裤穿成五分裤。"白悦回答，"其次，你看看他们的花色，一个墨绿色配黑色，一个浅蓝色配白色，多好看的配色！你看看你给我的这条，玫红色加嫩黄色，这是最丑的一条吧！"

"谁叫你最后一个来选！那要不你跟我换？"

"谁要穿你的豹纹！你要骚死谁啊！"

"豹纹怎么了？你这是看不起豹纹！"

此时是下午将近傍晚，温度不算很高，正是懒懒地晒一下太阳，吹吹海风，游泳潜水的好时候。众人找了一处太阳伞底下的躺椅，脱了外套坐下，王宇锡一直在和白悦争辩自己选沙滩裤的眼光不容置疑，直到他的目光偶然落在邵涵身上。

平时衣服都穿得整整齐齐，感受没那么直观，现在大家都没穿上衣，下身又只穿了花色各异的沙滩裤，每个人的肤色差一下高低立现，对比强烈。

也许是因为王宇锡盯着邵涵看盯了太久，爻森把自己的外套扔在了他的头上，咬着饮料吸管的声音带着淡淡的威慑力："再看就和你 solo①。"

王宇锡发了条微博："附上一张图片，这张照片中的五条手臂从左到右依次是老宋、我、老白、爻森、子寓和邵哥……我不敢相信，我居然比白悦还黑！今日最大打击！"很快收到粉丝的评论：

配字：打印机没墨水了。

哈哈哈哈哈哈哈哈哈哈哈笑到头掉。

天哪小左真的太白了……我好羡慕（一个大哭的表情），我身为一个死宅居然只有森哥的水平！

子寓是001②色号，森哥和悦哥是003，锡哥是004，詰哥是古铜，咱小左是000（一个跪下的表情）。

请问邵哥用的哪个牌子的防晒霜？

ID"Titans_锡"："我刚问了邵哥，他说他家里人都这么白，而且不容易晒黑……谁往我嘴里灌柠檬呢？"

我酸了③（一个柠檬的表情）。

肤白貌美的小左可不可以把优点分给我一个？我的要求不多，一个就好了。

那你得问问森神的意见了。

---

① 在游戏中是单挑的意思

② 此处即粉底液色号。

③ 网络用语，类似于"我嫉妒了""我羡慕了"。

ID"Titans_锡"："对了，这件事必须得挂，我刚才就盯了邵哥一会儿，爻森居然威胁我说要和我solo，你以为我会怕你吗？？我……我惹不起我还躲不起吗？（一个小声逼逼的表情）。"

啊啊啊啊啊啊森哥好可爱啊！

ID"Titans_锡"："这位朋友你对可爱有什么误解？"

锡哥怕什么，别屁（后面配了一个无辜狗头的表情包）。

ID"Titans_锡"："枪给你，你上。"

……

邵涵也看到了王宇锡发的那条微博，他看着那张图片沉吟了好一阵，扭头看看身边的爻森，再看看自己，有着遗憾地轻轻叹了口气。

爻森："怎么了？"

邵涵自己其实也不想要太白的肤色，他反而比较喜欢爻森和白悦的肤色，可他确实不容易晒黑，平时也没时间待在户外。

邵涵："没事，我觉得自己确实太白了点。"

爻森微微一笑："我觉得挺好的啊。"

邵涵话语一塞，半晌才回答："噢。"

众人聊着天晒了一会儿太阳，王宇锡兴致勃勃地提议众人去打个沙滩排球。他们当中会打排球的人不多，刚好能凑出一场三人制的比赛，剩下的人负责叫好和拍照。

最后决定的分组是爻森、邵涵、宋铭喆一组，白悦、王宇锡和林岚一组，说是会打其实也只是半吊子，打起来图个乐。

上场之前，王宇锡疯狂给自己抹了厚厚的一层防晒霜，叉着腰往网前一站，看到对面的邵涵，又忍不住道："等一下，我举报邵哥白得太刺眼了，影响对手发挥，这不公平。"

邵涵："……"

爻森："你和白悦的沙滩裤极其辣眼睛，我觉得公平了。"

白悦："看吧！我就说丑你还不信！"

一群职业电竞选手十分业余的沙滩排球比赛开始了，爻森小队的宋铭喆仗着身材高大魁梧首先占据了优势，爻森的弹跳力也很好，一有高抛球就直接跳起来扣球，还总是冲着对面的人的脑门去。

王宇锡："喂！别打头啊！"

爻森："哦，不好意思，爆头爆习惯了。"

王宇锡："……我觉得我需要一个头盔。"

比赛的最后还是爻森小队获胜了，王宇锡等人负责请众人喝饮料。一群人一直玩到傍晚，又在这附近的海上餐厅吃了一顿海鲜，才尽兴地回了酒店。

王宇锡发了一条微博："下午打了沙排，虽然锡爷我输了，但那是我让你们呢！附上一张图片。"很快收到粉丝的评论：

哈哈哈哈哈哈哈哈哈哈锡哥和悦哥的沙滩裤太瞩目了。

赌五毛这个沙滩裤一定是锡哥买的。

锡哥可能住在品如的衣柜①里。

大家都好帅啊（锡哥和悦哥的沙滩裤除外）！

悦哥：我是谁我在哪，我为什么要穿这条裤子？

为什么森神和小左的沙滩裤就那么正常（后面配了一个无辜狗头的表情包），锡哥你是不是故意的？

妈耶小左真的好白啊，人群中最闪亮的星。

都让开！让我看看小左又白又长又细的铅笔腿！

没人吹森哥的腹肌吗？那我就先吹一步。

吹！都给我吹！森哥的腹肌简直了！理想！

……

今天大家都玩得挺累了，回到酒店后约定明天睡个懒觉起来一起吃午饭，早早地回各自的房间休息了。

爻森倒还精神十足，洗完澡后坐在床上用手机看最近举行的小型电竞赛事，邵涵本来在和他一起看，慢慢地就昏昏欲睡了。

爻森："困了就先睡吧。"

邵涵点点头，缩进被窝里，爻森调暗了灯光。

邵涵的确困了，很快就睡着了。只是他并没有熟睡多久，又迷迷糊糊地醒了过来。

---

① 网络用语，是"你怎么穿着品如的衣服"的衍生梗，指"你真的很骚"。

爻森还在看着视频，忽然感觉邵涵在身旁动了动，低声问："怎么了？光太亮了吗？"

邵涵没有回答，只是下意识地伸手握住了爻森垂在身侧的手臂，隔了一会儿便又睡了过去。

爻森果断放下手机，也睡了。

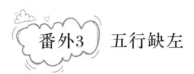

番外3　五行缺左

邵涵无比慌张地跑进了洗手间，他在镜子里瞥见了自己潮红又汗涔涔的脸颊。他冲进隔间里，锁上门，上身的衣服已经被汗水打湿了一片。

邵涵缩着身体坐在马桶上，感觉浑身上下的骨头都被火点燃了，双腿更是止不住地轻颤。

邵涵发红的眼睛里涌起雾气，他微微喘着气，耳朵和脖子都红了一片。

邵涵紧紧地咬住嘴唇，身体里泛起黏糊的不适感，后颈的皮肤阵阵发热。他怎么都不会想到自己会突然发病，而且还是在不到一小时就要出去比赛的时候。

邵涵闻到过爻森的气味，他的味道炽热又凌厉，却又含着非常大气的温柔，和他这个人带给他的感觉一样。

他的药在休息室里，他现在不能出去，可以让队长帮他拿来。邵涵往干燥的喉咙里咽下一口唾沫，他拿出口袋里的手机，可他几乎快看不清屏幕了。

邵涵知道自己的味道已经很浓了，虽然说像赛场这样人多的地方向来都安装着阻隔装置，可他不能保证自己的味道会不会浓到溢出去。

就在邵涵用颤抖的手指打算给林岚拨去电话的时候，洗手间的门却忽然被人打开了。邵涵心里一惊，手机一下掉在了地上，发出了沉闷的一声响。

一阵不紧不慢的脚步声由远及近响起，邵涵一愣，惊慌失措地屏住了呼吸。

"……我是下一场啊，对手是挪亚。"爻森似乎正在和谁讲着电话，"……下周我看看吧，应该有空……"

邵涵紧紧地捂住嘴，手机在地板上发着亮光，可他浑身瘫软，甚至没有力气去把它捡起来。

洗手池边的爻森忽然皱了皱眉，回头朝着某个紧闭的隔间望去，他微微眯起眼睛，缓缓道："你先等一下，我这儿有点情况……"

邵涵死死地抓住胸口的衣服，他已经感到头晕干渴。他在瓷砖地面的倒影上看见爻森慢慢朝着这边走过来，高挑的身影在地面上拓出一道长长的影子。

"你好，请问有人吗？"爻森停在那扇门前，他确定自己闻到了一股细微的的味道，清新微甜，钩着他的思绪，在有阻隔装置的情况下都能溢出来，里面的人的状态肯定非常糟糕。

他继而问："你需要我给医护人员打电话吗？"

邵涵看着地上的影子，迷迷糊糊地想着，他真的好难受……他必须拿到药。

在烧灼理智的煎熬中，邵涵的手不受控制地朝着门锁伸去——。

"……老王？王宇锡？你聋了吗？"

爻森站在沙发边，神色复杂地看着正坐在沙发上盯着手机笑得一脸猥琐的王宇锡，他刚和邵涵他们游泳回来，是来叫待在酒店里开黑的王宇锡他们出去吃饭的。他都站在这儿叫了半天了，王宇锡充耳不闻，完全沉浸在自己的世界里。

爻森把身上的毛巾扔在王宇锡头上，后者终于回神，把毛巾扒下来问他干什么。

"出去吃饭了。"爻森道，"你看什么呢？"

王宇锡煞有介事地咳了一声，回答："你和邵哥的同人文啊。"

爻森："……"

"怎么样？"

王宇锡把手机屏幕举到爻森面前，爻森随意扫了一眼，首先看到的是小说加粗的标题"五行缺左"，然后是几个在他印象中貌似只在数学课上才会用到的希腊单词。

爻森："什么意思？"

这就是他的领域了！王宇锡从沙发上弹起来，哥俩好地钩住爻森肩膀，兴致勃勃地和他解释起来："来，我们边走边说……"

王宇锡发了条微博："刚刚看'森左'文的时候被爻森发现了，于是我义不容辞地给他科普了一下，正经的粉丝们看到这条可以跳过了。"很快收到粉丝的评论：

锡哥牛！

骚是不可能骚得过锡哥的，这辈子都不可能。

让我猜猜，锡哥看的是《五行缺左》（一个无辜狗头的表情包）？

这篇真的好看！

我就想知道森哥有啥反应。

ID"Titans_锡"："他说'有点意思'。"

哈哈哈哈哈哈哈哈哈哈森哥新世界的大门打开了吗？

锡哥我就问你敢不敢把这篇文分享给邵哥（一个无辜狗头的表情包）。

ID"Titans_锡"："有什么不敢的！我马上去分享！"

锡哥我也有好看的"悦锡"文要推荐不？

ID"Titans_锡"："一个'爻森厚黑学警告'的表情包。"

……

晚上吃饭的时候，邵涵突然在微信上收到了王宇锡分享给他的链接。他疑惑地看着那个他不太熟悉的链接源的后缀，没多想便点开来看了。

打开之后第一眼邵涵就明白了，这应该是粉丝的作品。虽然他也知道这些东西，但是从未看过，突然被王宇锡分享，邵涵心血来潮地看了起来。

看了一会儿，邵涵便觉得自己有些看不太明白，于是他本着真诚对待粉丝作品的想法，在网上搜索了一下自己看不懂的那些名词，神情逐渐出现了几分惶恐。

邵涵面色微微发热地坐在椅子上看着屏幕上的文字，身后有人走过时都会紧张地把手机放低一些。

最后邵涵还是没能把它看完，那些描写实在不太适合他，他把仿佛是烫手山芋的手机放在了一旁，脸有些尴尬地发红。

吃完饭后，其他人先回了酒店，爻森则拉着邵涵去滨海的小路上散步。

夜里的海风很凉爽，吹在身上有些黏黏的。两人在一处长椅上坐下，邵涵穿着牛仔裤，脚上是一双低帮的帆布鞋，露出的脚踝白亮白亮的。

也许是邵涵的肤色连蚊子都觉得太抢眼，更何况他本来也是招蚊子的体质，不一会儿脚踝和手臂上就被咬了好几口，肿起了红红的小疱。

一旁的爻森穿着沙滩裤，腿上反而一口都没被咬，他调侃着笑道："你太香了。"

邵涵好不容易忘了之前王宇锡分享的那篇奇特的小说，突然又被爻森这句话给唤起了记忆。

"……我们回去吧。"邵涵微微撇撇嘴，"这里蚊子太多了。"

两人回到酒店，邵涵的脚踝几乎成为重灾区，被蚊子咬了一圈，白皙的皮肤上全是红红的一片。

"这些蚊子也太狠了。"爻森故意不满地哼了一声，"你快去洗个澡吧，出来擦点止痒的花露水。"

邵涵洗完澡换了睡衣出来，爻森拧开刚从酒店商店买来的花露水，卷起邵涵的裤腿，倒在手上，帮邵涵把两条腿齐齐整整地抹了一遍。

第二天早晨，不少森粉的微博特关提示响了起来。

爻森发了这样一条微博："昨晚见识到了你们邵哥是如何招蚊子，我认识的上一个这么招蚊子的人，还是我小姑家一岁的宝宝。"微博上的评论显示：

明明说的是一件很正常的事，我听着咋就这么甜得慌呢。

我现在感觉森哥发的任何一个标点符号都不对劲。

宝宝招蚊子→邵哥招蚊子→邵哥是宝宝→邵哥是森哥的宝宝→森哥心疼自己宝宝，一个OK的表情。

逻辑满分。

甜哭了啊啊啊啊啊啊！

甜死我对你有什么好处？

森哥记得常备花露水蚊帐电蚊拍。

我也招蚊子！夏秋季节晚上连短裤都不敢穿！

我羡慕咬了小左的蚊子。

ID "Titans_锡"："哦哟，难怪我昨天晚上出去买奶茶的时候看到你拿着瓶花露水从商店出来。"

锡哥，你的工作太没效率了。

……

番外4 糖太多什么体验

知乎："聊聊你最喜欢的CP。"

回答者："我爱'森左'一辈子。"

这条帖子收到了2000条评论，25000个赞。帖子内容如下：

不请自来了！这个问题我有发言权！我要说上三天三夜！

我爱的CP，他们就是真的！

我记得四年前的某一天晚上，我偶然从我喜欢打游戏的弟弟的房间的书桌上看到了一本电竞杂志，当时的我心血来潮拿起来翻了翻。

杂志上是那一年国内比赛的冠亚季军照片，季军队名叫挪亚方舟，在我看见了其中一名队员之后，我整个人都升华了。

那个人就是挪亚方舟那一年刚刚成为主力队副队长的邵涵。

这个男人他真的好美啊啊啊啊！

看回答的朋友如果你还不认识邵涵（我想现在应该很少人不认识），那么我强烈建议你去网上搜一搜他的照片，他的美好我贫瘠的语言无法形容，那个颜、那个眼睛、那个嘴唇、那个长腿、那个声音，啊啊啊啊！太绝了！

答主这辈子都没想到，我一个从来不追星不混饭圈、钱都花在胃上的清白的人，居然从此成了一个电竞选手的粉丝。

我找我弟恶补了电竞知识和圈内常识，一个月后我参加了人生第一次粉丝活动，在见面会上第一次见到了小左本人，小左比照片上好！看！一！百！倍！如果不是旁边的姐妹搀扶着我，我可能已经被超度了。

因为答主本人还算有一点做视频的技术，所以有幸进了小左的大佬粉丝群，每天靠着修图大手的姐妹的图舔到昏迷，并且在四年前小左的生日上代表了粉丝群给小左送了生日祝福视频。

小左转发了我的微博，感谢我，说我做得很棒。啊，我死了（后面配了一个"升天"的表情包）。

粉小左粉了一年之后的某个命运的夜晚，我听到了从我弟房间里传出来的疯狂的号叫，我拍他的房门问他发什么疯，我弟说"他们赢了他们赢了"，整个人都处在癫狂状态。

我弟说的 Titans，那天是亚洲区域赛的决赛。

当时的我由于对小左爱得情真意切所以对其他队伍都不太了解，只是知道 Titans 也是个很厉害的队伍，于是我就陪着我弟看了亚冠的颁奖典礼。

看完之后，我："现在搞电竞的男人怎么都这么帅？"

那晚之后，我认识了森神。

森神这个人我就不说了，没有人不知道他有多苏，没有人不知道他有多帅，没有人不知道他有多厉害，连楼底下理发店给我洗剪吹的 Tony 老师都知道他。

从此之后我成为小左和森神的双担粉，因为我弟是个疯狂的森吹，所以我在家经常和我弟一起看比赛视频。那时的我还是个纯洁又甜美的单人双担粉，直到有一天，小左粉丝群里的修图大佬姐妹突然私戳了我，神秘地问我："朋友，嗑'森左'吗？"

命运的闪电击中了我，我在那一刻感到醍醐灌顶茅塞顿开，和那个姐妹像地下党接头似的聊起来。

我："'森左'？"

姐妹："对。"

我："组织有人吗？"

姐妹："我开了群，有十多个了。"

我："有粮吗？"

姐妹："有亚洲区域赛的素材，拼一拼凑一凑就有了。"

我："要宣吗？"

姐妹："不宣，我们偷偷搞。"

我："好的，我来了（一个 OK 的表情）。"

那时的"森左"还是个绝对的北极圈拉郎 CP，毕竟搞这种 rps[①] 里还是很慌的，生怕一不小心真情实感之后就被正主碎了心。群里的众同好靠他们隔了一群人在赛场上的同框用 PS 修到一起的图片吃粮，要是有姐妹随口说两句小段子就已经心满意足感天动地了，我甚至不奢望他们互相认识，就是这么冷一 CP。

———————————

① 即"Real Person Slash"，指由现实中真实存在的人组成的 CP。

然而我还是嗑得很开心，因为他们的颜太好嗑了！他们太般配了！

这个极地 CP 就这么一直冷到了前年的九月份国内赛举行的时候，森神突然因为在见面会上戴挪亚的周边护腕而在网上被一些没事找事的黑子喷，说实话，这件事出来时，我所在的这个还很冷清的"森左"小群已经炸了。

更炸的是，他们后来双双发了微博说这是小左送给森神当礼物的，你能想象当时我的心情吗？就问你能吗？

那天之后，"森左"群里又多了一堆人，其中还有几个文手、画手太太，这种感觉大概就是突然被人一脚从北极圈踹到了温带。

不过当时的大家狂喜归狂喜，但是还是非常理智的，知道这是 rps 只能私底下萌，也让逐渐多起来的 CP 粉们不要在森哥和小左的微博底下发表相关言论。

怎料，森哥森神森爸爸的操作越来越骚，和小左发糖越来越多，一句话就可以让群里的各位嗑到昏迷，组织逐渐壮大，来了许多文、画大手，现在"森左"同人圈的镇圈名作《五行缺左》就是群里的大佬写的！

"森左"慢慢地从温带发展到了热带，再从热带变成了赤道 CP，而群里各位火眼金睛的姐妹也慢慢地发现，"森左"实在是太真了，这绝对和滤镜无关，各种各样的蛛丝马迹都在表明，他们关系不一般。

那时我的心里一直有个大胆的猜测，大胆到连我自己都不相信，只是不敢说出来怕被骂。

直到去年小左生日的时候，森神发了那条"认识你真好"的微博，群里的姐妹疯狂地刷了上千条消息，我才恍然大悟。

我当时是真的快疯了！你能理解我的心情吗！（后面配了一个"各种各样的喜悦的哭泣"的表情包）

隔壁有个话题专门整理"森左"的日常，真的太甜了，甜得人又酸又齁，你们都给我去看啊（后面配了一个"我永远喜欢'森左'"的表情包）！

去年的 WCAD 是森神他们拿的第二个联赛世界冠军了，我记得当时 Titans 出来的时候，森神被记者堵得死死的，而有个记者问他现在最想做的事是什么时，森神回答"拥抱邵涵"。

品一品，大家都来品一品，上哪儿去找这样的男人！

总之，他们值得所有人祝福！

今年年假爻森和邵涵两家人一起去国外玩，虽然邵涵和爻森已经认识两年了，但他还是第一次和爻森的家人一起在外面过年，连爻森家的狗狗都在。

邵萌倒是比他和爻森的爸妈还混得熟，几句话就把爻妈妈哄得哈哈大笑，邵妈妈和爻妈妈性格也很合得来，三人聊得热火朝天，把剩下的四个男同胞抛在身后提包。

爻森本来一只手牵着精力旺盛、东跑西窜的淼淼的绳子，被长辈们吩咐拿包之后，他便把淼淼交给邵涵牵着，一个人拿了自己和邵涵的份。

被邵涵牵着的淼淼乖多了，爻森一直没懂他的傻狗儿子怎么就这么双标，深深地感觉到了自己在整个家的地位可能已经垫了底。

年三十那天，两家人一起做了年夜饭，过年自然还是要喝点小酒，邵爸爸酒量很好，兴致勃勃地和爻森拼起酒来，爻森自然是喝不过看似斯文实际上酒量猛如虎的邵爸爸，很快就醉了。

"爸……"邵涵无奈道，"别喝了，爻森都醉了。"

邵涵起身想去厨房准备点醒酒的东西，不料却被爻森拉住了手臂，爻森拽过他，把下巴靠在邵涵肩膀上，环着他的腰不撒手。

两家父母都看着他们，可邵涵又没法和喝醉的爻森讲道理，只能推着爻森的手臂，恨不得钻进地里，小声地喊道："……爻森……！先放手啦……！"

爻妈妈忍俊不禁："这倒霉孩子，小邵啊，多担待担待。"

爻爸爸都替爻森感觉尴尬，故意咳了几声提醒儿子。

邵涵无法，只好羞愧又窘迫地先带爻森回房间了。他先去厨房弄了点醒酒的汤，回来给爻森喝，爻森看着邵涵的脸，突然笑道："认识你真好。"

邵涵一愣，片刻后轻声道："嗯。"

"真的，"爻森道，声音还透着些微醺，"我在想我为什么没有早一点认识你呢？"

"现在也不晚。"邵涵和缓的声音落在爻森的耳朵里，更落在他的心里。

邵涵不是个擅长表达的人，但是他知道爻森都明白。

邵涵打心底里感谢爻森，他知道自己真的是太幸运的一个人了。

（番外完）

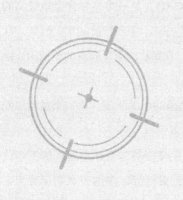

全新番外

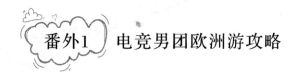

番外1 电竞男团欧洲游攻略

在飞往苏黎世机场的飞机上，长时间的飞行航程带来的疲惫让大部分乘客都闭眼安静地休息着，唯有王宇锡在一众睡觉的乘客中显得格格不入，他举着手机，手指时不时地在屏幕上滑动，脸上带着时而了然、时而兴奋的笑容。

九月底，Titans 受官方邀请参加由瑞士主办的欧洲秋季明星联赛，比赛地点位于瑞士的第一大城市苏黎世。

欧洲明星联赛虽然是明星赛，但却被誉为小 WCAD，是一个奖杯含金量极高的电竞联赛。能够有资格参与欧洲明星联赛的队伍都是在国际排名靠前的顶尖战队。欧洲明星联赛一直是邀请制，参赛门槛远高于 WCAD。收到欧洲明星联赛的邀请函，就已经是许多队伍可望而不可即的荣誉。

Titans 是欧洲明星联赛举办以来第二个收到邀请函的中国队伍，第一个是当年鼎盛时期闯入全球总决赛三强的眼镜蛇。

这是 Titans 在全球总决赛结束后参加的第一个大型比赛，全球总冠军的荣耀让 Titans 的每一场大型比赛都会受到前所未有的关注。更何况，在这一次明星赛上，Titans 在全球总决赛上的劲敌奥丁和林肯同样也会出场。不仅国内的电竞媒体排着队等着采访，而且国际的电竞媒体更是在这几天扎堆地涌向苏黎世机场。

这次去苏黎世参赛，酒店和机票费都是由主办方全程负责，随行的不仅有 Titans 的队员、教练和俱乐部经理，还有如今已是诺亚方舟主力队队长的邵涵。

爻森当时见主办方给的一个队伍同行人员的名额还有空余，便让邵涵跟着他一起来。

虽然爻森的教练不介意，自己的教练也巴不得自己去见见世面，但邵涵毕竟不是 Titans 的队员，他始终有些不好意思，总觉得蹭别的俱乐部的邀请不太合适。

但他架不住爻森的软磨硬泡，被爻森一口一个"你和我不是一家人吗？"的说辞给打败，又想到欧洲秋季明星联赛强敌如云，这是一个不可多得的观摩各个队伍比赛的学习机会，便也同意一块儿来了。

当然，还有一个很重要的原因是爻森这一去最少也要一个星期，自从总决赛之后，邵涵几乎没和爻森分开过，要是不去的话，自己就得一个星期没法和爻森见面了。

此时此刻的飞机上，距离飞机落地还有两个多小时，王宇锡吃完午饭就开始捧着手机边吃零食边看小说，一连看好几个钟头也精神抖擞。

他轻车熟路地打开某图标是蓝绿色、中间是"L"字母的App，熟稔地翻到订阅界面，进入"焱左"标签，直接在月榜一篇一篇地往下看。

他们前阵子训练紧张得很，王宇锡都没空看小说，以那两人CP的火爆程度，半天不看就有99+的新作，现在终于有了空闲时间，他得赶紧把自己落下的小说全都看了。

不过，作为爻焱过命的兄弟，王宇锡对自己兄弟的同人小说还是非常挑剔的，过于OOC^①的他不看，把自己写得太蠢的他不看，总是迫害他们这些单身狗的他不看，除了"焱左"标签之外还附带"悦明星锡"标签的他更不看。

他可是输出型选手！纯输出！就算真的要勉为其难地和白悦组个CP，那也应该是"成王白寇"！

国际航班是两过道八座位，他们一行人大概占了两排，王宇锡坐在前面一排中间四个座位的第二个，左手边是白悦，右手边是爻焱，爻焱旁边则是邵涵。

这一排除了王宇锡，其他人都在睡觉。白悦枕着U形枕，戴了耳塞和眼罩；爻焱微微向邵涵那边侧头靠在座椅上；邵涵头枕在爻焱肩上，呼吸匀称，身上盖着一条爻焱找空乘拿的小毛毯。

飞机上很难睡得安稳，白悦没一会儿就醒了过来，他揉了揉眼睛和酸痛的脖子，扭头就看见王宇锡盯着屏幕傻笑。

白悦简直太熟悉王宇锡的这个表情了，不用问都知道他在干什么。白悦睡之前王宇锡就在看小说，醒来后还在看，他真是佩服王宇锡的精力。

白悦困倦地看着他："你不困吗？"

"不困啊。"王宇锡往自己嘴里塞了一把薯片，"下飞机回酒店再睡呗，飞机上又睡得不舒服。"

"我们这些长得高的人觉得不舒服就算了，你还觉得不舒服？"

"你找抽啊白悦！"

白悦活动了一下手臂，靠回椅背上，闭着眼从王宇锡的薯片袋里抓了几片塞进嘴里，一嚼就呕了一声："咦……什么鬼？芥末味，你能不能买点正常口味的？"

---

① OOC，网络流行语，指某同人作品创作过程中，角色做出了不符合原著作品设定的行为举止，使其做出原角色不可能做出的行为。

"芥末味怎么啦？我就喜欢芥末味。我还买了烧烤味、黄瓜味、火锅味、番茄味的薯片，都在我行李箱里，我就是不给你吃，你打我？"

　　和王宇锡拌了几句嘴，白悦也睡不着了，他干脆打开机载电视，戴上耳机准备看个电影。不一会儿，爻森也醒了，他打了个哈欠，机舱座椅对他来说又窄又硬，他当然睡得也很不爽。也就只有身边的邵涵暖乎乎地靠着他，让他觉得舒服一点。

　　爻森也戴上耳机开始听歌，不一会儿，后面几排开始传来小孩大声嬉闹的声音，邵涵那边靠窗的一个乘客打开了遮光板，太阳光一下子直直照到邵涵的眼睛上。

　　枕在爻森肩上的邵涵微微皱了皱眉，睡眼惺忪地睁开眼，显然是被闹醒了，他忍不住抬手挡了挡阳光，小声问："还有多久？"

　　"两个小时二十分钟，"爻森回答，"还可以再睡一觉，你等会儿，我去提醒那几个小孩子安静点。"

　　爻森说完便从座位上站起来去提醒那几个小朋友了。大概是看他人高马大，身边还有一群穿着一模一样的衣服的人，几个小孩子连连脑补出一通漫画里画的那些出门带保镖的黑社会大哥，还不等爻森开口，立马一阵风似的就溜回自己座位上坐好。

　　爻森还有些奇怪，心想自己一不凶二不丑，这些小屁孩怎么像老鼠见了猫似的，不过也正好给他省了事儿，这群熊孩子不吵到邵涵就行，其他的哪管那么多呢？

　　他回到座位上，看那边光太亮导致邵涵不好睡，便把手掌轻轻盖在邵涵的眼睛上，既不会压到他又可以把光挡得足够严实："睡吧。"

　　被爻森这么前前后后一照顾，邵涵也睡不着了。虽然以他们的关系，爻森做这样的事再正常不过，但他还是脸颊泛红，不好意思起来。

　　"算了，我不睡了。"邵涵坐直身体，将自己身上的毯子扯过一半给爻森，"你冷不冷？盖一点吧？"

　　王宇锡在一旁默默斜睨着他们，随即扭头对白悦道："白悦，我想跟你换个位置。"

　　白悦："我才不换。"

　　爻森把自己的耳机递了一只给邵涵，和他一起听歌，自动屏蔽了王宇锡和白悦的拌嘴声，反正他网易云里的歌单都是和邵涵共享的，里面都是两人爱听的歌。

　　经过将近十二个小时的飞行后，一行人终于在苏黎世机场落地，在转盘等候着行李推出。

　　几个结伴同行的苏黎世当地年轻男孩从他们面前走过，其中一个男孩偶然扭头看了爻森一眼，霎时顿住了脚，再三确认了一遍他们的队服，面露惊讶地扯了自己同伴一把，激动地和他嘀咕了两声。

嘀咕的话自然是德语，并没能引起爻森的注意，直到其中一个男孩鼓起勇气走上前，兴奋地用英语磕磕绊绊道："你好，请问你是 Titans 的队长爻森吗？"

"爻森"二字是用中文说出来的，发音略显别扭蹩脚，但听得出来对方已经非常努力了。

爻森抬起头看着对方，诧异地眨了眨眼，随后露出了笑，向对方伸出手："我是，你好啊。"

对方激动得满面红光，赶紧和爻森握手，身后的两三个同伴也跑了上来，七嘴八舌地说着他们是铁杆游戏粉，一直在看各种各样的联赛，去年全球总决赛冠军赛之夜 Titans 在瑞士本土的电竞联盟里是如同神话一般的存在，没想到在这里可以看到夺冠队伍的队长本人。

和几个粉丝简单聊了几句之后，爻森挥手和他们告别。

只是他回头时，撞上了身后众人略带调侃的目光。

王宇锡夸张地"哎呀"了一声，过来勾着爻森的肩膀，道："在东道主机场都能碰见粉丝，果然森神的魅力无国界啊！"

爻森："老王，你羡慕的话直说就行了。"

王宇锡："啧啧，邵哥，你不管管这人？"

邵涵站在爻森身边，只是无奈地笑了笑。说句实话，邵涵心里其实也难免有一些不伤大雅的小情绪，爻森的确无论走到哪里都是十足引人注目的发光体，魅力 Buff 无时限无冷却。

不过邵涵不知道，其实在爻森心里，他也是这样的一个存在。

一个深蓝色的行李箱顺着履带滑出，爻森抬头看见了，上前将行李箱提了下来，回头对邵涵笑道："你的行李来咯。"

邵涵伸手接过："嗯，谢谢。"

爻森："累了吧？"

邵涵点点头："有点。"

这么长时间的飞行坐得众人都有些腰酸背痛，时差也还没倒过来，现在是当地时间下午两点，他们都想赶紧回酒店补觉。

主办方贴心地安排了接机服务和随行的翻译人员，商务车早早地等候在机场外，几个接机人员举着牌子站在人群中等着，顺利把爻森一行人接上，直接送他们回酒店。

一个队伍分配了三个套间，一个套间一张大床房和两个标间。

每间房间的桌上都摆了主办方给参赛队员们准备的礼袋，里面有主办方的小周边、当地零食和周边的景点介绍。

爻森和邵涵两人把行李箱拉进屋里，简单收拾出洗漱用品和充电器，打算换个衣服先睡一觉。勾教练把集合时间定在下午六点，足够他们补个觉了。

邵涵在自己的行李箱里翻翻找找，却半天没找到自己的睡衣在哪儿。他郁闷地在地上蹲着回忆，他向来是不会丢三落四的，也清楚地记得自己收拾东西的时候看见过睡衣，现在却怎么找也找不到，不会真的忘带了吧？

爻森："找什么呢？"

邵涵："我的睡衣找不到了。"

爻森闻言，弯腰从自己行李箱里拿出一套叠得整齐的米黄色睡衣，笑道："你忘了？你的睡衣装在我的箱子里。"

邵涵这才忽然想起来，当时自己在宿舍收拾东西的时候，爻森过来找他，说他的箱子很大装不满，可以把邵涵的东西挪一些过去。邵涵的箱子确实有点小，便拿了几样东西给他，里面就有睡衣。

邵涵面上一窘，拿过来换上，躺上床，给爻森留了一半的空位。

爻森定好闹钟，轻轻地揉了揉邵涵的头发，也躺上床，不忘帮邵涵压一压被子。

两人舒舒服服地一觉睡到闹铃响，起来之后一看群消息，发现王宇锡老早就在群里喊饿，白悦说他一挨枕头就睡得像死猪，要不是因为被饿醒了，估计可以一觉睡到明天。

一行人在酒店为参赛队员免费开放的瑞士餐厅吃了晚饭，接着便一起商量着明天去哪里玩。

明星赛后天正式开始，赛程较短，三天就能比完，该有的训练和战术安排早在来之前就完成了。所以明天他们行程宽松，只需要在晚上恢复一下游戏手感、复盘一下比赛战术，其余时间都可以用来休息，趁着这个机会放松放松心情也不错。

他们都是第一次来瑞士，人生地不熟，对德语的了解也仅限于多年来为了研究外国劲敌，看了无数遍他们的比赛而能听懂一些简单的游戏用语，去哪儿吃喝玩乐还是都得听当地人的建议。

苏黎世这个城市一半雪山一半湖，主办方为他们准备的翻译热情地建议他们，如果不怕冷的话，一定要去苏黎世的湖边走走，划船、游泳、跳水都是当地人喜欢的娱乐项目，还可以尝试尝试露营。

听说可以游泳、跳水，王宇锡当即就在酒店附近的小商场里买了几条泳裤，队里四个人再加上邵涵一人一条。

鉴于王宇锡曾经有给他们买奇丑无比的沙滩裤的前科，众人本来并不太相信王宇锡的眼光，拿出来一看发现是正常的黑色，才松了口气。

白悦："你的欣赏水平终于正常了。"

王宇锡："是那店里只有黑色卖，不然我得给你们一人整一条花色不重样的。"

白悦："算了，当我没说。"

确定好第二天的游玩路线后，众人各自回房间自行安排。王宇锡把白悦和宋铭喆叫去电竞房开黑，爻森则想回房间看看这两天国外媒体对奥丁和林肯的采访，邵涵自然是和他一块儿回去了。

邵涵先洗了个澡，出来后坐在床上把白天拍的照片和小视频都发了在了家庭群里，小萌立马冒泡拍了拍他，让他别只拍风景，多拍拍森神和自己，他们不比风景好看吗？

邵涵失笑，回了小萌一句："明天会多拍一点。"

邵涵刚和小萌聊完，爻森也正好洗完澡出来。爻森伸了个懒腰，往邵涵身边一靠，拿出平板，打算和邵涵一块儿看采访视频。

爻森靠过来后，邵涵才发觉爻森没吹头发，发尾还湿答答的，便皱眉道："怎么不把头发吹干？"

"没事儿，一会儿就干了。"

"这边气温还是挺低的，还是吹干吧，当心头痛。"

"那你帮我吹好不好？"

爻森朝他一眨眼睛，邵涵忽然觉得，爻森说不定打从一开始就抱的这个心思呢。但又有什么办法呢？他还是得惯着。

邵涵把吹风机拿到床边插上电，开小挡慢慢地吹，爻森盘腿坐在床上，舒服地享受邵小左同学的贴心服务。邵涵一下一下揉着爻森的头发，手指的力气轻轻柔柔，不一会儿就吹得爻森快睡着了。

吹干之后，爻森也懒得再看视频了，直接把邵涵手里的吹风机和平板一块儿扔到一边沙发上，一把将他拉到床上，蒙过被子，打了个哈欠，道："明天起床再看吧，困了。"

邵涵颇为无奈，但还是关了灯，自己调整了个舒服的姿势，闭上眼入睡。

第二天午饭后，众人便直接坐车去苏黎世的湖边玩，王宇锡他们要去跳水、游泳，初秋的苏黎世已经比较冷了，爻森怕邵涵感冒，因此并没有去玩水，而是买了游船票去游湖。

这个季节游客多，游船上热闹非凡，爻森帮邵涵拍了不少照片，然后便更新了一下自己的头像、屏保壁纸、朋友圈背景之类的图片。邵涵的锁屏壁纸依然是当时爻森拿全球总冠军时的照片。每次拿起手机，看到照片里爻森脸上热忱的笑容，邵涵的心里都暖洋洋的。虽然他手机里爻森的照片也是一大堆，但这张锁屏壁纸他怎么也舍不得换。

游船慢悠悠地绕着湖航行，两人边看风景边聊天，一下午基本就快过去了。正说着话，白悦忽然在群里说了话。

白悦："王宇锡跳水把脚扭了。"

白悦："笑死，人菜瘾大。"

王宇锡："明明是地太滑了！"

爻森："没扭到手就行，你明天坐轮椅也得上。"

王宇锡："？？"

白悦："直接把对手笑死是吧。"

白悦："王宇锡，我错怪你了，这波你在第五层。"①

王宇锡："？？？"

邵涵："没事儿吧？"

王宇锡："没事儿没事儿，休息几个小时就好了。"

王宇锡："还是邵哥关心我，呜呜呜呜，邵哥，你最好了，比心。"

爻森："给你个机会重新组织语言。"

王宇锡撤回了上一条消息。

王宇锡："谢谢邵哥。"

爻森："好了，回酒店歇着吧，别瞎蹦跶了。"

大概是在队友里找不到安慰，王宇锡便拍了段自己被白悦扶着单脚跳的视频发了微博，配文"一不小心把脚扭了"。很快消息就叮叮叮地响了起来。

ID"锡宝今天长高了吗"："天哪，太贴心了，悦悦真好，辛苦啦，么么哒！"

ID"Titans_锡"@ID"锡宝今天长高了吗"："你顶着我的名字，口中却喊

---

① 网络用语，这句话出自游戏主播大司马，意为某人做一件事情，你只想到了第一层和第二层，而我却已经想到了第五层，其中突出的就是一个层字，表达自己的理解能力在某人之上。

别的男人辛苦，负心汉！"

ID "悦明星锡YYDS"："锡宝，你也太不小心了，好好休息哦。"

ID "Titans_锡"@ID "悦明星锡YYDS"："虽然你的ID背叛了组织，但是看在你是今天第二个关心我的人的分儿上，还是饶你一命。"

ID "小巨人们天下第一"："第一个是谁？"

ID "Titans_锡"@ID "小巨人们天下第一"："是邵哥。"

ID "小左牌芋泥波波奶茶"："锡哥，不怕森总今晚暗杀你吗？"

ID "Titans_锡"@ID "小左牌芋泥波波奶茶"："哈哈，你想多了，他暗杀我根本不用等到今晚。"

ID "Titans_森"："你该当何罪？"

ID "Titans_锡"@ID "Titans_森"："皇上开恩！"

邵涵也在刷微博，因为明星赛马上要开始了，最近两天这些电竞俱乐部的超话都十分热闹，特别是Titans的超话。

超话里大多都是粉丝发的图片、对队员们的鼓励、粉丝群的宣传和各种活动信息。邵涵看着看着，心却慢慢地揪起来了。

大概是Titans已经拿过全球总冠军的缘故，其他队伍确实都算是手下败将，超话里许多帖子或者评论都在说"Titans这次来瑞士主要是来旅游的，顺便拿个冠军"之类的话，大家似乎都觉得一个明星赛对Titans来说不在话下。

但邵涵自己身为多年的职业选手，比任何人都清楚，爻森和他们的队员是经过了多少次枯燥重复的辛苦训练、数不清的熬夜的复盘才有今天的成绩。更何况，在全球总决赛上，Titans是与奥丁、林肯经过一番势均力敌的苦战之后才获胜的。这次明星赛奥丁和林肯都在，这两支队伍也势必会比在全球总决赛上更谨慎，绝对没有什么冠军信手拈来的说法。

虽然邵涵比任何人都相信，爻森永远会是赛场上最耀眼的人，但他从不会忘记，爻森背后的压力究竟有多大。

"爻森，"邵涵抿了抿嘴唇，"你们超话里粉丝说的那些太夸张的话……你不用太在意。"

爻森看着邵涵一笑，他自然知道邵涵指的是什么，回答："嗯，我知道，没事儿，我不在意这些。"

看着爻森一如既往的笑容，邵涵渐渐放下了担忧的心思，他伸出手轻轻碰了碰爻森的手臂："不过，你是最好的，我一直相信你。"

爻森笑道："你都这么说了，我怎么好意思不拿个冠军回去呢？"

至于三天之后，媒体再次见证上一届的全球总冠军 Titans 从欧洲秋季明星联赛上将冠军奖杯收入囊中，便是后话了。

番外2 阿森会遇见小左吗

　　爻森从食堂打包了一盒炒米粉带回宿舍，回去的路上在微信上问王宇锡他们在不在，得到的回答是他们三个要去打球。

　　宿舍里没人正好，爻森已经快两周没有直播打《破晓杀机》了，天天打开手机不管是微博还是 B 站的评论、私信都在哭天抢地地求他快点上播。

　　倒也不是爻森不想上播，主要是这阵子确实有些忙，他现在已经大四了，这几天每天都在导师办公室和图书馆之间穿梭，修改毕业论文。

　　不过，大部分大四学生都在焦头烂额地准备秋招，他却不需要担心，因为他早就决定好毕业之后和几个美术及视觉设计相关专业的朋友合伙成立一个独立游戏工作室。他的家里人也都同意他的想法，不干涉他的选择。

　　爻森是学计算机专业的，从高中开始就拿过大大小小的编程比赛的奖项，C++ 和 C# 他闭着眼睛都能写，大二到现在被录用过三篇 C 刊论文。尽管负责他论文的导师和他们年级的辅导员三天两头地劝他保研深造，爻森还是打定主意要出来自己做游戏。

　　爻森毕业想做游戏的原因有两个，一是他自己本身喜欢打游戏，二是他喜欢计算机编程。高考完之后的那个暑假他在家无聊，一边用 Unity 做一些小游戏练手，一边开始玩那阵子火爆起来的非对称对抗游戏《破晓杀机》。

　　《破晓杀机》一火就火了好几年，现在还有越来越火的趋势，连初具规模的正规比赛都已经有了。

　　爻森当初在家玩《破晓杀机》，心血来潮开了直播，也没刻意引流，一开始根本没什么人看，一场直播多的时候就二三十个观众。后来高考成绩出来，爻森考了市里前十名的成绩，爸妈送了他一台三联屏的游戏电脑和摄像设备。当天晚上，他为了试新设备，第一次开了摄像头直播。

　　他露脸不到二十分钟，直播间的人气一攀再攀，最后一下蹿到游戏榜前十，弄得爻森莫名其妙，还以为自己被谁买了推广。

　　从那以后，他的粉丝就迅速增加，虽然他上播频率不高，但每上播一次就能涨个几万粉，从高考完的暑假到大四，他已经成了 B 站《破晓杀机》区当之无愧的顶流主播，走在路上都能被不少人认出来的那种。

爻森玩《破晓杀机》称得上天赋异禀，不论是玩逃生者还是屠夫他都信手拈来，但比起玩人，他其实更喜欢玩屠夫。爻森的大号以惊人的速度成了屠皇，同时他的手里还有两三个小号。

爻森回了宿舍，打开电脑，先在微博上发了个直播预告。他今天也不打算直播太久，玩儿个一个半小时就差不多了，在宿舍里直播总归还是不太方便。

直播间的人一下爆满，连爻森自己都卡了几秒。他在宿舍直播时向来不会开摄像头，只会开麦，粉丝也都能理解。他调整了一下麦克风，道："大家晚上好，时隔两周，今晚杀鸡。"

满屏的弹幕唰唰飞过：

来啦来啦！

森总！你终于上播了！

差点以为森哥把号给忘了。

只有看森神直播才能缓解一下我的基金满屏绿色带来的伤痛。

森哥今晚玩人还是屠？

废话，森哥肯定玩屠。

森哥好久没玩人了，玩两局人嘛！

"今天公平一点，"爻森一边打开游戏一边道，"人和屠夫对半分，先玩屠夫吧。"

太好啦！

一会儿请欣赏大型复读机现场。

爻森打开《破晓杀机》的游戏界面，他大部分的屠夫都玩得不错，就随便选了个他不久前刚拿到新皮肤的屠夫开始匹配。很快，逃生者们都匹配完成。他用的是大号，看到他的ID，立马就逃了一个，剩下几个倒是没逃。

匹配时逃掉还算好的，爻森还在游戏里碰到过想要通过暗箱操作认识他的，或者干脆直接乱跑不认真玩的，太出名也不是什么好事，游戏体验时常一般。

很快，每个逃生者开始说出自己角色的标志性台词，弹幕齐刷刷一片"尸体在说话"

刷过。

爻森今晚手感不错，连着几局都玩得很顺利，打了将近两个小时，他打算休息个十分钟，喝口水，顺便和粉丝们聊聊天，看看粉丝们的留言。

喜欢看主播直播打游戏的粉丝十个里有八个都是喜剧人，爻森看了一会儿评论就忍不住笑出了声，弹幕马上又飘过去一片"森哥笑声太苏了"。

当然，每次直播都会有新粉问一些爻森回答过很多次的问题，大部分时候老粉都会帮他答了，为了省去一些麻烦，他老早就在自己的简介里写了被问得最多的三个问题——"学什么专业？""身高多高？"和"有没有女朋友？"。

答案分别是"计算机""186"和"没有"。

这时，直播间观众又多了一两万人，弹幕里不少新观众开始刷"慕名而来"，爻森有些好奇，随口问了一句"慕名而来"是怎么回事。

留言区刷得太快，大部分回答都在说"从小左直播间来的"。

爻森随手从抽屉里拿出一包薯片撕开包装来吃，靠在为直播专门买的适合宿舍书桌尺寸的转椅椅背上，跷起腿，问："小左是谁？"

有朝一日我居然能从森神口中听到小左两个字，梦幻联动了！

我来安利小左啦，ID 叫 Left，人美声甜人间冰薄荷，半年前才开始杀鸡的超厉害技术流主播，是个左撇子，现在在朝着人皇努力中。

在森哥直播间安利别的主播不太好吧……

求求苕粉千万别 KY，别给小左招黑，双担粉心慌。

Left 好像没露过全脸吧？

小左是个万年口罩党。

毕竟课业忙，爻森很少去关注其他的《破晓杀机》主播，因此也没听说过这个名字："他提到我了吗？"

哈哈哈哈，小左刚刚在直播间不小心说漏嘴了，说他在森哥刚开始直播没多久就关注他了。

森神，你快去认识一下！你多了一个甜心帅哥粉丝啊！

对啊森哥，去看一下嘛，稳赚不赔。

哈哈哈哈，小左现在在直播间巨害羞。

哈哈哈，当众处刑。

爻森莫名来了点兴趣，坐直身体，用平板重新进了自己主页，在自己粉丝列表里
搜了搜："我粉丝里没有叫 Left 的啊。"

小左一直用的小号看直播，因为大号进直播间太引人注目啦。

我嗅到了拉郎配的味道。

双开直播的人表示，小左已经慌了，他说他可能要下播了。

快去啊森哥！再不去来不及了！

爻森："好好好，我去看一下。"

听粉丝们这么说，对方应该也是个挺有名气的主播，抱着几分好奇心理，爻森用
平板在 B 站上搜到了 Left 的直播间，直接进入。

Left 的直播间人气也很高，上涨的速度很快。此时，摄像头正对的位置上并没有人，
看房间布置像是在家里，直播画面停留在《破晓杀机》的主界面。

因为爻森的大号在直播，切出去比较麻烦，他就用了自己的小号。这个小号也是
公开的，老粉都知道。当他进去时，弹幕顿时沸腾了。

森哥来了！

哈哈哈哈，从森哥直播间赶过来了。

森神来了吗？没看到啊！

森哥的小号是"YaoSenbushiaisen"。

森神到底被多少人叫过艾森？

原来那个字读 Yao？

小左，你快回来啊！

弹幕还在刷着，一个穿着浅蓝色 T 恤衫和牛仔裤的身影进入镜头，对方在镜头前
的椅子上坐下，脸上戴着一只黑色的口罩，只露出一对浅弯的眉毛和一双清澈的眸子。
男生坐下来之后，戴上耳机，盯着屏幕怔怔地看了一会儿，口中发出了一声短促的"啊"。

镜头中的 Left 有些无措地用手指轻轻抓了抓脸颊，柔软的黑发底下露出的耳垂略微有些发红，他清了清嗓子，看了镜头一眼又很快移开视线，不太自然地道："大家不要刷了……不要强迫人家来我直播间。"

看见主播入镜，爻森忍不住一挑眉，虽然没露出全脸来，但对方的眼睛确实很漂亮，纯粹又清澈。整个人给人一种安静、温和的感觉。男生的脸看上去挺小的，口罩裹出下巴的形状，声音也是清清凉凉的，的确很像粉丝口中的冰薄荷。

对了，对方还是游戏圈里少见的左撇子主播呢。

小左耳朵红啦，不要不好意思嘛！

谁说强迫了，明明是森哥主动来的。

森哥在看吗？

应该在吧，双开直播间的人表示森哥那边一直没说话了。

ID "YaoSenbushiaisen"："在看啊。"

我眼花了吗？刚刚是森哥？

刷得太快了，我啥都没看到。

小左！森哥说他在看！

完了完了，错过森哥评论了，要回去刷录屏了。

被安利来的，up 主声音好好听呀。

火速关注了。

这声音绝了，真的没用变声器吗？

"那……那我们继续玩吧。"Left 看上去很有几分紧张，他确实关注爻森很久了，虽然自己也玩《破晓杀机》，也在游戏圈小有名气，但从没想过对方有朝一日会来看他的直播，"我下一局还是玩人类吧。"

ID "YaoSenbushiaisen"："加 steam 好友吗？"

啊啊啊啊！

聊上了聊上了！

为了不错过森哥留言，我都不敢刷屏了。

啊啊啊啊啊啊啊啊啊啊啊！

小左，你快答应啊！！你追星成功啦！

Left 也是一愣，下意识回答："可……以吗？"

ID "YaoSenbushiaisen"："当然可以啊。"

ID "YaoSenbushiaisen"："下局一起玩怎么样？"

ID "YaoSenbushiaisen"："我可以玩人。"

允许我嗑一秒"森左"。

就这？我也嗑亿[①]秒。

小左呆呆的好可爱哦！

老粉表示这是假的森哥吧？居然这么温柔？

森神居然为了小左玩人类！

"不用不用，你玩屠夫就好，不用陪我玩人的。"Left 似乎有些受宠若惊，连忙对着镜头摆了摆手，"真的。"

爻森看着平板里朝他摆手的男生，忍不住笑了一声，心想，还挺可爱的。

ID "YaoSenbushiaisen"："好啊，我就玩屠夫咯。"

双开直播间的人表示刚才听到森哥笑了！

小左实在是太可爱了！

可恶情敌都拔刀吧。

ID "YaoSenbushiaisen"："加上你了，那我这边先退了，一会儿邀请你。"

Left："嗯，好。"

匹配完成的准备时间里，大概是注意到这盘游戏里竟然同时出现两个有名的杀鸡大神，一个人皇一个屠皇，剩下几个玩家纷纷开始刷"合影留恋"的弹幕。

游戏开局之后，爻森很快便发现，这位小左同学确实是个技术流主播，人类玩得非常不错，技能搭配和很多技巧都看得出下功夫钻研过，一不集中精力，连他都会被遛。

---

① 这里指表面上只嗑一秒但实际上想嗑很久。

不过，他多年屠皇的称号也不是浪得虚名的，爻森很快便让除了 Left 之外的玩家出局，和他两个人单独在地图里周旋起来，最终，这把还是屠夫赢了。

"66666"！

森屠天下第一！

第三个图腾那好惊险，替小左捏把汗。

森哥快趁机要点好处（后面配了一个无辜狗头的表情包）。

小左输了没惩罚吗（后面配了一个无辜狗头的表情包）？

都是一群真的粉丝啊（后面配了一个无辜狗头的表情包）。

小左危。

小左之前说好的 50w 粉丝福利呢，现在都快有 100w 粉丝啦！

"好处就不要了，"爻森的心情莫名地非常好，一边看自己这边的留言一边又打开 Left 的直播间，"刚和你们小左加上好友呢，别把人吓跑了。"

Left 虽然没开爻森的直播，但他和爻森的语音还连着，爻森说话的声音在他耳边响起，而且还叫粉丝给他取的昵称"小左"，他一下有些不好意思起来，立马回过神道："不会，你玩得真的很好。"

哎呀，小左又害羞了。

森哥体谅下，小左很实诚，彩虹屁不熟练。

莫名感觉森哥今晚很撩啊！

家人们，"森左"也太好嗑了！

"嗯……实在不好意思，前阵子有些忙，所以粉丝福利一直没确定。"看粉丝们开始嗑 CP 了，Left 越发不好意思起来，他主要是担心爻森会觉得反感，连忙转移着粉丝们的注意力，"不知道大家有没有什么想法呢？"

露脸！

露脸露脸！

露脸露脸露脸！

小左露个脸吧，求求了！

大家也要看小左方不方便啦。

森哥，你快怂恿一下！

"露不露脸是主播的个人自由，"爻森回答，"而且五十万粉丝门槛也太低了，怎么说至少也得成为游戏区顶流才配得上这种福利吧，放心，你们小左玩得这么好，很快了。"

森哥教我说话。

森哥，你这么撩我们纯洁的小左真的好吗？

小左脸红得口罩快挡不住了，哈哈哈哈哈！

Left迟疑了一阵，他不露脸也没什么特别的原因，就是不太习惯在镜头面前完整地展示自己。但实际上，因为他没刻意用变声器，他的声音和左撇子这两点又太有辨识度，学校里把他认出来的人挺多的，现在想想，露个脸也没什么。

"你们想看的话我可以露脸，没关系的。"Left道，"其实口罩戴久了也挺闷的……那我摘了吧。"

说完，Left便摘了自己的口罩。

爻森盯着平板，不由自主地就坐直了身体，眼睛一下亮起。他摸了摸自己胸口，心想自己什么时候这么不淡定了。

主要是这个主播……还真是长得特别好看。

直播间弹幕和留言的反应比爻森更激烈，跟下雨似的一大片刷过去：

好帅！

这颜值？

啊啊啊啊啊啊啊啊！妈妈，我恋爱了！

天哪！长得好帅好可爱啊！

本来以为小左眼睛已经很好看了，没想到口罩封印了百分之九十的颜值。

小左快戴上！妈妈不允许你在这么多陌生人面前摘下口罩！

惊了，这颜值真的高。

338

小左，你长得这么好看，之前竟然不露脸太浪费了吧！

这不吊打娱乐圈？

小左，啊啊啊啊，我要八抬大轿娶你！

话说森哥呢？

森哥是不是也惊到了？哈哈哈！

森哥今晚没开摄像头真是太可惜了，好想看看森哥的表情。

这个人的直播间人气涨得好恐怖。

终于，直播间的众人听到了爻森的声音："很可爱啊。"

可爱SOS！

完了，当你觉得一个男生可爱的时候。

小左不可爱吗！

天哪，我完全被蛊了，眼睛贴在屏幕上移不开。

刚刚森哥说了啥？看小左看入迷了根本没听清……

不戴口罩的一大坏处就是，脸红就看得一清二楚。

Left 正襟危坐，不知道自己该怎么样才能看起来自然一点，尤其是在爻森夸他的时候。

"朋友们，我室友刚发消息说要回来了，我也差不多该下播了。"爻森想着，"感谢小左同学让我一饱眼福，一会儿看看私信。"

刚刚听到爻森说要下播，Left 心里还有些小失落，结果又突然听到爻森说一会儿私信他，Left 诧异地怔了怔，下意识道："啊，好的。"

爻森和直播间的粉丝们说了再见，随后便果断下了播。

弹幕还在疯狂地刷，Left 的账户便提示他多了一堆新粉丝和一条新私信，他用手机打开一看，爻森用大号关注了他，私信给了他一串号码："等你的微信好友申请哦。"

盯着那串号码看了半天，Left 才回过神，他看了看时间，觉得自己也差不多可以结束直播了，便和直播间的各位说明天晚上再继续，在满屏的调侃中微微红着脸关了直播。他站起来快步进了洗手间，在镜子面前拍了拍自己发热的脸颊，轻轻呼出几口气。

随后，他打开微信给爻森发去了好友申请。爻森的头像没有露脸，是他抱着一只雪白的棉花糖似的小狗的照片，看上去像是一只博美犬。

填验证信息时，他顿了顿，同时写上了 Left 和自己的真名——邵涵。

邵涵洗了把脸，打开门走出卧室，来到客厅。他是本地人，就在本地上大学，平时周末都会回家，所以大部分时候他都在家里直播。

家里客厅的角落摆了一只猫爬架，一只深灰色的大体形西伯利亚森林猫懒懒地趴在上面晃尾巴，看见邵涵出来，猫咪轻盈地从猫爬架上跳下，走到邵涵身边，绕着他的腿蹭了一圈。

邵涵把大个子猫咪抱到沙发上，摸了摸它的背，这是他养了快四年的猫，名叫阿森。

邵涵关注爻森的时候，爻森还只有几百个粉丝。某天逛游戏区的时候，他偶然看到爻森的直播间，点进去看了十几分钟，就决定要关注他了。

相比起大部分游戏主播，爻森直播时话不算特别多，但偶尔的一两句话既有趣又能说到点子上，完全不会让人觉得无聊。那时爻森从没露过脸，邵涵只能听到他笑得十分迷人的声音。

邵涵用的是自己最初始的号关注爻森，这个号用的时间比他用来直播的号都长，但后来 Left 的号因为直播渐渐火起来，原来的号反而成了邵涵从未公开过的私人小号，后来决定养猫之后，这个小号就成了他的晒猫号。

给猫取名阿森，邵涵不敢说自己完全没有私心。

爻森后来因为试新设备露了脸，邵涵当时正好也在那次露脸的直播里。他亲眼见证了爻森直播间人气的暴涨，也抱着阿森在电脑前看了爻森很久。

本来以为自己默默追星的事就这么一如既往地进行下去，没想到今晚他一不小心在直播间里说漏了嘴，竟然让爻森本人知道了，还加到了他的微信。

他这确实算是追星成功了吧？

这时，手机振动了一下，爻森通过了他的好友申请。

邵涵心里莫名紧张起来，他点开和爻森的对话框，本想先打个招呼，没想到爻森先他一步发来了消息。

爻森："你的名字很好听。"

邵涵："谢谢。"

爻森："看你简介，你是 S 市人？"

邵涵："嗯。"

爻森："那我们就在隔壁啊，很近。"

邵涵知道爻森是 A 市人，就在 S 市南边，坐高铁半个小时就到了。爻森有时候会在直播间打游戏的间歇回答一些粉丝的问题，也会回复粉丝的评论，这些事稍微关注他一段时间的粉丝都知道，更何况他是老粉。他还知道爻森是 A 大计算机系的，A 大可是国内计算机专业数一数二的名校。

爻森："你还在上学吧？"

邵涵："大二。"

爻森："那看来是学弟。"

两人慢慢聊着，不知不觉就聊了快一个小时。邵涵看上去是个话不多的人，每句回复都是简简单单的。但就是这些小地方，让爻森觉得莫名可爱。

看时间也不早了，爻森便让邵涵早些休息，自己也先去洗漱了。

洗漱完后，爻森躺上床，打开微博，意外地看到自己突然多了好几百个艾特，点进去一看，都是从同一条 Left 超话的微博发出来的。

ID "芊芊超爱舒芙蕾"："家人们，图 1 里这个 ID 叫'SH 想养猫'的号已经被列文虎克家人们发现是小左的小号了，这个号是个晒西伯利亚森林猫的日常号，虽然小左从没说过自己养猫，但看图 2 这个动态里的照片，房间背景那个摆着书的柜子和小左直播背景里那个柜子一模一样，连书也一模一样，重点是这只超大的西伯利亚森林猫的名字叫阿森！！就是说我已经嗑疯了哇……另外，发现这个小号的姐妹去私信过小左问能不能和大家说，小左回复可以说。"这条微博的评论如下：

阿森是在指代某个人吗？

大胆一点，把吗字去掉。

小左居然养了猫？老粉震惊。

而且这个号是在最早那批关注森哥的粉丝里的，小左真的是追星成功的典范了。

嗑拉了。

有没有暗恋文？给我来一篇。

之前一直没公开这个小号是因为怕被发现吧，现在都追星成功了，当然可以公开了（后面配了一个无辜狗头的表情包）。

森哥你来看呀 @ID "五行缺木 YS"。

爻森盯着邵涵小号动态里那张西伯利亚森林猫的照片，嘴角渐渐多了几分笑意。

他立马打开 B 站，在粉丝里搜到这个号，顺手就点了关注，同时转发了这条微博。

ID "五行缺木 YS"："挺可爱。"

立马收到了不少粉丝的评论：

发生了什么？

森哥居然转发了！

森哥，你说清楚，是猫可爱还是人可爱？

ID "五行缺木 YS"："都可爱。"

我看到了什么？

帅哥都是这么夸人的吗？

论追星的小心思被正主发现了是什么体验。

爻森没再去管微博上兴奋的粉丝们，又打开微信，点开邵涵的朋友圈。邵涵的朋友圈背景就是阿森，朋友圈一个月可见，只有寥寥五条，其中三条还都是学校相关的推送，剩下两条，一条是和室友出去聚餐拍的照片，另一条是阿森洗澡时一片狼藉的浴缸。

聚餐照片是邵涵和他三个室友靠在一起的合照，邵涵坐在左手边第二个，穿着一件圆领的 T 恤衫，脸上带着放松的笑意。照片看得出来就是随意请路人用原相机镜头拍的，拍摄技术也不怎么样，但仍然挡不住邵涵的颜值。

爻森将照片保存下来，只截出了邵涵。

从那天之后，两人聊天的频率越来越高，能从其中一个人直播间里看到另一个人的次数也是越来越多。爻森逐渐知道了邵涵的一些信息。邵涵学的专业是视觉传达设计，毕业后也有意愿进入游戏行业，偶尔还会接一些小公司简单的平面设计外包订单。邵涵也知道了爻森以后想自己做游戏工作室，养了一只叫森森的博美。

认识两个多月后，两人现在都习惯了每天和对方聊天，各自的外卖和购物软件里也已经有了彼此的地址。

只不过，他们还没有真正见过面。

爻森所在的学校放寒假之后，他便和邵涵说自己想去 S 市玩几天再回家，问他家附近有没有推荐的酒店。邵涵自然很开心，建议爻森住自己家，到时候去高铁站接他。

寒假伊始，在 S 市的高铁站出站口，爻森第一次见到了邵涵本人。

那时天气已经很冷，邵涵穿着一件白色的羽绒服，戴了条咖啡色的围巾，坐在出站口外的花坛边上，时不时朝着手心哈口气。爻森老远就认出了他，快步走上前喊了他一声。

他发现邵涵在看到自己的一刹那，眼里流露出了喜悦的光。

天气这么冷，爻森的心里却很热，他忍不住走上前，轻轻抱了抱邵涵。

爻森突然抱过来，邵涵吓了一跳，他不太自然地伸出手，也拍了拍爻森的肩膀。

爻森："等很久了吗？"

邵涵摇摇头，视线忍不住在爻森脸上多停留了片刻。之前都只是隔着一道屏幕在直播间里看，现在看到他本人，邵涵觉得还是本人更好看。

发觉自己看得太久，邵涵移开视线，摸了摸头发，道："这里离我家有十多公里，我们打车回去吧？"

爻森带着笑意望着他："好啊。"

两人坐上出租车回了邵涵家。邵涵之前告诉过爻森，他父母都在 A 市工作，不忙的话基本每天都会开车回家，忙的话可能三四天才回来一次，他还有个在读初中的亲妹妹，在学校住校。

邵涵刚打开家门，就看见大猫咪蹲在门口看着他。爻森好奇地看着眼前这只森林猫，他只养了狗，没养过猫，还是第一次在现实生活中看到体形这么大的猫咪，因此也颇为新奇。

爻森笑道："你家阿森看上去比照片上还大。"

邵涵本来蹲着摸阿森的头，听到爻森这句话，一下脸红起来。阿森这名字是他取的，爻森这话也没任何问题，但就是阿森前面那个自然而然被爻森说出口的"你家"两个字，让邵涵感到几分羞赧。

邵涵："嗯……"

爻森把行李箱拖到一边，也蹲下来，问："阿森认生吗？"

"还好吧，它挺稳重的，一般不会认生。"邵涵回答，"你要抱抱它吗？"

爻森摸了摸阿森的背。西伯利亚森林猫体形大，再加上一身深灰色的毛，不怒自威。阿森只是看了爻森一眼，并没有太大反应，依旧只是围着邵涵打转。爻森心想这猫还挺大爷，干脆伸手把猫抱了起来。

邵涵有些后悔这两天没给阿森剪指甲，万一它认生，把爻森抓伤就不好了。没想到，阿森被抱起来后，和爻森四目相对半分钟，最后只是把前爪肉垫放在爻森脸上，并没有抓他，像是只是让他不要靠太近。

邵涵噗的一声笑了出来，莫名觉得阿森和爻森竟然还真有点像。

爻森："你这大猫咪，有点意思。"

阿森一蹦，从爻森手臂里跳下来，轻盈地跃上沙发，优雅地趴下来。

邵涵先带爻森去了客房收拾东西。路过邵涵房间门口，爻森看到他平时直播的电脑桌，房间里的布置不再是他只能在直播里才能看到的场景，而是真真实实地触手可及。他对邵涵生活的了解又多了几分，一想到这里，爻森就心情舒畅。

收拾完后已经是傍晚，今天两人不打算再出去，简单煮了个面条当作晚饭，饭后就一块儿在沙发上看了会儿最近的体育比赛。

和爻森坐在一起，肩膀紧贴着肩膀，明明是自己家，邵涵却不能完全放松下来。认识爻森的这两个多月，每一个和爻森说晚安的夜晚他都会在心里想，爻森对他来说真的是很不一样的朋友，很独特、很唯一，在他心里占据着与其他任何人都与众不同的位置。

但是，这份心情，或许只是他一人独有。

"邵涵，"爻森忽然开口叫他，"你为什么要给你的猫取名阿森？"

邵涵一愣，自己的小号公开之后，他心里一直担心爻森会问这个问题，结果爻森从来没问过。邵涵本以为他根本不在意，没想到现在却又突然问了这个问题。

"……阿森是森林猫，"邵涵回答，"身上毛很厚，所以给它取这个名字。"

爻森看着他，眨了眨眼："只有这个原因吗？"

邵涵垂眸，嘴唇轻轻抿着，眼睛有些微闪，一时没有说话。他皮肤白，一脸红就十分明显。爻森也没有催促，只是耐心地等着，脸上有几分心知肚明的愉悦的笑。

阿森踱步过来，跳上邵涵的腿。邵涵正想抱它，爻森却把阿森抱了过去。爻森摸了摸阿森的头，又抓了抓它的下巴，意有所指道："等我毕业了，我也想养只猫，养狗养了挺久的，感觉还是猫狗双全比较好。"

邵涵心中一动，扭过头看着他。

"但我觉得养猫还是得有点经验，毕竟猫狗性格完全不同。"爻森道，"所以我想等我毕业之后，自己出来住，一定要找一个养了猫的室友，先蹭点经验，然后我再去买一只那种体形小一些的、圆脸可爱的猫，像奶牛猫、加菲猫或者英短。"

邵涵望着爻森，不自觉屏住了呼吸。

"给猫取名的话……"爻森顿了顿，凑近邵涵笑道，"就叫'小左'怎么样？"